너는
모르겠지만

너는 모르겠지만

초판 1쇄 찍은 날 | 2013년 7월 23일
초판 1쇄 펴낸 날 | 2013년 8월 1일

지은이 | 염원
펴낸이 | 예경원

편집 | 유경화

펴낸곳 | 예원북스
등록번호 | 제396-2012-000132호
등록일자 | 2012. 7. 25
YRN | 제1-0033호

주소 | 경기도 고양시 일산동구 무궁화로 8-28 삼성메르헨하우스 712호 (우) 410-837
전화 | 031-819-9431 팩스 | 031-817-9432
http://cafe.naver.com/yewonromance
E-mail | yewonbooks@naver.com

ⓒ 염원, 2013

ISBN 978-89-98102-39-5 03810

너는
모르겠지만

염원 장편 소설

YEWONBOOKS ROMANCE STORY

• 목차

프 롤 로 그

나는 네가 참 예뻤다, 가현아.

처음엔 언제부터 네가 나한테 이토록 소중한 존재가 되었을까 알아보려고 했어. 그런데 처음을 찾는다는 것 자체가 어리석은 일이라는 걸 금방 깨달았어.

넌 태어나는 그 순간부터 예뻤다. 제연은 갓난아기가 이렇게 못생긴 거였냐고 난리였지만 나한테는 온몸이 새빨간 채로 빽빽 우는 것마저도 예뻤다.

처음 웃게 되었을 때, 걸음을 떼었을 때, 고사리 같은 손을 꼼지락거릴 때. 매 순간 순간이 참 예뻤다.

동화책에서 기린의 눈이 예쁜 걸 봤다며 동물원에 갔을 때 기린과 눈을 마주치겠다고 껑충껑충 뛰는 것도 예뻤고, 학교에 입학해 처음 상장을 받아와서 거실 한가운데에 놓고 보는 사람마다 칭찬해 주면 배시시 웃을 때도 예뻤다. 그래, 가장 예쁜 건 역시 웃을 때였구나. 살짝 미소 짓는 것부터 해맑게 웃는 순간까지. 너는 웃을 때 참 예뻤다, 가현아.

잘 울지 않는 네가, 누군가가 내가 너와 진짜 가족이 아닌 남이라고 할 때 눈물짓는 것도 나는 참 예뻤다. 나는 너와 다른 형태의 가족이 되고 싶었음에도 네가 나는 너희 엄마나 아빠, 네 진짜 오빠 제연과 다르다는 걸 인정하지 못한다고 눈물지어도 참 예쁘더라. 네가 그렇게 울 때면 내 마음을 더 꽁꽁 숨기느라 힘들었지만 그렇게 우는 너마저도 예쁜 걸 어찌할 수가 없었다.

내 눈엔 너의 모든 모습이 예뻤다. 내 안에서 너는 항상 예뻤다. 나는 네가 참 예뻤다, 가현아.

앞으로도 나는 네가 참 예쁠 거야. 하지만 내가 널 예뻐하는 이 마음은 네가 날 좋아하고 잘 따르는 마음과는 다르다는 거 너 혹시 알고 있니? 혹여 내가 널 예뻐하는 이 마음이 너와 다르다면 너에게 내 마음은 아픔과 상처가 될까? 만약 그렇다면, 언제까지나 네 옆에 있어주겠다는 약속, 절대로 변하지 않겠다는 약속. 더 이상은 지키지 못하게 될지도 모르겠구나, 가현아. 다른 건 몰라도 너와 한 약속만큼은 무슨 일이 있어도 끝까지 지키고 싶었는데. 오빠가 그 약속을 지킬 수 있도록 해주면 안 될까?

예쁜 가현아. 오빠 마음속에 영원이 예쁘게 자리 잡을 윤가현. 한 번만, 딱 한 번만 오빠가 이 마음 담아 네 이름을 부르게 해줘. 딱 한 번만.

가현아, 너는 모르겠지만…… 사랑한다.

1.

양 허리에 손을 짚은 석영은 크게 숨을 들이마셨다. 직접 눈으로 보고 있음에도 보이는 풍경은 전부 그림과 같았다. 새하얀 뭉게구름, 청명한 하늘, 짙푸른 초록의 초원. 왜 스위스 인터라켄이 세계 3대 패러글라이딩 명소인지 알 것 같았다. 믿기 힘들 정도로 아름다운 그림 같은 풍경 위를 날 생각을 하니, 석영의 가슴도 두근두근 뛰기 시작했다.

"진짜 멋있다."

석영의 옆에서 넋을 놓고 풍경을 감상하던 세준이 탄성을 내질렀다. 준비해 온 카메라며 휴대폰이며 풍경을 담을 수 있는 모든 도구로 아무리 찍어봐야 직접 보는 만큼의 감동은 담기가 힘들었다.

"나 형 따라오길 잘한 것 같아."

세준이 쿡쿡 웃으며 석영의 팔을 툭 쳤다. 석영은 세준과 함께 온 게 잘한 건지는 모르겠지만 이곳에 온 것만큼은 잘한 일이라고 생각했다.

석영보다 먼저 패러글라이딩을 하기로 한 다른 일행이 준비를 마쳤다. 석영은 어서 이곳의 하늘을 날고 싶었다. 패러글라이딩이 처음인 세준은 설렘보다 큰 긴장 때문에 어쩔 줄을 몰랐다. 두 발을 동동거리고 크게 심호흡을 하고 앞서 패러글라이딩을 시작한 사람들을 경이롭게 쳐다봤다.

"형, 나 할 수 있을까?"

"왜 못해. 허우적거리다 보면 어느새 하늘 위에 둥둥 떠 있을 거야."

"나 번지점프도 결국엔 못했는데."

"패러글라이딩이랑 번지점프는 비교할 수가 없지."

"뛰어내리는 건 똑같잖아."

"번지점프는 뛰어내리는 거고, 패러글라이딩은 하늘을 나는 거고."

"보기엔 똑같이 무서워 보여. 패러글라이딩이 스릴은 백만 배 더해 보이지만. 형은 어떻게 이런 걸 취미로 해?"

"오늘 해보면 알게 될 거다."

석영은 피식 웃고 자신의 파트너와 인터라켄의 절경에 대해 얘기를 나눴다. 한국에서는 자신의 장비로 파트너 없이 혼자 패러글라이딩을 했지만 외국 명소에선 업체를 통해 파트너와 함께했다.

어느덧 석영과 세준의 차례가 되었고 세준이 먼저 하기로 했다. 이젠 설렘은 전혀 없이 긴장으로 얼룩진 세준의 얼굴을 보고 있으니 안쓰럽다는 생각까지 들 지경이었다. 세준이 뭔가 말하려고 석영을 돌아봤지만 그의 파트너 마크는 그를 모른 척했다. 출발을 알리는 'RUN' 소리와 함께 세준은 얼떨결에 뛰고 있었다. 그리고 곧 그의 두 발이 허공에서 허우적대더니 비명에 가까운 탄성을 질렀다. 패러글라이딩의 첫 맛을 느낀 그것이었다. 미소를 지은 석영은 자신의 뒤에 서 있는 파트너 존을 향해 준비되었다는 뜻으로 엄지를 치켜 올렸다. 패러글라이딩을 하기에 좋은 날씨였다. 화창하고 바람은 뒤에서 불고 있었다. 몇 발작 떼지 않았는데 금방 몸이 붕 떠올랐다.

처음 패러글라이딩을 했을 때는 바람을 가르고 하늘을 나는 것에 대한 쾌감이 컸다. 지금도 그 쾌감이 없는 건 아니었지만 이제는 그 쾌감과 함께 발아래 작은 세상을 보는 게 더 좋았다. 자신을 돌이켜 보기에 가장 좋은 시간이었다. 하지만 오늘은 바람에 몸을 맡기는 순간, 한국에 두고 왔던 하나의 미련이 불쑥 떠올랐다.

여행은 봄부터 계획되어 있었다. 우연히 패러글라이딩을 체험했던 스무 살부터 석영은 그 매력에서 빠져나오질 못했다. 몇 해 전부터는 주말마다 국내에서 패러글라이딩을 할 수 있는 곳이라면 어디든 찾아다녔다. 그리고 작년부터 세계 명소를 찾기 시작했다. 국내 패러글라이딩 명소들을 찾아다닐 때 가현은 드러나게 부러워하는 기색이 없었다. 그런데 작년 터키에 갔을 때와 올해 스위스로 오게 되었을 때 보이는 서운함과 부러움은 좀 달랐다.

"졸업하면 꼭 같이 가자."

석영이 그녀를 위로하며 머리를 부드럽게 쓰다듬어 주고 하는 얘기에 가현은 고개를 끄덕였다. 하지만 석영이 좋아하는 해사한 미소는 보여주지 않았다. 나름 심통이 났음을 표현하는 것이리라. 그래도 가현은 금방 표정을 풀었다. 언제나 그랬듯 석영에겐 오래도록 심통을 부리질 못했다.

"오빠."

"응?"

"뭔가 해보고 난 뒤에 좋은 걸 나중에 같이하자고 하는 건 좋아하거나 관심이 있으니까 그런 거겠지?"

진지하게 자신을 올려다보는 가현의 말간 눈동자를 보며 석영의 가슴이 따끔거렸다. 들켰을까. 늘 좋은 오빠로 곁에서 그녀를 챙겨주고, 위해줬지만 어려서부터 당연한 일이었다. 그랬기에 가현이 눈치채지 못할 수도 있다고 생각했다.

"아마, 그렇겠지?"

석영의 오묘한 대답에도 가현은 싱긋 웃었다. 집 밖에선 잘 웃지 않고, 타인과 아무런 허물없이 지내는 게 아직은 서툴고 어색한 열여덟의 소녀. 그런 그녀가 자신과 함께 있을 때면 경계 없이 웃었다.

"가끔 시선이 느껴져서 돌아보면 그때마다 눈이 마주치는 건?"

가현과 함께 있는 공간에서 석영의 시선은 대부분 가현을 향해 있었다. 다른 곳에 정신을 팔던 가현이 석영을 돌아볼 때면 언제든 시선을 마주할 수 있었다. 부드러운 석영의 시선과 맞닿으면 가현의 눈은 예쁘게 반달을 그렸다.

"좋아하니까 계속 볼 수밖에 없는 거겠지?"

가현이 또 한 번 웃었다. 뭐가 이토록 그녀의 가슴을 간질이고 있는 걸까. 괜히 석영의 마음에도 간지러운 바람이 불었다. 그의 마음을 눈치챈 게 기쁜 건 아닐까 기대도 되었다.

"남자도 누굴 좋아하면 여자처럼 가슴이 막 뛰어?"

크게 울린다. 평소엔 너무 당연해서 꾸준히 심장이 뛰고 있다는 걸 잊고 살지만, 그녀와 눈이 마주칠 때, 그녀가 자신을 보고 해사하게 웃을 때, 꾸벅꾸벅 졸다가 고개를 자신의 어깨로 툭 떨어뜨릴 때, 방금 샤워를 마치고 나왔을 때. 심장이 크게 울린다. 마치 그녀 때문에 내 심장이 뛰고 있는 게 아닐까 생각할 정도로 놀랍게 자신을 잊지 말라고 존재를 알려온다.

"그럼. 남자, 여자가 아니라 똑같은 사람인데."

흔들리지 않는 맑은 눈동자가 마치, 오빠의 마음을 알고 있다, 라고 말하는 것 같았다. 그녀가 태어나는 순간부터 쭉 지켜봐 왔다. 이런 날을 기다리지 않았다면 거짓이었다. 하지만 생각보다 빠르게 찾아왔다고 자만한 그날, 석영은 행복에 겨워 다른 생각 같은 건 하지 못했다.

여행을 떠나오기 전날, 석영은 결국 마음을 정했다. 그녀가 다니고 있는 효천고등학교 2학년 7반 담임 선생님 차석영이 아니라, 어려서부터 친남매처럼 자라온 그녀의 오빠 차석영. 오롯이 그녀만을 바라보는 한 남자 차석영이 되고자 했다.

여름방학의 마지막 보충수업을 마치고 석영은 친구들과 교실을 나서는 가현을 보며 미소를 걸었다. 오늘 저녁, 석영의 마음을 알고 난 뒤에 가현이 그 어느 때보다 맑게 웃었으면 했다. 집으로 돌아가는 길, 꽃다발을 샀다. 파스텔 톤의 다양한 꽃들이 어우러져 화사한 향기를 내뿜었다. 집에 도착한 석영은 가현을 기다렸다.

그와 그녀, 그리고 그녀의 친오빠 제연이 함께 살고 있는 그들만의 공간이었다. 제연은 회사원으로 이번 주는 내내 야근을 할 예정이라고 했다.

그녀에게 꽃을 건네고, 마음을 전하고, 함께 웃고, 저녁은 근사한 곳에 가서 단둘이 먹어야겠다고 생각했다. 얼마 전, 양가가 3대째 절친하게 지내고 있음에도 자연스럽게 나올 수 있는 정략결혼의 얘기가 어째서 한번도 없었는지에 대한 사연을 들었다. 그래서 자신의 마음을 조금 주저하고 있었다. 하지만 그녀의 마음이 자신과 같다면 그는 그 마음을 얼마든지 지켜낼 자신이 있었다.

친구들과 보충수업이 없는 2주일간의 여름방학을 맞이하기 전 시간을 보내고 온다는 가현은 평소보다 조금 느지막하게 귀가했다. 도어 록의 번호를 누르고 현관을 들어온 가현은 옅게 미소를 걸고 있었다. 석영이 방 안에 숨겨놓은 꽃다발의 향기를 맡기라도 했을까. 두 눈 가득 설렘을 품은 가현의 시선이 석영에게 닿았다.

"오빠."

"응?"

혹여 그녀에게 마음을 전하는 순간의 쾌감을 빼앗기게 될까 석영은 가현의 말을 막을 셈이었다.

"가현아!"

"나 오늘 고백받았어!"

자신의 말과 동시에 튀어나온 가현의 말이 석영의 말을 막았다. 그녀를 향해 설렘으로 두근거리던 심장을 불안으로 두근거리게 만들었다. 심장이 멎어버린 듯, 온몸이 굳어버린 듯 자신을 내려다보며 미동 없이 서 있는 석영을 올려다보며 가현의 얼굴에 미소가 가셨다.

"오빠?"

"응? 아, 놀라서."

거짓을 말할 수가 없었다. 석영이 놀란 게 당연하다는 듯 가현이 낮게 웃었다. 그리고 그의 팔을 잡아 이끌고 소파로 가서 앉았다.

"아직까지도 기분이 좀 이상해."

"왜?"

묻는 석영의 말은 멍했다. 하지만 들뜬 가현은 그런 걸 신경 쓸 겨를도 없어 보였다.

"직접 고백받은 거 처음이니까. 근데 오빠, 누구한테 고백받았는지 안 궁금해?"

"누구한테 받았어?"

가현이 수줍게 웃었다. 부끄럽지만 기쁜 듯, 쑥스럽지만 자랑하고 싶은 듯, 두 눈 가득 설렘을 담고 입술을 들썩였다.

"서종혁."

이름을 듣는 순간 석영의 머릿속에 종혁의 얼굴이 떠올랐다. 서종혁. 가현과 같은 반, 석영의 반 아이 중 하나. 특정한 누구와도 어울리지 않는 아웃사이더로 처음 교사가 되어 담임이 된 석영의 반에서 가장 신경이 쓰이는 아이였다. 반장이 된 가현의 도움을 받아 아이들과 두루 친해진 석영은 종혁도 반 아이들과 동화될 수 있도록 도왔다. 석영과 가현은 학교에선 철저하게 선생님과 제자로 각자의 위치에서 반 아이들을 어르고 다독여 하나로 만들었다. 그 과정 중에 가현은 종혁과 친해질 수밖에 없었다. 아무리 잘해줘도 어른에 대한 적대감을 가진 아이들은 선생님에게도 쉽게 마음을 열지 않았다. 종혁에 대한 걸 알게 되면 가현은 집에 돌아와 석영에게 말해주었고, 석영은 자신이 보는 종혁과 가현이 알려준 종혁을 번갈아 알아가며 그를 반의 일원으로 섞일 수 있게 했다.

"요즘 널 좋아하는 것 같다는 사람이 종혁이었어?"

자신이 짓고 있는 미소가 쓰게 느껴졌다.

"내가 걔 얘기를 한 적이 있었나?"

가현이 흠칫 놀라며 고개를 갸웃했다. 자신이라고 착각했던, 그녀를 좋아하는 남자는, 그래서 그녀가 의식하기 시작한 사람은 그였다.

"네가 알 정도였다면 서종혁이 꽤 티를 많이 냈나 보네?"

가현의 볼이 발갛게 물들었다. 이런 표정을 처음 짓게 하는 게 자신이 아니라니 괜히 헛웃음이 삐져나올 것 같았다.

"고백받고, 사귀기로 한 거야?"

가현이 고개를 설레설레 저었다. 아직 희망은 남아 있는 걸까.

"생각해 보겠다고 했어."

"왜? 별로야?"

"아니. 바로 답하면 꼭…… 기다렸던 것 같잖아."

석영의 가슴이 와르르 무너졌다.

"기다렸어?"

"곧 고백받겠구나, 생각했었으니까."

조심스럽게 마른침을 삼켰다. 가현이 시선을 내리뜨고 있는 이 순간, 도저히 어떤 표정을 해야 할지 몰랐다. 석영은 평소와 다르지 않길 바라며 그녀의 머리를 부드럽게 쓰다듬었다.

"다 컸다, 우리 가현이."

이런 형태의 '우리 가현이'를 부르고 싶었던 게 아니었다.

패러글라이딩을 마친 석영은 자신의 옆에서 첫 패러글라이딩의 흥분을 쉽사리 감추지 못하는 세준의 느낌을 한 귀로 듣고 한 귀로 흘려버렸다. 그녀에게 주려던 꽃은 그날 밤, 몰래 밖에 나가 버렸다. 그냥 줄까 생각도 했지만 '그냥' 꽃이 아니었다. 말하지 않으면 모를 마음인데도 혹여 꽃잎에, 꽃향기에 묻어나면 어쩌나 내다 버릴 수밖에 없었다.

여행을 와서 생각을 정리할수록 허무한 웃음이 터졌다. 그녀의 첫 연애일 뿐이다. 그 처음이 자신이 아니라는 게 속이 뒤틀리도록 괴롭고 못마땅했지만 당장은 막아설 도리가 없었다. 그녀에게 정신이 팔려 그녀가 자신을 좋아하는 누군가가 있는 것 같다는 힌트를 준 걸 알아채지 못한 게 기가 막힐 따름이었다.

"형, 우리 맥주 한잔할까?"

숙소로 돌아가는 길, 세준이 길가의 PUB을 가리켰다. 석영이 고개를 끄덕이고 두 사람은 아담한 PUB 안으로 들어섰다.

시원한 맥주를 마시니 오늘 하루의 피로가 풀리며 몸이 노곤해졌다. 세준도 개운하게 미소를 짓더니 엄지를 치켜세웠다.

"형 덕에 내가 패러글라이딩도 하고, 스위스에 와서 이렇게 맛있는 맥주도 마시고! 고마워."

"네가 한 건데 뭐가 내 덕이야."

"그래도. 답례로 내가 뭐 해줄까? 한국 가서 소개팅할래?"

언제나 그랬듯 석영은 별 관심 없다는 표정으로 고개를 저었다. 이젠 자신에게 소개팅 얘기를 하는 사람도 별로 없거니와 얘기를 꺼내도 예의상이었다는 듯 그를 조르거나 강요하지 않았다.

"여자를 만나봐야 알지, 형."

"지금은 시간도 없어."

평일엔 아침부터 밤까지 학교에 매여 있었다. 주말엔 본인의 취미 생활과 친구들을 만나기에 바빴다.

"여자가 생기면 생활이 달라지지. 형이 야자 빼먹을 수도 있어."

석영이 낮게 웃었다. 야간 자율학습 감독을 하는 선생님이 본인 연애에 정신이 팔려 감독을 빼먹었다는 얘기는 듣지 못했다.

"참 희한해. 내가 형이었으면 나는 여자 막 골랐을 거야."

석영도 골랐다. 단 한 명의 여자. 윤가현으로.

"형은 결국 어떤 여자를 만나게 될까."

석영은 어깨를 으쓱하는 걸로 답을 대신했다. 자랑하고 싶지만 반면에 절대로 보여주고 싶지 않은 여자가 자신의 여자가 되길 바랐다. 무표정하게 있는 것도 예쁘지만, 웃을 땐 더없이 예쁜 여자였다. 석영의 시선이 무겁게 가라앉았다. 어서 돌아가서 가현이 보고 싶었지만, 한편으론 당분간 그녀를 보고 싶지 않기도 했다.

"방학 잘 보냈어?"

석영의 물음에 까무잡잡해진 모습이 더러 보이는 아이들이 히죽 웃었다.

"선생님은 어디 다녀오셨어요?"

"우주."

허무맹랑한 대답에 몇몇 여학생이 까르르 웃었다.

"선생님은 치사해요!"

전혀 예상하지 못했던 한마디에 석영은 물론이고 다른 아이들도 눈이 동그래져서 진수를 쳐다봤다.

"우리한텐 전부 다 말하라고 하면서 선생님에 관한 건 아무것도 얘기 안 해주시잖아요."

"내가? 나에 대한 거 뭐?"

"첫사랑이요!"

끈기 하나는 끝내주는 녀석들이었다. 학기 초에 하도 물어보기에 나중에 많이 친해지거든 얘기해 주마, 했더니 틈만 나면 두 눈을 반짝이며 물었다.

"그게 왜 그렇게 궁금해?"

물어올 때의 패기나 끈기와 다르게 누구도 선뜻 답하지 못했다. 단순한 호기심이라는 것도 그저 자연스러운 과정 중 하나라는 것도 알고 있다. 그래도 거짓을 말하고 싶진 않으니까 함구할 수밖에 없었다.

"선생님도 너희랑 똑같은 사람이야. 좋아하는 사람이 있으면 가슴 두근거리고 설레고, 잘 보이고 싶어서 노력하다가 오히려 실수도 해. 그리고 첫사랑은 선생님한테 소중한 거니까 어디에도 함부로 얘기하지 않는 거야. 이해해 줄 수 있지?"

"첫사랑, 아직도 사랑하세요?"

여학생의 질문에 남학생들은 어째선지 야유를 보냈다. 물어보긴 했지만 녀석들이 궁금한 건 첫사랑과 사귀었느냐, 못 사귀었느냐, 그게 몇 살 때냐가 궁금할 터였다. 하지만 플라토닉한 사랑에 대한 로망을 두 눈에 담은 여학생들의 관심은 다를 수밖에 없었다.

"비밀."

학생들의 빗발치는 야유 속에서 석영은 미소를 지었다. 그리고 자연스럽게 아이들을 둘러보는 척 가현을 바라봤다. 관심 없다는 표정이었지만 석영을 빤히 쳐다보고 있었다. 석영은 가현의 뒤에 앉아 있는 종혁에게도 시선을 주었다. 종혁에 비하면 가현은 상당히 성의 있게 석영의 얘기를 듣고 있었다. 종혁은 한 손으로 턱을 괴고 읽지도 않는 것 같은 책의 페이지를 심드렁하게 넘기고 있었다.

"개학 첫날이라 다들 들떠 있는 건 알겠는데 그래도 선생님들 고생 안 하시게 수업 잘 듣고! 이따 종례 때 보자. 반장."

가현이 자리에서 일어섰다.

"차렷, 경례!"

"아자 아자, 7반!"

아이들의 우렁찬 아침 인사를 듣고 나니 기운이 났다. 인사를 마치기 무섭게 몇몇 아이들이 석영의 주위로 몰려들었다. 방학 때 다녀온 곳에 대한 자랑을 하기도 했고, 석영에게 주려고 기념품을 사왔다며 소박한 열쇠고리를 건네기도 했다.

"요즘 누가 촌스럽게 기념품으로 열쇠고리를 사냐!"

남학생의 타박에 여학생은 인상을 확 구겼다. 하지만 이내 석영에게 다시 시선을 돌릴 때는 그 나이에 가장 잘 어울리는 해맑은 미소를 띠었다.

"선생님 보기엔 예쁘죠?"

"그럼. 누가 준 건데. 고마워."

석영은 자신을 둘러싼 아이들의 얘기를 들으며 가현을 힐끔 쳐다봤다. 옆자리의 예림의 얘기를 들으려 옆으로 돌아앉아서 뒷자리의 종혁에게 종종 시선을 주고 있었다.

현관문을 열고 들어가자 센서 등의 불이 켜졌다. 그 순간 석영은 기함을 하고 괴성을 지르며 그 자리에 주저앉아 버렸다. 심장이 벌렁벌렁 입으로 튀어나오는 줄 알았다.

"뭐…… 뭐야!"

"오셨어, 신비주의?"

어둠 속에 제연이 서 있었다. 현관에 누가 나와 있을 거라고 생각하지 않고 문을 열었는데 센서 등이 켜지는 순간 팔짱을 끼고 선 제연이 있어서 정말 깜짝 놀랐다.

"넌 왜 여기 서 있어?"

"가현이가 시켰어. 신비주의한테 주는 벌이야."

"심장 터질 뻔했잖아! 그리고 무슨 신비주의?"

"애들한테 아직도 첫사랑 얘기 안 해줬다며. 자기 얘기는 절대 안 해주는 선생님의 신비주의 때문에 인기가 떨어질 줄을 모른다며. 그러다가 한순간에 훅 간다."

"훅 가라고 하는 소리 같다?"

제연이 어깨를 으쓱했다. 석영은 놀란 가슴을 진정시키며 우선 냉장고에서 물을 꺼내 마셨다. 그사이 샤워를 마친 가현이 욕실에서 나와 석영의 옆으로 다가왔다.

"왔어, 신비주의 오라버니?"

"오빠가 좀 많이 신비하지?"

석영이 물을 마신 컵에 남은 물을 마신 가현이 그를 향해 혀를 샐쭉 내밀었다.

석영과 제연은 태어나기 전부터 친구나 다름없었다. 양가 할아버지들이 친구 사이였고, 그 바람에 아버지들끼리도 자연스럽게 친구가 될 수 있었다. 비슷한 시기에 자식들이 친구가 된 게 좋았는지 할아버지들은 본인 자식들에게 결혼과 임신 시기를 맞추라고 성화였다. 결국 임신 시기가 비슷했을 때 모두 기뻐했다고 한다. 둘은 자연스럽게 형제처럼 제일 친한 친구로 자라왔다. 석영에겐 형제가 없지만 제연에게 여동생 가현이 생겼다. 물론, 석영에게도 여동생이 생긴 거나 다름없었다. 날 때부터 당연하게 지내온 사이. 누구도 의심할 여지가 없이 가족 같은 사이.

지금은 양가 부모님이 난데없이 귀농을 해서 세 사람만 서울에 남아 함께 지내고 있었다. 전부터 귀농을 버릇처럼 입에 달고 살던 양가 아버지들이었다. 어머니들도 별다른 이견이 없었기에 입버릇이 실현될 날은 점점 가까워졌다. 하지만 적어도 가현이 고등학교를 졸업할 때까진 실현 가능하지 않다고 생각했다. 그런데 제연의 할머니 건강이 안 좋아지셨고, 겸사겸사 귀농에 대한 구체적인 얘기들이 나왔다. 무엇보다 가현이 아직 고등학생이고, 여자아이라는 데 있어서 부모와 떨어지는 게 괜찮을지가 가장 큰 고민거리였다. 유독 가현을 아끼는 석영의 할아버지는 절대 가현일 두고 올 생각일랑 말라고, 그랬다간 가만두지 않겠다고 으름장을 놓았지만 가현의 설득엔 단박에 넘어갔다. 가현은 의젓하고 단호하게 자신의 생각을 말했다. 결국 제연과 석영이 책임지고 가현을 보살피겠다는 조건으로 양가 부모님들은 귀농을 했다.

부모님의 당부 때문이 아니라, 원래 아끼는 동생이기에 제연과 석영은 늘 가현을 챙기고, 신경 썼다. 하지만 가현은 늘 그랬듯 스스로 뭐든 잘했다. 가끔은 제발 오빠들에게 도움을 좀 요청하라고 제연과 석영이 부탁을 할 정도였다. 그럴 때면 가현은 웃었다. 뭐든 다 해주고 싶게 만드는 그 웃음을 한껏 보여줬다.

샤워를 마치고 욕실에서 나오자 가현도 거실에 나와 있었다. 제연의 옆에 앉아 그가 하는 얘기를 주의 깊게 듣고 있었다.

"무슨 얘기해?"

"동생을 너무나 사랑해서 과한 걱정을 하는 어느 오빠의 이야기."

담담한 가현의 대답에 제연이 인상을 찌푸리고 그녀의 머리를 한 대 쥐어박았다. 제연에게 맞은 곳을 문지르며 가현이 그에게서 조금 떨어져 앉았다. 그리고 제 옆에 앉는 석영의 팔을 잡고 제스처로 제연이 자신의 머리를 쥐어박았음을 고자질했다.

"무슨 과한 걱정?"

"종혁이랑 손 잡아봤냐고 물어보는데?"

석영이 피식 웃고 제연을 쳐다봤다. 어느덧 가현이 종혁이랑 사귄 지 한 달이었다. 설마 손만 잡았겠는가.

"너 남자 나이 열여덟이 얼마나 위험한 나이인 줄 알아?"

전혀 무서워 보이지 않는데 위엄 있는 척 얘기하는 제연이 웃겨 석영은 낮게 웃었다. 남자 나이는 열여덟만 무서운 게 아닌데.

"종혁인 하나도 안 위험하거든."

그 순간 석영은 표정관리를 할 수가 없었다. 옹호. 가현이 종혁을 옹호하고 있었다. 가현이 종혁을 사귀고 있다는 게 현실감 있게 다가왔다. 종혁을 옹호하기 위해 지은 가현의 표정엔 단호함이 있었지만 사랑스러웠다. 가현은 이보다 더 많은 다양한 표정을, 사랑하는 사람에게만 보여줄 수 있는 모습들을 종혁에게 보여줄 거다. 지금까진 가현이 자라면서 모든 처음을 같이해 왔다. 가현이 태어나서 처음 웃을 때부터 울 때, 걸을 때, 뛸 때, 말하게 되었을 때 등등. 그런데 처음 사랑에 빠진 건 자신과 함께가 아니었다.

"이렇게 멋진 오빠가 둘이나 있고, 금이야 옥이야 그렇게 귀하게 키웠는데 벌써부터 이렇게 오빠들 품을 떠나려고 하다니."

남자친구가 생겼을 뿐이었다. 그런데 품을 떠나려고 한다니, 제연의 과장이 좀 심했다. 하지만 석영은 가현의 편에서 그녀를 옹호하진 않았다.

처음 가현이 종혁에게 고백받았음을 알려왔을 때 석영은 가현과 그에 관해 얘기를 나눴다. 평소 그녀에게 사람을 첫인상이나 겉모습만으로 판단하지 않도록 가르쳤다. 학교에서도 아이들이 서로 가진 선입견을 가급적 지울 수 있도록 늘 돕고 있었다. 그렇게 선입견을 지우며 알게 된 종혁은 꽤 믿음직스러웠다. 종혁은 보기보다, 소문보다 훨씬 좋은 아이였다.

어쩌면 가현과 종혁이 사귀게 될 수 있었던 계기는 석영이었는지도 모른다. 석영에게 아이들에 대한 얘기를 해주면서 가현도 아이들에게 관심을 가져야 했고, 그러면서 종혁과 친해졌다. 그런데 자신의 감정을 앞세워 가현에게 무턱대고 종혁인 안 된다, 반대다, 라고 할 수 없었다. 그저 자신은 왜 어른일까, 왜 가현의 선생님일까 후회해 봐야 소용없는 것들을 후회했다.

"너희 학교 너무 물러. 남녀 공학에, 합반에, 교제금지도 아니고. 애들이 이래서 언제 공부를 해?"

"우리 학교 2학년, 시내 모의고사 1등 하는 학곤데?"

"그 녀석들 참."

할 말이 없는 듯 제연이 얼버무린 소리에 가현이 까르륵 웃었다. 그 웃음소리에 석영과 제연도 함께 웃었다.

"어쨌거나 다 너 걱정해서 하는 소리야!"

잔웃음과 함께 제연이 가현의 머리통을 붙들고 흔들었다. 가현은 알고 있다고 답하면서 석영과 제연을 번갈아 쳐다봤다.

"내가 스무 살에 첫 연애를 했어도 오빠들은 걱정했을 거야."

"열여덟에 한 것보단 덜 걱정했겠지."

"글쎄. 그럴 것 같지 않은데."

가현이 고개를 갸웃하고 석영을 바라봤다. 이쯤에선 석영이 가현의 편에서 지원사격을 해주길 바라는 거다. 하지만 지금은 가현의 편을 들 수가 없었다. 제연의 얘기대로 스무 살이었다면 지금만큼 걱정하진 않았을 것 같았다. 아니, 2년쯤 뒤라면 뭔가 달라져 있을 수도 있다는 생각이 들었다. 석영과 가현의 관계가.

"스무 살 아니라 서른 살에 첫 연애를 해도 걱정했을 거야."

"얘가 서른이면 우린 서른아홉인데. 그땐 첫 연애를 그 나이까지 못한 걸 혼냈겠지. 왜 나를 안 닮고, 너를 닮아서 연애가 그리 늦었냐고."

제연이 석영을 가리키며 인상을 팍 찌푸렸다.

"그럼 지금 얘가 열여덟에 첫 연애를 한 건 내가 아니고 널 닮아서 그런 거니까 널 욕하면 되는 거야?"

도망가려는 제연을 붙잡은 석영이 그의 목에 헤드록을 걸었다. 두 사람이 혼란스러운 가운데 가현은 이제 그만 과제를 하겠다며 방으로 들어가 버렸다. 제연과 석영은 소파에 나란히 앉았다.

"귀여운 놈. 학교에선 여전해?"

석영이 가현의 학교로 발령이 나고, 그녀의 반 담임이 되었을 때 가족들은 모두 그 소식을 반겼다. 집에선 마냥 어리고 귀여운 막내딸이지만 집이 아닌 곳에서 가현이 얼마나 타인에게 의지하지 못하는 성격인지 알기 때문이었다. 학교의 얘기를 하는 일은 드물었고, 집에 친구를 데려오는 적도 없었다. 집과 밖을 극명하게 선을 그어놓는 게 늘 걱정되었다. 그렇기에 제연은 물론이고 가족들도 종종 석영에게 가현의 얘기를 물었다.

"여전하지. 카리스마 있는 윤 반장."

"인복은 있는 애야. 자기가 정 안 주는 거에 비해, 주변에서 받는 건 많이 받잖아."

"응. 본인이 몰라서 그렇지 다들 가현이 좋아해."

"다행이야."

두 사람은 나란히 가현의 방문을 쳐다봤다.

"참, 가현이도 그 얘기 알더라."

"무슨 얘기?"

제연이 목소리를 낮췄다.

"우리 막내 삼촌이랑 너희 고모 얘기."

석영은 그저 두 눈을 깜빡일 뿐이었다. 양가가 그렇게 친함에도 불구하고 할아버지들끼리 자식을 낳으면 결혼시키자는 약속이 어째서 없을까 궁금했다. 3대째 걸치고 있는 우정이 2대째에서 어긋날 뻔한 그 사연을 석영도 얼마 전에 알았다.

양가 부모님이 귀농을 하기 전, 아버지들과 제연, 석영은 포장마차에서 가볍게 소주를 한잔 기울였다.

"뭐, 다 옳게 키웠으니까 너희만 두고 가는 게 걱정은 안 되지."

아저씨의―석영과 제연은 서로의 부모님을 두고, 아버지는 아저씨라, 어머니는 이모라 불렀다―얘기에 아버지가 인상을 구겼다.

"이 두 놈 걱정하는 건가. 가현이 걱정하는 거지."

"걱정은 내가 더하지! 내 금쪽같은 딸내미. 벌써부터 저렇게 부모 품에서 벗어나려고 하면 나중엔 얼마나 더할 거야."

속상함이 고스란히 묻어나는 아저씨의 소리에 아버지가 한숨을 내쉬었다. 두 분 모두에게 귀한 막내딸이니 그녀가 할머니, 할아버지들과 부모님들을 설득해 귀농의 결정을 도운 게 서운할 법도 했다.

"일단 1년만 지켜볼 거야. 내년엔 가현이도 고3이니까 엄마는 옆에 있게 해야지."

"응. 난 고3 뒷바라지까지는 못해."

제연이 그것만큼은 봐달라며 씩 웃었다. 분위기를 풀어보려는 행동이었다.

"지금은 할머니 건강도 염려되니까."

제연과 석영이 고개를 끄덕였다. 제연의 할머니는 얼마 전 갑자기 현기증을 일으켜 응급실에 다녀왔다. 연세도 있고, 공기 좋고 물 맑은 곳에서 요양하는 게 좋겠다는 결론이 나왔다. 그 바람에 전부터 귀농을 꿈꾸던 부모님들은 어렵지 않게 결정을 내렸다.

"참, 병원에서도 느낀 건데, 안양 막내 삼촌이랑 종로 고모는 왜 그렇게 서먹해요?"

안양 막내 삼촌은 제연의 가족, 종로 고모는 석영의 가족이었다. 석영도 종종 느꼈던 터라 제연의 물음을 듣고 아저씨와 아버지를 번갈아 쳐다봤다. 잠시 서로 시선을 마주했던 두 분이 나란히 소주잔을 비웠다.

"할아버지들이 저렇게 친하시고, 3대째 우정을 잇게 하실 정도로 고집 센 분들인데 서로 자식 낳아 아들, 딸 성별 다르면 결혼시키자, 얘기가 없었겠어?"

석영도 궁금하던 부분이었다.

"두 분이 늘 얘기하셨고, 그 상황에 떠밀려서 너희들 삼촌이랑 고모, 둘이 만났었어. 그러다가 서로 성격이 안 맞아서 헤어졌는데 그때 잠깐 할아버지 두 분도 데면데면하셨거든. 그런데 시간이 지나면서 언제 그랬냐는 듯 더 이상 가족 될 욕심은 내지 말자, 하고 지내시는 거지."

"두 분이 워낙 친하시니까 삼촌이나 고모도 두 분한테 자기들 때문에 어렵게 지내지 마시라고 했고."

석영은 조용히 소주를 마셨다. 서로 완전한 결심이 서지 않는 이상, 섣불리 표현하기 곤란한 마음이었다.

그러고 보니, 고등학교 때 제연의 집에 친구들이 놀러 왔는데 모두 가현을 귀여워했다. 가현은 제연과 석영에게 꼭 붙어 낯을 가렸지만 묻는 말에 꼬박꼬박 대답을 하고, 예쁘고 귀엽다는 얘기엔 석영의 등 뒤에 숨어 배시시 웃기도 했다. 그러던 중, 한 친구가 농담처럼 얘길 꺼냈다.

"나중에 커서 오빠랑 결혼할까?"

그 순간 제연과 석영은 말할 것도 없고 다른 친구들도 그에게 제정신이냐며 면박을 주고, 당치도 않는 소리를 말라며 친구를 구박했다.

"그럼 가현이는 누구랑 결혼할 건데? 석영이 오빠?"

다른 친구의 질문에 제연이 몸서리를 쳤다. 그리고 가현은 동그랗게 뜬 눈으로 석영을 빤히 올려다보다가 질문을 한 친구를 보고 똑바로 대답했다.

"석영이 오빠는 가족인데요. 가족끼리는 결혼 못해요."

답을 한 뒤, 쪼르르 제 엄마에게 달려가 배시시 웃으며 물었다.

"엄마, 석영이 오빠는 가족이지?"

"그럼, 가족이지. 가현이 오빠잖아."

당시 상황을 지켜보고 있던 이모는 가현에게 대답을 하고 석영을 보며 미소 지었다. 그땐, 석영도 대수롭지 않게 여기며 함께 미소 지었다. 가현은 아홉 살이었고, 그저 예쁘고 귀여운 동생으로 석영도 지금과 같은 깊은 마음은 아니었다.

하지만 시간이 흐르고 가현에 대한 자신의 마음을 깨달을 때마다 그날의 일이 문득문득 떠오르곤 했다. 그때 이모가 지었던 미소가 단순히 아무 의미도 없는 미소가 아닌 것 같았다. 당시엔 어떤 의미였는지 몰라도 지금 떠오르는 그 미소는 가현인 네 동생이라고, 무슨 생각을 하는 거냐고 석영을 압박하는 것 같았다. 그리고 몰랐던 사정을 알게 되니 그 미소는 가족이 어그러지는 일이 생기지 않도록 하고 싶은 마음이었던 것 같다.

잠시 생각에 잠긴 석영을 제연이 팔꿈치로 툭 쳤다.

"무슨 생각해?"

석영이 고개를 설레설레 저었다.

"네가 가현이한테 얘기해 주려고 했는데 가현이가 알고 있었던 거야?"

"응. 엄마가 얘기해 줬대. 여자들의 수다란."

본인도 가현에게 얘기하려고 했으면서 마치 자신은 아니라는 듯 제연이 고개를 설레설레 저었다. 석영은 피식 웃고 그를 보며 한숨을 내쉬었다. 제연은 그 한숨의 뜻이 뭔지 안다는 듯 석영을 향해 인상을 찌푸렸다.

가현은 그 얘기를 언제 알게 되었을까. 혹시 가현도 석영처럼 양가가 이토록 친한데 그런 얘기가 오고 가지 않는 게 궁금했던 건 아닐까. 그 얘길 알고 가현의 마음에 일말이라도 변화가 있었을까.

석영의 마음엔 물을 수 없는 물음들이 몽글몽글 피어올랐다.

점심을 먹고 동료 선생님들과 교무실로 향하던 복도에서 종혁을 만났다. 매점에 다녀오는지 과자와 음료수가 손에 들려 있었다. 종혁이 선생님들을 보고 고개를 꾸벅 숙이자 모든 선생님들이 흐뭇하게 종혁을 바라봤다. 석영은 선생님들에게 먼저 교무실로 돌아가라고 한 뒤 잠시 종혁과 얘기를 나눴다.

"선생님들이 요즘 너 보기 좋다고 칭찬이 자자하시더라."

종혁이 옅게 미소를 띠었다. 학기 초엔 절대로 웃는 법이 없는 애였다. 슬쩍 미소를 짓는 게 가현과 비슷했다. 이 애도 가현처럼 집에서만큼은 진짜 자신을 보여주긴 하는 걸까.

"윤 반장하고도 보기 좋고."

가현을 모든 이들이 그렇게 불렀다. 윤가현 반장, 윤 반장.

"그게 제일 부담스러워요."

예기치 못한 종혁의 솔직한 반응이 놀라웠다. 하지만 석영은 모른 척 종혁의 얘기를 들었다.

"가현이 덕에 제 이미지는 좋아졌을 수 있지만, 저 때문에 가현이 이미지가 안 좋아질 수도 있잖아요."

"너 가현이 이미지에 먹칠할 사람이야?"

"선생님도 걱정하셨을 거잖아요. 공부도 잘하고, 예쁘고, 선생님들한테 신임도 좋고, 반장으로서 역할도 잘해내고. 여러모로 가현이를 아끼셨을 텐데 저랑 사귄다고 했을 때 놀라셨을 거 아니에요. 가현이가 뭐가 모자라서 서종혁 같은 놈이랑."

실제 종혁이 보이는 이미지와 많이 다르다는 건 가현을 통해 알고 있었다. 하지만 종혁의 입에서 직접 들으니 소문과 이미지만으로 그를 나쁘게 생각했던 지난 시간이 미안하고 후회스러웠다.

"걱정했지. 그래서 가현이한테도 심각하게 물어봤지. 종혁이한테 뭐 약점 잡힌 거 있냐고."

종혁이 인상을 찌푸렸다. 솔직한 놈.

"그랬더니 가현이가 약점 잡힌 거 없다고 하더라고. 거짓말하는 거 같지 않아서 두고 보기로 했고. 솔직히 니들이 내가 하지 말란다고 안 하겠니? 이미 콩깍지가 씌었을 텐데."

"가현이가 저한테도 얘기했어요. 선생님이 걱정하셨다고요. 그래도 믿고 지켜봐 주시겠다고 했으니까 기대에 어긋나게 하고 싶지 않다더라고요. 저는 어른들 기대에 미치는 애는 아니지만 가현이한테는 멋있게 보이고 싶어요."

석영은 멍하니 복도를 지나다니는 아이들을 쳐다보고 있었다. 아이들이 지나가며 꾸벅 인사를 했지만 인사를 받을 수가 없었다.

"너무 걱정하진 마세요. 선생님들이나 애들이 가현이를 걱정하는 것만큼 저도 가현이 생각해요. 설마 그런 마음도 없이 사귀겠어요."

조금은 거만하지만 믿음직스러운 종혁의 얘기에 석영이 고개를 끄덕였다. 그리고 교무실로 향하려다가 종혁의 손에 들린 초코 우유를 봤다. 가현이 좋아하는 우유.

"가현이 거예요."

"너 내가 뭐 좋아하는지는 아냐?"

"사과를 못 드신다는 건 알아요. 어떻게 알았는지 가현이가 얘기하더라고요."

종혁이 미소를 지으며 교실로 향했다. 석영은 그대로 서서 종혁이 서 있던 자리를 물끄러미 바라봤다. 가슴이 저릿한 게 영 불편했지만 활짝 웃으며 교무실로 향했다. 선생님이니까. 어른이니까. 가현의 오빠니까. 웃을 수 있는 만큼 더 많이 웃고 싶었다.

가현아, 너는 모르겠지만, 오빠는 상상 이상으로 온몸으로 널 생각하고 있어.

2.

악몽 속에서 잠을 깬 석영은 거친 숨을 몰아쉬며 샤워기 아래 섰다. 시리도록 차가운 물을 온몸으로 맞고 있으니 점점 정신이 들었다. 오래된 기억은 꿈속에서 선명하게 떠오르곤 했다. 12년 전의 일이고, 이젠 괜찮다는 걸 알고 있었다. 그런데 왜 꿈속 가현은 당시 여섯 살 때의 음성이 아닌, 현재 열여덟 살의 음성으로 울며 오빠를 찾는 걸까.

샤워를 마치고 나오니 가현이 잠을 깨느라 소파에 앉아 머리를 이리저리 기울이고 있었다. 아침잠 깨는 걸 가장 힘들어하는 가현은 잠이 깨는 데 오랜 시간이 걸렸다. 그래서 일찍 일어나 소파에 앉아 저렇게 흔들흔들 잠에서 깨려고 고생을 했다.

가현의 앞으로 다가간 석영이 양손을 가현의 볼에 대는 순간 가현이 화들짝 놀라서 두 눈을 번쩍 떴다.

"바보."

"차가워."

동그랗게 뜬 두 눈이 잠이 깼음을 보여주고 있는데 목소리는 잠겨서 웅얼거리고 있었다. 견딜 수 없을 정도로 귀여웠다.

"찬물로 샤워했어? 아침부터?"

"응."

"오빠는 청춘이구나."

석영이 소파에 앉자 가현이 석영의 어깨에 머리를 기댔다. 석영이 찬물로 샤워를 하는 건 악몽을 꾼 다음이라는 걸 안다. 가현은 지금 그 위로를 하고 있는 거다.

"걱정할 거 없어, 꼬맹이. 오빠는 건강해."

"건강해야지. 오늘 선생님 달리기에서 무조건 1등 해야 돼. 2학년 선생님들 중에선 오빠가 제일 젊잖아. 달리기 1등 못하면 완전 창피한 거야."

"내가 창피할까 봐 걱정하는 거야? 1등 상품인 피자 10판을 못 받을까 봐 걱정하는 거야?"

"둘 다."

"3반 선생님 직접 못 뛰신다고 주건욱 선생님 대타로 내보낸다는데. 이길 수 있을까?"

"당연하지. 가만 보면 건욱 쌤은 폼만 잡을 줄 알지 귀찮아서 열심히 안 뛰어. 작년 축제 때도 그랬어."

"주 선생님이 들으면 너 혼난다."

석영이 가현의 코를 살짝 잡아 흔들었다. 가현은 관심 없다며 석영의 어깨에 제 코를 콕 찍었다.

"너 종혁이한테도 이렇게 어리광 피워?"

"무슨 어리광?"

전혀 모르겠다는 표정도 귀엽다. 이렇게 어리광투성인데.

"나나 제연이한테 하는 것처럼 하냐고."

그렇지 않을 거라는 걸 누구보다 잘 알지만 그래도 확인하고 싶었다.

"오빠들한테 하는 거랑은 다르지. 그리고 내가 뭐 오빠들한테 얼마나 어리광을 부린다고 그래. 나 안 그러잖아."

가현이 기지개를 켜고 완전히 잠에서 깼다. 그리고 배시시 웃었다. 그때 방에서 나오던 제연이 그 모습을 보곤 바보처럼 웃더니 가현에게로 달려들었다. 가현은 재빠르게 피해서 욕실로 달아났고 제연 혼자 거실 한가운데에서 아쉬운 표정을 그대로 드러냈다.

"저 귀염둥이 아침부터 왜 저렇게 배시시 웃어대?"

"귀염둥이니까."

"저런 금쪽같은 놈."

석영은 피식 웃고 출근 준비를 했다. 오늘은 학교 행사인 축제가 있는 날이었다. 석영이 근무하는 효천고등학교는 운동회와 축제를 한날 같이했다. 학생들은 학교 행사가 하루로 압축되는 게 싫다고 난리였지만 나름 체계적으로 짜인 일정이라 꽤 재미있었다. 그중 최고의 하이라이트는 피자 10판 상품이 걸린 선생님들의 달리기 시합과 학생들의 다양한 아이디어를 엿볼 수 있는 반별 가장행렬이었다. 물론, 석영이 보기엔 자신의 반 아이들 아이디어가 누가 뭐래도 최고였다.

아침 식사를 마치고 석영보다 먼저 집에서 나온 가현은 어깨에 둘러멘 쇼핑백이 흘러내리지 않도록 붙들고 있었다. 가장행렬은 상당히 귀찮았다. 대충 하고 싶은 마음에 교복 가장행렬을 하겠다고 했지만 석영에게 단칼에 거절당했다. 그래서 고민하던 차에 가장행렬 테마가 정해졌다. 처음엔 하는 척만 하려고 했던 게 점점 일이 커지고야 말았다.

2주 전이었다. 아침 조회 시간 석영은 제일 먼저 가장행렬 테마부터 물었다.

"일주일이 지났는데 왜 아직도 뭘 하겠다, 얘기가 없어? 안 할 거야? 불참은 안 되는 거 알지?"

"고민 중이에요."

가현의 대답에 석영은 눈을 가늘게 떴다. 그리고 반 아이들의 표정을 하나하나 살폈다.

"귀찮아?"

석영의 물음에 모두들 대답하기도 귀찮다는 듯 대충 고개를 끄덕이고 작게나마 대답을 했다.

"뭐가 귀찮아? 수업 안 하고 축제 행사 중 하난데."

"저희는 할 게 너무 많잖아요. 여자애들은 피구 결승도 해야 되고, 남자애들은 축구랑 농구 다 결승 나갔고요."

유독 체육 시간을 좋아하는 애들이 많아서 여자 발야구를 제외한 모든 단체 종목 결승에 진출한 상황이었다. 게다가 가장행렬은 오후 3시에 시작하는 행산데 피구 결승이 끝난 바로 다음 일정이었다.

"그러게 누가 그렇게 열심히 하래? 니들은 체대 갈 것도 아니면서 왜 그렇게 체육에 목숨을 거냐? 한창 뛰어놀 때인 건 알지만 죄다 결승에 나갈 줄 누가 알았겠어?"

하지만 모두들 알고 있었다는 듯 석영을 바라봤다. 저렇게 자기 학생들을 못 믿어서야.

"오늘 안으로 테마 정해서 제출해. 2학년에선 우리 반만 안 냈다더라. 알았어, 윤 반장?"

"네."

가현은 답한 뒤 옆자리의 예림을 쳐다봤다. 예림이 어쩌겠냐는 듯 어깨를 으쓱하고 다시 손거울 속 제 얼굴로 시선을 옮겼다. 조회가 끝나기 무섭게 여기저기서 가장행렬에 대한 얘기들이 쏟아져 나왔다.

"그냥 적당히 할 만한 거 없나?"

가현의 혼잣말에 예림이 갑자기 두 눈을 반짝이며 가현을 향해 고개를 돌렸다.

"마녀 어때?"

전혀 알아들을 수 없는 소리에 가현은 그저 예림을 쳐다보기만 했다. 주위의 친구들도 모두 예림만을 보고 있었다.

"드라큘라와 마녀. 헤어랑 메이크업은 내가 해줄게."

"그렇지! 가장행렬에 맞는 분장을 하려면 화장도 필요하잖아! 예림아, 스모키?"

예림의 얘기에 미영이 흥분해서 예림의 손을 덥석 잡았다.

"뭐든지 오케이! 옷은 그냥 거무죽죽한 거 대충 입으면 되잖아."

여학생들은 메이크업을 배우고 있는 예림에게 화장을 받을 수 있다는 생각에 무조건 좋다며 환호를 질렀다. 하지만 남학생들은 고개를 설레설레 저었다.

"더워 죽겠는데 무슨 거무죽죽한 걸 입으라고. 그리고 드라큘라면 얼굴 하얗게 칠해놓게?"

"화장은 여자만 하지 뭐. 남자애들까지 화장 다 해주려면 나도 시간도 너무 오래 걸리고 힘들 것 같으니까."

그래도 싫다며 남학생들은 다른 아이디어를 내보라고 했다. 가현은 양쪽의 얘기를 잘 들으며 이리저리 생각을 하고 있었다. 뭐가 가장 최선일까. 아무래도 다른 사람보다 자신의 귀찮음이 가장 문제였다.

"마녀든 드라큘라든 일단 테마를 정한 이유가 있어야 돼."

가현의 얘기에 모두들 조용히 가현을 바라봤다. 그리고 테마만 정해주면 이유 같은 건 반장이 정하라는 표정들을 지어 보였다. 진짜로 귀찮은 건 가장행렬보다 반 친구들이었다.

"내가 타당한 이유 생각하는 동안 다른 테마 아이디어 안 내면 난 이걸로 제출할 거야."

말이 끝나기 무섭게 남학생들이 다른 테마를 정하려고 난리가 났다. 여학생들은 가현이 타당한 이유를 생각할 수 있도록 함께 고민을 했다. 하지만 마녀와 드라큘라라니 고등학생이 학교 축제 가장행렬에서 해야 될 이유가 없었다. 남학생들에게서 이렇다 할 다른 아이디어는 나오지 않고, 여학생들도 이유를 생각하자며 시작한 얘기가 삼천포로 빠져서 예림의 메이크업 강의를 듣고 있는 꼴이 되었다.

"대충 둘러댈 이유는 떠올랐는데 좀 골치 아프겠는데."

가현이 인상을 찌푸렸다. 하지만 모두들 가현이 할 얘기에 기대를 걸고 있었다. 언제든 실망을 안기는 반장은 아니니까.

"여자애들이 마녀인 콘셉트는 그대로 하고, 남자애들이 드라큘라인 콘셉트는 보디가드로 바꾸는 거지."

"보디가드?"

가현의 뒤에서 얘기를 듣고 있던 종혁이 고개를 갸웃했다.

"마녀의 보디가드. 요즘 인터넷도 그렇고 마녀 사냥 때문에 여러 가지로 문제잖아. 간혹 잘못된 마녀 사냥으로 더 큰 피해를 보는 경우도 있고. 무분별한 마녀 사냥을 비판하는 거지. 마녀를 지켜주는 보디가드. 마녀, 보디가드, 키보드 워리어? 이렇게 셋으로 나눌까?"

말을 마친 가현이 멍하니 생각에 잠긴 친구들의 표정을 살폈다.

"괜찮겠네. 여자애들 전부 화장해 주는 것보다 시간도 줄일 수 있고, 의미도 있고, 남자애들은 보디가드면 멋지잖아. 검은 양복에 선글라스."

종혁의 지원사격에 상황은 깨끗하게 정리되었다. 어떻게 표현할지 아이디어들이 튀어나왔고 남학생들은 전부 보디가드 역할을 하겠다고 나섰다. 가현이 수업이 시작하기 전에 교무실에 다녀오겠다고 일어나자 부반장인 종혁이 가현을 따라 일어섰다. 그리고 교실을 나오기 무섭게 가현의 머리를 슥 쓰다듬었다.

"넌 참 대단해."

괜스레 쑥스러워진 가현은 엷게 미소를 지었다. 가현은 종혁이 머리를 쓰다듬어 줄 때면 온몸이 간질간질해졌다. 종혁과 함께 교무실에 가서 석영에게 정해진 테마와 이유를 얘기했다. 석영은 잘

했다며 종혁과 가현의 머리를 헝클어뜨렸다. 종혁이 부드럽게 머리를 쓰다듬어 줄 때보다 억센 손길이었지만 가현은 그 또한 편안함이 느껴져서 슬쩍 미소를 지었다.

그렇게 정해진 테마에 친구들과 함께 가장행렬 준비를 했다. 보디가드 역할을 맡은 남학생들은 각자 알아서 검은 양복과 선글라스를 구해오면 되었지만 마녀 복장이라던가, 키보드 워리어를 보여줄 만한 소품을 만드는 일은 모두가 함께했다.

버스 정류장에서 버스를 기다리고 있는데 석영의 차가 가현의 앞을 천천히 지나갔다. 정류장엔 같은 학교 학생들이 없음에도 두 사람은 가볍게 눈인사만 나눴다. 가현은 왠지 머쓱해져서 표정을 굳혔다. 학교에서 석영과 가현은 누구도 눈치챌 수 없을 정도로 철저하게 선생님과 제자 사이였다. 아무도 없는 복도에서 둘만 마주쳐도 절대로 친근하게 아는 척을 하지 않았다. 그래서 교복을 입고 집 밖에서 이런 식으로 석영과 눈인사만 나눠도 알 수 없는 짜릿함이 온몸을 감돌았다. 학교에서 친구들이 석영이 멋있다고 얘기하면 괜스레 제가 뿌듯했다. 인기 좋은 선생님이긴 하지만 간혹 석영을 마음에 들어하지 않는 학생들도 있었다. 그럴 땐 편을 들 수 없지만 속상함에 며칠씩 우울하기도 했다. 석영에게 그런 얘기를 하면 석영은 그저 웃을 뿐이었다.

"난 상관없어. 어떻게 모든 사람 마음에 다 들 수 있겠어."

"성인군자 같은 소리 하지 마."

"네가 몰라서 그렇지 오빠 성인군자야."

정말 성인군자인 것처럼 인자한 표정을 지었던 석영이 떠올랐다. 학교에선 거의 볼 수 없는 표정이었다. 선생님일 때 석영은 힘이 넘치고 밝은 사람이다. 가끔 학생들과 농담을 할 땐 빈정거리며 문득문득 냉정하게 굴 때도 있었다. 그에 반해 집에선 주로 진중하고, 다정하고, 따뜻했다. 가현이 학교에선 미처 보여주지 못하는 자신의 밝은 면을 집에선 마음껏 보이는 것처럼, 석영도 힘이 넘치게 학교에서 생활하는 것과 다르게 집에선 편안하게 있는 게 좋았다. 학교에서보다 훨씬 멋있었다.

"윤가현!"

가현이 화들짝 놀라며 뒤를 돌아봤다. 왜 그렇게 놀라냐는 표정으로 종혁이 가현을 내려다보고 있었다.

"두 번이나 불렀는데 못 들었어?"

"응. 몰랐네."

멍한 표정을 풀어내는 사이 종혁이 가현의 어깨에 들려 있던 쇼핑백을 가져갔다.

"아침에 진수가 보낸 단체 톡 봤어?"

"응. 반 티 나온 거 말하는 거지?"

"응. 다 같이 입고 다니면 웃길 것 같더라."

종혁의 미소에 가현도 함께 미소를 지었다. 잘 웃지 않는 탓인지 종혁이 옅게 미소만 지어도 가현은 그와 함께 표정을 달리했다. 그가 웃을 때 함께 웃는 게 좋았다.

교실로 들어가자 어수선한 분위기로 모두 들떠 있었다. 몇몇은 벌써 반 티를 입고 있었다. 보라색으로 맞춘 반 티셔츠의 앞부분엔 궁서체로 '승리를 원하는 자'라고 쓰여 있었고, 뒷부분엔 '우리를 따르라'라고 쓰여 있었다.

"오, 멋진데!"

성큼성큼 교실로 들어온 석영이 반 티를 입고 있는 아이들에게 로 다가갔다.

"남는 거 없어?"

석영이 티셔츠가 들어 있는 박스를 뒤적거렸다.

"선생님 거는 따로 주문했어요."

진수가 박스를 살피더니 비닐 포장이 되어 있는 티셔츠 하나를 꺼내서 석영에게 건넸다. 석영이 씩 웃으며 비닐 포장을 뜯었다. 그리고 티셔츠를 펼쳐 보더니 표정을 구기고 실망을 그대로 드러 냈다.

"이게 뭐야? 내 건 왜 궁서체 아니야?"

석영이 티셔츠의 앞과 뒤를 번갈아 보고 완전 불만스런 말투로 써진 글씨를 읽었다.

"아, 잉? 아잉?"

석영의 티셔츠는 특별히 한 장만 따로 주문을 했다. 색상은 같 은 보라색이지만 글씨체는 산돌광수체로 앞부분엔 '아' 뒷부분엔 '잉' 이라고 적혀 있었다.

"너희가 날 이렇게 특별하게 신경 써주는 건 고맙다만, 이걸 어 떻게 입어?"

"저희 성의 무시하시는 거예요?"

한숨을 내쉰 석영이 고개를 끄덕이면서도 주섬주섬 티셔츠를 입었다. 그러자 기다렸다는 듯 미영이 하얀색 시트지를 하트 모양 으로 오려 석영의 등에 덕지덕지 붙여주었다. 등교하는 친구들마 다 석영을 보고 웃느라 정신이 없었다.

"선생님, 완전 잘 어울려요!"

엄지손가락까지 치켜드는 아이들의 칭찬에 석영이 씩 웃으며 손가락으로 브이 모양을 해 보였다. 모두 등교해서 옷을 갈아입은 뒤 석영과 함께 단체사진을 찍었다.

"자, 그럼 늦지 않게 운동장으로 나가자! 오늘 하루 신나게 놀아야지!"

석영의 힘 있는 외침에 모두들 두 발을 구르고 박수를 치고 소리를 질렀다. 2학년 7반의 단합이 빛을 발하는 날이었다.

운동장 구령대 옆에 선생님들이 쉴 수 있도록 천막을 쳐 자리가 마련되었다. 그 아래 앉은 석영은 운동장을 이리저리 뛰어다니는 아이들을 쳐다보고 있었다. 곧 있으면 시작하게 될 2학년 여자 피구 결승을 응원하러 가야 했다. 그전에 치러진 남자 농구 결승에선 7반이 우승을 했다. 열심히 땀 흘리며 뛰어 이기고 난 뒤의 아이들의 표정이 좋았다. 더없이 해맑게 웃고 진심으로 기뻐했다. 경기에 뛰지 않는 학생들과 목이 쉬어라 응원을 했다.

지난밤 가현과 결승에 오른 종목이 세 가진데 그중 하나도 이기지 못했을 경우엔 아이들을 어떻게 위로할까 고민했었다. 여러 가지 상황들을 놓고 제연도 함께 아이들을 위한 최선을 찾았다. 열여덟. 다 컸다고 얘기하게 될 때가 있지만 보호 속에서 건강하게 자라나고 있었다. 가현 때문인지 석영은 다른 선생님들보다 유독 아이들을 더 어리게 보곤 했다. 때로는 너무 커서 징그러울 때도 있었지만 진심으로 귀여워해 주면 애들은 어린아이처럼 굴기도 했다. 사랑과 관심이 싫은 사람은 없었다. 아이들일수록 더욱 솔직한 반응을 보였다.

"확실히 가을볕이 뜨겁긴 해요."

건욱이 석영의 옆에 앉으며 손부채질을 했다.

"2학년은 7반이 거의 다 결승에 올라갔던데요."

"노는 데서 빠지는 애들이 아니잖아요."

"뿌듯하시죠?"

"다 이기진 않았으면 좋겠어요."

석영이 미소와 함께하는 얘기에 건욱이 고개를 갸웃했다.

"승리의 기쁨과 단맛을 안다면 패배의 슬픔과 쓴맛도 알아야 하잖아요."

"애들은 그런 식으로 받아들이지 않잖아요."

"그렇게 받아들일 수 있도록 도와줘야죠. 단것만 먹으면 당뇨 걸려요. 아잉."

굳어 있는 말투지만 석영의 아잉에 건욱이 호탕하게 웃었다. 석영보다 세 살 위의 건욱은 이 학교에 부임해 처음 만났지만 처음 봤을 때부터 친해지고 싶은 사람이었다. 선생님들이든 학생들이든 잘 어울리는 편은 아니었지만 석영과는 얘기도 꽤 하고 어울리는 편이었다.

"선생님!"

등 뒤에서 들린 소리에 석영과 건욱이 함께 뒤를 돌아봤다. 3학년 여학생 몇몇이 있었다. 석영은 3학년 수업엔 들어가지 않아서 거의 모르는 애들이었다.

"저희랑 사진 찍어요!"

동의에 상관없이 아이들은 석영과 건욱을 둘러쌌다. 그리고 주위에 사진을 찍어줄 만한 사람이 없는지 둘러봤다. 그때, 석영을 찾으러 왔는지 천막 아래로 들어온 가현이 붙들렸다.

"사진 좀 찍어줘."

이번에도 가현의 대답을 듣지 않고 여학생 하나가 가현의 품에 카메라를 안겼다. 달싹 들러붙는 게 불편해서 피하다 보니 석영과 건욱이 바짝 붙어 앉았다.

"찍을게요. 하나, 둘, 셋."

담백한 가현의 음성과 다르게 사진에 찍히는 아이들은 호들갑이었다. 카메라를 확인하더니 가현에게 고맙단 인사도 없이 쌩하니 사라져 버렸다. 가현은 왠지 시무룩해 보였다.

"윤 반장."

건욱의 부름에 가현의 표정이 풀렸다.

"종혁이가 말 잘 들어?"

가현은 건욱을 빤히 쳐다보며 생각에 잠겼다. 어른이 뭘 물었을 땐 대답을 생각하더라도 빤히 쳐다보며 생각에 잠기지 말라고 했지만 버릇을 고치질 못했다. 그 바람에 선생님들 중 몇몇은 가현이 그리 예의 바르지 않다고 생각했다. 그럴 때면 석영은 안타까웠다.

"그냥 잘해주는데요."

"말 안 들으면 나한테 일러."

"종혁이는 선생님이 저 괴롭히면 말하라던데요."

석영이 낮게 웃었다. 오늘 집에 가면 가현의 볼을 꼬집어줄 생각이었다. 분명 왜 그러느냐고 투덜거릴 테지만 그 모습도 귀여울 거였다.

"선생님한테 그게 무슨 말버릇이야! 뭐라고 말씀하시면 그냥 네, 해야지."

일부러 가현을 혼내는 것처럼 석영이 목청을 높였다. 가현은 왜 다들 자기한테만 뭐라고 하느냐며 입술을 삐죽였다. 그게 또 귀여 웠다.

"저희 이제 피구 시작해요. 농구처럼 너무 소란스럽게 응원하 진 말아주세요, 창피하니까."

가현이 석영을 보며 얘기하는데 건욱이 자리에서 일어나 기지 개를 켰다.

"선생님도 같이 응원해 줄까?"

건욱의 물음에 석영이 놀라서 자리에서 일어났다. 심판이나 감 독을 맡은 행사도 귀찮아서 대충 하려는 건욱이 함께 자신의 반 아이들을 응원해 준다는 건 놀랄 만한 일이었다. 하지만 가현의 반응은 시큰둥했다.

"선생님, 사람이 너무 갑자기 변하면 죽는대요."

"변해야 될 땐 변해도 돼."

"연애하신다고 소문이 자자하던데 그래서 변하신 거예요?"

"서종혁도 너랑 연애하고 변했잖아. 나는 변하면 안 돼?"

그 말에 석영은 다시 씁쓸함이 밀려왔다.

"그럼 우리 선생님도 연애하면 변할까요?"

예상치 못했던 질문이었다. 질문을 한 가현도 질문을 받은 건욱 도 석영을 쳐다보고 있었다. 석영은 이제껏 누구도 만나본 적이 없었다. 건욱은 그 속사정까지 낱낱이 알지 못하겠지만 가현은 알 고 있으면서 일부러 물은 게 분명했다. 집에선 가끔 제연이 한두 마디씩 연애 좀 하라고 잔소리를 할 뿐이었다. 가족들도 가현도 석영에게 그런 얘기를 한 적은 없었다. 자신이 연애를 하기 시작하며 석영이 하는 연애가 어떨지 궁금해진 걸까.

"안 변하는 사람도 있지. 석영 선생님은 원래 솔직한 분이라 연애도 지금 모습 그대로 하실 것 같은데."

"우리 선생님을 좋아하는 여자도 있겠죠?"

"윤 반장, 너 지금 은근히 너희 선생님 무시하는 거야?"

"걱정하는 거예요. 제가 보기엔 선생님보다 우리 선생님이 몇 배는 더 멋있는데 선생님은 연애하시는데 우리 선생님은 못하는 게 이상해서요."

건욱이 표정을 구기고 석영을 쳐다봤다.

"선생님, 이 애 선생님 반이죠? 버릇이 좀 없어 보이는데요."

딱딱한 표정과 말투로 건욱이 가현을 눈짓으로 가리켰다.

"주의시키겠습니다. 그런데 가현아, 선생님은 못하는 게 아니라 안 하는 거야. 역시 우리 반장이 사람을 좀 볼 줄 아는구나."

석영이 최대한 호쾌하게 웃었다. 건욱은 응원은 없던 일로 하겠다며 걸음을 돌리려다가 석영에게 붙들렸다. 가현은 평소 그녀답지 않게 맑게 웃으며 반 아이들이 기다리고 있는 쪽으로 뛰어갔다.

피구 결승전이 시작되고, 주위는 시합에 참가하지 않는 학생들의 응원 소리로 시끄러웠다. 석영은 건욱과 나란히 서서 아이들을 지켜볼 뿐이었다.

"윤 반장 운동 신경 좋네요."

건욱이 이리저리 공을 피하기도 잘하고, 잡기도 잘하는 가현을 보며 칭찬했다. 옆에서 응원하던 남학생들도 건욱의 얘기에 더욱 열심히 가현을 응원했다. 7반과 결승에서 만난 10반엔 체육 전공을 하는 여학생이 세 명이나 있었다. 그 바람에 공을 남자들이 받기에도 위험할 정도로 세게 던지고 있었다. 그 아이들이 공을 잡을 때마다 어찌나 응원이 격렬해지는지 정신을 쏙 뺄 정도였다.

"윤가현, 피해!"

석영이 잠시 건욱과 얘기를 하는 사이 커다란 소리와 함께 비명 소리가 들렸다. 가현이 머리를 부여잡고 운동장 바닥을 구르고 있었다.

"가현아!"

아이들 틈을 파고들었다. 하지만 이미 종혁이 가현의 바로 옆에 와 있었다. 가현은 괴로운지 머리를 부여잡은 팔을 움직이지 못한 채 앓았다. 석영이 가까이 다가갈 틈도 없이 종혁은 가현을 안아 올렸다. 심판을 보고 있던 선생님이 경기를 중단했고, 응원을 하던 아이들뿐 아니라 근처에 있던 아이들 모두가 달려들었다. 종혁은 가현을 안은 채로 보건실로 달렸다. 그 뒤로 석영과 건욱, 7반 아이들이 따르고 있었다.

보건 선생님이 우선 가현의 동공이 제대로 움직이는지 살폈다. 기절한 건 아니라 다행이긴 하지만 공에 제대로 머리를 맞았기 때문에 정밀 검사를 하는 게 낫지 않겠냐는 얘기가 나왔다.

"일단 너희는 다시 가서 남은 경기해. 보건실에 이렇게 우르르 몰려 있으면 더 정신만 없어."

건욱이 잔뜩 흥분한 애들을 데리고 보건실을 빠져나갔다. 보건실엔 석영과 종혁만 남았다. 가현은 얼음 팩을 머리에 대고 누워 있었다. 그런데 종혁이 가현보다 더욱 괴로워 보이는 표정을 했다. 분명 석영도 억장이 무너지고 가슴이 문드러질 정도로 괴로웠다. 단순한 피구 경기 하나 때문에 가현이 아플 일이 생긴다니 화가 나기도 했다. 하지만 그 무엇 하나 겉으로 드러낼 수 없었다.

종혁이 가현의 손을 잡고 그녀의 머리에 손을 얹어주고 있었다. 석영은 그저 지켜볼 뿐이었다. 가현이 아픈 것보다 이 상황이 더 화가 났다.

"종혁이 너도 가봐."

석영 스스로도 놀랄 정도로 차가운 말투였다. 석영이 잠시 숨을 고르고 종혁과 눈을 마주쳤다. 잠시 가현을 물끄러미 내려다보던 그가 잠시 가현의 손을 잡았다 놨다. 가현은 힘껏 인상을 찌푸리고 두 눈을 꽉 감고 있었다. 종혁이 보건실에서 나가자마자 석영은 그대로 주저앉았다. 자신의 손이 닿으면 더 아프진 않을까 조심스러운 손길로 가현의 머리를 감쌌다. 내내 고통을 참고 있던 가현이 천천히 눈꺼풀을 들어 올렸다. 그리고 석영과 눈이 마주치자 더는 견딜 수 없는 듯 눈물을 쏟아냈다. 석영의 가슴은 문드러지고 가현과 견줄 만큼의 고통이 밀려왔다.

"병원 가자. 괜찮아. 괜찮을 거야, 가현아."

이를 악문 채 우는 가현은 꽉 잡은 석영의 손을 놓지 않았다. 가현이 이토록 아파하는 게 더없이 화가 나고 고통스러우면서도 석영은 그녀가 제 손을 놓지 않는 것만큼은 기뻤다. 그 기쁨이 또 한심하고 화가 났다.

병원으로 이동하며 석영은 제연에게 전화를 걸었다. 이젠 좀 괜찮은지 조수석에 앉은 가현은 그나마 편안해진 표정이었다.

"어때?"

"머리가 조금 울리긴 한데 괜찮아."

석영이 깊게 한숨을 내쉬었다. 가현이 석영을 힐끔 쳐다보고 양 손으로 관자놀이를 꾹 눌렀다. 그래야 머리 울림이 조금 덜해졌 다.

"오빠, 화났어?"

가현의 조심스러운 질문에 석영이 룸미러로 제 얼굴을 확인했 다. 확실히 매섭게 굳어 있었다. 미간에 힘을 준 걸 풀어내려 했지 만 머리가 울리는지 자꾸 인상을 찌푸리는 가현을 보자 다시 미간 에 힘이 들어갔다.

"속상해서 그래."

목소리도 잠기고 굳어 있었다. 가현은 대답 없이 제 관자놀이를 누르고만 있었다. 신호에 걸려 차가 멈춰 서고 석영은 자신도 모 르게 또 답답한 숨을 내쉬었다. 그리고 가현에게 손을 뻗어 그녀 의 머리를 쓰다듬었다.

"많이 아파?"

"조금. 괜찮겠지?"

"무서워?"

"머리가 계속 울리니까."

가현이 인상을 찌푸리며 걱정스럽게 석영을 쳐다봤다. 미소를 지어줘야 하는데 석영도 가현을 따라 자꾸만 인상이 구겨졌다. 가 현의 머리통을 잡고 있던 석영의 손이 가현의 볼을 살짝 스치고 그녀의 구겨진 미간에 닿았다.

"괜찮아. 아무 일도 없을 거야."

마음이 놓였는지 가현의 표정이 잠시나마 편안해졌다. 병원으로 향하는 동안 석영은 부디 가현에게 아무 일도 없기를 계속해서 빌었다.

종합병원 응급실에 도착하자 가현은 두 눈을 동그랗게 떴다. 어째서 종합병원이고 게다가 왜 응급실에 와야 하냐는 표정이었다.

"동네 병원엔 CT 기계가 있지도 않을 테고, 그냥 일반 진료 기다리려면 오래 기다려야 하고 오늘 된다는 보장도 없어. 이럴 땐 응급실에 와야지."

"응급실에서 비웃겠다."

말은 그렇게 하면서도 더럭 겁이 나는지 가현이 양손으로 석영의 팔을 붙들었다.

"비웃으면 오빠가 가만 안 둘게."

응급실 안으로 들어서며 가현은 좀 더 석영의 팔에 바짝 달라붙었다. 가현이 아픈 일은 다시는 없어야겠지만 그녀가 이런 식으로 의지해 오는데 병원에 오는 게 싫을 수 없었다. 자신의 이중적인 마음을 탓하며 석영은 접수를 하고 대기 의자에서 기다리는 가현의 옆에 앉았다.

"조금만 기다리래."

석영이 가현의 손을 잡았다. 가현은 응급실을 두리번거리며 고개를 돌릴 때마다 머리가 울리는지 자꾸만 미간을 좁혔다. 그리고 다급하게 응급실 안으로 뛰어들어 오는 제연을 보고 더욱 인상을 구겼다.

"가현아!"

제연이 힘껏 소리치자 가현은 창피함에 고개를 들 수 없다며 석영의 어깨에 얼굴을 파묻었다.

"괜찮아? 누구야? 누가 그랬어? 어떤 새끼가 우리 가현이 머리통을!"

석영이 손으로 제연의 입을 막았다. 가현도 석영의 어깨에 머리를 기댄 채 제연을 보며 검지를 입에 가져다 대고 좀 조용히 하라고 일렀다.

"괜찮아?"

"오빠 때문에 더 울려."

가현이 칭얼거리자 석영도 제연도 안쓰러운 마음에 인상이 구겨졌다. 그리고 제연의 원망의 화살은 곧바로 석영을 향했다.

"넌 바로 옆에서 뭐 했어!"

석영 역시 제일 화가 나는 부분이었다. 바로 옆에 있었음에도 할 수 있는 게 아무것도 없었다. 그보다 더 화가 나고 속상한 마음이 어디 있을까.

"석영이 오빠한테 왜 그래."

"속상하니까 그렇지."

제연이 한숨을 쉬고 가현의 옆에 앉아서 그녀의 머리를 쓰다듬어 줬다. 종혁이 쓰다듬어 주는 손길과는 달랐다. 그건 당연했다. 다만 석영이 쓰다듬어 줄 때와도 달라서 가현은 괜히 가슴이 따끔거렸다. 그때 간호사가 가현의 이름을 불렀고 가현은 가슴이 따끔거리던 느낌은 금방 잊었다.

검사 결과 아무 이상이 없었다. 제연과 석영은 당연히 그럴 줄 알았다지만 나름 안도의 숨을 내쉬었다. 가현 역시 괜스레 놀랬던 마음을 쓸어내렸다. 그리고 아무 이상이 없다는 소리에 내내 끊이지 않던 두통도 조금씩 잦아드는 것 같았다.

"오빠 다시 학교 가봐야 돼. 집에 가서 좀 쉬어."

그제야 휴대폰으로 친구들에게 온 연락에 답을 하던 가현이 입술을 비죽였다.

"가장행렬 못했네."

귀찮다고 투덜거렸으면서도 친구들과 함께하지 못한 게 사뭇 아쉬운 모양이었다.

"어쩔 수 없었잖아. 머리가 멀쩡한 게 우선이에요, 아가씨."

제연이 가현의 볼을 살짝 꼬집었다. 가현은 그대로 제연과 함께 집으로 향했고, 석영은 다시 학교로 향했다. 비록 그녀가 다치지 않게 해주진 못했지만 동행해서 병원에 데리고 올 수 있었던 건 다행이라는 생각이 들었다. 언제, 어느 때든 그녀에게 무슨 일이 있었을 때 항상 함께 있고 싶었다.

제연과 함께 집으로 돌아간 가현은 쉬다가 저녁을 먹고 조금 이르게 잠이 들었다. 석영이 들어오는 걸 보고 싶었지만 학교 행사가 끝난 다음에 선생님들 회식은 생각보다 오래 이어졌다. 한참 잠들었다가 뒤척이는데 인기척이 느껴져 잠에서 깼다. 석영이 가현의 침대 아래 앉아 있었다.

"언제 왔어?"

"오빠 때문에 깼어?"

"아니."

석영의 손이 가현의 이마를 짚었다. 그리고 다른 한 손으론 가현의 손을 잡아줬다. 따뜻했다.

"좀 어때?"

"이젠 괜찮아."

다행이라며 석영이 가현의 머리칼을 쓸어 넘겼다. 찰랑거리는 그녀의 머리카락이 스탠드 불빛에 비쳐 반짝하고 빛이 났다.

"할아버지들 잔뜩 화나서 전화 왔었어."

"이번 주말에 오래."

"응. 가서 혼나고 와야지."

가현이 눈도 제대로 못 뜨고 배시시 웃었다. 석영의 숨결에서 술 냄새가 났다.

"술 많이 마셨어?"

"아니, 조금. 2차 회식은 주 선생님이 빠져서 안 갔어. 애인 생기더니 정말 변했어."

가현은 다시 잠에 빠질 것 같았다. 그래도 석영과 하고 싶은 얘기가 있었다.

"오빠, 나 종혁이랑 사귀고 변했어?"

"네가? 아니. 뭐, 좀 더 예뻐지긴 했어."

가현이 짓고 있던 미소가 좀 더 선명해졌다.

"그럼 나중에 오빠도 연애하면…… 멋져지는 거 말고, 다르게 변하지는 마."

더 이상 거세게 밀려오는 잠을 이겨낼 수 없는지 가현이 웅얼웅얼 말을 마쳤다. 잠에 빠진 가현을 물끄러미 바라보며 석영이 고개를 끄덕였다. 혹시라도 아직 깊은 잠에 빠지지 않아 가현이 자신의 혼잣말을 들을까 두려워 입 밖으로 내지 못하는 말을 가슴속에 새겼다.

　가현아, 오빠 안 변할게. 지금처럼 이렇게 네 옆에 있을게. 아무것도 변하지 않게 해줄게.

3.

2학년은 2학기에 수업을 진행하기 상당히 힘든 일정이었다. 축제가 지나가면 중간고사가 있었고 중간고사가 끝나면 수학여행 일정이 있는 탓에 아이들은 들떠 있었다. 3학년들의 수능이 얼마 남지 않아서 학교 전체의 분위기는 무거웠지만 그사이에서 2학년만 유독 산만했다.

"수업하기 힘들어요."

수업을 마치고 교무실로 들어온 건욱이 한숨을 내쉬었다.

"저희 반 수업이셨어요?"

석영의 물음에 건욱이 고개를 저었다.

"7반은 딴짓하고 싶어도 윤 반장 무서워서 못하는 거 선생님도 아시잖아요."

건욱은 수업 중에 딴짓을 하는 스타일이 아니었고, 그의 말대로 가현이 수업 시간에 딴짓하는 걸 싫어한다는 걸 알기에 석영은 그냥 웃었다.

"참, 선생님. 이따 점심 먹고 잠깐 봬요."

건욱의 낮은 목소리에 석영은 그를 잠시 쳐다보다가 고개를 끄덕였다.

점심시간, 점심을 먹고 난 뒤 건욱과 석영은 운동장 한쪽에 있는 등나무 아래로 향했다. 운동장에서 뛰어놀던 학생들이 둘을 향해 아는 척을 해오고, 두 사람을 따라 일부러 운동장으로 나온 여학생들과 잠시 얘기를 나눈 끝에 둘만 얘기할 수 있는 시간이 생겼다.

"무슨 일이세요? 저 꼭 학교 다닐 때 선생님이 이따 얘기 좀 하자, 하는 것 같아서 긴장했어요."

"뭐, 어느 정도는 사실이네요."

건욱이 자연스럽게 받아치는 바람에 두 사람은 함께 웃었다.

"다른 선생님들께는 나중에 얘기해도 선생님한테는 미리 얘기해 두고 싶어서요."

건욱은 좀체 얘길 꺼내지 못하고 빙빙 돌고 있었다. 하지만 석영은 채근대지 않고 그가 알아서 얘기하길 기다렸다.

"저 결혼해요."

순간 놀랐음에도 웃음이 났다. 석영은 어째서 웃음이 나는지 생각할 겨를도 없이 웃었다. 건욱은 석영이 웃음을 그칠 때까지 아무 말도 하지 않았다.

"축하드려요, 선생님."

"식은 조촐하게 할 생각이라 청첩장은 안 돌릴 거예요."

"좋은 분 만나셨네요. 서로 그렇게 하기로 결정하신 걸 테니까요."

"뭐, 서로라기보단 상대방이 먼저 제안했어요. 사치는 용서하지 않는 스타일이라서요."

그저 얘기하고 떠올리는 것만으로도 좋은 듯 건욱이 부드럽게 미소를 지었다. 처음 부임해서 건욱을 봤을 땐 상당히 차가웠다. 그래서 대외적으로만 친한 척 굴었다. 석영은 천성이 밝은 성격이긴 하지만 벽을 두고 차갑게 구는 사람에게까지 진심으로 다가가진 않았다. 그렇게까지 사람에 목마르지도 않았고, 필요 이상 힘을 쏟지 않았다. 그런데 어느 순간부터 건욱이 달라 보이기 시작했다. 연애. 한 여자가 그를 바꿔놓았다.

"선생님, 왜 그렇게 변하셨어요?"

"네?"

"처음 선생님 봤을 땐 이렇게 웃는 얼굴이 어울리지 않았었는데 지금은 엄청 멋지게 웃으시네요."

건욱이 머쓱해하며 자신의 볼을 매만졌다.

"누군갈 만나면 아무래도 변하는 거겠죠?"

석영의 목소리에 씁쓸함이 고스란히 묻어 나왔다. 운동장을 휘저으며 뛰어다니는 아이들을 물끄러미 쳐다보던 건욱이 조심스럽게 입을 뗐다.

"첫사랑이 힘들게 해요?"

건욱은 석영의 첫사랑이 현재진행형인 걸 유일하게 아는 사람이었다. 상대가 누군지, 얼마나 오래된 마음인지, 석영의 마음의 깊이가 얼마인지는 몰랐다. 하지만 석영이 누군가를 품고 있다는 걸 처음 눈치챈 사람이다. 그가 눈치챘을 때 석영은 적잖이 놀랐음에도 그에겐 숨길 수가 없었다.

"짝사랑은 누구나 힘들겠죠."

"감정은 누구나 다 불완전한 거잖아요. 지금 선생님이 하고 계신 짝사랑 금단은 아니죠?"

석영이 미소를 지었다.

"용기가 없을 뿐이에요."

"그럼 저는 선생님 응원할게요."

"가끔씩 답답할 때 선생님한테 넋두리 좀 해도 될까요?"

"얼마든지요."

기다렸다는 듯 석영은 얘기를 시작했다. 자신의 감정을 전혀 모르는 그녀, 그녀에게 생겨 버린 그, 그들을 그저 지켜볼 수밖에 없는 자신, 그녀를 놓을 수 없는 마음, 어떻게 해야 할지 전혀 방향을 잡지 못하고 그저 그녀를 좋아하는 것밖에 할 줄 아는 게 없는 자신. 건욱은 그저 열심히 들어줄 뿐이었다.

점심시간이 끝나기 5분 전, 예비종이 울리면서 석영은 말을 마쳤다. 두루뭉술하게 커다란 덩어리들만 얘기했을 뿐인데 조금은 속이 후련했다. 그간 자신이 얼마나 갑갑하고 무거운 짐을 계속 쌓아놓기만 했는지 알 것 같았다.

"선생님, 대단하네요."

교무실로 향하며 건욱이 고개를 설레설레 저었다. 석영은 무슨 애긴지 알아들을 수가 없었다.

"나는 한번도 그런 건 해본 적이 없거든요. 나도 생각할 수 없을 정도로 상대만 생각하는 거요. 지금 결혼할 사람이 저한텐 그런 사람이긴 하지만 선생님 얘길 듣고 나니까 나는 아직 멀었다는 생각이 들어요."

"분발하세요, 선생님."

석영의 미소에 건욱도 함께 미소를 지었다. 그리고 교무실 문을 연 석영은 화들짝 놀랐다. 교무실에서 나오려는 가현과 마주친 탓이었다. 가현도 놀랐는지 두 눈을 동그랗게 뜨고 그대로 멈춰 있었다.

"깜짝이야. 노크를 하고 나와야지!"

"노크는 들어오는 사람이 하는 거 아니에요, 선생님? 선생님 찾으러 벌써 두 번이나 왔었는데 어디 계셨어요?"

가현이 석영과 건욱을 따라 교무실로 들어왔다.

"왜 찾았는데?"

"현주가 많이 아파서요. 조퇴해야 될 것 같은데 고집부리고 있어요."

"어디가 아프다는데?"

"배요. 너무 아파서 펼 수가 없대요. 맹장 아니에요?"

걱정스러운지 가현의 목소리가 초조했다.

"스트레스로 장이 꼬여도 그럴 수 있어. 일단 가보자."

석영은 가현과 함께 교실로 향했다. 조금 전 건욱에게 그녀에 대한 얘기를 하고 온 탓인지 괜히 긴장이 됐다. 가현이 자신을 빤히 쳐다보면 다 알아버릴 것 같았다.

"근데 진짜 어디 계셨어요? 다른 선생님들도 다 어디 계신지 모른다고 하셔서 저 점심시간 내내 찾으러 다녔어요."

"운동장에."

"점심시간엔 휴대폰 좀 켜두시면 안 돼요?"

석영은 아침에 출근을 하면 휴대폰을 꺼서 서랍 속에 넣어두었다.

"켜놔도 서랍 속에 있으면 아무 소용이 없지."

석영이 얄미워 가현은 미간에 힘을 줬다. 집에선 한없이 너그럽고 다정한 오빠지만 학교에서 선생님으로서의 석영은 조금 짓궂었다. 물론, 다른 아이들에게 하는 것과 똑같이 하기 위한 거였지만 가끔 심술이 날 때가 있었다.

고통스러워하는 현주와 몇 마디를 나누고 석영은 그녀를 들쳐업었다. 5교시 수업은 석영의 수업이었던 탓에 자연스레 자율학습 시간이 되었고, 가현은 교실이 소란스러워지지 않도록 제어했다. 어째선지 문제집 속에서 자꾸만 석영이 현주를 업은 모습이 아른거렸다. 괜스레 축제 때 자신을 안고 보건실로 향한 게 종혁이었던 게 분했다. 하지만 금세 그런 생각은 털어버렸다. 석영은 모두에게 똑같은 선생님이었다. 자신이 독점할 이유가 없었다. 게다가 독점해야 한다고 생각하지 않았다. 그저 억지로 투기(妬忌)가 차는 마음을 막아설 뿐이었다.

교실로 들어선 종혁이 자신의 책상 위에 있는 은박지 뭉치를 물끄러미 내려다봤다. 가현과 주위에 모인 친구들이 떡을 먹고 있는 걸로 봐선 가현이 떡을 가져온 게 분명했다. 자리에 가방을 내려놓고 앉기 전에 종혁이 앞자리 가현의 머리를 살짝 매만졌다. 그

바람에 가현 주위에 있던 친구들이 소리를 지르고 난리가 났다. 하지만 종혁과 가현은 아무런 반응도 보이지 않았다.

"윤가현, 부끄럽지?"

예림이 가현의 앞에 얼굴을 쑥 들이밀었다.

"뭐가 부끄러워?"

"지금 종혁이가 너 머리 만진 거, 쑥스러워서 모른 척하는 거 아냐?"

가현은 대답 없이 종혁을 힐끔 쳐다봤다. 종혁은 흐뭇한 미소를 짓고 있었다. 분명 예림이 말한 대로 가현이 부끄러워하고 있는 걸 아는 표정이다. 가현은 헛기침을 한 번 하고 고개를 돌렸다. 하지만 등 뒤로 종혁의 시선이 닿아 있는 게 느껴졌다. 심장이 쿵쿵거리고 있었다. 누군가를 좋아한다는 건 참 신기한 일이었다. 게다가 자신이 좋아하는 사람이 자신을 좋아한다는 건 자신의 가치가 높아지는 것 같았다.

"뭐 먹어!"

교무실보다 교실로 출근하는 일이 더 잦은 석영이 종혁의 옆자리에 앉았다. 그리고 종혁이 은박지를 벗겨내는 걸 기다리고 있었다. 잠시 고민하던 종혁이 손을 멈추자 석영은 표정에 서운함을 그대로 드러냈다.

"지금 나 왕따시키는 거야? 난 왜 안 줘?"

"가현이가 가져온 거예요."

석영이 불쌍해 보이는 시선을 가현에게로 옮겼다. 하지만 가현이 가져온 나머지 떡은 전부 먹은 뒤였다. 가현이 떡은 없는 은박지를 들어 석영에게 보이자 석영이 재빠르게 종혁의 손에 있는 은박지 뭉치를 낚아챘다.

"선생님!"

"너 지금 겨우 떡 하나에 선생님한테 대들려고?"

종혁 외의 다른 아이들은 재밌어 죽겠다며 석영과 종혁을 부추겼다. 그때 등교하던 학생들은 상황은 뭔지도 모른 채 석영에게 달려들어 같이 먹자고 난리였다. 석영이 은박지를 다 벗겨냈을 때 종혁이 떡을 덥석 잡았다. 그리고 커다란 덩어리를 그대로 입에 우겨넣었다. 다들 종혁의 행동에 믿을 수 없다는 표정으로 그를 쳐다봤지만 종혁은 열심히 떡을 씹어 넘겼다.

"치사한 서종혁. 나 지금 교무실 가서 떡 주문할 거야! 대신 너는 안 줘!"

그대로 교실에서 나간 석영 때문에 교실의 아이들은 웃느라 정신이 없었다. 종혁은 목이 막혔는지 기침을 몇 번 하더니 물을 마시러 정수기로 향했다.

"우리 선생님 너무 귀여워."

예림이 두 발을 동동 구르며 어쩔 줄 모르겠다는 듯 얘기했다. 가현은 피식 웃으며 은박지를 뭉쳐 휴지통을 향해 던졌다.

"건욱 쌤은 버리는 거야?"

"버리긴. 손이 두 갠데."

"양손에 쥐겠다고? 남자친구는?"

"어제 싸웠어. 동갑은 이래서 안 돼."

예림은 연상을 좋아했다. 지금 남자친구가 1학년 때부터 예림을 쫓아다닌 끝에 사귀게 되었는데 싸움이 잦고 그럴 때마다 동갑이어서 그렇다고 했다. 가현도 몇 번 본 예림의 남자친구가 종혁에 비하면 조금 가벼운 느낌이긴 했다.

"나 헤어지면 너희 오빠 소개시켜 줘."

예림이 매번 농담처럼 하는 말이라는 걸 알아서 가현은 웃어넘겼다.

"가현이 너희 오빠 나이 많지 않아?"

예림과 가현의 얘기를 듣고 있던 미영이 끼어들었다.

"스물일곱."

가현의 대답에 미영은 두 눈을 동그랗게 떴다. 하지만 예림은 스물일곱 살이 많은 나이냐며 고개를 갸웃했다.

"많지. 그냥 스물일곱이면 아니지만 우리랑 아홉 살 차이 나는데?"

"아홉 살이면 뭐 어때."

미영이 절대 싫다며 절레절레 고개를 저었다. 진수는 그 옆에서 지금 자신보다 아홉 살 어리면 초등학교 2학년이라며 진저리를 쳤다. 그때 물을 마시고 돌아온 종혁이 무슨 얘기 중인지 귀를 기울였다.

"지금이야 아홉 살이 엄청 어리지만 너 서른 돼봐. 아홉 살 어린 애가 너 좋다고 하면 예, 감사합니다, 할 거면서."

예림이 진저리 치는 진수를 향해 얘기하자 종혁이 코웃음을 쳤다. 그 소리에 모두들 종혁을 쳐다봤다. 종혁은 아무것도 아니라며 하던 얘기를 계속하라고 했다.

"그렇게 따지면 너 서른한 살에 남자는 마흔인 건데 그래도 좋아?"

미영이 예림을 향해 물었다. 예림은 그게 뭐 나쁘냐며 좋다고 답했다. 모두 이해할 수 없다는 표정이었지만 가현은 담담했다. 종혁이 가현의 어깨를 툭 쳤다.

"너도 괜찮아?"

"뭐…… 난 우리 오빠가 나보다 아홉 살 많으니까 그 나이 차가 그렇게 큰 건지 잘 모르겠어."

가현의 대답에 모두들 가현이 그렇게 생각하는 건 당연하다며 고개를 끄덕였다.

"아무튼 너희 오빠 지금 여자친구 있어?"

"응. 서른 전에 결혼한대."

예림이 아쉬운 표정을 지었다. 하지만 제연에게 여자친구가 없었다고 해도 예림을 소개하는 건 있을 수 없는 일이었다. 제연은 지금 두 살 연상 여자친구를 사귀고 있었다. 지금까지 단 한 번도 동갑이나 연하를 만나본 적이 없었다. 예림이 소개시켜 달라고 했다는 소리만 해도 진저리를 칠 그였다.

"그럼 너희 오빠 친구 소개시켜 줘!"

"일단 지금 남자친구랑 헤어지고 그런 소리를 좀 해!"

미영이 절대 예림을 이해할 수 없다는 듯 인상을 찌푸리고 잔소리를 했다. 그 순간 가현은 정신이 멍해졌다. 그리고 자신도 모르게 정색하고 단호하게 얘기했다.

"안 돼!"

그 소리에 모두들 놀라서 가현을 쳐다봤다. 가현 자신도 놀랄 정도긴 했다.

"뭘 그렇게 정색을 하고 그래. 형 친구들이 그렇게 별로야?"

상황을 무마하기 위해 종혁이 가현의 머리를 살짝 헝클어뜨렸다. 진수와 미영도 굳은 얼굴로 미소를 짓기 위해 노력하고 있었다. 예림은 티내진 않으려고 하지만 내심 서운한 것 같았다.

"응. 내가 본 우리 오빠 친구들은 그냥 그랬거든."

가현이 예림을 보며 변명 아닌 변명을 했다. 예림은 그냥 장난이었다며 웃어넘기려고 했지만 가현은 좀처럼 웃을 수가 없었다. 제연의 친구라니 절로 석영이 떠올랐고 자신도 모르게 정색을 해버렸다. 누구도 석영과 가현이 본래 알던 사이라는 걸 모르기 때문에 제연의 주위 사람이라도 연결되지 않도록 해야 했다. 하지만 자신이 소리를 지른 순간, 이런 생각 같은 건 하지 못했다. 그냥 석영이 떠올라서 안 된다고 했을 뿐이었다. 제연의 주변 사람과 연결보다 석영이 더 위험하니까, 라고 자신의 행동을 합리화하려 했지만 마음 한구석이 불편했다.

매주 금요일은 1, 2학년 야간 자율학습이 없었다. 그 바람에 종례에 석영을 기다리는 아이들 모두 들떠 있었다. 보충수업이 끝나기 무섭게 가방을 메고 있는 학생도 더러 있을 정도였다. 가현은 다음 주 수학여행을 준비할 겸 예림과 종혁, 진수와 함께 쇼핑을 가기로 했다. 쇼핑에서 뭘 살지 얘기를 하고 있는데 석영이 웬 박스를 품에 안고 교실로 들어왔다. 박스엔 학교 근처 떡집의 이름이 적혀 있었다.

"반장 나와서 하나씩 나눠 줘. 서종혁은 빼고."

석영의 얘기에 잠시 멍했던 학생들 모두가 웃고 소리 지르기 시작했다.

"선생님, 최고!"

"사랑해요!"

방금 도착했는지 떡은 뜨끈뜨끈했다. 가현은 피식 웃으며 박스를 열어 하나씩 개별 포장이 되어 있는 백설기를 분단 별로 나눠줬다. 물론, 종혁이 있는 분단에선 한 개를 뺐다.

"선생님, 여기 하나 모자라는데요."

제일 뒷자리에 앉는 종혁이 손을 들고 얘길 하자 모두들 떡을 먹으며 웃었다.

"진짜로 종혁인 안 줬어?"

석영이 흐뭇하게 웃으며 가현을 보고 물었다.

"주지 말라고 하셨잖아요."

잘했다며 가현을 칭찬한 석영이 종혁의 옆으로 다가갔다. 그리고 떡 두 개를 종혁의 책상 위에 올렸다.

"많이 먹어라."

"고맙습니다."

"그리고 나 하나만 줘."

석영이 종혁의 앞으로 손을 죽 내밀었다. 그 바람에 다시 한 번 교실은 웃음바다가 되었고 종혁도 웃으면서 석영의 손에 떡 하나를 건넸다.

"맛있게 드세요, 선생님."

"고맙다."

석영이 떡을 받은 걸 아이들에게 자랑하며 교탁 앞에 섰다. 그리고 종례를 할 생각 없이 모두 함께 떡을 먹고 웃고 떠드느라 정신이 없었다. 이미 종례까지 다 끝난 다른 반 아이들이 복도에 서서 친구가 끝나길 기다리고 있었다. 그럼에도 누구 하나 재촉하는 사람이 없었다.

"자, 종례하자! 다음 주 수학여행 때문에 오늘부터 주말 동안 이것저것 쇼핑할 생각이라면 사기 전에 진짜로 필요한 건지 세 번 이상 생각해. 그래도 필요한 거라면 사도 되지만 그렇지 않다면 꼭 살 필요는 없어. 부모님 너무 조르지 마라. 새 옷이 없어도, 새 신발이 없어도, 새 가방이 없어도 수학여행은 즐거울 수 있어. 그건 내가 책임질게. 그런 거 신경 쓰지 말고 무사히, 재밌게 잘 다녀오는 데에 더 신경 쓰자! 알았지?"

"네!"

"오케이. 그럼 주말 잘 보내고, 다음 주 월요일에 보자. 오늘 인사는 사치하지 않겠습니다. 이상, 윤 반장."

가현이 자리에서 일어났다.

"차렷, 경례."

"사치하지 않겠습니다!"

아침 조례 인사는 늘 '아자 아자, 7반!' 으로 정해져 있었지만 종례 때는 종례 시간의 주제로 인사를 정했다. 청소 당번을 제외하곤 모두 급히 교실을 나섰다. 종혁과 나란히 교실을 나서는 가현을 힐끔 쳐다본 뒤 석영은 교무실로 향했다.

"7반도 많이 들떴죠? 수학여행."

"애들인데 당연하죠. 건욱 선생님도 같이 가시면 좋을 텐데요."

"사양하겠습니다."

정중한 건욱의 거절에 석영이 피식 웃었다. 결혼 날짜가 다가올수록 건욱은 어떻게든 빨리 퇴근하려 하고 있었다.

"하긴, 건욱 선생님은 소풍도 싫어하셨다면서요?"

"애들이 그래요?"

"상당히 귀찮아하신다고요."

"지금은 좀 반성하고 있어요. 애들한테 미안하기도 하고요."

건욱과 석영이 마주 보고 미소를 지었다. 그리고 각자 일과를 정리했다. 석영은 서랍 속에 있던 휴대폰을 꺼내서 전원을 켰다. 석영이 학교에 있는 중엔 휴대폰을 확인하지 않는다는 걸 알기에 지인들은 용건을 문자메시지로 남기곤 했다. 대학 동기가 결혼한 다는 메시지가 와 있었다. 메시지에 온 날짜가 언제인지 달력을 통해 확인했다. 건욱이 결혼하는 다음날이었다. 그때 석영의 휴대폰으로 새로운 메시지가 한 통 들어왔다.

「나 오늘 저녁 먹고 갈게. 사치하지 않겠습니다!」

석영과 가현, 제연이 함께 서로에게 약속이 생겨서 늦는다거나 무슨 일이 있을 때 사용하는 대화창이었다.

「사치하지 않겠다니 이 오빠는 감격스럽다. 오빠도 사치하지 않고 오늘 저녁은 사발면 먹고 야근하마.」

요 근래 바쁜지 제연의 야근이 잦았다. 아니나 다를까, 곧바로 가현의 걱정이 담긴 메시지가 올라왔다.

「내가 아낄게, 오빠는 사발면에 밥도 말아 먹어.」

석영이 어금니를 꽉 깨물고 웃음을 참았다. 이래서 학교에 있을 때 휴대폰은 가급적 보지 않으려고 했다.

「둘 다 맛있는 거 먹어. 내가 집에서 김치랑 찬밥 먹을게.」

「눈물 난다. 아무튼 윤가현, 너무 늦지 말고 왜! 늦을 것 같으면 차석영한테 연락해서 데리러 나오라고 해.」

「응, 연락해. 오빠가 데리러 갈게. 늦지 않게 와주면 더 좋고.」

「알았어. 오빠들 밥 맛있게 먹고 이따 봐!」

휴대폰을 내려놓는데 시선이 느껴졌다. 고개를 돌리니 건욱이 석영을 쳐다보고 있었다. 눈짓으로 왜 그러냐고 물었더니 건욱이 주먹을 불끈 쥐었다.

"전 선생님 응원해요."

석영의 휴대폰을 흘깃 쳐다보더니 대뜸 응원을 하고 있었다. 그래, 이것도 석영이 학교에서 휴대폰을 보지 않는 이유였다. 혹시라도 가현과 메시지를 주고받다가 표정에서 드러나 버릴까 조심한 것이다.

담백했지만 건욱의 음성엔 진심이 느껴졌다. 누구에게도 말해본 적이 없는 마음이기에 처음 받은 응원은 석영을 옅게 미소 짓게 했다. 힘들어하면 자신만 괴롭고 지칠 뿐, 지금 당장 달라질 건 아무것도 없었다.

가현아, 혹시 오빠가 지칠 것 같으면 오빠를 보면서 좀 웃어줘. 오빠한테만 지어줄 수 있는 미소를 지어줘. 그럼 나는 또 바보처럼 힘들었던 건 잊고 널 위해 그 자리에 그대로 있을 수 있어. 변함없이, 네 옆에.

4.

제주 공항에 내려 반별로 버스에 오를 때까지 석영은 학생들을 챙기느라 정신이 없었다.

"다 탔어?"

석영이 버스 밖에서 인원 체크를 하고 있는 버스 안의 가현을 향해 물었다.

"네. 다 왔어요."

"버스에서 못 내리게 해. 금방 출발할 거니까."

선생님들이 모여 있는 곳으로 가서 반별로 버스에 모두 탑승했는지를 확인했다. 1반부터 16반까지 총 4개조로 나뉘어서 조별로 일정이 달랐다. 한곳에 많은 인원이 모이는 걸 방지하기 위함이었다.

"그럼 선생님들 수고하시고요. 이따 저녁 때 숙소에서 뵙겠습니다."

학년 주임 선생님의 인사에 선생님들도 모두 인사를 하고 각자 반 아이들이 타고 있는 버스에 올랐다. 버스 안 아이들은 소란스러웠다.

"출발할 거니까 자리에 앉아서 안전벨트 매라!"

아이들이 모두 자리에 앉는 걸 확인하고 난 뒤 석영은 앞자리에 앉았다. 복도 건너편엔 가현과 종혁이 있었다. 뒤쪽에 앉을 줄 알았는데 반장, 부반장의 책임 때문인지 앞에 앉아 있었다. 버스가 출발하고 큰 소리는 잦아들었지만 아이들의 수다 소리는 끊이지 않았다. 가현과 종혁도 무슨 얘기 중인지 작은 소리로 얘기를 나누고 있었다. 듣지 않으려고 할수록 더욱 두 사람의 대화 내용이 들렸다.

"그럼 제주도 네 번째야?"

"응. 제일 처음에 왔을 때는 진짜 어렸을 때라 잘 기억이 안 나는데 초등학교 6학년 때랑 중학교 2학년 때 온 건 기억나."

석영은 절로 가현이 얘기하는 지난 세 번의 제주도 여행을 떠올렸다. 양쪽 집 삼대가 함께 제주도로 휴가를 왔다. 세 번 모두 할아버지들께서 제주도를 좋아하는 탓에 왔었는데 전부 즐겁고 좋은 기억이었다. 초등학교 6학년 땐 물을 무서워하던 가현이 중학교 2학년 땐 수영을 배워와서 즐겁게 놀았다. 가현이 타고 있던 튜브가 뒤집어져서 온 가족이 전부 달려들어 가현을 걱정하기도 했다. 물을 잔뜩 먹고 코가 새빨개질 정도로 기침을 했지만 가현은 웃었다.

"난 이번이 처음이야."

"올 때마다 좋고, 항상 다시 오고 싶게 하는 것 같아. 너도 분명 좋아할걸."

석영은 가현이 저런 식으로 종혁에게 얘기하는 게 낯설었다. 그때, 종혁이 가현의 귀에 대고 귓속말을 했다. 석영은 좀 더 귀를 기울였지만 도저히 들을 수 없었다. 그리고 종혁이 말을 마치기 무섭게 가현의 낮은 웃음소리가 들렸다. 아무 생각 없이 고개를 돌린 석영의 눈에 믿을 수 없는 가현의 얼굴이 보였다. 수줍은 미소를 띠고 있었다. 너무나 예쁘게.

"선생님!"

석영의 뒷좌석에 앉아 있던 성규의 얼굴이 불쑥 튀어나왔다. 소스라치게 놀랐지만 가까스로 소리는 지르지 않았다. 자신도 모르게 이를 악물고 있었다.

"뭘 그렇게 놀라세요? 뭐 보고 계셨어요?"

성규가 가현과 종혁을 쳐다보다가 전혀 의심 없이 그쪽 창밖에 뭐가 지나갔냐고 물었다. 가현과 종혁이 고개를 젓고 석영을 쳐다봤다.

"네가 갑자기 얼굴을 들이미니까 놀랐지!"

"제 얼굴이 그렇게 무서워요?"

좋은 인상은 아니었다. 성규는 자신의 날카로운 인상 때문에 스트레스를 받고 그래서 더 많이 웃는 아이였다.

"좋아서 놀란 거야."

"그럴 수도 있어요?"

꼬치꼬치 캐묻는 걸 대충 얼버무려 버렸다. 성규는 뭐 놀라도 괜찮다며 오히려 석영을 위로하듯 그에게 초콜릿을 건넸다. 버스가 이동하는 동안엔 일어나서 움직이지 말라고 했더니 수업 중에 쪽지를 돌리듯 아이들은 앞뒤로 각자 가져온 간식을 전해주느라 바빴다. 가현도 잊고 있었는지 가방에서 과자를 꺼냈다. 그리고 종혁 너머 석영과 눈을 마주쳤다.

"선생님, 과자 드려요?"

석영이 고개를 저었다. 지난밤 가현은 제연과 마트에 가서 과자를 한 꾸러미 사왔다. 그리고 가방 이곳저곳에 조금의 틈만 보이면 간식거리를 집어넣었다. 석영이 어차피 다 들어갈 것 같지 않으니까 하나만 달라고 했더니 다 가져갈 거라며 한 개도 내어주지 않았다. 그리고 모두 가방에 넣었다. 그게 다 어디 들어갔는지 신기하기도 하고 꾸역꾸역 다 집어넣은 가현이 귀여워 웃었다. 그런 간식을 뺏어먹을 순 없었다.

가현이 막대 과자를 오독오독 씹어 먹었다. 종혁은 안 먹겠다더니 가현이 먹는 게 맛있어 보였는지 자연스럽게 가현의 손에 있는 봉투에서 과자를 하나 꺼냈다.

"나도 줘."

종혁의 입으로 들어가기 전, 석영이 손을 불쑥 내밀었다. 종혁은 왜 자신이 뭐만 먹으려고 하면 그렇게 괴롭히냐며 인상을 찌푸렸다. 가현은 종혁의 뒤에서 석영을 보고 피식 웃고 있었다.

"왜 네가 갖고 있음 맛있어 보이지?"

종혁의 손에 있는 막대과자를 낚아챈 석영은 왜 그런지 아무래도 모르겠다며 과자를 먹었다. 초콜릿이 묻어 있었지만 달지 않았다.

첫째 날 마지막 코스는 용머리 해안이었다. 가현이 손에 꼽을 정도로 좋아하는 곳이었다. 바람이 좀 있는 것 같더니 파도가 높았다. 학생들이 쉼 없이 소리를 지르는 통에 북새통이 따로 없었다. 그 와중에도 가현은 바닷바람을 맞으며 더없이 행복한 표정을 짓고 있었다. 기이하게 깎인 절벽을 보며 무슨 생각을 하는지 얼핏 웃기도 했다. 새카맣게 모인 갯강구가 흩어질 땐 가현도 이리저리 피했지만 예전처럼 무서워하진 않았다.

가현이 잘 기억하지 못하는 어린 시절, 가현이 4살 때였다. 이곳에서 처음 갯강구를 봤을 때 가현은 자지러지게 울었다. 가까이 다가가지 않으면 움직이지 않는 갯강구가 모여 있는 걸 까만 바위쯤으로 알았던 모양이었다. 제 엄마의 손을 잡고 뒤뚱거리며 걷다가 갯강구가 모인 쪽으로 다가갔고 수백 마리의 갯강구가 재빠르게 흩어지는 모습에 기겁을 했다.

누군가의 자지러지는 소리에 모두의 고개가 돌아갔다. 수학여행다운 퍼포먼스였다. 옆 반의 남학생이 갯강구를 손으로 잡아 여학생들의 얼굴 앞으로 디밀고 있었다. 석영은 예전이나 지금이나 저렇게 괴롭히는 행동들을 이해하지 못했다. 좋아해서 짓궂게 장난을 치는 것도 싫었다. 좋다면 상대의 웃는 얼굴, 행복한 모습을 보고 싶어 해야 한다고 생각했다.

"선생님, 여기 그냥 빨리 지나가면 안 돼요?"

"안 돼. 갯강구 보지 말고, 파도로 바위 모양이 생긴 거하며 저기 사암층 암벽 같은 걸 봐. 얼마나 멋있어?"

"선생님이 더 멋있어요!"

다른 반 여학생의 입에 발린 소리에 석영이 씩 미소를 지었다.

"그래도 오늘은 내 얼굴 말고 자연의 위대함을 보도록!"

석영 주위에 있던 학생들이 웃고 있는데 예림과 가현이 다가왔다.

"선생님, 우리 사진 찍어요!"

석영을 가운데 두고 오른쪽엔 가현이, 왼쪽엔 예림이 섰다. 자연스럽게 석영의 모든 신경은 오른쪽으로 쏠렸다. 예림은 당연하다는 듯 석영의 팔에 팔짱을 꼈지만 가현은 닿을락 말락 서 있었다. 그게 더욱 석영을 미치게 했다. 반팔 위에 바람막이를 입고 있었는데 가현의 팔이 살짝 닿을 때마다 옷깃이 팔에 스쳤다. 가현과 직접 닿는 게 아님에도 오른팔에 전율이 일었다.

"윤 반장! 선생님이랑 친한 척 좀 해!"

사진을 찍어주겠다고 카메라를 들고 선 진수가 소리쳤다. 그럼에도 가현은 미동도 없었다. 그래, 이래야 윤가현이지. 결국 그대로 사진을 찍었다. 진수가 카메라를 가지고 와서 찍힌 사진을 확인시켜 줬다. 활짝 웃고 있는 예림에 비해 석영도 가현도 가볍게 미소만 짓고 있을 뿐이었다. 하지만 충분히 즐거워 보였다.

가현은 종혁과 나란히 걸어가며 도란도란 대화를 나눴다. 특별히 말을 많이 하는 것처럼 보이진 않았는데 쉬는 틈이 길지도 않았다. 무슨 얘길 하는지 종혁도 가현도 서로를 보며 자꾸 웃었다. 무슨 얘기든 그저 좋기만 한 것 같았다.

"뒤에 너무 처지지 마라! 나가서 하멜상선전시관도 봐야 하는데 차례차례 들어가려면 간격 유지해야 돼."

석영이 자신보다 뒤에 있는 자신의 반 아이들을 챙겼다. 그때, 석영의 주머니에서 휴대폰 진동이 느껴졌다.

"여보세요?"

―어디냐?

할아버지였다.

"제주도요. 오늘부터 학교 수학여행이에요. 무슨 일이세요?"

―가현이가 전화를 안 받네.

석영이 앞서 가고 있는 가현을 찾았다. 버스에서 내릴 때 휴대폰을 가방에 넣는 것 같더니 전화가 온 줄 모르는 것 같았다.

"별일 없어요."

―그럼 다행이고. 윤가가 아침부터 기침이 끊이질 않았는데 이제 좀 괜찮아졌거든. 기침 끊겼을 때 가현이 목소리 좀 들으려고 전화했는데 안 받는다고 걱정하기에.

"전화 왔던 거 확인하면 전화드릴 거예요."

―그래. 둘 다 아무 일 없이 잘 놀다 와.

"네. 다시 전화드릴게요."

전화를 끊고 아이들을 데리고 걸음을 조금 빠르게 했다. 가현과 거리가 좁혀질 즈음 역시나 예상했던 질문이 들렸다.

"선생님! 누구 전화예요? 애인이에요?"

학교에선 보통 휴대폰을 꺼두기 때문에 아이들이 석영이 휴대폰을 보거나 전화를 받는 것만 보면 매번 같은 질문을 했다.

"아니. 우리 할아버지다!"

그 소리에 가현이 힐끔 석영을 돌아봤다. 그리고 제 가방에서 휴대폰을 꺼냈다. 가현이 부재중 목록을 확인하고 전화를 거는 걸 본 뒤 석영은 다시 걸음을 늦췄다. 갯강구를 들고 날뛰는 진수를 붙잡아 그의 손에 있는 갯강구를 바위 위에 놓아줬다. 그제야 마음이 놓였는지 내내 긴장하고 진수를 피해 다니던 여학생들이 한숨을 내쉬었다. 그리고 진수에게 잔소리를 퍼부었다.

"그렇게 관심받고 싶어?"

진수의 어깨에 팔을 두른 채 석영이 물었다. 진수는 당연한 걸 뭘 묻냐는 표정으로 씩 웃었다.

"근데 정작 관심 줬으면 하는 사람은 안 주던데요."

"누구?"

"비밀이에요."

석영은 대충 알고 있었다. 얼마 전, 가현이 진수가 예림을 좋아하는 것 같다고 얘기해 왔다. 예림은 연상이나 동갑이더라도 좀 더 무겁고 진중한 스타일을 원하는데 현재 남자친구도 그렇고 진수도 예림이 원하는 이상형보다는 가벼운 스타일이라고 했다. 어쨌거나 지금 예림에겐 남자친구가 있고 그런 예림을 좋아하고 있는 진수도 속병을 앓고 있을 것 같았다.

"그래도 포기 안 해요. 골키퍼 있다고 골 못 넣는 건 아니잖아요."

"상대방은 출전도 안 했는데 거기다 대고 아무리 골 차봐야 인정 안 되는 거 아냐?"

"계속 차면 성질나서 출전하겠죠. 선생님은 골키퍼 있다고 완전 좋은 일대일 프리킥 상황인데 공 안 차실 거예요?"

석영은 피식 웃었다. 골키퍼가 한 명 아니라 열 명이라도 좋은 찬스라면 공을 찰 일이었다. 죽어도 가현의 불행을 바라진 않지만, 혹시라도 종혁이 가현을 힘들게 하진 않을까, 자신이 파고들 틈을 열어주진 않을까 살폈다. 하지만 아직 석영에게 좋은 찬스는 오지 않았다.

"저는요, 좋아하는 사람 열두 번 찍을 거예요. 패기 하나는 넘치거든요!"

석영이 진수에게 어깨동무를 했다.

"역시 선생님 제자다!"

진수가 부끄러워하며 웃었다. 패기 넘친다고 호기롭게 말하던 것과는 다르게 귀여웠다. 찬스를 기다리며 골을 찰 건지, 패기 넘치게 열두 번을 찍을 건지 석영은 아직 결정하지 못했다.

숙소로 돌아가기 위한 버스에서 학생들은 배고픔에 몸부림쳤다. 첫날 저녁엔 레크리에이션 일정이 없이 숙소 근처에서 반별로 자유 시간을 갖게 되어 있었다. 하지만 그날, 그날 일정에 관한 소감을 적어서 제출해야 해서 자유 시간은 억지 작문 시간이 될 듯했다.

저녁을 먹고 짐 정리를 마친 뒤 방 하나에 7반 학생 모두가 모였다. 열 명이 잘 수 있는 방에 서른 명에 가까운 아이들이 모였으니 비좁았다. 그래도 즐거운지 아이들은 티격태격하면서도 꼭 붙어 앉아 있었다.

"첫날이라 그렇게 힘들진 않았을 거야. 재밌었지?"

"네!"

"오늘 하루 종일 빨리빨리 움직이고 일정에 차질 없이 잘 따라 줘서 고맙다. 선생님들이 우리 반 칭찬 엄청 하시더라."

아이들의 얼굴에 뿌듯한 미소가 걸렸다. 곳곳에선 하이파이브를 하는 아이들도 있었다.

"남은 일정 동안에도 이렇게만 해줘. 할 수 있지?"

"네!"

"일단 하기 싫은 건 빨리 해치워야 속이 편할 것 같으니까 오늘 소감문 먼저 써서 끝내자. 그다음에 자유 시간을 갖는 게 너희들도 좋겠지?"

이번엔 영 맥없는 대답 소리가 들렸다. 석영이 종이를 나눠 주고 자신도 한 장의 종이를 가졌다. 그리고 아이들과 같이 바닥에 엎드려 소감문을 썼다. 옆에서 보고 베끼려는 아이들을 피해 손으로 가리기도 했다. 오늘 하루 일을 쓰는 건데도 여기저기서 '처음에 갔던 데가 어디더라?', '거기 갔을 때 시간이 언제였지?' 하고 서로 묻고 답했다.

"일과는 일정표에도 쓰여 있으니까 느낀 점을 더 길게 써야 돼."

그 소리에 지우개를 빌려달라는 소리와 그냥 볼펜으로 북북 선을 긋는 소리가 들렸다. 싫어하면서도 진지하게 말을 듣고 열심히 생각해서 쓰는 아이들이 귀여웠다.

석영은 올해가 첫 부임이었고 덜컥 담임을 맡아 걱정이 많았다. 가현이 자신의 반이라는 것도 처음엔 걱정이었다. 하지만 차츰차츰 적응해 가고, 아이들을 알수록 이 직업이 점점 더 좋아졌다. 가현의 도움을 많이 받곤 했다. 그래서 가현이 3학년이 되고 졸업하면 어쩌나 걱정했다. 그럴 때면 꼭 석영의 마음을 들여다보기라도 하는 듯 가현은 석영을 응원했다.

"오빠 진짜 좋은 선생님이야. 다들 우리 반 부러워하고, 오빠를 진짜로 좋아해. 그 좋아하는 마음은 존경에 가까운데 오빠 때문에 학교에 오기 즐겁다는 애들도 많아. 앞으로 경험이 쌓이면 쌓일수록 더 많이 훌륭하고 좋은 선생님이 될 거야. 나중엔 엄청 유명해진 제자가 오빠를 찾아올걸."

가현에게 그런 얘기를 들을 때면 어깨에 힘이 들어갔다. 더욱 열심히 아이들과 친해지고 좋은 선생님이 되고 싶었다. 학생들이 선생님을 벽이 있는 어른으로 대하게 하고 싶지 않았다. 편하게 얘기하고 배울 점이 있는 사람이고 싶었다.

"선생님, 이거 진짜로 꼭 다 채워야 돼요?"

10여 분이 흘렀을 때 드디어 못 버티고 불만이 터져 나오려고 했다.

"오늘 느낀 걸 누가 봐도 '아!' 하고 공감할 수 있도록 한 줄로 요약할 수 있으면 한 줄로 써도 돼. 시도 괜찮고. 뭐든 느낀 걸 담아내는 게 중요하니까."

그걸 왜 이제 알려주는 거냐고 아이들이 호기롭게 펜을 들었다. 하지만 한 줄 요약이나 시가 그리 쉽게 써질 리가 없었다. 결국 여기저기서 끙끙 앓으며 머리를 쥐어뜯었다.

진지하게 쓰고 있는 몇몇 아이들을 빼고 대부분 30분 만에 소감문을 제출했다. 자유 시간엔 석영이 가져온 기타를 치며 놀았다. 요즘 기타를 배우러 다니는 종혁의 연주 솜씨는 일품이었다. 함께 노래를 부르고 무서운 얘기를 하고 각자 마음 맞는 친구들과 수다를 떨고. 석영도 고등학교 때로 돌아간 것 같아서 즐거웠다.

수학여행의 마지막 날 밤. 반별 장기자랑을 포함한 1부 레크리에이션을 끝내고 강당에 있던 아이들이 운동장으로 쏟아져 나왔다. 대미를 장식할 캠프파이어가 준비되어 있었다.

 레크리에이션 강사의 지시대로 반별로 동그랗게 자리를 잡고 앉았다. 건물 옥상에서 불꽃을 피워 줄에 매달아 내려보내면 미리 기름을 부어놓은 장작에 도달에 불이 붙을 예정이었다. 아이들 사이에 함께 앉은 석영이 불꽃이 내려올 줄을 가리켰다. 아이들의 시선이 모두 줄로 향했다.

 그리 오랜 시간이 흐른 것도 아닌데 석영은 자신의 수학여행이 제대로 떠오르지 않았다. 제연에게 물어봐도 그도 언뜻언뜻 기억나는 것만 얘길 했는데 석영에겐 전혀 없는 기억도 있었다. 처음엔 수학여행지도 제대로 기억하지 못해서 티격태격하다가 졸업앨범을 찾아 확인한 뒤 제대로 알았다. 둘 다 잘못 기억하고 있었다. 고등학교 시절을 떠올리면 재밌는 추억도 많고, 다시 돌아가라고 해도 두말없이 가고 싶을 정도로 즐거운 기억이 많았다. 그럼에도 수학여행은 전혀 기억나지 않았다. 학교를 다니고 있을 적엔 수학여행을 무척이나 기다렸을 텐데도 기억은 그랬다. 그래서 석영은 지금 자신의 반 아이들이 수학여행에 대한 기억을 더 많이, 좋게 가져갔으면 했다. 소소한 것까지 전부 기억하는 건 아니어도 나중에 시간이 흘러 지금 시간을 돌이켰을 때, 이것저것 얘기할 수 있는 추억이었으면 했다.

 "매해 계절은 변합니다. 그리고 이번 겨울이 지나면 여기 있는 모두가 고3이 되죠? 고3이라는 시기는 말만으로도 상당한 중압감과 부담감이 오는 시기이기도 합니다."

레크리에이션 강사의 목소리가 낮게 깔렸다. 자연스럽게 엄숙한 분위기가 되었고 아이들은 그 소리에 귀 기울인 채 종이컵에 끼운 초를 하나씩 받았다.

"힘들고 쉽지 않은 시간이 될 겁니다. 다른 사람과의 싸움이 아닌 자기 자신과의 싸움이기 때문에 더욱 힘든 시간이 될 테고요. 하지만 분명 이겨낼 수 있습니다. 여러분의 부모님, 가족, 선생님들이 언제나 여러분 옆에서 여러분을 위해 함께 노력할 테고……."

부모님, 가족이라는 소리에 아이들의 말랑말랑한 감성이 흐물흐물해지고 있었다. 담임선생님이 자신의 초에 불을 켜고 옆 사람에게 옮겨주면 차례차례 각자 들고 있는 초에 불을 옮겼다. 초의 심지에서 타고 있는 불빛을 보며 간혹 훌쩍거리는 아이들이 늘어났다.

"옆에 앉아 있는 친구들을 한 번씩 둘러보세요. 학교에 있는 동안은 가족들보다 더 많은 시간을 함께하고 있는 친구들입니다. 때론 짜증나게 굴기도 하고, 화가 나게 하기도 하지만 함께 웃고 즐거운 때도 많았을 겁니다. 그 친구들과 함께 같은 시간을 보낼 테니까 분명 또 그렇게 웃을 수 있는 시간이 있습니다."

서로 눈을 마주친 아이들이 함께 웃기도 했지만 친구의 눈물에 함께 눈시울이 붉어지기도 했다. 석영은 자리를 옮겨 다니며 아이들을 위로했다. 가현도 옆에서 우는 미영을 위로하고 있었다.

"괜찮아."

석영이 미영의 어깨를 토닥였다. 무릎에 얼굴을 묻은 미영은 어깨를 파르르 떨었다. 가현은 석영과 눈이 마주치자 살포시 미소를 지었다.

"이 시간을 잊지 말길 바랍니다. 지금 각자 손에 들고 있는 초에 가장 원하는 지금의 진심이 담긴 소원을 비세요. 분명 이루어질 겁니다."

초에 소원을 빈다고 이뤄질 리가 없었다. 그럼에도 레크리에이션 강사 얘기에 학생들은 두 손으로 초를 꽉 쥐고 소원을 빌었다. 석영은 자신이 앉았던 자리에 놓고 온 제 초를 바라봤다. 그리고 슬며시 아이들의 소원이 이루어지길 바라는 소원을 바랐다.

캠프파이어가 끝나고 1반부터 차례로 숙소로 들어갔다. 운동장 바닥에 한참 앉아 있었던 탓인지 힘들었다는 구시렁거림이 여기저기서 튀어나왔다.

"오늘도 수고했어. 얼른 들어가서 자."

"선생님, 야식은 없어요? 배고픈데!"

남학생 몇 명의 외침에 전교생이 갑자기 배가 고프다고 난리가 났다. 석영은 물론 모든 선생님들이 놀라서 아이들을 둘러봤다. 아이들은 각자 제 담임선생님에게 매달려 간식을 좀 달라고 야단이었다. 이건 어느 한 선생님이 결정한다고 될 일이 아니었다.

"조용!"

결국 학년 주임 선생님이 확성기에 대고 큰 소리를 친 다음에야 아이들은 진정했다.

"조용히 하고 각자 방으로 들어가!"

석영이 듣기에도 상당히 위협적인 무서운 음성이었다. 못마땅한 표정과 불만 가득한 말을 뱉으며 아이들은 차분히 건물 안으로 들어갔다. 모두 안으로 들어간 뒤에 선생님들만 남았을 때 학년 주임 선생님이 선생님들을 불러 모았다.

"애들한테 말씀하신 거 아니죠?"

학년 주임 선생님의 날카로운 눈빛이 말을 마치는 순간 석영에게 꽂혔다. 이렇게 신임이 없다니. 아이들과 두루두루 친하게 지내지만 얘기하지 말아야 할 건 절대 얘기하지 않았다. 석영이 자신은 절대 아니라는 뜻으로 고개를 저었다. 그런데 다른 선생님들도 당연하다는 듯 석영을 한번 쳐다보곤 미소를 지었다.

"반장들만 불러서 간식 나눠 주세요."

학년 주임 선생님의 얘기에 선생님들이 각 반의 반장을 찾으러 갔다. 마지막 날 저녁, 아이들에게 줄 간식을 미리 준비했다. 선생님에게서 정보가 새어나갔는지 그냥 배고파서 한 얘기였는지 알 수는 없지만 좀 더 놀라게 해주고 싶었던 선생님들의 흥이 떨어졌다.

가현이 있는 방으로 가서 노크를 하자 잠시 뒤 예림이 문을 열었다.

"어? 선생님!"

"윤 반장은?"

"아직 안 들어왔어요. 왜요?"

"안 들어왔다고? 어디 갔어?"

"들어오다가 집에 전화 좀 하고 온다고 했는데요. 로비에 있을 거예요. 가현이 오면 선생님이 찾았다고 할까요?"

"아니야. 복도에 있을 거니까 올라오면 보이겠지."

"보이겠죠. 투명인간으로 변하지 않는 이상."

석영은 피식 웃고 엘리베이터 앞쪽으로 향했다. 각 반 반장들이

제 선생님을 쫓아 선생님들의 방 쪽으로 가고 있었다. 빵하고 음료수가 전부였지만 아이들이 좋아했으면 하는 선생님들의 마음은 모두 같은 듯 보였다. 그때 엘리베이터가 도착했고 가현이 내렸다. 그리고 석영을 보더니 무슨 일이냐는 표정을 해 보였다.

"윤 반장, 이런 식으로 개별 활동은 좀 곤란한데."

"주임 선생님도 같이 계셨어요. 집에 전화 좀 하느라고 엘리베이터를 바로 못 탔는데 주임 선생님이 음료수 사주셨어요."

가현이 손에 있는 음료수를 들어 보였다.

"따라와."

석영이 일부러 굳은 목소리로 먼저 걸음을 옮겼다. 힐끔 돌아보니 영문을 알 수 없다는 표정으로 가현이 석영의 뒤를 따르고 있었다. 하지만 조금은 긴장한 것 같아 보였다. 귀여워 견딜 수가 없었다.

"선생님, 화 나셨어요?"

가현의 물음에도 석영은 답하지 않았다. 조금 더 즐기고 싶었는데 선생님들 방에서 간식 꾸러미를 들고 나오는 다른 반 반장들 때문에 들켜 버렸다. 석영과 방을 같이 쓰는 선생님들은 이미 간식 꾸러미를 가지고 나눠 주러 가고 없었다.

"이게 뭐예요?"

"간식. 누구랑 통화했어?"

석영이 목소리를 낮추고 속삭였다. 두 눈을 동그랗게 뜨고 석영을 쳐다보던 가현이 배시시 웃었다.

"할머니. 낮엔 할아버지랑만 통화했더니 서운하셨대."

가현이 속삭이는 소리가 석영의 귓가를 간질였다. 묘한 스릴이 느껴졌다.

"아직 안 주무셨나 보네."

"전화 기다리셨나 봐."

가현이 석영을 보며 미소 지었다. 더없이 예뻤다. 석영은 자신도 모르게 가현의 볼을 톡 쳤다. 가현아, 너는 모르겠지만, 너는 참 예쁘다. 세상에 너와 견주어 너보다 더 예쁜 건 없다고 생각할 만큼 예뻐.

그 순간 방문이 벌컥 열렸다. 석영과 가현은 휘둥그레진 눈으로 열린 문 앞에 서 있는 종혁을 쳐다봤다. 종혁 역시 놀라서 두 사람을 번갈아 쳐다보고 있었다.

"무슨 일이야?"

석영의 물음에 종혁이 잠시 멍하니 있다가 가현을 보고 답했다.

"다른 반 간식 나눠 주는데 애들이 가현이가 없다고 저보고 받아오라고 해서요."

"선생님 방에 오면서 노크도 안 해?"

놀란 가슴은 여전히 두방망이질을 하고 있었지만 가현은 애써 아무렇지도 않은 척 종혁의 팔을 톡 쳤다.

"다른 선생님들 방문 다 열려 있기에 아무 생각 없이. 죄송해요, 선생님."

"됐어. 내가 옷이라도 갈아입고 있었다면 널 신고했겠지만 그런 것도 아닌데 뭐."

석영이 웃으며 방 안에 있는 박스 하나를 종혁에게 건넸다. 그리고 나머지 하나는 자신이 들었다.

"가자. 다들 목이 빠져라 기다리겠다."

석영이 앞장서고 종혁과 가현은 나란히 그 뒤를 따랐다.

"어디 있었어?"

"1층에. 집에 전화하고 올라왔는데 선생님한테 붙잡혔어."

가현은 종혁이 석영과의 대화를 듣지 못하고 석영이 자신의 볼을 톡 친 걸 보지 못한 것 같아 다행이라고 생각했다. 하지만 두방망이질하고 있는 심장은 여전했다. 워낙 크게 놀란 탓일 터였다.

방별로 간식을 나눠 주고 빈 박스는 석영이 회수했다.

"너희도 들어가서 맛있게 먹고, 잘 자고, 내일 아침에 보자."

석영이 방으로 돌아가고 가현이 종혁에게 잘 자라고 하고 방으로 들어가려는데 그가 가현을 붙잡았다. 그리곤 물끄러미 가현을 내려다보다가 가현의 볼을 톡 쳤다. 석영의 손이 닿았던 그 볼이었다. 순간 가현은 심장이 터질 듯 뛰었다.

"선생님이 너한테 무슨…… 짓 한 건 아니지?"

"무슨 짓이라니? 그냥, 볼에 뭐가 묻어서 닦은 거야."

그럼 됐다며 종혁이 가현의 시선을 피했다.

"무슨 생각 한 거야?"

"아니야. 미안."

종혁의 사과가 일순 불쾌하게 느껴졌다.

"잘 자."

가현은 그대로 방으로 들어와 버렸다. 그리고 예림의 옆으로 가서 아무 일도 없었던 듯 빵을 먹었다. 하지만 마음속에선 계속해서 화가 났다. 어떻게 석영을 그렇게 생각했는지 종혁에 대한 화였다. 너무 화가 나서 자신이 지금 누구에게 왜 화를 내고 있는지 뭐가 뒤바뀌었는지 알 수조차 없었다. 그렇게 수학여행 마지막 날 밤이 깊어가고 있었다.

❖

수학여행을 다녀오고 주말, 점심때가 다 되어가지만 가현은 아직 일어나지 않고 있었다. 제연도 석영도 집이 고요한 탓에 느지막하게 일어나서 아침도 거르고 그저 조용히 시간을 보내고 있었다. 혹여 조금이라도 큰 소리가 나면 곤히 잠든 가현이 깰까 모든 행동이 조심스러웠다.

"이제 그만 깨울까?"

태블릿 PC를 가지고 뭔가를 하던 제연이 시간을 확인하고 석영에게 물었다. 12시 30분이 지나고 있었다.

"배고프지?"

"응. 배도 고프고 쟤도 이제 슬슬 일어나야지. 쟤 어제 9시쯤부터 잤으니까 거의 15시간 정도 잤잖아. 아, 생각만 해도 허리 아프다."

제연이 인상을 찌푸렸다. 수학여행 3박 4일간 제대로 못 잤을 테니 잠 욕심이 많은 가현은 깨우지 않으면 그 이상도 충분히 잘 수 있을 터였다.

"가서 좀 깨워봐."

제연이 발로 석영을 툭 찼다. 어떻게 할까 잠시 고민하던 석영이 천천히 자리에서 일어났다. 가현의 방문에 노크를 하고 잠시 기다려도 예상대로 답은 들리지 않았다. 방문을 열고 들어가니 커튼은 꼭 닫혀 있지만 콘센트마다 미니 등이 꽂혀서 불을 밝히고 있었다. 가현의 침대 맡으로 다가간 석영이 자고 있는 가현의 얼굴을 확인하는 순간 그녀를 깨우지 않을 수 없었다.

"가현아."

괴로운 듯 미간을 좁히고 식은땀을 흘리고 있는 가현은 신음도 뱉지 못했다. 가현은 어느 계절이나 꼭 안고 자는 샤워 타월을 있는 힘껏 쥐고 있었다. 석영은 가현의 손을 하나씩 펼쳐 샤워 타월을 빼내고 그녀의 손을 잡았다. 자신의 손을 잡는 힘이 느껴지자 더욱 마음이 급해졌다.

"가현아, 윤가현. 일어나. 가현아, 오빠 목소리 들려? 가현아."

석영의 다급한 소리를 들은 제연이 곧바로 가현의 방으로 달려왔다. 그리고 가현의 방 불을 켜고 커튼을 젖혔다. 여전히 가현은 힘껏 인상을 찌푸린 채로 괴로워하고 있었다.

"윤가현, 가현아."

침대 맡에 앉은 제연이 가현의 어깨를 잡아 흔들었다. 석영도 제연도 얼굴에 핏기가 가신 채 가현이 깨어나기만을 기다렸다.

"가현아."

두 사람의 애절한 부름이 그 이후로도 한참 이어졌다. 이를 악물고 있던 가현의 입이 벌어지는 순간 허공에 그녀의 탁한 신음이 터졌다. 그리고 두 눈을 번쩍 뜨는 순간 제연이 가현을 일으키고 그녀를 품에 안았다. 석영은 여전히 가현의 손을 꼭 붙든 채 제연의 품에 안긴 가현의 머리와 등을 연신 쓰다듬었다. 거친 숨을 몰아쉬며 여기가 어디인지, 자신을 안고 있는 게 누군지 확인한 뒤 마음을 놓은 가현의 두 눈에 눈물이 방울방울 맺혔다.

"괜찮아. 괜찮아."

그녀를 위로하는 제연의 소리에 가현이 안도하며 그의 어깨에 맺힌 눈물을 닦아냈다.

"아침까지만 해도 잘 자고 있길래 괜찮은 줄 알았어."

제연의 어깨에 볼을 댄 가현이 석영을 보며 어슴푸레 미소를 지었다. 미안해하지 말라는 표시였다. 가현의 책상 위에서 노트를 하나 꺼낸 석영이 그녀의 젖은 등에 천천히 부채질을 해줬다. 노트를 꺼내오기 위해 놓았던 손을 가현이 다시 찾아 잡았다.

"물 좀 갖다줄까?"

석영의 물음에 가현은 고개를 저었다. 잡은 손을 놓지 말라는 의미였다.

"응. 오빠들 아무 데도 안 가. 걱정 마. 괜찮아."

석영이 밤사이 까칠해진 가현의 볼을 매만졌다. 옅은 미소를 짓는 것조차 힘들었는지 가현이 아무런 표정도 없이 두 눈을 감았다. 감은 두 눈, 그 어두운 적막 속에서 그녀가 악몽을 떠올리지 않았으면 했다.

"괜찮아, 아무 일도 없어."

그녀가 아무것도 생각하지 말라는 듯 제연이 계속해서 같은 말을 반복했다. 제연이 잠시나마 말을 쉬면 석영이 그 말을 이어받았다. 가현이 완전히 진정할 때까지 두 사람은 그저 계속해서 가현을 위로하고 또 위로했다.

놀랐던 마음이 가라앉았는지 가현이 석영의 손에서 제 손을 빼내고, 제연의 품에서 빠져나왔다.

"물 좀 마실래."

석영은 곧바로 주방으로 가 물을 한 컵 가지고 왔다. 제연이 가현의 머리칼을 쓸어 넘기며 괜찮은지 묻고 있었다. 물 한 컵을 쉬지 않고 전부 마신 뒤 가현은 깊은 숨을 몰아쉬었다.

"이제 괜찮아."

그제야 석영과 제연도 안도했다. 가현은 샤워를 한다며 욕실로 들어가고, 제연은 가현의 침대를 정리했다. 거실로 나온 석영과 제연은 그사이 진이 빠져서 소파에 축 늘어졌다. 고등학교에 입학하고 난 뒤 가현의 첫 악몽이었다. 괜찮은 줄 알았는데 트라우마라는 건 그렇게 쉽게 사라지지 않았다.

가현이 샤워를 마치길 기다리는 동안, 제연도 석영도 끔찍했던 12년 전을 떠올리지 않을 수 없었다.

가현이 여섯 살, 제연과 석영이 열다섯 살 때의 일이었다. 당시 제연과 석영은 자신들의 집에서 조금 멀리 떨어진 공터에서 친구들과 농구를 즐겨 했다. 그러던 어느 날, 친구가 너무 세게 던진 공이 근처에 있는 주택 안으로 들어가 버렸다. 대문이 열려 있는 연립 주택이었다. 제연은 큰 소리로 '실례합니다.'라고 외치고 공을 찾으러 들어갔다. 마당은 비좁은데다가 쓰레기가 널려 있었다. 공은 지하로 내려가는 계단 중간에 깨진 화분 옆에 있었다. 화분이 그전에 깨져 있었는지, 농구공에 맞아 깨졌는지는 모른다. 대낮이었지만 그늘진 곳에 있는 주택은 음침했다.

조심스럽게 계단을 내려가 공을 잡는 순간, 지하에 있는 철문이 열리고 웬 아저씨가 튀어나왔다. 지독한 악취를 풍기며 제연에게 달려와 제연을 걷어찼다. 놀란 제연은 그 아저씨를 향해 공을 힘껏 던지고 계단에 주저앉아 아무것도 보지 못한 채 발길질을 했다. 아저씨는 제연의 발에 맞아 계단 아래로 굴러떨어졌고 그대로 그 집에서 도망을 쳤다. 집에 돌아가 부모님께 얘기를 하고, 그날 저녁 아버지와 함께 그 집을 다시 찾았다. 아버지는 치료비를 배상하겠다고 했고 그 아저씨는 온갖 욕을 다 하며 필요 없다고 쓰레기를 집어 던지며 제연과 아버지를 쫓아냈다.

그리고 잊고 지냈다. 한두 달 시간이 지나고 입김이 나오기 시작하는 겨울의 초입. 일요일, 석영과 제연은 아파트 단지 안의 놀이터에서 가현과 놀아주고 있었다. 여자애답게 소꿉놀이를 좋아했는데 늘 흙밥을 석영과 제연에게 먹이고 싶어했다. 그날도 흙밥을 맛있게 먹는 척을 하며 가현에게 맞춰 놀았다. 한참 놀다가 가현이 공놀이를 하고 싶어했다. 제연이 집에 공을 가지러 가고, 석영 혼자 가현을 보고 있었다. 그러다가 놀이터를 지나가던 친구들을 만났다.

석영은 가현이 또래의 아이들과 노는 걸 살피며 친구들과 잠시 대화를 나눴다. 틈틈이 가현이 어디 있는지 살폈고, 그녀의 소리에 최대한 귀를 기울였다. 친구들과 얘기 중에 재밌는 얘깃거리가 나와서 잠깐 한눈을 팔았다. 공을 가지고 온 제연은 친구들을 보고는 반가워서 인사를 나누었다. 석영은 제연이 가지고 온 공을 받은 후 가현을 찾았다. 그런데 어디에도 가현이 보이지 않았다. 조금 전까지만 해도 구석에 있던 가현을 확인했었다. 제연과 석영은 한눈에 다 들어오는 놀이터를 이리저리 뒤졌다. 하지만 놀이터 어디에도 가현은 없었다.

제연의 가족들은 말할 것도 없고, 석영의 가족들도 가현을 찾아 나섰다. 경찰에 신고를 하고 지나가는 사람들을 붙들고 가현을 못

봤냐고 울부짖으며 찾았다. 석영은 아무것도 할 수가 없었다. 무서웠다. 가현에게 무슨 일이 생긴 건지 온갖 나쁜 생각들이 석영을 덮쳤다. 그리고 이틀 뒤, 가현을 찾았다. 제연이 공을 찾으러 갔던 그 집, 지하에 있던 그 아저씨가 가현을 데리고 경찰서로 왔다.

알코올 중독자로 은둔형 외톨이에 해리성 정체감 장애를 가지고 있다고 했다. 제연이 가현을 데리고 다니는 걸 몇 번 보게 되었고, 어느 날 갑자기 자신이 제연에게 맞아 계단에서 굴러떨어진 게 화가 나서 견딜 수가 없어졌다고 했다. 그런데 마침 가현이 놀이터 한쪽 구석에서 혼자 놀고 있기에 데리고 갔다고 했다. 두 개의 인격이 가현을 어떻게 해야 할지 이틀 동안 싸운 걸로 밝혀졌다. 그리고 가현을 해쳐선 안 된다고 생각하는 인격이 정신을 지배했을 때 가현을 데리고 경찰서를 찾아온 거였다. 그렇게 천만다행으로 가현을 찾았다.

그날 이후로 가현은 불빛이 없는 어두운 곳에 있을 수 없어졌다. 잠이 들 때도 항상 스탠드나 미니 등의 불을 켜두었다. 그녀가 자다 나왔을 때 놀라지 않도록 거실의 불은 항상 켜져 있었다. 혼자 있을 땐 아무리 피곤하고 힘들어도 낮잠을 자지 않았다. 밤잠도 도저히 참아낼 수 없을 지경까지 잠이 몰려오면 그때 잠자리에 들었다. 가현이 잠든 밤이면 종종 새벽녘에 잠에서 깬 가족들이 그녀의 방을 살폈다. 악몽을 꾸며 가위에 눌리진 않는지, 잘 자고 있는지 확인했다.

"수학여행이 스트레스였나?"

초등학교 땐 수학여행이니 수련회니 집 밖에서 자야 하는 행사엔 일절 보낼 수 없었다. 중학교 때는 가현이 3학년 졸업여행만큼은 제발 보내달라고 사정하는 통에 어쩔 수 없이 보내야만 했다. 다녀오고 난 뒤에는 오늘처럼 계속 잠만 잤다. 그땐 가위에 눌리진 않았지만 졸업여행 내내 거의 한잠도 못 잤다고 했었다.

이번 수학여행도 그런 부분들 때문에 걱정이 많았다. 일정 내내 석영도 가현을 신경 썼다. 조금 피곤해 보이긴 했지만 크게 잠이 부족해 보이진 않았다. 집에 돌아오고 난 뒤에 제대로 가현에게 얘기를 들을 수 있었는데, 하루에 세 시간 남짓은 잘 수 있었다고 했다. 그게 전부 석영이 선생님인 덕이라고 해서 석영도 제연도 마음을 놓았다.

"아무래도 그랬겠지."

마른세수를 한 석영의 목소리엔 씁쓸함이 묻어났다.

"괜찮은 줄 알았어."

"나도 그런 줄 알았지. 게다가 요 근래 악몽 꾸고 가위 눌린 적 없으니까 방심하기도 했고."

새벽녘 가현의 방을 확인하는 것도 어느 순간부터 주로 석영이 해왔다. 가현에 대한 미안한 마음은 석영이나 제연이 별반 다르지 않았다. 하지만 그날 이후 석영은 자신은 아무리 가족처럼 지내도 완전히 가족일 수 없다는 걸 깨달았다. 시간이 흐르면서 가현이 괜찮은 모습을 보일수록 다들 그 일이 기억 속에서 흐릿해지는 것 같았다. 하지만 석영은 죽었다 깨어나도 잊을 수 없었다.

샤워를 마치고 거실로 나온 가현은 훨씬 개운해 보였다. 미안함과 안쓰러움으로 점철된 시선으로 자신을 바라보는 두 오빠 사이에 앉아서 두 사람의 등을 툭툭 쳤다.

"기운들 내."

"괜찮아?"

"응. 엄마한텐 얘기하지 마. 괜히 걱정하셔."

"수학여행 가서 무슨 일 있었어? 잠 못 자서 스트레스 받은 거야?"

원인을 모르겠다는 듯 가현이 어깨를 으쓱했다. 수건으로 가현의 젖은 머리카락을 털어주던 석영은 방으로 들어가 드라이어를 가지고 나왔다. 석영이 머리를 말려주는 동안 가현은 멍하니 앉아 있었다. 제연은 그런 가현을 뚫어져라 쳐다볼 뿐이었다.

"우울하지 않아?"

머리를 전부 말리고 드라이어를 끄기 무섭게 제연이 가현에게 물었다.

"응. 혼자 일어났으면 힘들었겠지만 오빠들 있었으니까. 괜찮아."

확실히 전에 비하면 깨고 난 뒤의 모습이 괜찮아 보이긴 했다. 숨기려야 숨길 수 없는 일이었다. 가현이 괜찮은 척을 한다면 제연도 석영도 바로 알아볼 수 있었다. 그나마 다행이었다.

"미안해."

석영이 제연을 향해 고개를 돌리고 있는 가현의 뒤통수를 살짝 잡았다. 가현이 고개를 돌려 석영과 눈을 마주쳤다.

"미안해하지 마."

"그래도 미안해."

가현이 사라졌던 이틀 동안, 석영과 제연은 부모님은 물론 어른들에게 엄청 혼이 났다. 아니, 혼이 났다는 것보단 원망하는 것 같았다. 차마 입 밖으로 낼 수 없어도 당시의 분위기와 둘을 보는 표정은 그러했다. 그 이틀의 시간이 숨 막히도록 괴로웠던 건 원망하는 것 같았기 때문이기도 했지만 가현을 자신들이 잃어버렸다는 죄책감 때문에 더했다. 가현을 되찾고, 모두가 안정을 찾고, 시간이 흘러 가현이 중학교 때. 그녀가 처음으로 당시의 일을 얘기했다.

"오빠들이 너무 미안해하지 않았으면 좋겠어. 이젠 나 잃어버리지 않을 거잖아. 그렇지?"

가현 나름대로 죄책감에 짓눌린 둘을 위로하려는 거였다.

"나 많이 좋아졌지? 깨는 것도 금방 깼고, 우울하지도 않고. 그치?"

가현이 제연과 석영을 번갈아 쳐다봤다.

"응. 일부러 그런 척하는 것 같지도 않고."

제연이 가현의 머리를 헝클어뜨렸다. 가현이 배시시 웃더니 두 눈을 반짝 빛내며 석영을 쳐다봤다.

"분명 점점 더 좋아지고 있어, 오빠."

어째서 석영을 보며 그렇게 얘기하는지 그 뜻을 알 수가 없었다. 석영의 표정으로 그가 무얼 생각하는지 알아챘는지 가현은 몸까지 틀어 석영을 제대로 쳐다봤다.

"내 걱정 너무 안 해도 돼. 나한테 매여 있지 않아도 된다는 뜻이야, 오빠."

"무슨……?"

말을 듣고도 이해할 수가 없었다. 가현이 지금 석영은 모르는 제3세계의 언어라도 하고 있는 건가. 그런데 제연은 단박에 알아들은 듯 소파에 늘어뜨리고 있던 몸을 일으켜 앉았다.

"오빠 매여 있는 꼴 보기 싫어서 괜찮아지려고 노력하는 거야?"

"내가 괜찮아야 오빠들이 좀 더 편할 거 아냐. 어렸을 땐, 내가 계속 그 일에 얽매여야 오빠들이 날 안 버릴 것 같았단 말이야. 그런데 이젠 그렇지 않다는 거 아니까. 그러니까 나한테 그렇게 미안해하지도 말고, 너무 매이지 않아도 돼. 오빠도 연애도 하고."

눈을 마주쳐 오는 가현과 시선은 닿아 있지만 석영의 눈동자는 텅 비어버렸다. 지금 자신이 듣고 있는 이 얘기가 전부 무얼까. 왜 한국말을 이해하지 못하는 지경이 되었을까.

"오빠?"

가현이 고개를 갸웃하고 석영을 불렀다.

너한테 매이지 않았어. 라고 답할 수가 없었다. 매였지만 그런 이유가 아니었기 때문에 차마 입 밖으로 매였다고도, 매이지 않았다고도 답할 수가 없었다.

"차석영이 연애해서 너를 나 몰라라, 하면 어쩌려고?"

"그래도 괜찮을 거야. 나 좋아지고 있으니까."

석영의 심장에 쿵 하고 쇳덩이가 떨어졌다.

"오, 윤가현. 멋진데?"

"나 오빠들한테 짐이 되고 싶지 않으니까."

석영이 무슨 소리냐고 반박할 새도 없이 제연이 가현의 머리를 한 대 쥐어박았다. '악' 소리를 지르고 제 머리를 감싼 가현이 석영 쪽으로 몸을 기울이고 제연을 돌아봤다.

"그런 말이 어디 있어! 짐은 누가 짐이야! 넌 오빠들이 널 챙기느라 이것저것 살피는 게 짐스러워?"

"내가 언제 오빠들이 짐스럽대?"

"네가 말하는 게 그거랑 뭐가 달라! 가족이잖아! 쓸데없는 생각 때문에 필사적으로 발버둥 치는 거면 그럴 필요 없어."

진짜로 화가 났는지 제연의 표정이 굳었다. 석영도 제연만큼 화가 났다. 가현의 마음에 자신은 쥐꼬리만큼도 가족이 아닌 남자로 자리 잡고 있지 않다는 점. 자신에게 짐이 되고 싶지 않다고 생각하고 있다는 점.

"이건 네가 잘못한 거야. 오빠들을 이렇게 서운하게 하면 안 되지."

석영은 당연히 가현이 잘못했다고 미안하다며 제연과 석영에게 사과할 줄 알았다. 그런데 가현의 표정은 단호했고, 목소리는 냉정했다.

"서운해도 어쩔 수 없다고 생각해. 나도 오빠들을 조금 놓을 테니까, 오빠들도 나를 조금 놔줘."

이후에도 제연은 노발대발 가현과 언성을 높이며 싸웠다. 관심을 갖고 있고, 아끼고 사랑하는 동생이기 때문에 화가 나는 제연. 누구보다 더욱 자신의 가족의 소중함을 알고 사랑하기 때문에 그만 자신을 품에서 놓고 자유롭길 바라는 가현. 석영은 그저 멍하니 두 사람의 얘기를 흘려들을 뿐이었다. 이미 석영은 아무것도 생각할 수 없었다.

가현아, 어쩌지. 오빠의 세상이 무너지고 있어.

5.

"피로연 갈 거야?"

결혼식이 끝나고 오랜만에 만난 동기들이 웅성웅성 서로의 스케줄을 확인했다. 석영은 곧바로 집으로 돌아갈 참이었다. 불참 의사를 밝히고 결혼식장에서 빠져나왔다. 주말 강남 쪽 예식이라 차를 가져오지 않았더니 인파 속으로 들어가는 것도 번거로웠다. 사람들 틈을 빠르게 헤치며 버스정류장으로 향하는데 등 뒤에서 누군가 석영을 크게 불렀다.

"차석영!"

석영이 피식 웃으며 뒤를 돌아봤다. 예나 지금이나 힘이 넘치는 건 여전했다.

"창피하게."

다가오는 은주를 향해 석영이 핀잔을 줬다. 하지만 은주는 아랑

곳하지 않고 석영의 어깨에 손을 얹었다.

"무슨 걸음이 그렇게 빨라?"

"혼자 걷는 남자들은 평균 이 정도는 걷지."

"그런 배려가 없으니까 모태 솔로지. 술 한잔?"

"대낮에?"

"술에 낮과 밤이 어디 있니. 할 얘기도 있고 하니까 가볍게 한잔 하자."

은주는 대학 때도 그랬다. 낮에도 맥주, 밤에도 맥주, 새벽엔 소주. 도대체 그 술이 다 어디로 들어가는지 신기하게 술을 마셔댔다. 그럼에도 한번도 취하지 않았고, 늘 취해 버린 사람들의 뒤처리를 하고 마지막에 집에 돌아갔다. 석영은 조절해서 마셔서 취하지 않았지만 은주는 취한다는 개념 자체가 없는 사람이었다.

은주와 택시를 타고 신사동 쪽으로 자리를 옮겼다. 은주를 따라 골목, 골목 안으로 들어가자 인적이 드문 곳에 커피숍이 있었다. 창가 쪽에 자리를 잡고 샹그리아를 주문했다.

"오랜만이네."

"선배가 워낙 바쁘잖아."

"바쁘지. 신은 왜 공평하게 모두한테 24시간을 준 거야. 나같이 바쁜 사람한텐 남들이 함부로 버리는 시간 좀 더 줘도 될 텐데."

은주는 언제나 쉴 틈이 없이 바쁘게 사는 사람이었다. 공부도 열심이었고, 이것저것 배우러 다니는 것도 수두룩했다. 지금도 누구나 알 법한 대기업에 입사해서 승승장구 쉴 틈 없이 위로 올라가는 중이라고 들었다.

"선생질은 적성에 맞아?"

"제법. 애들이 나 좋아해."

"어련하시려고. 너 계속 모태 솔로를 고집하는 이유가 뭐야? 그렇게 삼십 년 살면 고고한 학이 된다는 설이 돌던데, 전설이 되려고?"

웃음이 터졌다. 고고한 학. 그렇게 순수하고 고운 마음 같은 건 갖고 있지 않았다.

"왜 자꾸 모태 솔로를 들춰? 누가 보면 선배는 엄청 연애한 것 같네."

"너보단 했어."

"어련하시려고."

은주가 비꼰 대로 석영이 따라 하자 그녀가 매섭게 눈을 흘겼다. 은주는 철저한 독신주의였다. 왜 그렇게 고집하느냐고 물으면 자신은 할 일이 너무 많아서 연애에 힘을 쏟을 시간이 없다는 이유였다. 은주가 담배를 꺼내 물더니 석영에게 한 개비를 권했다. 대학 때 잠깐 담배를 피웠었지만 가현이 냄새를 좋아하지 않아서 이내 끊었다. 그 뒤론 한번도 피운 적이 없었다. 석영이 고개를 젓자 은주가 픽 웃고 담배에 불을 붙였다.

"사는 거 심심하지 않아?"

"선배처럼 바쁘게 살진 않지만 심심하게 둘 수 있는 인생도 아니야."

별로 믿지 못하는 표정으로 은주가 샹그리아를 한 모금 마셨다.

"너 요즘도 날 좋으면 글라이딩하러 다녀?"

"다니지."

은주가 의미심장한 미소를 지어 보였다.

"내가 글라이딩 동호회를 좀 찾아봤는데 너만큼 비주얼 괜찮은 애가 취미로 하는 사람은 없더라고."

"왜 띄워? 가르쳐 달라는 거면 난 싫어."

"그거 배울 시간 없어."

"그럼?"

"내가 요즘 고상한 취미를 하나 가졌거든. 전시회도 보러 다니고 공연도 보러 다니고. 동호회 사람들이랑 같이 다니는 건데 여자들이 허세가 얼마나 심한지 말도 못해."

석영은 은주의 얘기에 집중하며 샹그리아 속 파인애플을 먹었다. 와인 향이 배어서 짙고 상큼한 파인애플이 맛있었다. 가현이 고등학교를 졸업하고 나면 다른 건 몰라도 샹그리아는 같이 먹고 싶었다.

"지난번 모임에 갔다가 성질을 좀 건드리기에 없는 소리를 했거든."

"없는 소리?"

"응. 패러글라이딩 취미로 하는 세 살 연하 남자친구 있다고. 고등학교 선생님인데 재벌이라고."

목에 걸린 파인애플 때문에 기침이 튀어나왔다. 석영이 기침을 멈추지 못하자 은주가 인상을 찌푸리며 몸을 뒤로 뺐다. 겨우 기침을 멈춘 석영이 인상을 찌푸리고 은주와 눈을 마주쳤다.

"그게 나야?"

"다 맞는 말이잖아. 내 남자친구가 아니라는 것만 빼놓고."

"내가 재벌이야?"

"학교 다닐 때 나는 그런 소문을 들은 것 같은데. 땅 부자라고."

"내 땅이야? 우리 할아버지 땅이지."

"어후, 그럼 무려 재벌 3세? 좋네. 자수성가도 좋지만 난 물려받는 것도 괜찮다고 생각하거든."

은주가 엄지손가락을 치켜세웠다. 석영은 여전히 찌푸린 인상으로 고개를 설레설레 저었다. 그때, 석영의 휴대폰이 울렸다. 가현에게 문자메시지가 왔다.

「오빠, 늦어? 제연이 오빠도 나갔고, 나도 약속 있어서 나가려고.」

「지금 바로 갈 건 아닌데 늦지도 않을 거야. 너도 늦지 않게 와. 밤바람 많이 차더라.」

「응. 이따 봐. 다녀오겠습니다.」

집에 있으면 그녀가 어떤 식으로 인사하고 나갔을지 눈에 보여 석영은 괜스레 미소가 지어졌다. 휴대폰을 테이블 위에 내려놓고 고개를 들자 은주가 두 눈을 초롱초롱 반짝이며 석영을 쳐다보고 있었다.

"뭐야, 뭐야. 순수한 모태 솔로가 아니었어?"

"친구야."

은주가 표정을 구기며 못마땅한 표정을 지었다.

"너 게이야?"

"뭐?"

"남자가 메시지 보고 실실 웃는 거 얼마나 기분 나쁜 줄 알아? 게다가 그게 친구한테 온 거면 더 기분 나쁘지!"

"웃기면 웃을 수도 있지 그런 게 어디 있어?"

"네가 지금 웃겨서 웃은 거야?"

아니라고 할 수가 없었다. 석영은 검지로 휴대폰 액정을 톡톡 두드렸다.

"선배 애인대행. 내가 해주면 나한테 뭐 해줄 건데?"

"1등급 한우 원 없이 먹게 해줄게."

"필요 없어. 그보다 그 상황에 어떻게 나를 떠올렸어?"

"내 주변에 내가 이런 부탁하면 들어줄 사람이 너밖에 없잖아. 게다가 난 네가 예전부터 글라이딩을 취미로 하는 게 아주 마음에 들었거든. 지금은 내가 시간이 없어서 못 배우는데 나중에 시간만 생기면 제일 먼저 그거부터 배울 거야."

"난 절대 안 가르쳐 줄 거야. 선배는 나한테 뭘 배울 마음이 없잖아."

"아무튼 그건 그때 가서 생각하고. 내가 뭐 해주면 되는데?"

석영이 깊게 한숨을 내쉬었다. 지금까진 이런 생각조차 해본 적이 없었는데 가현이 자신을 밀어내는지도 모른다고 생각하자 오기가 생겼다.

"나도 애인대행 해줘. 대신 절대 비밀이야."

"애인대행? 누구한테? 너 진짜로 게이야?"

"도대체 얘기가 왜 자꾸 그쪽으로 흐르는 건데!"

석영이 버럭 성질을 내자 은주가 깔깔대고 웃었다.

"알았어, 알았어. 성질은. 누구한테 네 애인인 척 굴어줄까?"

"여동생."

"게이보다 근친이 더 나쁜 거 알아?"

도대체 대화가 제대로 이뤄지지 않는 게 답답해서 또 한숨이 나왔다. 그런데 은주는 이 상황이 재미있는지 계속해서 웃고 있었다.

"따지면 친구 여동생이야. 나도 같이 가족처럼 자랐어. 날 자기 오빠만큼 친오빠로 생각해. 그런데 나는 처음부터 지금까지 불순해."

석영은 상그리아 잔을 멍하니 쳐다봤다. 그리고 중얼중얼 자신이 뭐라고 하는지도 모르는 말들을 쏟아냈다. 가슴이 뻐근해지고 미칠 듯 답답해졌다.

"게다가 지금은 우리 반 학생이야. 올해 처음 남자친구도 생겼고, 내가 지금까지 연애를 못한 게 자기 때문이 아닐까 고민해. 나는 항상 그 애가 잘 웃고, 행복했으면 좋겠어. 날 짐으로 짊어지지 않았으면 좋겠어."

팔짱을 낀 은주의 고개가 살짝 기울어졌다.

"그게 정말 속마음이야? 전엔 안 그래 보였는데 너 지금 엄청 위선적으로 보여. 사람 좋은 척, 나 그거 진짜 싫은데."

"내가 가족이 아닌 남처럼 굴면 울어. 난 걔가 울면 뭘 어떻게 해야 될지 모르겠어. 아직 어리기도 하고, 지금은 남자친구도 있고. 날 좋아하면 좋겠지. 하지만 강요할 수 없고, 어설프게 내 마음 밝혀서 관계가 더 어려워지면 안 되니까. 사람 좋은 척이 아니라 신중할 뿐이야."

은주는 아무 말도 하지 않았다. 두 사람은 꽤 오랜 시간을 멍하니 아무 말도 하지 않은 채 앉아 있었다. 일단 지금 당장은 은주와 사귀는 척하고 어느 정도 시간이 흘렀을 땐 자연 소멸한 것처럼 보일 생각이었다. 이럴 필요가 있을까 싶었지만 뭐가 달라질까, 궁금하기도 했다.

"넌 뭘 어쩌고 싶은 거야? 나중엔 고백할 거야?"

정적을 깨고 은주가 조심스럽게 물었다.

"기회는 아마 딱 한 번일 거야. 그 뒤는 모르겠어. 그냥 지금까지도 그랬고, 앞으로도 일단 나는 그 한 번의 기회를 위해서 살겠지."

"너 원래 이렇게 바보 같았어?"

석영이 피식 웃었다. 안타까움이 묻어나는 은주의 표정이 조금은 위로가 되는 것 같았다.

"어떻게 그럴 수가 있어? 계속 그 애만 좋아했다는 거야? 몇 살이야?"

"이제 열여덟."

"게이도 아니고 근친도 아니고, 로리타? 너 가지가지 하는구나."

"게이에 근친을 하면서 로리타 취향이어야 가지가지 하는 거지. 난 딱 하나. 윤가현만 좋아하는 중이야."

진지한 말투와 표정에 은주가 그를 조롱하듯 놀리던 표정을 거뒀다.

"괜히 심술나네. 나도 너처럼 나만 죽어라고 좋아하는 사람이 있었으면 연애에 목숨 걸었을지도 몰라."

"쉽지 않아. 그래도 포기는 못하지만."

스스로가 좀 우스워서 석영이 자조적인 미소를 띠었다. 은주도 그 비슷한 미소를 걸고 석영과 와인 잔을 부딪쳤다. 챙 하는 소리가 맑게 울렸다.

"성공적인 애인대행을 위하여. 이거 하다가 네 그 여동생이 너에 대한 마음을 자각하고, 뭐 그런 일도 있을 수 있어?"

"희망을 좀 걸어볼까?"

"응원하마."

샹그리아를 한 모금 마시며 석영은 괜스레 건욱을 떠올렸다. 그가 이런 상황을 알아도 응원을 해줄지 궁금했다.

거실 소파 위에 쪼그리고 앉은 가현이 석영의 방문을 뚫어져라 쳐다보고 있었다. 가현 옆에 앉은 제연도 힐끔힐끔 석영의 방문을 쳐다보는 건 매한가지였다.

"연애하나?"

가현의 시선은 여전히 방문에 박혀 있었다.

"그런 것 같지? 요 근래 휴대폰 챙겨 보는 것도 그렇고 전화 오면 유독 방에 들어가서 방문 닫고 통화하는 것도 그렇고."

"진짜로 연애하나?"

가현이 몸을 반쯤 일으키고 두 눈을 동그랗게 떴다. 석영의 연애라니 제가 연애를 시작할 때보다 더욱 초조하게 심장이 빨리 뛰었다.

"누구지? 누굴까? 학교 선생님 중엔 마땅한 사람이 없는데."

"마땅한 사람이 있는지 없는지 네가 어떻게 알아?"

"아냐. 없어. 전에 오빠도 없다고 그랬어."

"감정은 그런 게 아니지. 어느 날 갑자기 콩깍지가 씌면 예전에 어땠는지 그런 건 다 소용 없는 거야. 그나저나 진짤까? 네가 연애하니까 확실히 자극은 됐나 보다."

제연이 팔꿈치로 가현의 팔을 툭 쳤다. 그 순간 가현은 모든 감흥이 말끔히 사라졌다. 당혹스러울 정도로 잠잠해진 마음의 물결에 제연이 눈치채지 않을까 싶어 더더욱 석영의 방문을 보고 있는 시선을 옮길 수가 없었다.

방문을 열고 나오던 석영이 화들짝 놀라서 그대로 멈춰 섰다. 제연과 가현이 나란히 소파 위에 쪼그리고 앉아 석영을 빤히 쳐다보고 있었다.

"왜? 고기 사달라고?"

가끔 제연과 가현은 석영에게 고기나 회와 같은 걸 사달라고 할 때 나란히 쪼그리고 앉아 석영이 움직이는 대로 시선을 좇아오곤 했다. 물론, 지금 두 사람이 저러고 나란히 앉아서 자신을 쳐다보는 게 그런 이유가 아니라는 것쯤은 알고 있다. 그럼에도 거짓말이기 때문인지, 가현에게 연애를 한다고 말해야 하는 것 때문인지 쉽사리 먼저 아는 척을 할 수가 없었다. 집에 있을 때면 틈나는 대로 은주와 연락을 하고 있었지만 사실 딱히 할 말이 없었다. 문자 메시지는 하다 하다 안 되니까 이젠 서로 말도 안 되는 수학 문제를 내고 있었지만 통화가 문제였다. 방문에 귀를 붙이고 엿듣지는 않겠지만 말소리는 작게나마 계속 내야 했다. 오늘은 은주와 통화는 금방 끝내고 혼자서 중얼중얼 구구단을 외우다 나왔다.

"너 연애해?"

"왜?"

"그래 보이는데."

가현에게 등을 돌리고 컵에 주스를 따르던 석영이 잠시 두 눈을 감았다 떴다.

"가족은 못 속이겠네."

석영의 혼잣말에 가현이 재빠르게 소파에서 내려왔다. 제연은 호탕하게 웃으며 얼마나 됐느냐, 상대가 누구냐, 도대체 어떻게 된 거냐고 묻기 바빴다. 그사이 석영의 옆으로 다가온 가현이 물끄러미 석영을 올려다봤다. 뭐라 설명하기 힘든 표정이었다.

"왜? 오빠가 연애한다니까 서운해?"

망설이지도 않고 재빠르게 고개를 젓는 걸 보니 석영이 서운했다.

"좋은 사람 만난 거야?"

"응. 그렇게 됐네."

"잘됐다."

가현이 해사하게 웃었다. 석영은 가슴이 욱신거렸지만 애써 웃으며 가현과 시선을 마주했다. 그리고 그녀의 머리를 쓰다듬을까 고민하던 손을 바지 주머니에 넣었다. 차라리 가현이 종혁을 만난 것과 같이 자신 또한 진짜로 다른 사람을 마음에 담은 거라면 좀 나았을지 생각했다.

"왜 내 질문에 대답 안 해!"

제연이 버럭 소리를 지르고 석영이 들고 있는 컵을 뺏었다.

"서른 살, 회사원이고, 대학 선배였어."

"대학 선배? 그럼 학교 때부터 뭔가 썸씽이 있었던 거야?"

"아니. 학교 땐 그냥 사이좋은 선후배 정도."

"사귄 지 얼마나 된 거야?"

"한 달이나 좀 지나면 얘기할까 했는데 도대체 왜 이렇게 빨리 눈치를 채는 거야? 이제 겨우 일주일 됐어."

"완전 좋을 때네!"

제연이 호탕하게 웃으며 석영의 어깨를 팡팡 두드렸다. 가현은 방글방글 웃으며 석영을 쳐다보고 있을 뿐이었다.

"뭐가 그렇게 좋아?"

석영은 괜스레 짜증이 밀려와서 가현의 코를 잡아 흔들며 물었다. 그럼에도 가현은 표정 하나 일그러뜨리지 않고 또 웃었다.

"너 연애한다니까 얘도 이렇게 좋아하잖아. 언제 소개할 거야?"

"이제 일주일 됐다니까. 좀 기다려."

"일주일이면 어떻고, 일 년이면 어때."

"그냥 친구도 아니고 너넨 가족이잖아. 가족한테 소개한다고 하면 좀 부담스러울 것 같아서."

당장 은주를 소개하고 연인처럼 굴 수 있을지 모르기 때문에 소개하는 건 나중으로 미뤄야 했다. 우선 그녀가 애인대행을 부탁한 모임에 먼저 가보고 난 뒤에 결정할 생각이었다. 하지만 가급적 실제로는 보이고 싶지 않았다.

"벌써 팔불출 노릇 하는 거야?"

제연이 이죽거리는 소리에 석영은 그저 웃을 뿐 대꾸하지 않았다.

"너 가현이한테 하는 거 보면 여자 생기면 잘할 거 같아."

석영은 피식 웃었다. 가현이한테 하는 만큼 누구한테도 하지 못할 거다. 무엇보다 가현이에게도 생각만큼 잘해주진 않았다. 늘 조금 더 해주고 싶은 걸 참고, 조금 더 마음 쓰고 싶은 걸 눌렀다. 막고, 멈추고, 혼자 집어 삼키는 게 더 많았다.

"어른들도 좋아하시겠다. 맨날 너는 왜 연애 안 하냐고 안달하셨는데."

"집엔 나중에 내가 얘기할 테니까 아직은 얘기하지 마."

제연은 알았다며 고개를 끄덕이는데 가현은 머뭇거렸다.

"나는 종혁이 사귀자마자 바로 얘기했는데 오빤 왜 자꾸 숨겨?"

"숨기는 게 아니라 조심하는 거야."

충분히 공감한다며 제연이 석영의 얘기에 맞장구를 쳤다.

"아직 세상 좋은 줄만 아는 열여덟은 몰라도 되는 어른의 사정이야."

가현이 제연을 향해 입술을 비죽였다. 어린애 취급을 말라는 말에 제연이 어린애를 그럼 어린애 취급하지 무슨 취급을 하겠냐며 빈정거렸다. 두 남매의 장난기 어린 말다툼을 들으며 석영은 답답한 숨을 골랐다. 제 가슴을 후벼 파는 거짓말을 왜 하고 있는지 새삼 모든 게 우스웠다.

저녁을 먹고 방으로 들어온 가현은 책상 앞에 멍하니 앉아 있었다. 머릿속엔 아무 생각도 들지 않고 말 그대로 그저 멍할 뿐이었다. 그때, 가현의 휴대폰이 울렸다.

"여보세요?"

—잤어?

잠은 가현이 아니라 종혁이 잔 듯 그의 목소리가 잠겨 있었다.

"아니. 너는? 감기 걸린 거야?"

—오늘 연습량이 좀 많았어. 내가 노래 부를 때 성대를 너무 혹사시킨대.

처음엔 기타를 배우러 다니더니 종혁은 어느새 보컬 트레이닝

113

을 받고 있었다. 연예인이 꿈이냐고 물었을 땐 아니라고 했지만
될 기회가 있다면 마다하지도 않겠다고 했다.

—목 상하지 않게 발성하는 연습해야 된다는데 생각보다 힘드
네.

평소와 다르게 가현은 뭐라 답해야 할지 알 수 없었다. 종혁과
통화를 하며 이렇게 말문이 막힌 적은 없었다. 소란스럽게 수다를
떨진 않아도 말이 끊긴 적은 없었다. 그런데 지금 가현은 그에게
어떤 말도 할 수가 없었다.

—가현아, 무슨 일 있어?

"아니. 그냥."

가현은 혼란스러웠다. 결국 컨디션이 별로라는 걸 핑계로, 왜
미안한지 모르겠지만 진심으로 미안하다고 사과하고 전화를 끊었
다. 전화를 끊고 멍한 가현의 머릿속으로 석영이 밀려들어 왔다.

오늘 석영은 평소와 달랐다. 웃는 얼굴도, 가현의 코를 잡고 흔
드는 손길도, 제연과 가현의 말다툼을 지켜보는 시선도. 가족이
고, 다른 이도 아닌 석영을 낯설게 볼 일은 없다고 생각했는데 그
가 낯설었다. 그의 마음이 누군가 한 여자를 품는다는 게 이런 걸
까.

석영의 애기를 들으면서 무슨 질문을 해야 할지도 몰랐지만 입
을 열면 알 수 없는 감정이 터져 나올 것 같아서 아무 말도 할 수
가 없었다. 가까스로 참고 석영을 보고 그저 웃기만 했다. 자신이
떠밀렸다. 자신을 놓고 오빠가 자유로웠으면 좋겠다고. 정말 매여
있기라도 했던 걸까. 이렇게 빨리 그의 옆에 누군가가 나타날 줄
은 몰랐다. 생각이 거기에 미치자 갑자기 눈물이 쏟아져 나왔다.

당황스러운 가현이 줄줄 흐르는 눈물을 손등으로 닦아냈지만 소용이 없었다. 감정은 터졌고 눈물은 멈추지 않았다.

"왜…… 이게 뭐야."

양손으로 제 귀를 꽉 틀어막고 작게 웅얼거렸다. 스스로 뱉은 말이 머릿속을 맴돌았다. 그토록 기다려 왔던 그의 연앤데 그가 진짜 연애를 한다니까 쉽게 받아들여지지가 않았다. 그가 이대로 멀리 떠나 버릴 것만 같았다.

답답함에 작게 말아 쥔 주먹으로 제 가슴을 툭툭 두드렸다. 자신은 남자친구를 만들었으면서 석영에게 언제까지나 솔로로 있으라고 할 수 없었다. 아니, 그보다 제연에겐 그런 욕심을 부려본 적이 없으면서 석영에게 못된 마음을 먹는 자신이 너무나 싫었다.

가현은 숨을 죽이고 마음을 가라앉히려 애썼다. 마음속으로, 머릿속으로 계속해서 되뇌었다.

'석영이 오빠가 좋은 사람을 만난 건 분명 좋은 일이잖아. 축하해 주자. 좋은 사람 만나길 바랐잖아. 그 어떤 사람을 만나도 석영이 오빠는 영원히 내 오빠야. 변하지 않아. 오빠가 내 축하를 얼마나 바라겠어. 그동안 한번도 누구도 만난 적 없던 오빠가 이제야 좋은 사람을 만났다는데…… 내 축하를…… 내 축하를…….'

가현은 이를 악물고 몸부림을 쳤다. 이렇게 괴로울 거라고 생각하지 못했는데, 오빠들이 자신에게 왜 브라더 콤플렉스가 없느냐고 했을 때 그저 웃어넘겼는데, 자신이 이토록 오빠를 독점하고자 하는 마음이 크게 자리 잡고 있었다는 게 화가 났다.

제연의 첫 연애는 가현이 뭘 잘 모를 때였다. 그때도 서운하긴 했었다. 하지만 그가 누군가와 만나고 헤어지는 게 두어 번 반복

되자 자연스러워졌다. 그런데 석영은 지금껏 누구도 만나지 않았다. 그랬던 그가 누군가를 만났다더니 표정도 시선도 손길도 달라졌다. 변하지 않았으면 했던 그가 변해 버렸는지도 몰랐다.

가현은 계속해서 제 마음을 탓했다. 진심으로 축하를 해줘야 하는데 자꾸만 나쁜 생각을 하는 자신을 탓했다. 괴롭고 괴로웠지만 받아들여야 하는 일이라고 자신을 타일렀다. 하지만 아무리 그래도 지금 당장의 괴로운 마음은 쉽게 수그러지지 않았다.

자려고 침대 위에 누운 석영은 불이 꺼진 천장을 뚫어져라 쳐다보고 있었다. 가현의 방엔 언제나 불빛이 있었기 때문에 야광별 스티커를 붙일 수가 없었다. 그래서 석영의 방 천장에 야광별 스티커를 붙였다. 가현은 야광별 스티커를 보고 싶을 때면 제연이나 석영과 함께 석영의 방에 들어왔다. 혼자서 불이 꺼진 방에 있을 수 없는 탓이었다. 종종 석영, 제연과 함께, 가끔은 석영과 둘이 나란히 앉아서 천장을 올려다보며 얘기를 나눴다. 그럴 때 석영은 가현과 손을 꼭 붙잡고 있어야 했다.

석영이 뒤척이며 몸을 모로 뉘었다. 오늘 자신의 연애 소식으로 가현이 그간 짊어지고 있었던 짐을 좀 내려놨을지 궁금했다. 내내 웃기만 하고 아무 말도 하지 않긴 했지만 특별히 다른 감정을 느끼고 있다고 보긴 어려웠다. 그저 오빠라고 해도 조금쯤은 서운한 기색을 좀 보여줘도 될 텐데 가현은 그러지 않았다. 가현이 서운해한다고 해도 자신이 생각하는 것과는 다른 감정에서 오는 서운함일 테지만 그런 부분이라도 보고 싶었다.

잠이 오지 않을 것 같은 밤이지만 억지로라도 잠을 청하고 싶었다. 어떤 꿈도 꾸지 않고 잠에 빠지고 싶었다. 복잡하게 하는 생각들을 접어두고 잠에 집중하려는데 메시지가 도착했다.

「오빠, 축하해! 아깐 오빠 얘기만 듣다가 축하를 못했네. 난 오빠가 꼭 행복했으면 좋겠어.」

석영은 휴대폰 액정의 불빛에 눈이 부셨지만 한 글자, 한 글자를 똑바로 보고 가슴에 새겼다. 행복. 가현의 축하로 이미 석영에게서 행복은 한 발짝 더 멀어지고 있었다.

가현아, 너는 모르겠지만, 오빠한테 행복은 너야. 윤가현 자체가 행복이고, 행복 자체가 윤가현이야.

6.

겨울방학, 가현은 본격적으로 예비 고3이 되었다. 학교 보충수업과 학원, 독서실을 오가는 생활이 이어졌다. 공부 스트레스가 만만치 않은지 피곤해 보이고 기운이 없었다. 제연과 석영은 고민 끝에 주말을 이용해 가현과 함께 스키장을 찾았다. 보드 타는 걸 좋아하는 가현도 스키장에 가자는 얘기에 더없이 기뻐했다.

스키장으로 향하는 차 안에서 가현은 창밖의 풍경에 넋을 놓고 있었다. 단 이틀뿐이지만 그녀가 어떤 스트레스도 받지 않고 즐거웠으면 했다.

"가현이 대학 가면 셋 다 각자 애인 데리고 같이 여행 가도 재밌겠다."

운전을 하며 제연이 한 얘기에 석영은 창밖에 두었던 시선을 거둬들였다. 뒷좌석 가현에게선 어떤 답도 나오질 않았다.

"그 여행이 제대로 된 여행이겠어? 너랑 나랑 각자 데리고 온 애인보다 가현이 애인이 무슨 짓 안 하나 감시하느라 눈에 불을 켤 텐데?"

제연이 키득키득 웃으며 룸미러로 뒷좌석의 가현을 확인했다. 잠이 오는지 두 눈을 감고 고개를 꾸벅꾸벅 흔들고 있었다.

"가현이가 스무 살이 되면 좀 더 자유롭게 해주려고 매일 다짐해도 소용없는 것 같아. 쟤가 몇 살쯤 되면 어른이구나, 싶어질까."

"적어도 스무 살엔 아니겠지."

제연과 석영은 가현이 잠에서 깨지 않도록 절로 목소리를 낮췄다. 그리고 입가에 희미하게 미소를 걸었다.

"벌써 고3이라니 많이 크긴 했어. 그래도 아직 고3인 주제에 어디 자길 놓으라 마라야. 건방진 놈."

두 달쯤 전 일인데도 제연은 종종 이런 식으로 투덜거렸다. 그 서운함이 어떻게 쉽게 잊히겠냐만 가현에겐 당당히 말하지 못하는 게 좀 재밌긴 했다.

"분명 점점 더 품에서 많이 벗어나겠지. 그래도 그런 시기는 없었던 게 참 다행인 것 같아. 신경 쓰지 마, 나한테 관심 꺼. 뭐 그런 반항기는 없었잖아."

"말을 안 했던 거지 중학교 때 가까이 오지 말라는 포스는 엄청 풍기고 다녔잖아."

"맞아. 군 제대하고 왔는데 갑자기 분위기가 바뀌어 있어서 좀 놀랬었어."

"쪼끄만 게 까분다고 생각했었는데."

"귀여웠어. 미간에 힘 팍 주고, 장난치면 금방 볼 부풀려서 하지 말라고 하는 거."

제연이 석영의 말을 듣고 가현의 표정을 따라 하려 했지만 징그러워 보일 뿐이었다. 석영은 당시 가현을 떠올리며 낮게 웃었다. 제연도 옛 생각에 잠긴 게 재밌는지 석영과 함께 웃었다.

스키장에 도착해서 가현을 깨웠지만 여느 때와 같이 그녀는 좀체 잠에서 깨질 못했다. 석영이 뒷좌석에 올라 천천히 느긋하게 가현을 깨우려는데 제연이 차창을 열어버렸다. 차가운 겨울바람에 가현이 어깨를 움츠리며 인상을 찌푸렸다.

"감기 걸리면 어쩌려고."

"나는 가서 체크인하고 키 받아올 테니까 얼른 깨워서 나와. 윤가현, 얼른 일어나!"

제연이 크게 소리치고 차에서 내려 주차장을 빠져나갔다. 가현은 몸을 잔뜩 웅크린 채 잠에서 깨려고 애쓰고 있었다. 어렸을 땐 가현이 잠을 잘 깨지 못할 때 석영이 안아주곤 했다. 품에 안고 한참을 거실을 서성이거나 침대 맡에 앉아 그녀의 등을 토닥여 줬다. 그럼 가현은 석영에게 바짝 안겨서 옅게 웃었다.

석영은 우선 제연이 열어놓고 간 창문을 닫으려고 몸을 가현 쪽으로 기울였다. 그리고 버튼을 누르는데 가현이 스르륵 석영의 품으로 쓰러졌다. 제 가슴에 닿은 가현의 머리 때문에 석영은 움직일 수가 없었다. 분명 잠이 깨는 중일 테니 금방 일어날 거라고 생각했다. 하지만 가현은 미동도 없었다. 이대로 가현을 끌어안고 싶으면서도 그래선 안 된다는 마음이 서로 뒤엉켰다. 그전에 자신의 거센 심장 소리가 가현에게 그대로 전달될까 두려웠다.

석영은 가현의 양팔을 힘껏 잡고 품에서 그녀를 떼어냈다. 팔에 가해진 힘과 석영이 밀어내서 몸이 휘청거리자 놀랐는지 가현이 두 눈을 번쩍 떴다. 그리고 두 눈을 끔뻑이며 석영을 올려다봤다.

"깼어?"

석영이 차마 가현의 눈을 보지 못하고 물었다. 가현은 여전히 멍한 상태였다.

"옷 제대로 입어. 감기 걸리면 안 되니까."

"응."

가현이 벗어두었던 점퍼를 챙겨 입는 동안 석영은 멍하니 제 손을 내려다봤다. 순간 너무 힘을 준 탓에 가현의 팔이 아프진 않았을까 걱정되었다. 아프다면 가현의 팔이 아파야 할 일인데 괜스레 자신의 손바닥이 욱신거리는 것 같았다.

스키장으로 오는 길 휴게소에서 아침 겸 점심을 먹고 왔다. 그래서 세 사람은 곧바로 보드를 타기 시작했다. 가현이 잘 타기는 했지만 석영은 틈틈이 가현이 어디 있는지, 잘 타고 있는지 확인했다.

바람을 가르며 활강을 하자 가슴이 탁 트이고 개운해졌다. 석영은 웬만한 스포츠는 다 좋아했지만 유독 바람과 관련한 스포츠를 더욱 좋아했다. 봄부터 가을까지는 글라이딩을 하러 다니기 바빴고, 겨울엔 보드를 타러 다니느라 정신이 없었다.

활강을 마치고 내려온 석영이 고글을 벗고 가현을 기다렸다. 이젠 제법 태가 나게 탈 줄 아는 가현이 석영을 보고 그의 앞으로 다가와 그에게 눈을 튀며 멈췄다. 석영이 씩 웃으며 가현의 머리를 톡톡 두드리자 가현도 함께 웃으며 고글을 벗었다.

"나 배고파."

"나도."

"제연이 오빠는 어디 있어?"

"아직 안 내려온 것 같아. 내려오면 뭐 좀 먹자."

가현이 고개를 끄덕이며 바인딩을 풀려고 허리를 숙였다. 하지만 가현의 손이 닿기 전에 석영이 먼저 그녀의 앞에 앉아 바인딩을 풀어줬다. 가현은 물끄러미 석영의 머리를 내려다봤다. 그가 쓰고 있는 털모자 위에 방울이 괜히 귀여워 보였다. 가현이 방울을 잡고 흔들자 석영이 잠깐 가현을 올려다봤다. 그리고 씩 웃더니 가현이 움직이는 대로 머리를 흔들며 바인딩을 풀었다.

"오빠, 귀여워."

"오빠한테 못하는 소리가 없어!"

자신의 바인딩까지 다 푼 석영이 자리에서 일어나서 가현에게 점잖은 소리로 얘길 했다. 하지만 가현은 그게 더 재밌는지 소리까지 내며 신나게 웃었다. 기말고사 전부턴 말수도 부쩍 줄고, 웃을 일이 별로 없었다. 그간 쌓였던 스트레스가 이곳에 와서 좀 풀린 건가 싶어 석영의 마음이 뿌듯했다.

제연이 내려오고 세 사람은 식당으로 갔다. 뜨끈한 라면 국물을 먹으면서 세 사람은 이 세상 누구 하나 부럽지 않다는 표정을 지어 보였다.

"종혁인 계속 바빠?"

제연의 물음에 가현이 김밥을 먹으며 고개를 끄덕였다.

"오디션 프로그램 나간대."

"그 정도로 실력이 좋아?"

제연의 두 눈이 동그래져서 석영과 가현을 나란히 쳐다봤다. 가현은 꽤 잘하는 편이라며 대수롭지 않게 얘기했고, 석영은 제법 잘한다고 답했다.

"진짜 잘해서 유명인 되면 너 뻥 차버리는 거 아냐?"

제연이 가현을 놀리듯 얘기했다. 가현은 대수롭지 않게 넘기는데 석영은 단박에 미간을 좁혔다.

"그럼 가만 안 둬야지."

"당연하지."

조금 전 한 얘기와 상반되게 제연이 정색을 하며 두 눈을 부릅떴다. 가현은 두 사람의 얘기에 시큰둥하게 반응하며 식사에 열중했다. 그러다가 테이블 위에 올려뒀던 휴대폰이 울리자 입을 오물오물하며 전화를 받았다.

가현이 통화를 하는 사이 제연과 석영은 하나 남은 만두를 서로 먹겠다고 젓가락으로 칼싸움을 시작했다. 가현이 정신 사납다며 두 사람의 손을 쳤지만 소용이 없었다.

"응? 뭐라고?"

가현이 놀라서 소리치는 바람에 석영과 제연의 손이 멈췄다. 놀란 표정을 지은 가현은 넋을 놓고 상대가 하는 말을 듣고 있을 뿐이었다.

"나? 응. 맞아. 오빠랑 왔어."

가현의 목소리가 멍해졌다. 석영과 제연은 무슨 일인지 가현의 입만 집중해서 쳐다봤는데 알 새도 없이 가현은 전화를 끊었다.

"왜 그래? 누군데?"

두 눈을 끔뻑이던 가현이 제연과 석영을 번갈아 쳐다봤다. 그러더니 마지막엔 석영에게 시선을 멈췄다.

"종혁이 온대. 예림이랑 진수랑."

석영과 제연은 가현을 뚫어져라 쳐다봤다. 가현은 내내 석영만을 쳐다보고 있었다.

"뭐? 지금? 여길 온다고?"

제연이 뒤늦게 화들짝 놀라서 숨도 쉬지 않고 질문을 했다. 석영은 가현과 마주친 시선 때문에 아무 생각도 들지 않았다.

"응. 출발했다는데. 종혁이 사촌 형이 애들 다 데리고 온대."

가현의 표정과 목소리가 시무룩했다.

"어린놈이 뭘 좀 아네. 근데 넌 왜 감동받은 기색이 없어?"

"애들 오면 석영이 오빠는?"

"석영이? 석영이가 왜?"

말을 하면서 가현이 뭘 걱정하는지 알았는지 제연이 미간을 좁혔다.

"가든가, 여기 있을 거면 잘 숨어 다녀야지."

가현이 그런 말이 어디 있냐며 제연을 흘겨봤다.

"오빠 신경 쓰지 말고 애들 오면 애들이랑 재밌게 놀아."

"오빠는? 진짜 가려고?"

"아니. 다른 방 구해서 있을게. 내일 갈 때 만나."

가현은 못마땅했지만 이런 상황에 뭘 어떻게 해야 할지 몰랐다. 다른 친구들보단 멋대로 온다는 종혁에게 화가 나기도 했고, 석영이 다른 방을 구하겠다는 것도, 제연이 무신경하게 얘기하는 것도 전부 마음에 안 들었다. 요즘 종혁도 자신도 각자 생활이 바빠 잘 만나지 못하던 중이어서 그가 여기까지 온다는 건 반가워야 할 일이었다.

식욕이 없어져서 먹고 싶지 않은 음식을 물끄러미 내려다봤다. 가현은 요즘 자신의 마음 때문에 매시간, 매분, 매초가 힘들었다. 잠깐의 여유나 틈만 생기면 석영이 불쑥불쑥 끼어들었다. 의식하지 않으려 애썼지만 그럴수록 석영과 제연이 어떻게 다른지 확인할 뿐이었다.

석영은 이토록 자신을 귀엽고 소중한 동생으로 대해주는데 자신이 자꾸만 다른 마음을 품으려는 것 같아 두려웠다. 생각은 의식하면 의식할수록 부풀고 커지고 가득 찼다. 필사적으로 노력해서 참아낼 수 있다면 될 거라고 생각했다. 그래서 지금 가현은 필사적으로 억누르고 있었다.

"좀 더 기뻐해. 네 남자친구가 와서 지금 네 얼굴 보면 실망하겠다. 차석영은 원래 혼자서도 잘 노는데 뭐."

"오빠는 괜찮아, 가현아."

석영의 부드러운 목소리에 가현은 더욱 가슴이 시렸다. 석영은 괜찮은 걸 자신은 어째서 괜찮을 수가 없는 걸까.

"어차피 이렇게 된 거 너 여자친구 불러."

제연의 얘기에 가현이 두 눈을 동그랗게 뜨고 고개를 들었다. 석영도 놀랐는지 잠시 아무 말 없이 제연을 쳐다보다가 의미를 알 수 없는 미소를 짓고 가현을 쳐다봤다.

"그럴까?"

그 한마디가 가현의 가슴을 인정사정없이 쿡쿡 찔러댔다. 아직 한번도 실제로 본 적 없는 석영의 여자친구를 직접 확인하고 싶지 않았다. 그 정도까지 참아낼 수 있을 필사적인 힘은 없었다. 그래도 그런 걸 드러낼 수는 없었다.

"방은 두 개로 할 거야?"

가현의 물음에 제연이 커다랗게 웃었고 석영도 낮게 웃었다. 그리고 가현의 머리를 헝클어뜨렸다. 다만 대답은 없었다.

다행히 비어 있는 룸이 있어서 바로 체크인을 한 석영은 자신의 짐을 옮겼다. 슬슬 종혁이 도착할 시간이었다. 그가 가현을 생각해서 온다는 건 고맙고 기특한 일인데 어째 마음에 들지 않았다.

더는 보드를 타고 싶지 않았다. 야간 보드는 포기하고 저녁엔 스파를 좀 할 참이었다.

「스키장 좋아?」

언제 왔는지도 모르게 은주에게 메시지가 도착해 있었다. 요즘 은주는 석영에게 더없이 좋은 친구였다. 석영의 상황을 가장 속속들이 알고 있는 사람으로 어떤 넋두리도 잘 들어줬다. 답 메시지를 보내려다가 귀찮아서 그냥 전화를 걸었다.

─전화할 새가 있어?

"쫓겨났어. 가현이 남자친구가 가현이 보러 왔거든."

─어린놈이 능력도 좋네. 근데 왜 쫓겨났어? 위엄 있는 오빠 노릇 해야지.

"가현이 남자친구랑 다른 우리 반 애들도 같이 왔거든."

─그러게 선생질은 뭐 하러 해.

석영은 낮게 웃었다. 애초에 직업을 선생님으로 택한 게 잘못인가 싶었다.

—그럼 숨어 있는 거야?

"마주치면 혼자 놀러 왔다고 하지 뭐. 애들은 스키 탈 테고, 나는 스파 할 거라 마주칠 것 같진 않아."

—스파? 부럽다. 나도 몸 좀 풀고 싶은데.

"일주일에 한 번씩 마사지 받으러 다니면서 무슨."

—서울에서 마사지 받으러 다니는 거랑 야외로 나간 거랑 같니?

"같은지 다른지 알게 뭐야."

—넌 이중인격자야. 그 꼬맹이도 네가 이렇게 틱틱거리는 거 알아?

석영은 웃음으로 대답을 대신했다. 절대 알 리가 없었다.

—알 턱이 없겠지. 내가 가서 확 불어버릴까 보다!

"내가 모른 척하면 가현이는 절대 선배 말 안 믿을걸."

—얼씨구? 그 근거 없는 자신감은 뭐야?

"근거 있는 자신감이야. 그 정도로 날 믿게 내가 키웠어."

—가만 보면 넌 진짜 나쁜 놈이야. 금이야 옥이야 귀하게 키워서 네가 잡아먹겠다는 거잖아.

커피를 한잔 마시려고 포트에 물을 끓이며 석영은 미소를 지었다. 여자친구를 부를까, 하는 자신의 질문에 방은 두 개로 할 거냐는 가현의 질문이 생각나서였다. 아마 가현에겐 제연은 혼전 임신으로 결혼할 수 있어도, 석영은 절대로 그럴 수 없는 사람일 거다. 아직 어리기 때문일 수도 있고, 그 정도로 석영을 다른 남자들과 똑같은 남자로 생각하지 않기 때문일 수도 있었다.

—나 왠지 진짜로 가고 싶어졌어. 꼬맹이 얼굴 좀 보게.

"나 모르게 몰래 보고 가. 가현이한테 선배는 안 보여줄 거니까."

—자각하게 하려면 그 앞에서 알콩달콩 깨를 쏟아야지! 네가 여자를 잘 모르는 것 같아서 하는 말인데, 원래 남 주긴 아깝고 내가 갖기엔 좀 거시기해서 저울질하다 보면 혹 기우는 게 여자 마음이거든.

"비유가 어째 좀 그렇다."

—이게 현실이야. 아무튼 나 진짜로 간다.

"와서 뭘 어쩌려고?"

—뭘 어쩌긴. 나한테 애인대행시켰으면 뭔가 일이 있게 해줘야 할 거 아냐. 안 그래도 요즘 심심했는데 재밌겠어. 도착하면 전화할게.

석영이 답을 하기도 전에 전화는 끊어졌다. 오겠다고 말한 이상 석영이 다시 연락을 한다고 해서 말을 들을 은주가 아니었다. 오는 거야 은주가 선택하는 거고, 별 상관은 없었지만 가현과 마주칠 일은 없었으면 했다. 석영은 김이 모락모락 피어오르는 커피잔을 들고 창밖을 내다봤다. 슬로프 위의 사람들 중 가현을 찾아낼 수 있을 것만 같았다.

보드를 처음 탄다는 예림과 진수는 가현과 종혁에게 보드의 기초를 배웠다. 지난밤엔 종혁이 무턱대고 이곳까지 온 게 화가 났지만 막상 그의 얼굴을 보니 차마 화를 낼 수가 없었다. 자신은 학교 보충수업과 학원 등의 스케줄로, 종혁은 보컬트레이닝과 오디션 프로그램 준비로 한동안 만나지 못했었다. 크리스마스도, 연말연시도 함께 보내지 못했었던 터라 오랜만에 얼굴을 보니 마음이 조금은 누그러들었다.

"너희 오빠는?"

백번 말로 듣는 것보다 몸으로 직접 넘어져 가면서 배우는 게 효과가 있을 것 같다며 예림과 진수는 무작정 초급자 슬로프로 올라가길 원했다. 리프트 순서를 기다리며 예림이 주위를 두리번거렸다. 지난밤에 제연과 함께 저녁을 먹고 난 뒤로 예림은 계속해서 제연을 찾았다.

"원래 오면 나랑 같이 안 놀아. 각자 보드만 타."

항상 제연은 어디 있는지 찾기도 힘들었다. 하지만 별로 신경 쓰이진 않았다. 슬로프를 한 번 내려오면 늘 석영이 기다리고 있었고, 그와 함께 리프트를 타고 슬로프를 올랐다. 중간에 쉬고 싶을 때도 석영과 함께 쉬었고, 제연은 배가 고플 때쯤 나타났다. 그래서 스키장에서 그와 따로 행동하는 건 별로 이상할 게 없었다.

"난 네가 오빠 얘기도 잘 안 하고, 집에도 안 데려가고 해서 너희 오빠 좀 이상한 사람인 줄 알았는데 어제 보니까 멋있더라."

가현은 픽 웃었다. 그리고 웃음과 함께 자연스럽게 흘러들어 온 생각에 흠칫 놀랐다. 석영에 비하면 제연은 멋있는 것도 아니라는 비교가 괜히 가슴을 찔렀다.

리프트를 타고 올라가며 가현은 혹시 어디든 석영이 있지 않을까 주위를 둘러봤다. 지난밤에도 그렇지만 오늘 아침에도 그는 어디에서도 찾아볼 수 없었다. 마주치지 않길 바라겠지만 일부러 피해 다닐 그는 아니었다. 오히려 가현은 적어도 오늘 아침엔 우연을 가장해서 마주칠 수 있을 줄 알았다. 같은 공간에 있으면서 이렇게 마주칠 수 없다는 게 신기하기도 하고, 조금은 속상하기도 했다.

초급자 슬로프에 올라서자 예림은 생각보다 무섭다며 가현의 팔을 꽉 쥐었다. 진수는 무턱대고 활강을 시작하더니 곧바로 엉덩방아를 찧었다.

"진수랑 같이 내려가. 내가 예림이랑 내려갈게."

"저러다 보면 오늘 안엔 내려가겠지."

진수를 따라가지 않겠다는 듯 종혁이 고개를 저었다. 예림은 깔깔대고 웃으며 둘 다 자신의 코치를 하라며 엉거주춤 무릎을 굽히고 섰다.

예림보다 조금 앞서서 종혁이 내려가고 예림과 속도를 맞춰 가현이 슬로프를 내려갔다. 예림이 워낙 겁을 먹은 탓에 속도가 나지 않았다. 진수는 몇 번 넘어져 보더니 감이 잡혔는지 어느 정도는 속도를 내고 있었다.

"짜증나!"

맘처럼 잘 움직이지 않는 제 몸이 짜증난다며 예림이 소리를 버럭 질렀다. 가현이 천천히 하라며 뒤로 내려오며 예림의 양손을 잡아줬다. 종혁은 가현의 옆에서 가현이 넘어지진 않을까 그녀를 살피며 느긋하게 활강하고 있었다.

"눈 올 것 같다."

종혁이 흐릿한 하늘을 가리켰다. 어젠 화창했던 것에 비해 확실히 오늘 하늘은 잔뜩 찌푸린 듯했다. 어느 정도 내리는 눈은 관계

없지만 함박눈 속에선 보딩이 어려울 터였다.

"일기예보에선 오늘까지 날씨 좋을 거라고 했었는데."

가현이 아쉬워하며 손을 놓아보라는 예림의 요청대로 그녀의 손을 놓았다. 조금 나아진 예림을 보며 가현이 미소를 짓고 예림을 앞서 보냈다.

"보충수업이랑 학원 다니느라 힘들지?"

"다 똑같지 뭐. 너는 연습 잘돼?"

"응. 계속할 거면 집 나가래."

담담하게 얘기하는 게 더 놀라워서 가현이 두 눈을 동그랗게 떴다. 종혁은 별로 대수롭지 않게 생각하는 것 같았다.

"같이 온 사촌 형. 지금 혼자 지내고 있거든. 형네 집으로 들어갈까 생각 중이야."

"결정한 거야?"

"확실한 건 아닌데, 그래도 집에 가면 매일 부모님이랑 싸우는 것도 지쳐서. 넌 내가 어떻게 했으면 좋겠어?"

"그런 걸 내가 어떻게 말해. 그렇지만 아무래도."

집에서 나오는 건 좋지 않은 것 같다고 하려던 말문이 턱 막혔다. 예림이 앞으로 고꾸라지는 바람에 종혁도 놀라서 대화를 멈추고 예림에게로 다가갔다.

"괜찮아?"

도대체 어떻게 넘어졌는지 코피가 줄줄 흐르고 있었다. 거의 다 내려온 터라 가현은 자신의 바인딩을 벗고 예림의 바인딩도 벗겼다. 종혁이 예림의 데크를 들고, 가현은 자신의 데크를 들고 예림을 부축해 의무실로 향했다.

"몸은? 다리나 팔, 어디든 다른 데는 괜찮아?"

예림은 모르겠다며 제 코를 붙잡고 인상을 찌푸렸다. 의무실에서 코피가 어느 정도 멈출 때가 되자 예림은 팔다리를 이리저리 움직여 보고 다른 곳은 괜찮다고 가현을 안심시켰다.

"난 보드랑 안 맞나 봐."

"처음인데 뭐. 그래도 크게 안 다쳐서 다행이다."

의무실을 나오자 그 앞에서 기다리고 있던 종혁과 진수가 예림의 코에 꽂힌 솜을 보고 웃었다. 가현이 예림의 옆에서 웃지 말라고 눈치를 줬지만 종혁은 웃음을 참아도 진수는 참지 않았다.

"나 보드 안 타. 여기 수영장 있던데 우리 수영장 가자, 가현아."

가현이 종혁과 진수를 쳐다보자 두 사람은 뭐든 좋다며 흔쾌히 승낙했다. 대여했던 장비들을 반납하고 가현은 우선 제연과 석영이 함께 볼 수 있도록 세 사람이 대화하는 톡에 수영장에 다녀오겠다고 메시지를 남겼는데 누구에게서도 답 메시지는 오지 않았다.

진수도 예림도 보드보다는 물놀이가 더 재미있다며 실내 풀장에서 훨씬 즐거워했다. 가현도 물놀이를 싫어하는 건 아니었지만 보드가 더 좋았기에 조금은 아쉬웠다. 예림과 진수가 한참 수영을 즐기는 사이 가현은 종혁과 얘기를 나누기 위해 그와 나란히 앉았다.

"아까 하던 얘기해도 돼?"

"응."

"넌 집을 나오고 싶은 거야?"

"아무래도. 우리 부모님 나한테 지금까지 크게 관심 가진 적 없었으면서 내가 처음으로 하고 싶다고 한 일엔 무조건 반대부터 하니까 마찰이 생길 수밖에 없잖아."

"부모님한테 그런 얘기는 해봤어?"

"소용없더라고. 성공해서 돈을 수억 벌어도 싫대. 그냥 그 일 자체가 싫다는데 뭐 어쩌겠어."

종혁은 형제도 없이 오롯이 혼자였다. 그가 나온다고 그의 부모님이 좋아할 리 없고, 그도 좋을 수 없을 터였다.

"네가 좋아하면서 잘하는 일을 하는 건 나도 좋지만, 부모님하고 멀어지는 건 조금……."

종혁이 미소를 짓고 가현의 손을 잡았다.

"너는 내 일은 응원한다는 거지?"

"일이야 응원하지."

"그거면 됐어."

"하나도 안 된 것 같은데."

가현이 시무룩하게 얘길 하자 종혁이 좀 더 짙게 미소를 지었다. 그는 가현을 보고 종종 이런 식으로 미소를 짓곤 했다. 그 눈빛과 미소 속에 그가 가현을 생각하는 마음이 고스란히 담겨 있었다. 전엔 그게 더없이 기뻤는데 어느 순간부턴가 그런 그와 시선을 마주할 수가 없어졌다.

종혁과 잠시 시선을 마주했다가 고개를 돌린 가현은 자신의 눈에 들어온 석영을 확인하고 멈칫 놀랐다. 하지만 더 놀라운 건 그 다음이었다. 웬 여자가 석영의 옆에서 그를 보고 웃으며 뭔가 얘기를 하고 있었다. 석영도 그녀를 보며 함께 웃었다.

그가 진짜로 여자친구를 불렀다. 가현의 심장이 거세게 뛰었다.

"가현아!"

예림이 가현을 부르는 소리가 울렸고, 단박에 석영의 시선이 가현을 찾았다. 얼마 지나지 않아 석영과 가현은 눈이 마주쳤고, 종혁이 가현의 시선이 닿아 있는 곳을 보다가 석영을 발견했다.

종혁과 나란히 앉아 손을 잡고 있는 가현을 보는 순간, 석영은 이곳의 모든 게 다 싫어졌다. 석영의 옆에 있던 은주가 목소리를 낮췄다.

"꼬맹이야? 맞지, 맞지? 누가 꼬맹이야?"

자신을 발견하고 다가오는 예림, 진수, 종혁, 가현의 시선을 피해 석영이 은주를 내려다봤다.

"뒤에 남자애 손잡고 오는 애. 넷 다 우리 반 애들이야. 가현이만 따로 아는 척할 수 없으니까 조심해야 돼."

"걱정 마. 내가 바보니?"

바보는 자신이라고 생각하며 석영이 다시 아이들 쪽으로 시선을 옮겼다.

"너희 지금 여기서 뭐 하는 거야?"

"선생님은요!"

예림이 반색을 하며 석영의 팔을 잡았다가 은주를 확인하곤 손을 뗐다. 가현은 석영과 은주를 힐끔 쳐다볼 뿐이었다.

"이 중요한 시기에 이렇게 놀러 다니고!"

"에이, 선생님. 공부도 쉬어가면서 해야죠!"

진수가 인상을 찌푸렸다가 은주를 보곤 과할 정도로 활짝 웃었다. 그리고 꾸벅 인사를 하자 그제야 나머지 셋도 은주를 향해 고개를 숙였다.

"저희 선생님 여자친구세요?"

진수의 질문에 은주가 미소로 답하며 조금 더 석영의 옆으로 다가섰다. 호들갑을 떠는 건 진수뿐이었고 예림은 어딘가 못마땅한 표정이었다. 가현은 어느덧 종혁과 잡았던 손을 놓았고, 종혁은 별 관심이 없어 보였다. 이곳에서 석영과 마주친 것도, 석영의 여자친구를 본 것도 자신이 신경 쓸 일이 아니라는 태도였다.

"저희 선생님 잘 부탁드립니다."

진수의 과장된 인사에 은주는 또 웃었다.

"내 걱정은 말고 너희나 잘해. 너희 넷이 온 거야?"

"아니요. 다 보호자 있어요. 여기서 선생님 볼 거라고 상상도 못 했는데!"

출발 전엔 석영 역시 상상도 하지 못했다.

"저희 선생님 진짜 좋죠?"

예림이 은주를 빤히 쳐다보며 물었다. 힐끔 석영을 올려다본 은주가 또 생글생글 웃었다.

"학교에서 인기 많아요?"

"엄청요. 저도 저희 선생님 진짜 좋아해요."

뭐랄까. 전혀 순수해 보이지 않는 예림의 대답에 가현이 그녀의 어깨를 툭 쳤다. 하지만 예림은 아랑곳하지 않고 석영을 보며 잔뜩 토라진 아이의 표정을 했다.

"선생님, 저 아까 가현이랑 종혁이한테 보드 배우다가 넘어져서 코피 났어요."

콧잔등이 유난히 빨개 보인다 했더니 다쳐서 수영장으로 들어온 모양이었다.

"윤 반장이랑 종혁이가 잘 못 탄다고 때린 거 아냐?"

"앗, 정말 그런가? 내가 집중하고 있던 사이에 뒤에서 나 밀었어?"

예림이 가현을 보며 장난스럽게 물었다. 가현과 종혁은 들은 척도 하지 않았다. 묘하게 불편한 공기가 감돌았지만 석영 혼자만 느끼고 있는지도 몰랐다.

"그래도 자꾸 해봐야 뭐든 늘지, 바로 포기하고 수영장으로 도망치는 건 비겁한 거야."

"나중에 다시 배울 거예요! 가현이가 생각보다 엄청 잘 타더라고요. 나중에 대학 가면 가현이한테 여유 있게 제대로 배울 거예요."

석영이 가르쳤다. 초등학교 때부터 제연과 석영을 따라와서 걸음마를 시작했던 것처럼 조금씩 배우고 실력을 키웠다. 이젠 누굴 가르칠 만큼, 누가 봐도 잘 탈 수 있게 되었지만 아무리 그래도 석영은 늘 가현을 주의 깊게 살폈다. 가현이 아무리 잘 타도 미숙한 누군가의 실수로 가현이 다치게 되진 않을까, 그녀 자신의 잠깐의 방심으로 다치진 않을까. 노심초사 그녀의 안전이 최우선이었다.

"소란스럽게 해서 다른 사람들한테 피해주지 말고, 재밌게들 놀아. 윤 반장, 너만 믿는다."

"여기서까지 반장 노릇 해요?"

가현이 불퉁하게 물었다.

"한번 반장은 영원한 반장이야."

"다 큰 애들 과보호하는 거 아냐?"

은주가 석영을 쿡 찌르며 장난스레 얘기를 했다. 진수가 단박에 다 컸다며 맞장구를 쳤다.

"제가 잘 간수할게요."

가현은 석영도 은주도 쳐다보지 않고 시선을 돌리며 얘길 했다. 그녀가 조금은 신경 쓰고 있는 걸까 궁금했다.

"네가 뭔데 우리를 간수해! 어차피 선생님도 여기 계시는데 선생님이 우리 간수해 주세요."

진수는 싱글벙글 웃으며 은주를 보고 얘기했다.

"어이. 네 선생님은 나거든."

석영의 얘기에 의외로 종혁이 웃었다. 웃는 종혁을 쳐다보더니 가현도 슬며시 미소를 지었다.

"선생님은 이제 나갈 거야. 그러니까 더는 안 다치게 조심해서 놀고, 누구랑 같이 왔는지 모르겠지만 가급적이면 보호자랑 같이 행동해. 다음 보충 수업 때 보자. 종혁인 오디션 준비 잘하고."

"TV에서 저 보고 TV에 대고 인사하진 마세요."

"할 거야. 내가 인사할 타이밍에 맞춰서 너도 고개 숙여."

다시 한 번 아이들에게 당부의 얘기를 한 뒤 석영은 은주와 나란히 아이들과 반대편으로 걸음을 옮겼다. 은주는 아이들에게 인사를 받는 마지막까지 내내 미소를 잃지 않았다. 그리고 아이들에게서 조금 멀어진 뒤에도 주의하며 목소리를 낮췄다.

"남자친구 잘생겼네."

"그런 평가하지 마."

"꼬맹이도 귀엽고. 퉁명스럽던데 질투하는 거 아냐?"

"학교에선 원래 그래. 집에서나 어리광 피울 줄 알지 밖에선 절대 그런 법이 없거든."

"남자를 조련할 줄 아는구나. 그나저나 이제 열아홉인 애들을 뭐 그렇게 걱정해?"

"이게 바로 살아 있는 선생질이거든."

은주가 비웃음에 가까운 미소를 지었지만 석영은 개의치 않았다.

"갈 때 내가 운전할게. 나 선배 차로 올라가자."

"왜? 꼬맹이랑 같이 갈 거라며."

"따로 갈래."

"질투해? 남자친구랑 같이 있는 거 보니까 같이 가기 싫어졌어?"

석영은 답하지 않았다. 그저 종혁이 웃는 걸 보고 불퉁하던 가현이 미소를 짓는 게 조금 서운하고 속상할 뿐이었다. 질투. 질투라면 질투일 수 있었다. 하지만 그것과는 조금 다르게 윤가현밖에 모르는 자신의 마음이 새삼 안쓰러울 뿐이었다.

"어쨌거나 네가 선생님인 거 나는 좀 어색하게 생각했었는데 오늘 보니까 좋은 선생님인 것 같네. 윤 반장을 비롯한 아이들에 대한 사랑이 각별해 보였어. 날 적으로 생각하는 윤 반장 친구는 좀 마음에 안 들었지만."

예림이 새침하게 굴던 모습이 떠올라 석영은 웃었다. 그렇게 굴면 조금은 어른스러워 보인다고 생각하는 걸까. 가현이 아이들 간수를 잘하겠다고 한 것 역시 그런 의도가 아니었을까.

"그런데 난 아직도 잘 모르겠어. 도대체 어떻게 한 여자만 계속 좋아할 수 있어? 어떤 부분이 좋은 거야?"

석영은 옅게 미소를 지었다. 석영이 대답하면 은주는 분명 징그럽다며 표정을 구길 거다. 그래도 지금껏 누구도 물어본 적이 없고, 그렇기에 답할 수 없었던 솔직함을 드러내고 싶었다.

"싫은 부분마저 다 좋아. 가끔은 내가 봐도 나 스스로가 신기할 정도로 좋아해. 어떤 부분이 아니야. 윤가현 자체지."

은주는 웃지도 표정을 구기지도 않았다.

"넌 그냥 오로지 윤가현 하나구나."

여자 탈의실 쪽으로 향하느라 등을 돌린 은주가 의미심장하게 짓는 미소를 석영은 보지 못했다.

"결국 차석영도 남자야. 여자친구 부른 것도 놀라운데 집엘 따로 가?"

운전하며 제연이 투덜거렸다. 조수석에 앉은 가현은 아무런 대답도 하지 않았다. 은주를 직접 보고 난 뒤, 석영의 연애라는 흐릿하던 부분이 선명해졌다.

"안 서운해?"

제연의 물음에 가현이 어깨를 으쓱했다.

"오빠한텐 솔직히 말해도 돼. 차석영한테 안 이를게."

솔직히, 안 이를게. 그 두 말이 합쳐지니 가현의 마음속에서 몽글몽글하던 덩어리가 불쑥 튀어 올랐다.

"석영이 오빠 변했어."

"변하지. 사람인데."

"막연하게 생각은 했지만 실제로 연애하면 어떤 모습일지 상상이 안 됐거든. 그런데 아까 그 언니랑 있는 거 보니까 확실히 변했다는 느낌이 들더라."

"왜? 좋아 죽던?"

"아니. 손도 안 잡고 있었고, 서로 쳐다보지도 않았어. 그래도 분명 다른 느낌 같은 게 있었어. 그냥 오빠일 때랑은 다르게 듬직해 보이고, 오빠 옆에서 계속 웃고 있는 그 언니도 예뻤어. 석영이 오빠가 우리한테 선생님으로서 이런저런 얘기하는 게 멋있어 보였을 거야."

"일하는 남자는 멋있지. 차석영은 그 일이 잔소리인 게 좀 흠이지만."

"석영이 오빠는 자기가 변한지 모르겠지?"

"그런 걸 서운하다고 하는 거야. 석영이야 자기는 안 변했다고 생각하겠지. 실제로 하나도 안 변했을 테고. 그냥 네가 서운해서 그런 거야."

무릎 위에 올려두었던 자신의 손을 물끄러미 내려다보던 가현이 낮게 한숨을 내쉬었다.

"나 바보 같지 않아?"

"뭐가?"

자신이 석영을 떠밀었다는 얘길 하려다 보니 괜히 불퉁스러운 심술이 솟구쳤다.

"이건 내가 바보 같은 게 아니라 석영이 오빠가 너무한 거야!"

운전을 하며 제연이 가현을 힐끔 쳐다봤다. 단단히 심기가 불편한 듯 보였다.

"내가 날 좀 놓고 오빠가 편했으면 좋겠다고 했지만…… 꼭 그걸 기다렸던 것 같잖아. 꼭…… 내가 진짜 오빠한테 짐이었던 것 같잖아."

제연도 서운할 정돈데 가현이 서운하지 않다면 그건 절대로 거짓말이었다. 너무 가깝고, 정말 가족과 같았기에 하지 않는 얘기들이 있었다. 게다가 제연과 석영은 남자여서 속속들이 서로에게 일어나는 일상의 일들을 말하지 않았다. 그럼에도 곁에 누군가가 생기려는 일과 같은 건 언질을 줄 거라고 생각했다. 하지만 석영은 연애가 시작되고 제연과 가현이 눈치를 채서 얘기하기 전까진 입을 다물고 있었다. 제연은 그게 서운했다. 첫 연애고, 조심하려 한다고 해도 적어도 자신에겐 말을 했어도 된다고 생각했다.

"이따 집에 가면 석영이한테 말해. 혼자 마음에 담고 있지 말고."

"무슨 말을?"

"서운하다고. 오빠는 말할 거야."

가현은 웃고 말았다. 자신의 마음이 서운함뿐이었다면 석영의 연애를 처음 눈치챘던 날 얘기했을 거다. 단순한 서운함뿐이라면 그에게 투정을 부리고 떼를 쓰고 한참을 토라져 있었을 거다. 오로지 서운함만이라면 어제 난데없이 스키장으로 온 종혁에 대해 화가 나지도 않았을 거고, 오늘 은주를 보고 이토록 우울해지지 않았을 거다. 차라리 서운하기만 하다면…….

"종혁이 집 나온대."

"응?"

뜬금없는 가현의 얘기를 전혀 알아들을 리 없는 제연이 되물었다. 말을 꺼내놓고 후회했다. 제연이 더 이상 석영에 대해서 이야기하지 않게 하려고 말을 돌리는 걸 종혁을 핑계로 하다니, 자신이 최악의 사람인 것처럼 느껴졌다.

"집에서 종혁이가 가수 되려고 하는 걸 너무 싫어하신대. 하고 싶으면 집에서 나가라고 해서 나와서 사촌 형이랑 같이 살려고 한대."

잠시 놀란 것 같았던 제연이 돌연 피식 웃었다.

"성격 있어 보이더라니."

"담담하게 얘기했는데 힘들겠지?"

"성격에 따라 다르겠지. 그런데 걔네 부모님도 연예인이라는 직업을 안 좋아하니까 자기 아들이 그걸 하려는 게 속상해서 한소리겠지. 설마 진짜 자기 아들한테 나가라고 하겠어."

"나도 연예인이라는 직업이 왜 좋은지는 잘 이해할 수가 없는데, 종혁이가 잘하는 일이 좋아하는 일이 되는 건 부럽기도 하고, 응원하고 싶거든. 그렇지만 집에서 나오라고 할 수는 없고."

종혁은 가현이 응원하면 그걸로 됐다고 했다. 가현은 두 눈을 지그시 감았다. 종혁과 그의 부모님의 일은 그에게 맡겨두고 가현은 가현이 하고 싶은 대로 하라는 제연의 목소리가 점점 멀어졌다. 잠든 건 아니었다. 하지만 가현은 잠든 척 생각에 잠겼다.

은주와 함께 있던 석영의 모습이 아른거렸다. 다른 친구들이 없이 가현과 석영, 은주만 만나는 자리였다면 어땠을까 궁금했다. 하지만 이미 은주를 봐버린 이상 그런 궁금함은 그다지 필요가 없는지도 몰랐다.

"오빠."

마치 진짜 잠결인 것처럼 가현이 웅얼웅얼 제연을 불렀다.

"응?"

"나 오빠 여자친구도 보고 싶어."

"석영이 여자친구 보니까 오빠 여자친구한테도 관심이 생겼어?"

"왜 오빠들은 다 연상을 좋아해?"

"나중에 너도 연하 만나봐. 그리고 그 연하한테 널 왜 좋아하냐고 물어봐."

가현은 대꾸하지 않았다. 알 수 없는 미래에 대해 확언하는 걸 좋아하진 않지만 연하를 만날 일은 없을 것처럼 느껴졌다. 지구 종말을 상상하기 어려운 것과 같이 일어날 수 없는 미지의 일과 같았다.

꿈을 꿨다. 처음 종혁에게 고백을 받았던 그날. 진심이 느껴지는 그의 고백에 생전 처음 그와 같은 설렘을 느꼈다. 희미하지만 당시의 설렘은 고스란히 느껴지는 꿈속에서 가현은 어째선지 울었다.

3학년이 되기 전 마지막 날이었다. 내일 졸업식이 끝나면 1, 2학년은 봄방학에 들어가고 그다음에 학교에 올 땐 다음 학년, 새로운 반이 될 터였다. 오늘로 2학년 7반도 끝이었다. 석영은 아이들을 물끄러미 둘러봤다. 하나, 하나 소중하게 아끼고 최선을 다해 대했던 아이들이었다. 첫 담임으로 여러 가지 부족한 점도 많

앉을 텐데 언제나 제 담임을 응원하고 잘 따라줬던 아이들이었다. 아이들에게도 지난 1년이 헛되지 않은 시간이었길 바랐다. 졸업도 아니고 3학년으로 올려 보내는 건데 가슴이 울컥울컥했다.

"수고했다."

진심이었다. 자신과 함께했던 1년을 큰 탈 없이 잘했다고 해주는 칭찬과 고마움의 표시였다.

"앞으로도 나는 수많은 학생들을 만날 테고, 나중엔 기억이 가물가물 할 정도로 많은 반을 맡게 될 거야. 그래도 처음 만났던 너희는 절대 잊지 않을 거다. 너희는 나를 잊을지도 모르겠지만 그래도 선생님이 기억하고 있으니까 괜찮아. 지금이 끝이 아니고, 고등학교를 졸업한다고 그것도 끝은 아니야. 그래도 이렇게 나를 포함한 서른두 명이 같이할 수 있는 1년이라는 시간은 더 이상 오지 않아. 각자 느끼는 게 다르겠지만 선생님은 후회 없는 1년이었다. 고맙다!"

남학생들은 석영이 필요 이상으로 진지하다며 소란스럽게 굴었지만 여학생들은 괜히 제 짝을 한번 쳐다보고 석영을 보고 교실을 둘러봤다. 그리고 마지막엔 반 전체가 다 가현을 쳐다봤다. 멍하니 석영을 보고 있던 가현은 그제야 정신이 났는지 책상 옆의 쇼핑백과 돌돌 말아서 리본으로 묶은 도화지 하나를 가져왔다.

"1년 동안 수고하셨습니다, 선생님. 감사해요."

가현이 석영에게 쇼핑백과 도화지를 건네자 학생들 모두가 '감사합니다!' 하고 외쳤다. 가슴의 울컥거림이 목까지 순식간에 치솟았다. 가까스로 눌러 삼키며 석영이 미소를 지었다.

"지금 봐도 돼?"

"네!"

석영은 우선 도화지의 리본을 풀었다. 예상대로 롤링페이퍼였다. 서른한 명의 마음이 고스란히 담겨 있었다.

"이건 나중에 집에 가서 자세히 볼게. 고마워."

쇼핑백 안의 것을 꺼내 포장을 풀자 박스가 나왔다. 기대에 가득 찬 아이들의 시선을 받으며 석영은 박스을 열었다. 수학여행 때 2학년 7반이 단체로 찍은 사진이 들어 있는 액자가 제일 위에 있었다. 그 밑에는 앨범이 있었다. 앨범 두 권은 지난 1년 아이들이 자기들끼리 찍거나 학교 행사 때 석영과 함께 찍은 사진들로 꽉 차 있었다. 사진마다 언제, 어떤 상황에서 찍은 사진인지 제각기 다른 글씨로 코멘트가 쓰여 있었다. 박스 한쪽에는 형형색색의 양말이 투명 포장지에 싸여 있었다.

"양말 뭐야!"

석영은 자신도 모르게 소리치고 마구 웃었다. 아이들도 석영을 따라 함께 웃었다.

처음 아이들을 만났던 3월, HR 시간에 석영은 아이들과 소소한 이야기를 하며 가까워지려 노력했다. 교실을 이리저리 돌아다니며 자신의 얘기를 하고, 아이들의 얘기를 듣던 중 석영의 슬리퍼가 벗겨졌다. 그 모습을 본 한 여학생이 석영의 양말을 지적하자 교실이 시끄러워졌다.

"선생님 양말 너무 촌스러워요!"

여학생들의 야유에 석영은 당황했다. 아무런 무늬도 없는 검정색 양말을 신고 있었다. 양복을 입고 있었고 특별히 촌스러울 이유가 없었다. 석영이 당황한 틈에 남학생들이 버럭 소리를 질렀다.

"양복에 그럼 무지개 색 줄무늬 양말을 신어?"

"검정색 양말은 아니지!"

난데없이 여학생들과 남학생들이 석영의 양말을 두고 토론을 펼쳤다. 석영이 겨우 진정시켰지만 그 뒤로 매일 양말을 신을 때마다 고민했다.

"패션의 완성은 양말이잖아요, 선생님."

캐릭터 양말부터 시작해서 각양각색의 줄무늬 양말, 물방울무늬가 있는 양말까지 열 켤레가 넘는 양말은 정말 화려했다. 동그랗게 돌돌 말아 비닐 포장해 놓은 게 예뻐서 뜯지 않고 장식해 놓아도 좋을 것 같았다.

"창피해하지 말고 신으셔야 해요."

석영의 마음을 읽었는지 가현이 얘기했다.

"뭐가 창피해요, 선생님! 지금 신으세요!"

교실은 또 난리가 났고 석영은 그저 미소를 지었다. 그리고 아이들이 마음껏 떠드는 대로 두었다. 그 소리들을 모두 귀담아들었다.

"3학년 돼서 복도에서 선생님 만나면 코가 땅에 닿게 인사들 하겠구나. 양말 검사하러."

"선생님 때문에 저희 예의 바른 애들로 오해받게 생겼잖아요!"

진수의 투덜거림에 또 한바탕 웃음소리가 교실 속에서 들끓었다. 누구 하나 웃지 않는 이가 없었다. 석영은 다행이라고, 자신이 처음 만난 아이들이 이 아이들이라서 다행이라고 생각했다. 그리고 그 안에 가현이 있는 것도 꼭 나쁘지만은 않다고 생각했다. 사실 후회보단 기쁨이 더 컸다. 선생님이 되지 못했더라면, 가현의 담임이 되지 못했더라면, 그녀의 고등학교 생활을 알 수 있을 리가 없었다. 그저 집에서 듣는 얘기 정도로만 가현의 학창 시절을 알았을 거다. 자신이 선생님이고, 가현이 자신의 학생인 건 가끔 석영을 힘들게 하고, 아프게 하더라도 기쁜 일이었다.

가현아, 고마워.

7.

3학년이 된 가현을 보기란 쉽지 않았다. 아침 일찍 일어나 학교에 가고 석식 후 야간 자율학습 한 시간을 마치면 학원에 간다. 학원이 11시에 끝나면 새벽 1시까지 독서실에서 공부를 했다. 석영은 1학년 담임을 맡았고, 3학년은 수업도 없어서 더더욱 가현을 보기가 힘들었다. 1, 2학년 선생님들과 3학년 선생님들은 사용하는 교무실도 달랐다. 그녀가 또 반장을 맡고 교무실에 자주 들락거린다 해도 석영과 마주칠 일은 드물었다. 게다가 중요한 시기에 석영과 제연이 돌봐주는 것만으론 부족할 것 같아 가현의 엄마가 와서 수능이 끝날 때까지 함께 있기로 했다.

학교는 종혁이 오디션 프로그램에 출연해 본선에 진출한 것 때문에 하루, 하루가 정신 사나웠다. 선생님들은 1, 2학년이 3학년 교실에 가지 못하도록 막았고, 3학년도 너무 들뜨지 않도록 제어

해야 했다. 종혁은 녹화가 있는 날을 제외하곤 학교에도 꼬박꼬박 나오고 야간자율학습도 할 수 있는 만큼은 했다. 가현의 말에 의하면 그가 부모님과 함께 살던 집에서 나와 사촌 형과 지내고 있지만 성적이 떨어지는 건 스스로 용납하지 않겠다고 했단다. 종혁은 고집도 있는 녀석이고 자기가 지금 하려는 일이 앞으로 얼마나 제한적인 삶을 살아야 하는지 알고 있었다. 그렇기 때문에 지금 당장 할 수 있는 공부를 소홀히 하면 나중엔 후회될 것도 아는 듯했다. 종혁의 그런 부분을 얘기할 때 가현은 뿌듯해했고, 멋쩍어 했다.

"나 고3 때도 이렇게 공부 열심히 했나?"

11시, 가현의 학원이 끝날 시간이었다. 제연이 시계를 보며 중얼거리자 옆에 있던 이모가 피식 웃었다.

"넌 그렇게 열심히 안 했지."

"그치? 근데 윤가현은 왜 저렇게 열심히 하는 거야."

"네가 아니라 석영일 닮아서 그래."

이모가 자랑스러운 시선으로 석영을 바라봤다. 제연은 못마땅한 표정을 지었고, 석영은 자랑스럽게 웃으며 이모와 눈을 마주쳤다.

가현이 독서실이 끝나는 시간에 맞춰 데리러 가는 건 주로 이모의 몫이었고 제연은 가끔 갈 뿐이었다. 같은 학교 아이들이 많이 다니는 독서실이어서 석영은 데리러 갈 수가 없었다.

"시작한다!"

제연이 TV의 볼륨을 키웠다. 오늘은 종혁이 출연하는 오디션 프로그램이 방영하는 날이었다. 어째선지 제연은 매번 본방을 챙겨봤다. 석영도 종혁을 응원하긴 하지만 서바이벌 형식은 영 구미가 당기지 않았다. 저런 걸 하겠다고 나선 종혁이 오히려 특이하게 느껴졌다.

"쟤가 1등 해서 완전 유명해지면 나도 유명인이랑 아는 사이 되는 거잖아."

"넌 고작 아는 사이지. 나는 쟤 선생님이거든."

석영이 거만하게 다리를 꼬며 얘기하자 제연이 분하다며 인상을 찌푸렸다. 그 사이에 앉은 이모가 갑자기 웃었다.

"네들은 언제 크니."

웃음과 함께 나온 이모의 얘기에 석영과 제연이 눈을 마주쳤다.

"윤가현보다 크면 다 큰 거야. 엄마 없을 땐 우리가 윤가현한테 맨날 그 소리 했는데."

"내가 보기엔 가현이보다 너희가 더 철없어 보여."

"그거 희한하네."

석영이 고개를 갸웃했다. 그리고 세 사람이 함께 웃었다. 웃으며 석영은 이곳에 가현이 있었더라면 더 좋았을 거라고 생각했다. 가현은 힘들어도 티를 내는 타입이 아니었다. 수능 때까지 남은 날을 생각하면 이제 시작이나 다름없긴 했지만 그녀 나름 힘들 법도 한 상황을 잘 버티고 있었다.

"나왔다."

잠시 딴생각을 하던 석영이 TV에 시선을 고정했다. 노래를 부르기 전, 인터뷰 장면이었다.

[잠은 잘 잤어요. 긴장은 되는데 잠 못 자서 목에 무리가 가면 안 되니까요.]

진짜 긴장되는 게 맞는지 기타 조율을 하며 가끔씩 카메라를 쳐다보는 종혁은 여유로워 보였다.

"쟨 원래 저렇게 여유 있어?"

제연의 물음에 석영이 고개를 끄덕였다. 조급해하거나 안달하는 건 본 적이 없었다. 심지어 체육대회 농구 결승에서 지고 있던 중에도 차분하게 페이스를 유지해 역전승을 거두기도 했다. 담대하고 두려운 게 없었다.

"가현이는 저런 스타일이 좋았구나."

종혁이 귀여워 보이는 듯 이모가 미소를 지었다.

"사윗감으로 보여?"

"가현이한테만 잘하면 누구든 좋지."

그게 가장 중요하다며 제연도 맞장구를 쳤다. 석영은 자신보다 더욱 가현에게 잘할 사람은 없다고 자부했다. 괜스레 소파 팔걸이에 올려두었던 손을 꽉 쥐었다.

마치 오디션 프로그램의 심사위원이라도 된 듯 제연의 잔소리가 계속 이어졌다. 함께 TV를 보면서도 석영과 이모는 별다른 얘기는 없었다. 가끔 제연이 하는 얘기를 한두 마디씩 거들거나 말도 안 되는 소리에 핀잔을 줄 뿐이었다.

"쟤 가현이한테 따로 노래 불러준 적 있어?"

이모의 물음에 제연이 석영을 쳐다봤다. 하지만 알 수 없는 건 석영도 마찬가지였다.

"가현이 그런 얘기 안 하니까요."

"그럼 너희는? 여자친구한테 노래 불러준 적 있어?"

"날 음치로 낳아놓고 그런 걸 묻는 게 미안하지 않아, 엄마?"

"네 아빠가 그런 거지, 난 아니다. 석영이 너는?"

"낯부끄럽게 그런 걸 어떻게 해요."

"어렸을 때 가현이한테는 곧잘 노래도 불러주고 했으면서 여자친구한테는 못해?"

이모가 팔꿈치로 석영을 툭 쳤다. 석영은 그저 미소를 지었다.

"여자친구랑 가족이 같아? 나도 윤가현한테는 노래 얼마든지 불러줄 수 있어."

"가현이가 안 좋아하지?"

"엄마, 날 이렇게 낳아놓고 그렇게 자꾸 쿡쿡 찌르지 말라니까."

세 사람이 함께 웃었다. 자꾸 가현의 얘기가 나오는 통에 석영은 가현이 보고 싶어졌다. 시간을 확인하니 아직 11시 반밖에 되지 않았다. 가현을 기다리고 있기도 했지만 내일로 넘어가는 12시 정각을 기다리고 있었다. 내일은 가현의 생일이었다. 어느 해부턴지 석영과 가현, 제연 세 사람은 서로의 생일을 12시 정각에 축하하고 케이크 초도 그 시간에 불을 붙였다. 오늘은 모여서 축하하는 건 늦어지겠지만 12시 정각에 그녀에게 축하한다고 메시지를 보낼 생각이었다.

"오늘 가현이 데리러 내가 갈게."

"내일 출근도 해야 하는데 피곤하지 않겠어?"

제연의 얘기에 이모가 걱정스레 물었다.

"내일 가현이 생일이잖아. 이런 날은 오빠가 특별히 출동해 줘야지."

"그럼 나도 같이 가자."

"그래."

이모가 두 사람을 번갈아 쳐다봤다.

"요즘 이런 거 무슨 바보라고 하던데. 그래, 동생 바보! 이러다 가 나중에 가현이 결혼할 수 있겠니."

"왜 못해. 혹독한 테스트를 거치면 할 수 있을 거야."

"쉽진 않을 거예요."

"든든하다."

이모가 두 사람의 어깨를 툭툭 두드렸다. 함께 미소를 짓고, 더 얘기를 나누고 TV를 보면서도 석영은 어서 가현을 데리러 갈 시 간이 되었으면 하고 바랄 뿐이었다.

가현의 휴대폰 액정에 불이 들어왔다. 독서실에 올 때는 무음으 로 해놓고 책상 위에 올려놓고 메시지나 전화가 걸려오면 액정에 불이 들어오는 걸로 알았다. 제때 알아차리는 경우는 드물었지만 오늘은 이상하게 집중이 잘 안 되어서 산만하던 차라 액정에 불이 들어오는 걸 바로 알았다.

「생일 축하해.」

석영에게서 온 메시지였다. 시간을 확인하니 정확히 12시 정각 이었다. 괜스레 웃음이 났다.

「고마워.」

「잘 안 되는 날은 일찍 끝내도 괜찮아.」

그를 무슨 수로 속이겠나, 싶었다. 답 메시지를 작성하려는데 다른 메시지가 들어왔다. 종혁이었다.

「생일 축하해. 지금 바로 만나서 축하하고 싶은데 아쉽다.」

「고마워. 내일 학교에서 보면 되지 뭐. 오늘 방송도 괜찮았어?」

「뭐, 그럭저럭. 편집의 기술은 대단한 것 같아.」

가현은 미소를 짓고 다시 석영에게 메시지를 보내기 위해 창을 바꿨다.

「한 시간도 채 안 남았는데 뭐. 남은 시간 바짝 집중해서 열심히 하고 갈게.」

「응. 네가 좋아하는 치즈 케이크 사다 놨으니까 열심히 하고 와. 이따 보자.」

휴대폰을 내려놓고 문제집으로 시선을 돌렸지만 오히려 더 정신이 산만해졌다. 친구들에게서도 생일 축하 메시지가 들어오는지 휴대폰 액정에 계속해서 불이 들어왔다. 가현은 턱을 괴고 멍하니 문제집을 쳐다봤다. 그때, 가현의 책상 위로 쪽지 하나가 날아왔다. 몸을 돌려보니 반대편에 있던 미영이 가현을 보고 씩 웃었다. 쪽지를 펼쳐 보니 케이크 그림 위에 열아홉 개의 초가 꽂혀 있었다. 생일 축하한다는 메시지를 보고 가현이 다시 미영을 돌아봤다. 그리고 서로 미소를 지었다.

괜스레 마음이 들뜨기 시작했다. 집에 돌아가서 오빠들과 엄마와 함께 케이크의 불을 끄고 나면 자기 바쁠 테고, 일어나면 학교에 가야 했다. 또 하루를 다람쥐 쳇바퀴 돌 듯 정신없이 지내다 보면 후다닥 지나갈 날이었다. 그럼에도 조금은 다른, 특별한 하루가 되었으면 했다.

얼마 남지 않은 시간 동안 집중하다 보니 새벽 1시를 넘겨 버렸다. 한두 명씩 정리하는 친구들의 분주함에 가현도 정리를 시작했다. 그사이 휴대폰엔 메시지가 하나 가득 들어와 있었다. 메시지를 확인하며 1층으로 내려가자 무슨 일인지 제연이 건물 입구에 서 있었다.

"오빠!"

"생일 축하해."

가현을 보기 무섭게 제연은 축하 인사부터 했다. 친구들과 인사를 나누고 제연의 차를 찾는데 어디에도 차가 보이질 않았다.

"택시 타고 왔어?"

"아니. 차 갖고 왔지. 석영이랑 같이 왔어. 차 사거리에 대놓고 기다리고 있어."

"내 생일이라?"

"응. 이제 열아홉이네."

"내년이면 스무 살이야. 다 컸지?"

"웃기고 있네!"

제연이 검지로 가현의 이마를 툭 밀었다. 늘 독서실 바로 앞에서 차를 타고 집에 가기 마련이었는데 고요한 새벽, 아무도 없는 길을 걷는 것도 기분이 좋았다. 매일이 고단했는데 오늘은 발걸음이 가벼웠다. 역시 생일은 좋은 날이라는 생각은 저버릴 수가 없었다.

"오늘 이상하게 집중도 잘 안 되고, 계속 배만 고파."

"그럼 일찍 접고 나오지 왜 여태껏 있었어?"

"마지막엔 조금 했어."

"안 되는 날은 그냥 쉬어도 돼. 괜히 자리 지키고 앉아 있는 게 더 스트레스받지 않아?"

"스트레스는 별로 안 받는데 배고픈 게 힘들었어. 빨리 집에 가서 케이크 먹고 싶어."

"케이크 안 샀는데?"

가현이 피식 웃으며 제연을 올려다봤다. 그 표정으로 모든 걸 알았는지 제연이 혀를 찼다.

"입 싼 차석영."

석영이 얘기한 게 아니더라도 제연의 그런 농담은 통하지 않았다. 사거리의 커브를 돌자 제연의 차가 보였다. 시동을 끄고 있어서 불빛 하나 없었고 차 안의 석영도 제대로 보이지 않았다. 하지만 석영은 가현을 보지 못했을 리가 없었다. 아니나 다를까, 그가 차에서 내렸다.

"생일 축하해."

환하게 웃으며 축하하는 그를 보자 가슴이 시큰해졌다. 지금까진 그의 축하에 한번도 이런 기분이 든 적이 없었다. 그 바람에 기분이 울적해졌다.

석영의 여자친구를 만나고, 종혁이 자신에게 많이 의지하고 있다는 걸 알았던 겨울방학. 가현은 자신의 마음을 다독였다. 잠시나마 석영에게 여자친구가 생긴 걸 축하하지 못한 못난 마음은 그저 석영을 잘 따랐던 마음이 심술을 부렸을 뿐이라고. 자신이 신경 쓰고 집중해야 하는 건 종혁이라고.

하지만 마음은 다독이는 걸로 다잡을 수 있는 게 아닌 듯했다. 주말이면 빠짐없이 외출하는—전보다 외출 빈도가 높아진 건 아니었지만 이젠 그가 외출한다거나 약속이 있다고 하면 은주를 만날 거라고 생각하기에—석영이 야속하게 느껴졌다. 엄마가 오는 바람에 제연과 함께 방을 써서 종종 자기 전에 통화하기 위해 밖으로 나

가는 게 얄밉게 느껴졌다.

　도대체 자신의 마음이 뭘 어쩌고 싶은지 알 수가 없었다. 하루 종일 바쁘게 살아가는 이 시기가 다행처럼 느껴졌다. 그런데 지금 웃으며 자신을 반겨주는 석영을 보자 다독이던 마음이 와르르 무너졌다.

　"고마워, 오빠."

　가현이 웃으며 석영과 눈을 마주쳤다. 그의 앞에서 웃는 게 이토록 힘든 일이 될 줄 몰랐다.

　"오늘도 수고했어."

　석영이 가현의 머리를 한번 쓰다듬고 그녀의 가방을 들었다. 묵직한 무게에 그녀가 오늘도 고생했다는 게 실감났다. 뒷좌석 문을 열어 가현이 타길 기다리고 있는데 신호 건너편에서 누군가가 걸어오는 게 보였다. 한밤중이라 그런지 혼자 걸어오는 남자의 모습이 괜히 스산하게 느껴졌다. 가현을 어서 차에 타게 하려는데 남자가 석영을 보고 아는 척을 해왔다.

　"선생님?"

　얼굴을 확인하기 전에 너무나 잘 아는 종혁의 목소리여서 석영은 마른침을 삼키고 그를 쳐다봤다. 아직 차에 오르지 않은 가현도 두 눈이 동그래져서 종혁을 확인했다.

　"가현아."

　그 소리에 종혁이 웬 쇼핑백을 하나 들고 다른 손엔 장미 다발을 들고 있는 게 보였다.

　"너 이 시간에 왜 혼자 돌아다녀?"

　석영은 최대한 아무렇지도 않은 척 말을 걸었다. 하지만 종혁은 쉽게 대답하지 못했다. 가현과 석영, 제연을 번갈아 쳐다볼 뿐이었다. 얼어붙은 건 가현도 마찬가지인 듯했다.

"어른을 봤으면 인사를 해야지."

얼어붙은 분위기를 깬 건 제연이었다. 그제야 정신이 난 듯 종혁이 제연을 향해 고개를 꾸벅 숙였다. 하지만 다시 석영에게 시선을 돌리고 난 뒤에 인사는 없었다.

"선생님이 왜⋯⋯."

"가현이 사촌 오빠야."

석영이 한숨과 함께 말을 뱉었다. 그 말이 커다란 창이 되어 석영과 가현의 가슴에 푹 박혔다.

"선생님이요?"

상황이 쉽사리 이해가 되지 않는지 종혁의 시선엔 여전히 당혹스러움이 묻어났다.

"가현이한텐 내가 누구한테도 알리지 말라고 했어. 몇 번이고 너한테는 얘기해도 되지 않겠냐고 물었는데 한번 얘기가 나오면 아무래도 지켜지기 힘드니까."

냉정하게 울리는 석영의 변명에 가현은 아랫입술을 잘근 물었다. 지금이 밤인데다가 유독 이 근처가 어둑해서 다행이란 생각이 들었다. 두 눈이 발갛게 충혈되었을 것 같았다. 위선자. 석영을 남이라고 하는 이가 있으면 그토록 바르르 떨면서 아니라고 울부짖었으면서 정작 석영이 가족이라고 한 말에 이토록 온 마음이 뒤흔들리다니 자신이 지독하게 밉고 싫었다.

종혁은 석영을 빤히 쳐다보다가 어느 정도 납득이 되었을 때 그를 향해 고개를 꾸벅 숙였다.

"오늘 가현이 생일이어서요. 놀래켜 주려고 했는데…… 제가 놀랐네요."

농담이었지만 종혁은 웃지 않았다. 누구도 웃지 않았다. 하지만 웃어야 했다. 그래서 잠시 틈을 두고 석영과 가현이 먼저 미소 지었고, 제연은 여전히 미간에 힘을 준 채 종혁을 쳐다보고 있었다. 그리고 불퉁하게 말했다.

"매일 가현이 엄마나 내가 데리러 오는 거 알고 있지?"

"네. 선물만 주려고 했어요. 길 건너에서 기다리고 있었는데 가현이가 이쪽으로 오기에 쫓아온 거거든요."

"마음은 고마운데 시간이 너무 늦었다."

석영이 제연을 거들었다. 가현은 지금 이 상황에서 자신이 어떻게 해야 할지 몰랐다. 자신의 마음이 온전히 종혁에게 가 있었더라면 어땠을까, 생각을 해봐도 지금 온전하지 않기 때문인지 쉽사리 떠올릴 수 없었다.

가현이 종혁의 앞으로 다가섰다.

"잠깐만 얘기 좀 해도 돼?"

그리고 제연과 석영을 향해 물었다. 제연은 대꾸 없이 운전석에 올랐고, 석영은 잠시 가현을 쳐다보다가 열려 있던 뒷좌석의 문을 닫고 조수석에 앉았다.

"미리 연락하고 오지."

"끝까지 말 안 하려고 했어?"

종혁의 물음에 가현은 허공에 두었던 시선을 그와 마주쳤다. 추궁의 눈빛 앞에 솔직해질 수 없었다.

"졸업하기 전까진."

얼버무리는 것처럼 한 소리에 종혁이 한숨을 내쉬었다. 답답한 숨은 가현의 가슴에도 한가득 차 있었다. 그걸 참기 위해서 꼭 숨을 참고 있는 듯 갑갑했다.

"넌 참 대단하다."

"응?"

"아냐. 생일 축하해."

선물을 건네는 손도, 축하하는 그 말도 진심이 느껴지지 않았다. 그럼에도 가현은 종혁에게 화를 낼 수가 없었다.

"고마워. 그리고 미안해."

종혁은 아무 말 없이 선물을 받는 가현을 물끄러미 내려다봤다. 스트레스도 많이 받고 힘든 때라는 건 알지만 가현은 요즘 잘 웃지 않았다. 그리고 종혁에게 미안하다고 얘기할 때가 많아졌다. 왜, 뭐가 미안한지 적나라하게 알 정도로 그녀의 감정이 줄어들었다. 이대로라면 분명 머지않아 그녀와 이렇게 마주 설 수 없게 될 거라는 걸 알았지만 종혁이 먼저 가현을 놓을 수가 없었다.

"말 못하는 동안 너도 힘들었겠지 뭐. 미안할 거 없어."

평소 그에게서 느끼지 못했던 성의 없는 말투였다. 종혁의 탓이 아니었다.

"선생님이랑 형 기다리신다."

종혁과 가현의 시선이 함께 차로 향했다. 석영은 의자에 편히 기대 있었고, 제연은 운전대에 팔을 괴고 두 사람을 쳐다보고 있었다. 대화가 끝났다고 생각했는지 제연이 조수석의 창문을 열었다.

"타. 바래다줄게."

"아니요. 괜찮습니다."

"타. 시간이 너무 늦었어."

제연의 목소리에 비해 석영의 목소리는 훨씬 강압적으로 느껴졌다. 하는 수 없이 종혁은 가현과 함께 차에 올랐다. 차 안의 공기는 이루 말할 수 없이 무거웠지만 제연과 석영은 어느 정도 부드럽게 대화를 이어나갔다.

"아까도 얘기했지만 가현이 생각해 주는 건 고마워. 그런데 이런 시간에 혼자 돌아다니는 게 걱정되니까 선생님도 가현이 오빠도 좀 화를 낸 거야. 이해하지?"

"네."

"조금 전에 TV에서 보고 왔는데 이렇게 보니까 전혀 다른 사람 같네."

분위기를 풀어볼 생각인지 제연이 미소를 지었다. 종혁이 머쓱한 듯 웃었다. 그리고 가현을 쳐다봤다. 가현은 종혁이 준 장미의 향을 맡으며 꽃을 뚫어져라 보고 있었다.

"가현인 좋겠네."

고개를 든 가현이 룸미러를 통해 제연과 눈을 마주치고 종혁 쪽으로 고개를 돌렸다. 자신을 보고 있던 그와 눈이 마주쳤다. 두 사람 다 아무 말도 하지 않고 서로를 잠시 쳐다볼 뿐이었다. 앞좌석에서 제연이 종혁에게 석영과 가현이 사촌지간인 건 비밀로 해달라는 당부의 말을 했다. 석영과 가현은 그 말을 거들지 않았다. 말하지 않아도 종혁은 비밀을 지켜줄 터였다.

종혁이 사촌 형과 지내고 있다는 곳은 가까웠다. 바래다주서서 감사하다는 인사를 하고 종혁은 차에서 내렸다. 가현에겐 따로 인사를 하지 않았다. 내려서도 돌아보지 않았다. 가슴이 욱신거렸다. 하지만 그를 아프게 한 게 미안해서 자신의 가슴이 욱신거리는 걸 함부로 아파할 수가 없었다.

"깜짝 놀랐네."

집으로 향하며 제연이 커다란 숨을 내쉬었다.

"역시 차석영. 순발력 좋았어. 순간 나는 뭐 어떻게 해야 되나, 하고 있었네."

"나보다 가현이가 많이 놀랐겠지. 괜찮아?"

"응. 참, 엄마한테 전화해야지."

"아까 내가 전화했어. 그리고 내가 얘기는 했지만 너도 종혁이가 학교에서 조심하게 해."

"걱정 안 해도 될 거야."

가현은 석영을 힐끔 쳐다봤다. 그가 무슨 생각을 하고 있는지 몰랐다. 분명 가현처럼 이토록 파도치는 마음의 물결 같은 건 없을 것 같았다. 오늘은 가현의 생일이었다. 하지만 가현은 이때껏 한번도 느껴보지 못했던 가슴 시린 아픔에 생일의 특별함을 즐길 수 없었다.

가현도 석영도 석영이 했던 한마디가 계속해서 귓가를 울렸다. 가현이 사촌 오빠야. 귓가에 울릴 때마다 심장이 멎어버릴 것 같은 고통이 퍼져 나갔다.

가현아, 혹시…… 혹시 너는 아프지 않니?

가현은 종혁과 나란히 앉아서 창밖 운동장을 내다보고 있었다. 점심시간, 도서실은 조용히 점심시간을 지내고 싶은 학생들의 아지트나 다름없었다. 3학년이 되고 반이 달라져서 자주 만날 수 없는 가현과 종혁은 가끔씩 도서실에서 함께 시간을 보냈다. 종혁을 보러 오는 여학생들 때문에 오래 제대로 된 대화는 나눌 수 없었고, 가현이 주목받는 게 싫다며 종혁은 가현에게 강요하지 않았다.

오늘은 실로 오랜만이었다. 가현의 생일, 석영과 마주친 뒤로 벌써 2주나 지났고 종혁과는 제대로 얘기할 새도 없이 2주가 흘러왔다.

"어떤 사촌이야?"

운동장을 쳐다보던 종혁이 물었다. 웬 여학생들에게 끌려 운동장으로 나가고 있는 석영이 보였다.

"이종 사촌."

가현은 시무룩하게 대답했다. 가현이나 석영이 서로의 엄마를 이모라 부르고, 아빠는 아저씨라 부르고 있었으니 그리 답할 수밖에 없었다.

"얘기하기 불편해?"

"아무래도. 너한테 거짓말했던 거고, 숨기고 있는 일이니까."

"그래도 궁금해. 뭐 그렇게 숨길 일인가 싶기도 하고."

"숨기자고 결정한 거고, 지금껏 숨겨왔으니까 밝히기 쉽지 않지."

종혁이 천천히 고개를 끄덕였다. 그의 안에선 어떤 마음의 소리들이 울리고 있을지 궁금했다.

"혹시 내가 오디션 프로그램 나간 거 때문에 나랑 멀어졌다고 생각해?"

"아니."

"그럼 그냥 감정이 사그라지는 중이야?"

가현의 동공이 커다래졌다. 햇살이 쏟아져서 눈이 시렸지만 깜빡일 수 없었다.

"아직 완전한 소멸은 아니지?"

이 이상 어떤 거짓말도 소용없었다. 가현은 시선을 내리뜨고 고개를 끄덕였다.

"그럼 조금만 더 이렇게 있자. 나는 아직 조금도 사그라지지 않아서."

"내가 밉지 않아?"

"사그라지지 않았다니까. 미워할 수가 없어."

"그럼 미워질 때까지 기다리려고?"

"아니. 날 다시 좋아하게 하려고."

종혁의 시선은 곧았다. 그래, 제일 처음 그를 좋아하게 됐던 이유 중 하나였다. 처음 그를 좋아한다고 느끼고, 그가 자신을 좋아하는 걸 알았을 때 세상을 다 가진 듯 행복했다. 그런데 어째서 1년도 안 된 시간 안에 이렇게 달라졌을까.

사람이 변하는 걸까. 사랑이 변하는 걸까. 한때 친구들이 별것도 아니라고 느껴지는 그 주제로 결론을 내리지 못하고 티격태격대는 걸 들은 적이 있다. 당시엔 관심이 없었는데 지금은 알 것 같았다. 사람이 변한다. 그래서 변한 사람이 사랑을 변하게 한다.

"미안해."

"일단 그 미안하다는 소리부터 안 하도록 하자. 전혀 희망이 없다는 소리로 들려서 무지 힘들거든."

가현은 입을 꾹 다물었다.

"넌 활발하지는 않지만 이렇게 주눅 들어 있는 애도 아니잖아."

어금니가 저릿할 정도로 이를 악문 가현은 더욱 깊숙이 고개를 숙였다. 가슴이 아팠다. 미안하다는 말조차 할 수 없어진 상황이 안타까웠다. 더욱 안타까운 건 돌이킬 수 없는 상황이었다. 말할 수 없기에 온 마음이 종혁에 대한 미안함으로 가득 차버렸다.

토스트 기에서 튀어 오른 식빵을 접시에 옮기던 가현이 행동을 멈추고 두 눈을 깜빡였다. 식탁 앞에 마주 앉은 석영과 제연의 대화에 조금 더 귀를 기울였다.

"내일? 모르겠는데."

"그러니까 지금 전화해서 확인해 보라니까. 밥 한 끼 먹는 건데 뭐."

제연은 적극적이었고 석영은 조금 머뭇거렸다.

"넷이?"

"아니. 가현이까지 다섯이. 소진이가 가현이 밥 사주고 싶다고 전부터 그랬거든."

소진은 제연의 여자친구 이름이었다.

"그럼 셋이 봐. 뭘 나까지."

"왜 이렇게 빼? 내가 네 여자친구 좀 보고 싶어 그런다, 왜!"

가현이 식빵을 쌓아 올린 접시를 들고 와서 식탁 앞에 앉았다. 석영과 제연이 동시에 가현을 쳐다봤고, 가현은 모른 척 식빵을 하나 집어 잼을 발랐다.

"얘도 중간고사 끝났으니까 이번 주가 좋을 거 같아서. 너 내일 약속 있어?"

제연의 물음에 가현이 고개를 저었다.

"밥 먹자. 너 뷔페 가고 싶어했잖아. 종혁이도 부를래?"

"아니. 내일 잡지 인터뷰 있댔어."

"잡지 인터뷰? 잘나가네."

바삭한 토스트를 씹으며 가현은 멍하니 TV를 봤다. 가현의 중간고사가 끝난 주말, 엄마는 시골에 내려갔다. 오랜만에 세 사람이 남게 되었고 가현이 이번 주말은 과외도 없고 독서실에도 가지 않아서 한가로이 보내고 있었다. 낮엔 친구들을 만나서 쇼핑도 하고 맛있는 것도 먹었다. 그리고 저녁때 집에 돌아오니 제연과 석영이 가현보다 먼저 귀가해 있었다.

"내일 점심 먹게 얘기 좀 해봐."

제연이 다시 석영을 향해 말했고 석영은 곧바로 휴대폰을 집어들었다. 그가 통화를 하기 위해 방으로 들어가고 난 뒤 가현은 술렁이는 제 마음을 다스렸다.

방으로 들어온 석영은 한숨을 내쉬었다. 그리고 은주에게 전화를 걸었다.

―내가 필요한가, 자네!

"농담할 기분 아니야. 내일 시간 있어?"

―없어. 나 이번에 좀 큰 프로젝트 맡아서 바빠.

"알았어."

―무슨 일인데? 꼬맹이가 힘들게 해?

석영은 피식 웃었다. 은주는 적어도 일주일에 두세 번은 전화나 문자로 석영에게 무슨 일이 없는지 확인했다. 그리고 자신이 일을 벌이고 싶다고 난리였다. 알게 된 이상 어떤 식으로든 석영이 끝을 맺는 걸 보고 싶다고 했다.

"내일 시간 되면 밥이나 먹을까 해서. 꼬맹이랑 꼬맹이 오빠랑 그 여자친구랑."

―가족 모임? 나 갈래!

은주가 이렇게 반색하는 걸 보니 그다지 달갑진 않았다.

"바쁘다며."

―바빠도 밥은 먹고살거든. 내일 깨 쏟아서 꼬맹이 속에 열불 좀 내자고. 내일 점심, 저녁?

"점심."

―알았어. 아침에 전화할게.

전화를 끊고 거실로 나오자 제연이 기대에 찬 눈빛으로 석영을 쳐다봤다.

"내일 점심 먹자."

뭐가 그리 좋은지 제연이 만족스럽게 웃으며 제 여자친구에게 전화를 걸었다. 가현은 TV에 시선을 고정하고 있었지만 딴생각을 하는 듯 눈동자는 비어 있었다.

"불편할 것 같아?"

가현의 옆에 앉으며 석영이 그녀의 어깨를 툭 쳤다. 그제야 정신이 들었는지 가현이 두 눈을 빠르게 깜빡이다가 석영을 쳐다봤다.

"아니. 내가 불편할 게 뭐 있어."

"불편할 수도 있지. 네가 불편하다면 굳이 만날 필요 없으니까 얘기해도 돼."

가현이 고개를 저었다.

"제연이 오빠 여자친구도 보고 싶었고, 그때 오빠 여자친구랑은 제대로 인사도 못 했으니까. 오빠 여자친구한테 나 사촌 동생이라고 얘기했어?"

석영이 머뭇거리며 답을 못 하는 사이 소진과 통화를 끝낸 제연이 불쑥 끼어들었다.

"안 되지. 넌 제대로 얘기해야지."

가현과 석영의 시선이 제연에게로 향했다.

"종혁이야 너랑 같은 학교 학생이고, 상황이 그랬으니까 그렇게 얘기할 수밖에 없었던 거지만 석영이 너는 그렇게 얘기하면 안 되지. 설마 그렇게 얘기했어?"

"왜 석영이 오빠는 그렇게 얘기하면 안 돼?"

"나중에 결혼이라도 한다고 생각해 봐. 그 거짓말 진짜 수상해질걸."

순간 석영은 자신의 거짓말이 누구보다 제연에게 미안한 일이라는 생각이 들었다.

"결혼……. 오빠들 결혼 생각해?"

"하지. 차석영도 전엔 안 했어도 이젠 하지 않겠어? 세 살 연상인데."

가현의 시선이 석영에게 닿았다. 이 이상 어떤 말도 하고 싶지 않았다. 거짓말이 거짓말을 낳는다는 건 알고 있고, 침묵이 방법이 아니라는 것도 알고 있었다. 그렇지만 그런 거짓말까지는 필요 없었다. 하고 싶지 않았다.

"나도 빨리 어른 되고 싶다."

가현의 혼잣말에 제연은 그저 웃었지만 석영은 가현을 유심히 살폈다. 요 근래 가현의 분위기가 바뀐 건 눈치채고 있었다. 어째선지 이유는 알 수 없었다. 평소엔 하지 않던 얘기인데 빨리 어른이 되고 싶다니, 지금 그녀가 자신의 나이 때문에 고민하는 일이라도 있는 걸까.

"왜 빨리 어른이 되고 싶은데?"

석영의 음성이 부드러웠다.

"그냥. 어른이 더 좋아 보여서."

대충 얼버무렸다.

"귀엽긴."

석영이 미소를 짓고 가현의 볼을 살짝 꼬집었다. 처음 있는 일도 아니었다. 그런데도 귓속이 간질간질할 정도로 부끄러웠다. 그의 손길도 말투도 미소도 가현을 설레게 했다. 어른이 되고 싶지 않았다. 언제까지나 그에게 이렇게 귀여움 받을 수 있었으면 했다. 왜 자꾸 욕심이 나는 걸까. 이 욕심에 끝은 있을까. 정말 동생으로 머무는 것에 만족하고 있는 걸까.

가현이 재빠르게 두 눈을 깜빡였다. 생각의 가지가 조금만 뻗어나가면 걷잡을 수 없어졌다. 생각하지 말자는 것만 생각하자. 두 눈에 힘을 바짝 줬다. 그리고 최대한 석영이나 제연을 쳐다보지 않고 대화를 이어나갔다.

석영을 만나기로 한 뷔페에 도착한 은주는 입구에 서서 그를 물끄러미 쳐다보고 있었다. 제연과 그의 여자친구, 가현과 석영. 네 사람은 즐거워 보였다. 원형 테이블에 다섯 개의 의자는 일정 간격을 두고 배치되어 있었지만 유독 석영과 가현의 자리는 가까워 보였다. 수영장에서 마주친 가현과 석영을 봤을 땐 어떤 느낌도 없었다. 그런데 오늘 보이는 두 사람은 그럭저럭 잘 어울려 보였다. 학교 때부터 은주는 대부분의 후배들을 공평하게 예뻐했지만 유독 석영을 예뻐했다. 틱틱거릴 때가 있긴 하지만 말도 잘 듣고, 예의도 바르고, 사람 됨됨이가 괜찮은 후배였다. 가까이 두면 도움이 될 인맥이라고 생각했다. 그런 녀석이 그렇게 오랜 시간 한 여자를 바라보고 가슴앓이를 하고 있었다니 안쓰러웠다. 어떤 식으로든 도움이 되고 싶었다.

은주가 네 사람 곁으로 다가가자 모두 자리에서 일어섰다. 간략하게 소개를 하고 자리에 앉았다.

"우린 두 번째네요."

은주가 가현을 보고 생긋 웃으며 인사를 했다. 가현도 수영장에서 봤을 때와는 다르게 예쁘게 웃었다. 학교와 집에서 다르다는 게 이런 거였구나, 싶었다.

"그날은 제대로 인사도 못 드렸어요."

"워낙 정신이 없었고 갑작스러웠으니까. 괜찮아요."

"말 편히 하세요."

"그럴까? 난 전부터 이렇게 귀여운 여동생 갖고 싶었어!"

활달한 성격이 고스란히 묻어나는 기운찬 말투였다.

"바빠서 방송 챙겨본 적은 없는데 인터넷에서 기사는 찾아봤어. 남자친구 멋지더라."

가현이 생긋 웃고, 소진도 은주의 말에 맞장구를 쳤다. 두 사람의 넘치는 종혁의 칭찬을 들으며 가현은 웃는 것밖에는 할 일이 없었다. 그때 제연이 먼저 자리에서 일어났다.

"뭐 갖다줄까?"

소진을 향해 묻는 말에 소진이 자신이 가지러 가겠다며 일어서려 했다. 제연은 소진의 어깨를 잡아 누르고 미소를 지었다. 오빠일 때 제연과는 다른 느낌이었다.

"얘기해. 갖다줄게."

"그냥 뭐든."

"알았어. 좋아할 만한 걸로 갖다줄게."

제연이 석영을 바라보자 석영도 자리에서 일어났다. 그리고 아무 말 없이 제연과 함께 음식을 가지러 갔다. 가현이 자신은 직접 가져와야 할 것 같아서 자리에서 일어서려는데 은주가 가현의 팔목을 잡았다.

"오빠들이 설마 네 걸 잊을까 봐? 모르긴 몰라도 우리 건 대충 가져와도 네 건 좋아하는 걸로 담아올걸."

"언니도 석영 씨 통해서 얘기 들으면 가현이한테 질투 느껴요?"

은주보다 한 살 어린 소진은 금세 은주에게 언니라며 붙임성 있게 굴었다. 가현은 괜히 민망해서 두 사람의 얘기를 듣고 있을 뿐이었다.

"소진 씨보다는 내가 질투는 훨씬 많이 느낄 것 같은데요. 친동생도 아니잖아."

가슴을 쿡 찌르는 그 말에 가현이 은주를 쳐다봤다. 석영의 여자친구. 어른스럽고 예쁘고 석영과도 잘 어울렸다. 복잡해지는 자신의 마음 때문에 석영이 슬퍼지는 걸 원하진 않았다.

"친동생이나 다름없어요."

정색을 하며 고개를 젓자 소진과 은주가 함께 웃었다.

"그 소리 제일 싫어한대요, 언니. 뭐 어려서부터 당연하게 자라왔으니까 진짜 가족이나 다름없긴 할 거 같아요."

"그런가요?"

은주는 소진을 보며 얘기했는데 가현이 열심히 고개를 끄덕였다. 고개를 한번 끄덕일 때마다 가슴에 묵직한 돌덩이가 내려앉았다.

제연과 석영이 골고루 음식을 담은 접시를 한 차례 가져다놓았다. 푸짐하게 잘 담아왔다고 소진이 제연을 보며 웃었다. 제연이 음료는 뭘 가져다주냐고 묻는데 석영이 가현의 어깨를 톡톡 두드렸다.

"여기 홍차 있던데 음료는 그걸로 할래?"

"음료는 내가 가져올게."

"앉아 있어. 언니들 대접받을 때 같이 받아."

석영이 미소 짓고 제연과 함께 음료를 가지러 갔다.

"친절해라. 나한텐 저렇게까지 친절하지 않은데."

은주가 두 눈을 가늘게 떴다.

"조금 달라요."

"응?"

"평소에도 친절하긴 한데 저런 느낌은 아니거든요. 언니 앞이라 더 어른스럽게 보이고 싶은가 봐요."

가현이 생긋 웃었다. 그 순간, 은주는 석영이 지독하게 바보처럼 느껴졌다. 왜 이렇게 아무것도 모르는 애를, 몰라서 이토록 순수한 애를 좋아하고 있을까. 이 애는 정말 아무것도 모르는 걸까. 소진이 없다면 가현을 좀 제대로 떠보고 싶었다. 하지만 오늘은 그럴 수 없을 것 같았다.

"제연이가 항상 얘기는 했었거든요. 가현이한테 하는 거 보면 석영 씨 연애하면 엄청 잘할 거라고 하던데 정말 그래요?"

"응. 잘해줘요."

간략했지만 석영을 칭찬하는 마음은 느껴졌다. 석영이 선택한 사람이 은주라면……. 가현은 또 생각하지 말자고 생각했다.

"고3이라 많이 힘들지?"

"저만 힘든 것도 아닌데요 뭐. 게다가 이렇게 맛있는 것도 먹으면서 쉴 수 있어서 좋아요."

"공부 잘한다던데. 무슨 과 가려고?"

"아직 확실히 정하지는 않았어요. 우선 수능 중점으로 공부하고 있는데 2학기 되기 전엔 정하려고요."

"야무지네."

은주가 기특하다는 듯 미소를 지었다. 역시 빨리 어른이 되는 게 좋으려나, 생각하고 있는데 제연과 석영이 음료가 담긴 잔을 들고 나타났다.

"왜 안 먹고 있어?"

"얘기 좀 하느라고."

"먹으면서 얘기해."

소진에게 음료 잔을 건네고 제연은 그녀의 손에 포크를 쥐어줬다. 가현은 홍차를 한 모금 마시고 포크를 집어 들었다. 그런데 막상 음식을 먹으려니 포크보다는 젓가락이 편할 것 같았다. 조심스럽게 자리에서 일어서는데 석영이 제일 먼저 가현을 돌아봤다.

"왜?"

"응? 아냐, 신경 쓰지 마."

석영이 가현의 자리를 한번 둘러보고 다시 가현을 쳐다봤다.

"젓가락?"

미소를 지은 가현이 어서 먹으라며 자리를 빠져나왔다. 젓가락. 이젠 하다 하다 별것도 아닌 그 한마디에 가슴이 설레었다. 이래선 안 된다는 생각을 할 틈조차 없었다. 인원수대로 젓가락을 챙긴 가현이 멀찍이서 네 사람을 잠시 지켜봤다. 뭐가 그리 좋은지 싱글벙글 제연과 다르게 석영은 그저 옅게 미소를 짓고 있을 뿐이었다. 소진과 은주도 마음이 잘 맞는지 도란도란 얘기를 잘 이어나갔다. 가현의 자리가 비어 있지만 크게 상관없어 보였다.

자꾸 우울해져서 좋을 게 뭐냐는 생각이 들었다. 마음을 다잡고 숨을 깊게 들이쉰 뒤 자리로 돌아갔다. 자신의 울적한 마음을 모른 척한다면 식사는 즐거웠다. 은주도 소진도 가현을 예쁘게 봐줬고, 대화도 막힘없었다. 때때로 언니가 있는 친구들이 부러울 때가 있었는데 언니가 한꺼번에 둘이나 생겨 버린 느낌이었다. 하지만 아무리 그런다 해도 울적한 마음은 사라지지 않았다.

가현은 석영과 둘이 집으로 돌아왔다. 일이 바빠서 일요일임에도 회사에 가봐야 한다는 은주는 자신의 차로 와서 자신의 차로 돌아갔다. 제연은 소진과 영화를 보기로 했다며 식사를 마치고 바삐 사라졌다.

"많이 먹었어?"

"응. 오랜만에 뷔페 가서 좋았어. 언니들도 다 잘해주셨고."

"소진 씨 성격 좋더라."

"은주 언니도 좋던데."

석영이 미소를 지었다. 성격이 좋은 사람인 건 대학 때부터 알고 있었다. 하지만 그뿐이었다.

"오빠들이 결혼하면 서운할 거라고 생각했는데 좋은 사람 만나서 결혼하게 되면 나 언니가 둘이나 생기는 거잖아. 서운하긴 해도 나쁘진 않은 것 같아."

"긍정적이네."

마음에 없는 소리를 자꾸 만들어내면 조금은 현실감 있게 다가올까. 가현은 기대했다. 지금 당장은 힘들더라도 이 시기를 넘기면 분명 진심으로 그렇게 받아들일 수 있을 거라 여겼다. 설레기 전에, 불안하기 전에, 두렵기 전에, 석영을 진짜 오빠라 여기며 이런 마음 같은 건 없었던 때도 있었으니까.

"나도 그렇게 좋은 사람을 만나면 오빠들한테 남동생도 생기는 거잖아."

더 이상 미소를 지을 수 없어서 석영은 가현에게서 등을 돌렸다. 배가 부른데도 괜히 컵을 꺼내 물을 따랐다. 갈증은 조금도 나지 않았다. 커피를 한잔 마실까 고민했다. 하지만 커피 머신은 가현의 앞에 있었다.

"은주 언니 서운하지 않게 해줘, 오빠. 친동생도 아닌데 나한테만 너무 신경 쓰면 서운할 수도 있잖아."

석영의 몸이 휙 하고 돌아섰다. 눈물을 참기 위해 입술을 꽉 깨문 가현이 웃으려고 애쓰고 있었다. 가현아, 넌 오빠 동생이야. 하는 말이 입안을 맴돌 뿐 소리가 되어 나오진 않았다. 지금 그 말을 해버리면 진짜 모든 게 끝나 버릴 것 같았다.

"나 이제 진짜 어린애 아니니까. 괜찮아."

"가현아."

석영의 목소리가 애처로웠다. 그를 불편하게 하려고 한 얘기가 아닌데, 이렇게 애써 눈물을 참는 모습을 보여주려는 게 아닌데. 가현이 목울대를 쿡쿡 찌르는 감정을 억지로 집어 삼켰다. 참으려고 애쓸수록 더더욱 감정은 솟구쳤다. 더 이상 석영을 마주 볼 수가 없었다.

"안 되겠다! 나 세수 좀 할게."

석영이 가현에게 손을 뻗는 순간 가현이 재빠르게 몸을 뒤로 뺐다. 그리고 욕실로 도망쳤다. 명백한 도망이었다. 허공으로 뻗은 손이 파르르 떨렸다. 이를 악물고 주먹을 꽉 쥐었다.

가현아, 너는 모르겠지만, 이제 조금만…… 알아주면 안 될까?

8.

"윤가현!"

예림이 우렁차게 부르는 소리에 가현이 화들짝 놀라서 몸을 일으켰다. 체육수업 전, 이르게 운동장으로 나온 가현은 등나무 아래 벤치에 누워 있었다.

"광합성 하는 거야?"

"어디 놀러 가고 싶다."

"나도! 오늘 서종혁 학교 안 나왔더라."

"응. 최종 4인에 뽑혀서 더 바빠졌대."

"인터넷 기사 보니까 기획사 여기저기서 러브콜 쏟아지는 것 같던데 어느 기획사 들어갈 거래?"

"몰라."

예림이 입술을 불퉁 내밀었다.

"관심 좀 가져라!"

관심. 가현은 아예 그 끈을 끊어낼 마음을 먹었다. 종혁에겐 미안하지만 이 이상 지속되면 분명 더 미안해질 터였다. 되돌릴 수 없었다. 시간이 흐른 오랜 뒤에 어떨지는 모르지만 당장은 어쩔 도리가 없었다.

"아까 복도에서 석영 쌤 만났는데 아직도 그 여자친구랑 사귄다더라."

"얼마나 지났다고."

"그 사람이 선생님 첫사랑인가? 첫사랑 계속 사랑하시냐고 물었을 때 비밀이라고 했었잖아."

가현은 어깨를 으쓱했다. 모른 척이 아니라 정말 몰라서였다. 석영은 그런 얘기는 한번도 한 적이 없었고, 지금껏 누구도 사귄 적이 없었으니까 은주가 첫사랑이지 않을까 생각할 뿐이었다.

"선생님이 비밀이라고 했을 땐 첫사랑도 있고, 당장 사귀는 사람이 있어도 이상할 게 없다고 생각했는데 막상 실물 여자친구를 보니까 괜히 마음에 안 들더라."

가현이 피식 웃었다.

"마음에 안 들면, 뭘 어쩌려고?"

"그냥 마음에 안 드는 거지! 우리 쌤처럼 좋은 남자를 꿰차다니! 도대체 그 여자는 얼마나 대단한 여자인 거야?"

예림이 버럭 성질을 부렸다. 가현은 멍하니 두 눈을 깜빡일 뿐이었다.

"하긴, 우리 쌤이 좋아하는 것만으로도 대단한 여잔가?"

"너무 미화하는 거 아냐? 석영 쌤이 뭐가 그렇게 좋은 남잔데?"

"좋잖아. 우리가 어리다고 무시하지 않고, 늘 진심으로 대해주는 거. 그런 어른은 별로 없잖아. 남자애들이랑 어울릴 땐 그냥 그 또래 같지만 그래서 더 어른스러워 보이지 않아? 진짜 어른이니까 누구랑 함께 있을 때 그 사람한테 잘 맞추는 거지."

어려서부터 그랬다. 어딜 가나 석영을 아는 이들은 칭찬 일색이었다. 예의가 바르다, 성격이 곧다, 생각이 옳다. 어른들도 또래도 모두 그를 좋아했다. 사람을 끄는 힘이 있었다. 항상 그런 석영을 봐왔기 때문에 그게 당연한 거라고 생각했다. 그의 장점이나 매력이 아니라 그저 차석영 자체였다.

"석영 쌤 멋있지."

가현의 웅얼거림에 예림의 두 눈이 커다래졌다.

"네가 웬일이야? 그런 소릴 다하고."

가현은 웃어 넘겼다. 그리고 예림과 함께 반 아이들이 나온 운동장 한가운데로 향했다.

이제 종혁을 만나기란 하늘의 별따기와 같았다. 학교에서도 제대로 얘기를 할 수 없었고, 밖에서 만나는 건 엄두를 낼 수 없었다. 그렇다고 이별의 말을 전화 통화로 하고 싶지 않았다. 게다가 종혁은 가현의 말을 들으려 하지도 않았다.

—네가 무슨 얘기할지 알 것 같은데 지금 내가 널 만나고 싶겠어?

"그냥 둔다고 해결될 일도 아니지 않아?"

—그래도 그냥 두고 싶은데.

"전화로 얘기하고 싶진 않아."

—얼굴 보고 말하는 게 더 잔인해.

"그럼 전화로 말할까?"

—어느 쪽이든 잔인해.

그래서 가현도 머뭇거리는 거였다. 하지만 머뭇거릴수록 자신
도 종혁도 더욱 힘들게 한다는 걸 알고 있었다.

"응. 그러니까 나 미워해."

—미워할 수 있으면 좋겠네. 사귈 때는 사귀자고 말하면 상대가
대답해야 관계가 성립되는데 왜 헤어질 땐 한쪽에서 말하면 끝나
버리는 거야?

"분명 영원한 것도 있겠지?"

—그걸 네가 말할 입장이야?

"미안."

—왜 변한 거야?

뭐라고 말해야 할까. 하나의 마음이 두 개로 나눠지고 다른 하
나가 점점 커지기 시작했다. 만약 그런 일이 없었더라면 하나의
마음은 그대로 있었을까. 아니면 다른 마음이 끼어들지 않았더라
도 점차 줄어들었을까.

—다른 사람 생겼어?

"아니."

—그럼 단순히 내 매력이 명을 다한 거야?

"아니야. 확인한다고 달라질 거 없잖아."

—다른 사람 생겼구나.

가현은 세운 무릎에 얼굴을 묻었다. 종혁의 말과 달리 자신은 이별을 통보조차 하지 못했다.

—전에 했던 약속 기억나? 나 오디션 프로그램에서 1등 하면 아무도 없는 데서 너한테만 노래 불러주겠다고 한 거.

"자작곡."

—응. 그건 하게 해줘. 너 때문에 만든 노랜데 너한테 안 불러주면 쓸데가 없잖아. 내 첫 자작곡이 그렇게 버려지는 건 싫어.

그렇게 의미가 깊은 걸 듣고 그에게 어떻게 이별을 통보한단 말인가. 가현은 답할 수 없었다.

—그 노래 불러주고 헤어지자고 내가 말할게. 너 곤란하게 안 해.

"해. 내가 곤란하게 해. 내가 잔인하게 해."

—싫어. 이 정도로 곤란하게 하고 질질 끌었는데 마지막까지 그러면 내가 진짜 나쁜 남자지. 내일도 독서실 가지?

"응."

—조금 일찍 마치고 만나자.

"정말 그렇게 해?"

—응. 그렇게 하자.

내일 다시 연락을 하겠다며 가현은 그만 전화를 끊었다. 도대체 종혁과 무슨 얘기를 하려고 통화를 한 건지 분간이 가질 않았다. 내일이 끝이라는 것도 실감나지 않았다.

거실로 나오자 엄마가 쿠키를 굽고 있었다. 석영과 제연은 플레이스테이션으로 게임을 하느라 정신이 없었다. 가현이 공부를 한다고 생각해서인지 게임 소리도 줄이고 서로 윽, 윽 하는 신음만

내고 있었다.

"엄마."

"응? 왜? 뭐 줄까?"

"아니. 나 내일 독서실 좀 일찍 마치고 종혁이 만나고 올게요."

"오랜만에 데이트하려고?"

가현은 싱긋 웃었다. 아직 확실해진 게 아무것도 없는데 섣불리 얘기하고 싶지 않았다.

"그럼 데리러 안 가도 돼?"

"네. 종혁이 만나더라도 늦게 오진 않을 거예요."

"믿어도 돼, 엄마."

게임에 정신이 팔려 있으면서도 제연은 참견을 잊지 않았다.

"그럼 쿠키 조금 더 구울까? 종혁이도 좀 가져다줄래?"

"아니."

석영은 게임을 하던 중인 걸 잊고 가현을 돌아봤다. 웃고 있었지만 뭔가 달랐다.

"무슨 일 있어?"

석영이 묻는 소리에 의아한 표정을 한 건 엄마와 제연이었다. 가현은 여전히 싱긋 웃고 있었다.

"아니. 왜?"

뭘 숨기고 있는 걸까. 무슨 일이 있는 걸까. 속일 수 있다고 생각하는 걸까. 종혁이 가현을 힘들게 한 걸까.

갖은 걱정이 석영의 머릿속을 헤집었다. 주스를 한 잔 컵에 따른 가현이 소파로 다가왔다. 그리고 석영의 어깨를 툭툭 쳤다.

"오빠는 걱정이 너무 많아. 그러다가 대머리 된다."

"그럼 네 머리카락 잘라서 가발 만들어야지."

"누가 해준대?"

가현이 혀를 샐쭉 내밀었다. 그리고 방으로 들어갔다. 석영은 자신의 걱정이 그저 섣부른 기우이길 바랐다.

8시에 독서실에서 나오자 종혁이 1층에서 가현을 기다리고 있었다. 종혁을 만나기 전까진 오늘 자신이 정말 이별을 하려는 사람인지 알 수 없었다. 하지만 막상 그를 마주하니 알 것 같았다. 자신의 감정에의 변화를, 더 이상 그의 옆에 설 수 없는 그 마음을.

종혁의 집으로 향하는 동안 두 사람은 별다른 얘기는 하지 않았다. 모자를 깊게 눌러쓴 종혁은 제대로 고개를 들지 않았다. 이제 진짜 그의 삶이 변했다는 게 느껴졌다.

"불편하겠다."

"감수해야지."

전에 석영이 그런 소릴 했었다. 어느 삶이나 감내해야 할 고통은 존재한다고. 절대적인 행복도 절대적인 불행도 없다고. 모든 건 흘러가고 다시 돌아오고, 또다시 흘러간다고. 문득 그가 했던 말이 떠오르면서 종혁의 변한 삶이 감내할 수 있을 만큼의 불편함만 존재하기를 바랐다.

종혁의 집에 도착해 가현은 그가 준비를 하는 동안 소파에 앉아 기다렸다.

"이상해."

"뭐가?"

"내가 지금 여기 있는 거."

"나도 이상해. 네가 지금 거기 있는 거. 내 노래보단 그다음을 기다리는 거 같아서."

"그 정돈 아냐."

종혁이 미소를 지었다. 그리고 가현을 마주 볼 수 있게 의자를 가져다 앉았다. 기타 조율하는 종혁을 보며 가현은 잠시 두 눈을 감았다 떴다. 이 순간에도 기타를 칠 때의 석영을 떠올리다니.

"하늘에서 별이 쏟아져 내려."

사귀고 얼마 지나지 않을 때 친구들과 함께 노래방에 간 적이 있었다. 당시에도 종혁은 노래를 잘 불렀지만 노래방 기계의 반주와 마이크의 에코 때문에 그의 목소리를 온전히 듣기란 어려웠다. 아무도 없는 고요한 집 안. 부드럽고 감미롭게 울리는 그의 목소리는 참 좋았다.

쇼윈도의 귀여운 액세서리가 보여.
하늘하늘 원피스가 너무 예뻐.
꽃집의 꽃을 그냥 지나칠 수가 없어.
나는 남잔데, 누구보다 남자다운 남잔데.
왜 이렇게 세상이 아름다워 보일까.
왜 이렇게 예쁜 걸 보면 눈이 좋아갈까.
이 모든 게 너 때문이야.
너 때문에 내 세상이 아름다워졌어.
나는 남잔데, 누구보다 남자다운 남잔데.
네가 내 세상을 바꿔 버렸어.

사랑을 알고, 사랑을 하고, 사랑을 주는 남자가 되어버렸어.
이 모든 게 너 때문이야.

웃을 수도 울 수도 없었다. 종혁이 노래를 시작할 땐 노래가 끝나면 박수를 쳐주고 잘 들었다고, 고맙다고 하려고 했다. 어색하지 않아 보이도록 애쓸 생각이었다. 하지만 박수도 칠 수 없었고, 고맙다고 할 수도 없었다. 그저 멍하니 종혁을 바라보고 있을 뿐이었다.

"평생 다시는 안 부를 거야."

"왜? 노래 좋은데."

"그러니까 안 부를 거야. 너 때문에 만든 노래고, 너한테 들려주려고 한 건데 이제 소용없으니까."

가현이 시선을 내리떴다. 왜 종혁은 저토록 곧은 시선으로 흔들림 없이 자신을 보는 걸까.

"진짜 다른 사람이 생긴 게 아니야?"

"미안해."

"너한테 다른 사람이 생겼든 아니든 사실 중요한 게 아닐 텐데 왜 자꾸 그게 궁금한 걸까?"

"다음엔 훨씬 좋은 사람 만나."

"네가 안 좋은 사람이라곤 생각 안 해. 우리 헤어지자."

기다린 건 아니었다. 꼭 그 소릴 듣고자 여기까지 온 게 아니었다. 가현은 아랫입술을 잘근 물었다. 절대로 종혁 앞에서 울지 않으리라 다짐했다. 그에게 그런 모습까진 보여주지 말자. 잘한 게 뭐 있다고. 잠깐 두 눈을 감고 마음을 가라앉히려는데 눈을 감기 전, 집 안에 어둠이 깔렸다.

"어?"

어둠 속에서 종혁의 당황한 것 같은 소리가 들렸다.

"미안. 요즘 무슨 일인지 정전이 잘 되더라고. 잠깐만 기다려."

두 눈을 빠르게 깜빡였다. 커튼이 쳐져 있어서 빛 한줄기 없는 어둠이 가현을 잠식하기 시작했다. 가현은 두 다리를 소파 위로 올려 양팔로 감싸 안았다. 등을 동그랗게 말고 얼굴을 무릎 사이에 묻었다. 어떡하지.

심장이 거세게 뛰어댔다. 종혁이 움직이는 소리가 들렸다. 하지만 소리는 점점 아득해졌고 과거의 아찔했던 기억이 선명하게 올라왔다.

"하지 마. 안 돼. 그러지 마. 안 돼."

울먹거리는 남자의 소리는 어눌했다. 누군가에게 빌고 있었다. 빌고 싶은 건 가현이었다. 아무것도 모른 채 자신을 데려온 아저씨는 쓰레기더미에 가현을 대충 던져 놓고 방문을 닫아 잠갔다. 가현이 소리치고 살려달라고, 엄마, 아빠, 오빠들을 아무리 불러도 소용이 없었다. 집 안은 깜깜했다. 분명 대낮이었는데 빛 한줄기 들어오지 않았다.

"죽여. 죽이라고."

조금 더 선명한 다른 남자의 목소리가 들렸다. 집에 들어올 땐 아무도 없었는데 누군가가 숨어 있었던 걸까. 가현은 자지러지게 울었다. 누군지 모르는 남자의 두 개의 목소리는 계속해서 싸웠다. 갑자기 조용해지고, 갑자기 싸우기 시작했다.

시간이 흐름에 따라 과거는 조금씩 흐릿해졌다. 그래도 아직 어둠은 무서웠다. 짙은 어둠 속에 갇히면 가차 없이 두 개의 목소리가 튀어 올랐다. 당시 자신이 얼마만큼의 공포를 느끼고, 얼마나 숨이 끊어지게 울었는지는 모른다. 그저 그 두 개의 목소리가 튀어 오를 때면 당시와 비교할 수 없는 지금 당장의 공포가 가현을 엄습했다.

눈물이 났다. 무서웠다. 아랫입술을 물고 조용히 울었다.

"불이 안 켜지네. 가현아."

손전등을 찾아온 종혁이 가현의 옆으로 다가왔다. 그리고 멍하니 가현을 바라보다가 그녀의 어깨를 감쌌다.

"괜찮아? 가현아, 왜 그래?"

가현은 고개를 들지도 못하고 계속해서 울었다. 종혁이 자신을 흔들고, 고개를 좀 들어보라고, 어째서 그러냐고 아무리 물어도 답할 수가 없었다. 온몸이 아플 정도로 웅크리고 있었지만 더욱 웅크리고 싶을 뿐이었다. 종혁의 목소리와 과거 두 개의 목소리가 자꾸 겹쳤다.

제대로 흐느끼지도 못하고 우는 가현 때문에 종혁은 어쩔 줄을 몰랐다. 흐느낌이 새어 나올 것 같으면 가현은 이를 악물었다. 울음을 막기 위해 그녀의 숨이 위태하게 넘어갔다. 불이 꺼진 바람에 헤어짐이 실감나서 우는 걸까. 비록 마음이 떠나갔다고 해도 이별이라는 건 그런 걸까.

달래고 싶은데 달랠 수가 없었다. 가현은 종혁을 쳐다보지도 않았고, 절대 움직이지 않았다. 종혁이 안아서 토닥여 줘도 미동도 없었다. 점점 가현이 자신 때문에 그런 게 아닐 수도 있다는 생각이 들었다.

10여 분이 지나도록 불은 들어오지 않았고, 가현의 울음은 그치질 않았다. 결국 어쩔 수 없이 종혁은 휴대폰을 집어 들었다. 문득 석영도 떠올랐지만 어째선지 그에겐 연락하고 싶지 않았다. 제연의 번호를 알고 있는 걸 다행이라 여기며 그에게 전화를 걸었다.

제연의 운전은 엉망이었다. 하지만 석영은 자신이 운전하겠다고 할 수 없었다.

외출을 하고 돌아왔는데 지하 주차장으로 허겁지겁 달려 내려온 제연과 마주쳤다. 석영이 무슨 일이냐고 묻기 전에 제연은 석영의 팔을 붙들고 무작정 잡아끌었다.

"가현이 지금 종혁이네 집에 있는데 정전됐대."

그 말을 듣는 순간, 석영의 머릿속은 새하얗게 변했다. 제연이 종혁의 휴대폰을 가현의 귀에 대주라고 했지만 소용이 없었다. 가현은 아무 소리도 내지 않았다. 종혁은 가현이 소리도 없이 내내 울기만 한다고 어떻게 해야 하느냐고 물었다. 아무것도 해줄 수가 없었다. 이미 패닉 상태에 빠져 버린 것 같았다. 커튼을 걷고 손전등을 켜주라고 했다. 최대한 빨리 가겠노라 제연은 제대로 답도 하지 못하고 전화를 끊었다.

"괜찮을 거야. 괜찮을 거야."

주문처럼 외우는 제연과 다르게 석영은 아무 생각도 들지 않았다. 일부러 전기의 전원을 내린 것도 아닌데 종혁이 원망스러웠다.

제대로 주차를 할 정신이 없었다. 빌라 입구에 엉망으로 차를 세워놓고 두 사람은 누가 먼저랄 것도 없이 건물 안으로 뛰어들어갔다. 엘리베이터가 작동하는지 확인할 새도 없이 계단을 두 칸, 세 칸 껑충껑충 올랐다. 숨이 차오르는 걸 알 수도 없었다. 6층에 도착해 제연은 쇠문을 주먹으로 쾅쾅 두드렸다. 잽싸게 종혁이 나와서 문을 열었다. 잠시지만 석영을 보고 그가 멈칫했다. 하지만 그런 걸 생각할 여유가 없었다.

"가현아!"

소파 위에 몸을 웅크리고 있는 가현에게로 달려간 제연이 그녀를 안았다. 하지만 가현은 여전히 고개를 들지도 않았고, 울음 때문에 잠깐 어깨를 들썩일 뿐 웅크린 몸을 풀지도 않았다.

"괜찮아. 오빠 왔어, 가현아."

제연이 가현의 머리를 쓰다듬으며 고개를 좀 들어보라고 했지만 소용이 없었다. 석영의 가슴이 문드러졌다. 괜찮긴 뭐가 괜찮다는 건지 화가 났다. 가현이 저토록 고통스러워하는데 도대체 뭘!

석영이 제연의 옆으로 가서 주저앉았다. 그리고 가현의 팔을 조심스럽게 잡았다.

"가현아, 미안해."

이런 순간, 혼자 두지 않기로 약속했는데. 차라리 서럽게 울어. 울부짖어, 가현아.

가현의 팔을 잡았던 석영의 손이 부드럽게 미끄러져 그녀의 등에 닿았다. 그때부터 가현의 몸이 부들부들 떨기 시작했다. 그리고 천천히 고개를 들었다. 퉁퉁 부은 눈은 여전히 눈물을 펑펑 쏟아내고 있었다. 입술을 꾹 다물고 미간을 힘껏 좁힌 채 석영을 바라보던 가현이 제 다리를 감싸고 있던 팔을 풀었다. 그리고 석영을 향해 양손을 뻗었다. 석영은 아무 말도 없이 가현이 뻗은 팔을 제 목에 둘렀다. 그리고 가현을 안았다. 소파에서 미끄러져 내려온 가현이 석영의 품에 울음을 쏟아내기 시작했다. 석영은 이를 악물고 힘껏 가현을 안았다.

제연이 종혁에게 간략하게 상황을 설명했다. 종혁도 많이 놀랐겠지만 차분하게 제연의 설명을 듣고 어서 집에 가는 게 좋겠다고 했다. 석영은 가현을 업고 종혁의 집에서 나왔다. 울음은 잦아들었지만 가현은 많이 지쳐 보였다.

제연이 다시 운전대를 잡고 석영은 뒷좌석에 가현과 함께 앉았다. 그녀의 어깨를 감싸 안고 계속해서 토닥여 줬다. 악몽을 꾸고 가위에 눌리면 가현은 누군가의 체온을 원했다. 안아주면 곧 진정했다. 하지만 오늘은 안아줘도 좀처럼 진정하지 못했고, 지독하게 무거운 울음을 뱉었다. 제연도 석영도 그녀를 위로하는 말을 할 수가 없었다.

집에 도착해 가현을 방에 누이고 그녀의 방에서 머물렀다. 외출을 했던 이모가 돌아와서 세 사람의 무거운 공기에 놀라서 무슨 일인지 물었다. 제연이 이모와 함께 거실로 나가 상황을 설명했고 석영은 가현의 옆자리를 지켰다. 상황을 전해 들은 이모는 눈가가 붉어져서 가현의 방으로 들어왔다.

"가현아."

멍하니 누워 있던 가현의 눈동자에 초점이 생기고 이모와 시선을 마주했다. 애달픈 이모의 부름에 가현의 눈가에도 물기가 어렸다.

"괜찮아. 엄마도 있고 오빠들도 있잖아. 괜찮아."

파르르 떨리는 이모의 손이 가현의 머리와 볼을 조심스럽게 쓰다듬었다. 가현은 대답은 없이 느릿하게 눈을 깜빡였다. 이모의 주문과 같은 괜찮다는 말을 들으며 가현은 잠들었다. 하지만 가현이 잠들고 난 뒤에도 세 사람은 한참을 그 방에서 가현을 지켜봤다.

거실로 나오자 누구보다 제연이 가장 먼저 한숨을 내쉬었다.

"너희도 많이 놀랐겠다."

지친 기색이 역력한 이모는 물을 한 잔 따라 마셨다. 제연은 냉장고에서 맥주 캔을 꺼내 석영에게도 마실 건지 물었다. 결국 이모와 함께 맥주를 마셨다. 한 캔을 다 비울 때가지 누구도 어떤 말도 하지 않았고, 숨소리마저 죽이고 있었다. 혹여 작은 소리라도 무슨 소리가 들리면 가현의 방에서 나는 소리가 아닐까 다들 예민하게 반응했다.

"미안해, 엄마."

결국 무거운 침묵을 깬 건 잔뜩 짓눌려진 것 같은 목소리의 제연이었다.

"응?"

"그때 내가 제대로 가현일 봤어야 하는데."

이모는 곧바로 어떤 답도 하지 않았다. 석영도 제연과 같이 고개를 숙였다.

"죄송해요."

이모는 잠시 아무 말도 없이 석영과 제연이 고개 숙인 걸 쳐다보고만 있었다.

"부모는 참 쉽지 않은 것 같아."

희미하게 미소가 서린 이모의 말은 느릿했다.

"가현이가 무사히 잘 돌아와서 얼마나 감사한지 몰라. 근데 지금 그 일을 트라우마로 저렇게 힘들어하는 걸 보면 괴로워. 그렇다고 너희를 원망하거나 미워할 수도 없어. 너희 둘도 내 자식이고, 가현이도 내 자식이야. 나한테는 너희 셋 다 똑같아."

제연이 괴로운 듯 캔을 세게 쥐는 바람에 맥주가 흘러 넘쳤다. 석영이 티슈로 흐른 맥주를 닦았다.

"원인 제공은 나였으니까, 가현이는 날 더 원망할 거야. 아까도 나보단 석영이한테 의지했고."

테이블을 닦던 석영의 손이 멈췄다. 찰나의 순간, 가현이 자신에게 손을 뻗은 걸 기뻐했던 자신이 최악이라는 걸 깨달았다. 그럼에도 자신이 가현에게 유일하게 위로가 될 수 있는 사람이라는 것에 대한 자만은 사그라질 줄을 몰랐다.

"잘못을 따지자면 너도 나도 잘못했어. 그리고 가현이가 원망하지 않을 거라는 건 너도 알잖아."

"표현 안 하면 어떻게 알아. 겉으론 아닌 척해도 속으론 원망할지."

"윤제연, 가현이 일이야. 너 말이 좀 심하다?"

"너야 남이니까 그 책임이 좀 덜할지도 모르지! 나는 쟤 오빠라고!"

갑자기 제연의 목소리가 커지자 석영도 더는 화를 참을 수가 없었다. 둘 다 자리에서 벌떡 일어나 서로를 날카롭게 쳐다봤다.

"남? 너는 꼭 이렇게 결정적인 순간에 나를 남으로 떠밀더라. 그래, 나는 남이야. 진짜 가족도 아니고……!"

"너희 지금 뭐 하는 거야?"

이모가 두 사람의 가운데에 끼어 둘을 떼어놓았다. 남. 타인. 석영은 그대로 집을 나왔다. 아무리 답답해도 부딪힌 상황을 도망치는 걸로 피하고 싶진 않았지만 제연과 마주하고 있을 수가 없었다. 누구보다 자신이 가장 잘 알고 있다. 가현에 대한 감정으로 가장 가깝지만 가장 멀기도 한 사람이 자신이라는 건 알고 있다. 그럼에도 제연이 저런 식으로 선을 긋는 건 언제나 서운한 일이었다.

현관문이 닫히는 소리가 귓가에 멍하니 울렸다. 눈을 한 번 깜빡일 때마다 눈물방울이 흘러내렸다. 다른 소리는 웅얼웅얼해서 제대로 들을 수가 없었다. 그런데 제연이 외친 그 소리만큼은 정확하게 들었다.

'너야 남이니까 그 책임이 좀 덜할지도 모르지! 나는 쟤 오빠라고!'

제연과 석영이 무슨 이유로 싸웠는지는 몰랐다. 다만, 제연이 석영에게 상처가 될 말을 했다는 게 슬펐고, 다시 한 번 석영이 남이라는 걸 확인해서 아팠다. 마음에 담으면 안 되는 상대가 아니다. 얼마든지 좋아해도 괜찮다. 남이니까. 타인이니까. 하지만 아무리 그래도 석영의 마음은 그렇지 않을 터였다. 석영이 저토록 화를 내고 나간 것 역시 제연의 그런 식으로 석영을 대하는 태도에 있을 거다. 가족처럼, 가족과 같이 지내는데 제연에게 남 취급을 받는 게 좋을 리 없었다.

서서히 잠에서 깰수록 두통은 거세졌다. 하지만 거실에 두통약을 가지러 갈 수가 없었다. 지금 엄마와 제연은 무슨 얘기를 하고 있을까 궁금했다. 밖으로 나가 버린 석영은 어디에 가서 무슨 생각을 하고 있을지도 알고 싶었다.

뒤척이던 가현의 머리가 쿵 울렸다. 지금 석영이 찾아간 게 은주는 아닐까. 어둠의 나락에서 어쩔 줄 모르고 있을 때 석영이 자신을 부르는 목소리가 빛처럼 울려 퍼졌다. 그가 미안할 일이 아닌데 미안하다는 속삭임에 어떤 표정으로 그 말을 하고 있을지 확인하고 싶었다. 뻗은 손을 잡아 그의 목에 둘러줄 때 다른 생각은 아무것도 없었다. 이미 어둠의 나락에선 나왔지만 그의 품에 안겨 버렸다. 종혁에 대한 미안함, 지나간 시간이 덮쳐 온 공포, 따뜻한 그의 품, 자신의 삿된 마음. 그 모든 것들의 서러움을 그의 품에 쏟아냈다. 지금 석영은 자신의 그런 괴로움을 은주에게 쏟아내려는 걸까.

두 손으로 눈가를 꾹 눌렀다. 앞으로 어쩌야 할지 고민해 보려고 해도 아무 생각도 들지 않았다. 그저 이 마음을 그 누구에게도 들키지 않도록 꽁꽁 싸매야겠다는 다짐뿐이었다. 누구도 아프고 힘들지 않도록, 무엇보다 석영이 곤란한 상황이 되지 않도록, 가현은 스스로에게 상처를 주고자 마음먹었다.

"미안하다. 내가 말이 지나쳤어."

그 뒤로도 제연은 한참 동안 자기변명을 하기에 바빴다. 그의 마음을 전혀 이해할 수 없는 게 아니기 때문에 사과를 받아주는 게 어렵진 않았다. 다만, 그날 제연이 했던 얘기가 계속해서 석영의 마음을 헤집고 있었다.

'원인 제공은 나였으니까, 가현이는 날 더 원망할 거야. 아까도 나보단 석영이한테 의지했고.'

석영은 조금이나마 자신이 가현에게 위로가 되는 사람이라고 생각해서 자만했다. 하지만 제연의 얘길 듣고 난 뒤로는 그저 가현이 제연을 무의식중에 신뢰하지 못하고 있는 게 아닐까 싶어졌다.

다음날 학교를 쉬게 할 생각이었던 가족들과 다르게 가현은 눈이 좀 부은 것 외에는 말짱했다. 고집을 피워 학교에 갔고, 학원과 독서실까지 전부 마치고 집에 돌아왔다. 무리하지 말라는 당부에도 그저 걱정 끼쳐 미안하다는 말만 했다. 석영과 제연은 그게 더 미안했다.

하루, 하루 시간은 여느 때와 같이 흘러갔다. 혹여 가현이 일부러 힘을 내려고 애쓰진 않을까 주시했지만 그런 기색은 없었다. 오히려 더 이상하게 느껴질 정도로 평소와 같았다. 무얼 얼마만큼 숨기고 있을지 궁금했다.

―별일 없어?

퇴근길 오랜만에 은주에게 연락이 왔다.

"무슨 일 있길 바라는 말투네?"

―애가 뭘 모르네. 무슨 일 있길 바라는 말투가 아니라, 무슨 일이 있었던 건 아닐까 걱정하는 말투야.

"거참 희한하네. 그렇게 안 들리는데 의도가 그랬다니."

은주가 낮게 웃었다.

"틱틱거리는 거 보니 평소랑 똑같네."

"응, 별일 없어. 무슨 일이 좀 있었으면 해도 꼬맹이가 워낙 바빠서."

—뭐, 나도 고3때 수능 망치면 내 인생도 끝장이라는 생각으로 몰입했었으니까. 꼬맹이 안쓰럽네.

"그래도 티 안 내고 열심히 하는 거 보면 기특해."

—애정이 담뿍 묻어나는 말투구만! 이번 주말에 선웅 선배 결혼식 가?

"가야지. 선배도 가?"

—왜 못 가? 다들 나한테 올 거냐고 물어보더라. 난 과거에 연연하는 여자 아니야.

선웅은 은주와 대학 때 잠깐 사귀었던 사람이었다. 무뚝뚝하고 표현이 좀 부족한 사람이라 은주와 엄청 부딪혔었다. 석영은 선웅도 은주도 좋은 선배였기 때문에 두 사람의 헤어짐이 괜히 섭섭하기도 했었다.

"선웅 선배가 오래?"

—그 곰탱이가 그런 소리 하겠어? 나만 쏙 안 가도 모양이 좀 웃기잖아. 선웅 선배 예비 와이프가 오래.

"아는 사이야?"

—행인지 불행인지. 건너 건너.

그녀의 말대로 행인지 불행인지 알 수 없는 일이었다.

—아무튼 너도 가는지 안 가는지, 요즘 별일은 없는지 겸사겸사

전화했어. 슬슬 애인대행도 흐지부지 끝난 것 같고.

"사실 이렇다 할 것도 없었지 뭐."

—뭔가 크게 한 방 사건을 터뜨려야 하는데, 그랬다가 혹시라도 꼬맹이 고생하면 네가 날 죽일 것 같아서.

"그런 기운을 감지해서 사전에 예방한 거면 다행이네. 윤가현 일엔 물불 안 가리는 타입이라."

—어이쿠, 무섭기도 해라. 주말에 보자!

"응. 수고해요, 선배."

전화를 끊고 석영은 걸음을 멈췄다. 차를 가져오지 않아서 버스를 타야 했는데 은주와 통화를 하다 보니 꽤 많이 걸어왔다. 이대로 집까지 걸어갈까, 지금이라도 버스를 탈까 고민이 됐다. 결국 기왕 걷기 시작한 거 걷는 게 좋을 것 같았다.

여름이 오기 직전, 봄에서 여름으로 건너가는 중간쯤의 날씨였다. 가현은 그런 시기를 좋아했다. 석영은 특정한 계절보단 사계절을 모두 좋아했다. 가현은 더위도 추위도 잘 타는 편이라 여름도 겨울도 별로 좋아하지 않았다. 그럼에도 계절이 변하는 순간들을 좋아했다. 봄의 새싹이 올라오고, 여름의 녹음이 푸르러지고, 가을에 단풍이 들며, 겨울엔 잎사귀가 떨어지는 순간들이 좋다고 했다.

가현이의 모든 것을 다 기억할 순 없었다. 그래도 석영은 가현이 하는 얘기나, 특별한 행동 같은 건 많이 기억하고 있었다. 오로지 그녀에게만 관심을 갖고, 그녀만 지켜본 덕에 다른 사람들에겐 좀 무심하고 잘 기억하지 못하는 것도 가현에 관해선 유독 기억력이 좋았다. 게다가 나이 차도 좀 있어서 가현의 어릴 때 일은 석영이 더 많이 기억하고 있었다.

낮게 웃음을 흘렸다. 가현은 기억하지 못하는 그녀의 다섯 살 때. 양쪽 가족들은 시골집에 대부분 같은 때에 방문했다. 농사일은 늘 쉴 틈이 없었고 어른들은 시골에 갈 때면 일을 돕느라 바빴다. 집에서 가현을 보는 건 석영과 제연의 몫이었다. 석영과 제연이 마당에서 배드민턴을 치고 있는데 가현이 뭔가를 품에 안고 나왔다.

"가현아, 뭐 하려고?"

제연이 물었지만 가현은 대꾸 없이 품에 안은 걸 두 사람에게 보여주지 않았다. 그리고 집 뒤의 산으로 향했다. 종종거리는 걸음이 귀여워 쫓아가면서 자꾸 웃음이 났다. 석영과 제연은 아무 말도 없이 그저 조금 떨어져서 가현을 물끄러미 쳐다봤다. 커다란 나무 앞에서 가현의 걸음이 멈췄고 자그마한 몸이 옹크리고 앉더니 품 안의 무언가를 꼼지락거리며 꺼냈다. 등을 돌리고 있어서 제대로 보이지 않았다. 일단 그대로 지켜보고 있었다. 그런데 한참이 지나도 가현은 자리에서 움직일 줄을 몰랐다. 여전히 손은 꼼지락꼼지락거리고 있었다.

"뭐 하는 걸까?"

"모르지. 어디 아픈가?"

석영과 제연이 목소리를 낮추고 조금씩 걱정 어린 소리를 하고 있는데 가현이 벌떡 일어났다. 그러더니 주위를 두리번거렸다.

"가현아, 왜 그래?"

제연의 물음에 가현이 몸을 틀어 석영과 제연을 쳐다봤다. 두 눈에 눈물이 그렁했다. 깜짝 놀란 석영과 제연이 후다닥 가현에게로 달려갔다.

"오빠."

울먹이는 표정이며 목소리가 어찌나 귀여웠는지 몰랐다. 영문을 몰라 석영과 제연이 무슨 일이냐고 묻는데 가현의 고사리 같은 손이 나무를 가리켰다. 집에서 뭘 가지고 나왔나 했더니 국자를 들고 나왔다. 그리고 나무껍질이 벗겨진 곳에 국자를 걸어놓고는 빠지지 않아서 애를 먹고 있었던 모양이었다. 가현이 귀여워서 석영과 제연은 한참을 웃으며 그녀를 꽉 안아줬다.

그때를 생각하면 지금 가현은 정말 많이 컸다. 그랬음에도 석영의 눈에는 그때나 지금이나 한결같이 귀여웠다.

또 다른 가현의 어릴 적을 떠올리며 걷고 있는데 가현에게서 문자메시지가 왔다.

「오빠, 집이야?」

「가고 있는 중. 무슨 일이야?」

「나 학원 과제를 안 가지고 왔는데 엄마가 전화를 안 받으셔. 집에 안 계시나 봐.」

「전화해 볼게. 과제 가져다줘야 되는 거지?」

「엄마 안 계시면 내가 집에 들렀다가 학원 갈게.」

「그럼 아예 집에 와서 저녁 먹고 가.」

「그럴까? 나 피자 먹고 싶었는데!」

「응. 너 오는 시간 맞춰서 시켜놓을게. 이따 보자.」

석영의 걸음이 조금 빨라졌다. 근래에 둘이 있을 기회가 없었는데 오늘 저녁을 둘이 먹을 수 있게 되었으면 했다. 그녀가 힘든 일은 없는지, 진짜 기분이 어떤지 알고 싶었다.

집에 도착하자 맛있는 피자 냄새에 절로 회가 동했다. 엄마는 찜질방에 있다고 연락이 왔고, 제연은 회사에서 저녁을 먹고 온다고 했다. 오랜만에 석영과 둘이 있게 되었다. 감정을 인정하고 난 뒤엔 둘이 있게 된 게 처음이라 조금은 걱정이 되었지만 설레는 마음을 가라앉히기가 쉽지 않았다.

"다녀왔습니다."

"배고프지? 얼른 손 씻고 와."

테이블 세팅을 끝내놓고 석영은 가현을 기다렸다. 손을 씻고 온 가현이 석영과 눈을 마주치고 예쁘게 웃었다.

"오빠가 좋은 거야, 피자가 좋은 거야?"

"둘 중 하나?"

석영이 눈을 가늘게 뜨고 가현의 볼을 살짝 꼬집었다.

"식기 전에 얼른 먹어."

두 사람 모두 고픈 배를 채우는 게 우선이었다. 치즈가 길게 늘어지는 피자를 먹으며 가현은 매우 만족스러운 미소를 지었다. 석영은 피자의 맛보다는 가현의 미소 때문에 만족스러운 식사였다.

"여유 있으니까 좋다."

"힘들면 가끔은 쉬엄쉬엄해도 된다니까. 하루 정도 한두 시간 쉰다고 성적 뚝 떨어지고 그러지 않아. 너 벼락치기 하는 애도 아닌데 뭐."

"오늘이 쉬어가는 날이야."

얘기해 놓고 가현은 낮게 웃었다. 자꾸 웃음이 났다. 종혁과 처음 사귀게 되었을 때만 해도 이렇게 실없이 웃진 않았다. 그런데 단순히 석영과 단둘이 있는 것만으로 이렇게 마음이 들뜨다니 그에게 자신의 감정을 숨기는 게 정말 가능한 일이 될 수 있을지 걱정이 되었다.

"애들이랑 스터디하기로 했다며?"

"아직 확정은 아닌데, 누가 그래?"

"진수가 그러던데."

오늘 점심시간에 진수가 교무실로 석영을 찾아왔다. 작년 2학년 7반 애들 몇과 함께 왔다. 교무실에서 소란스럽게 굴면 안 되기에 운동장 등나무 아래에 모여 앉아서 애들의 이런저런 얘기를 들었다. 현재 담임선생님에 대한 불만도 스스럼없이 털어놓고, 공부뿐 아니라 지금 자신들이 처한 상황에서의 답답함이나 스트레스를 속속들이 얘기했다. 그러던 중 진수가 스터디 계획을 얘기했다.

"작년 우리 반 애들끼리 모여서 공부하려고요. 거의 다 하겠다고 해서 장소 구하는 것도 일이고, 매일 할 수 있는 건 아니니까 어떻게 해야 하나 고민 중이에요. 우리가 다 같이 3학년 같은 반으로 올라왔으면 성적 진짜 많이 올랐을 텐데."

"아쉬워하는 것까진 좋은데 너무 미련 갖지는 마. 1학기도 거의 다 끝나가는데 미련 남아서 질질 끌면 그 시간이 더 아까운 거야."

"미련 갖고 질질 끌어야 뭔가 대책이 나오죠. 쿨하게 털어버리면 포기하는 거잖아요."

석영은 그저 웃었다. 미련 갖고 질질 끌지 말라는 소리를 자신이 누군가에게 할 입장이 아니라는 생각이 들어서였다. 하지만 눈앞의 가현을 보자, 쿨하게 털어버리는 일도 절대 할 수 있는 일은 아니었다.

"확실히 지금 우리 반 애들은 작년에 비하면 엄청 개인주의긴 해. 단합되는 느낌이 없어."

"각자 공부에 힘드니까. 너흰 작년에 '내년이면 이렇게 못 노니까 올해 죽도록 놀아야 돼.' 뭐 그런 필사적인 느낌이었잖아."

"놀 때만 단합 잘된 것도 아니잖아. 게다가 선생님도 반 전체 단합보단 개인에 좀 더 치중해서 신경 쓰시기도 하고."

"우리 학교에선 진학률 제일 좋은 선생님이셔. 분명 도움 많이 주실 거야."

"도움이 안 된다는 게 아니라……. 오빠 같은 선생님이 더 많았으면 좋겠어."

저렇게 귀여운 소리를 삐죽 내민 입술로 말하면 어쩌란 말인가. 절로 입가에 미소가 걸렸다.

"그럼 오빠의 가치가 이렇게 높지 않지."

약간 거만한 석영의 말투에 가현이 활짝 웃었다. 어쩜 저렇게 예쁘게 웃을 수 있을까 새삼 감탄하고 있는데 가현이 시간을 확인했다.

"아직 한 시간 남았네. 오빠, 나 별 보고 싶어."

"이거 정리할 동안 방에 불 켜고, 커튼 쳐놔."

가현이 석영의 방으로 가서 야광별이 빛을 잔뜩 머금도록 준비를 하고, 석영은 저녁 먹은 걸 치웠다. 먼저 별을 보자는 소리를 할 줄 몰랐는데 석영의 걱정보다는 괜찮은 것 같았다.

석영은 커피를 한 잔 타서 방으로 들어갔다. 커피잔을 책상 위에 놓으니 바닥에 앉아 있던 가현이 손을 뻗었다. 석영 역시 손을 뻗어 가현의 손을 잡고 방문을 닫았다. 불을 끄자 방 안에 어둠이 깔렸다. 천장의 야광별이 반짝 반짝였고, 석영은 가현의 옆에 나란히 앉았다.

"괜찮아?"

"응. 별 보는 거 오랜만이다."

"올해 들어선 처음이지?"

"그런가? 근데 정말 시간이 순식간에 지나간 것 같아."

지난 겨울방학부터 지금까지 석영 역시 어떻게 지내왔는지도 모르게 시간이 지나갔다.

"가현아, 힘들면 꼭 얘기해야 돼. 혼자서 참으면 안 돼."

"응. 안 참아. 그날은 진짜 무서웠는데 이젠 괜찮아."

"꼭 그 일이 아니라, 뭐든지."

가현은 혹시 석영이 자신과 종혁이 헤어진 걸 얘기하는 건가 싶었다.

종혁의 집에서 패닉 상태가 오고 그다음 날, 학교에서 종혁은 가현을 보기 무섭게 복도 구석으로 몰았다. 그리고 낮은 목소리로 그녀를 추궁했다.

"내가 그 정도로 믿음이 안 갔어? 넌 왜 나한테 아무 얘기도 안한 거야?"

"그런 상황이 올 줄 몰랐으니까 얘기 안 한 거야."

"그런 상황이 올 줄 모르니까 얘기를 했어야지. 아무것도 모르니까 나는 마지막까지 무력한 사람 됐잖아."

뭔가 변명을 할 새도 없이 종혁은 돌아서서 가버렸다. 힘들고 괴로웠지만 그런 얘길 석영에게 하고 싶진 않았다. 종혁도 가현도 누군가가 묻기 전에 먼저 자신의 얘길 하는 타입은 아니라 친구들도 두 사람이 헤어진 건 알지 못했다. 이젠 예림이나 미영, 진수처럼 친한 친구 몇몇은 알게 되었지만 그새 누군가가 석영에게 얘기를 했을 것 같진 않았다.

"힘든 일 있으면 얘기할게. 지금은 진짜 괜찮아."

"힘들어하면 오빠나 제연이가 더 많이 미안해할까 봐 그래?"

"점점 나아지고 있으니까 너무 걱정 마."

"이런 일이 또 있었어? 오빠들 모르게."

"없었어. 처음이야. 있었으면 그 지경인데 오빠들이 몰랐겠어?"

가현이 고른 단어지만 '그 지경'이라는 건 영 마음에 들지 않았다. 그 어떤 모습일지라도 석영에겐 가현은 늘 반짝반짝 빛이 날 뿐이었다.

"이제 종혁이도 알았으니까 신경 써주겠지. 너무 걱정 마."

석영이 잡고 있는 가현의 손이 움찔했다. 어느 부분에서, 왜?

"저기, 오빠."

가현의 조심스러운 말투 때문에 석영은 괜히 긴장이 되었다. 무슨 일일까.

"나 종혁이랑 헤어졌어."

"뭐? 왜? 그날, 그 일 때문에?"

패닉 상태에 있던 가현이 자신이 아니고 석영에게 안겨 안정이 된 게 종혁에게도 썩 좋아 보이진 않았을 터였다. 아무리 가족이라 해도 종혁은 아마 가현에게 자신이 최우선이길 바랄 거다. 그런 부분에 실망을 한 걸까? 그 정도밖에 안 되는 거야, 서종혁? 이

제 겨우 열아홉, 종혁도 어린앤데 자신이 너무 큰 걸 바란 걸까.

"아니야. 헤어지려고 만난 거였어."

"무슨 일 있었어? 방송국 좀 드나들더니 다른 여자가 좋아졌대? 너한테 뭐 실망하게 한 거야?"

가현이 낮게 웃는 소리가 당혹스러웠다.

"오빠 절대로 내 편이구나. 내 탓이라곤 생각도 안 하네."

"네 탓이라고?"

"종혁이 마음은 하나도 안 변했는데 내 마음이 변했어. 너무 미안한데 미안하다고 하지 말래. 내가 잘못한 거야."

가현이 잘못했을 리 없다. 그녀의 마음이 변했다 해도 뭔가 계기가 있었을 터.

석영이 잠시 생각에 잠겨 있는데 가현의 손끝이 차가워진 게 느껴졌다. 천장을 올려다보니 야광별의 빛이 점점 약해지고 있었다. 이렇게 바로 반응하면서 뭐가 나아지고 있고, 어째서 괜찮다는 걸까. 그날은 자신에게 안겨 의지를 해왔으면서 왜 이렇게 자꾸 멀게 느껴지는 걸까.

"불 켤까?"

"그럴까? 나 이제 학원 갈 준비도 해야 하고."

불을 켜고 가현은 제 방으로 돌아갔다. 석영은 여전히 가현의 손을 잡았던 감촉이 남아 있는 제 손을 내려다봤다. 언제까지고 그 손을 자신만 잡을 수는 없는 걸까.

기말고사가 얼마 남지 않아서 학교는 평소보다 조용했다. 시험 문제 출제 때문에 학생들은 교무실 출입이 금지되었고, 과목마다 선생님들끼리 시험문제 출제로 머리를 맞대느라 쉴 틈이 없었다. 마침 수업이 없는 시간에 잠깐이라도 쉬려고 교무실에서 나왔다. 건욱과 매점에서 당분을 좀 섭취할까 해서 걸음을 옮기고 있는데 그제서 등교하는 종혁과 마주쳤다.

"바쁜가 봐."

건욱이 먼저 아는 척을 했고, 종혁이 두 사람을 향해 고개를 숙였다. 오디션 프로그램이 끝나고—그는 비록 우승은 못했지만 우승을 한 출연자보다 인기가 훨씬 많았다—기획사가 정해지면서 학교에 제대로 나오지 못했다. 그래도 올 수 있는 날은 늦게라도 꼭 왔고, 할 수 있을 땐 야간자율학습까지 모두 마치고 돌아갔다.

"윤 반장이랑 헤어졌다며?"

소문은 무서웠다. 순식간에 전교생이 알게 되었고, 선생님들 입방아에도 오르내릴 지경이 되었다. 보통 교제를 하는 학생들과는 달랐지만 그런 식으로 자꾸 가현의 이름이 거론되는 게 썩 반갑진 않았다. 종혁은 건욱이 묻는 게 못마땅한지 대꾸도 하지 않았다.

"힘내. 윤 반장은 학교도 꼬박꼬박 잘 나오잖아."

"헤어져서 안 나오는 거 아닌데요."

건욱이 피식 웃었다. 그가 학생들에게 이런 식으로 농담을 하거나, 놀리는 일은 없는데 종혁의 담임을 했던 1년 때문인지 종혁에 대한 그의 애정이 남다른 것 같았다.

"있을 때 잘하지 그랬어."

"전 잘했어요. 너무 잘한 게 탈이라면 탈이겠죠. 더 늦기 전에 수업 들어갈게요. 두 분도 땡땡이 그만 치세요."

딱히 땡땡이는 아니었는데 그의 일침에 괜히 머쓱해졌다. 종혁은 교실로 가고, 석영과 건욱은 매점에서 음료와 초콜릿을 사서 매점 옆 벤치에 앉았다.

"윤 반장은 너무 좋아해서 밀어붙이면 질리는 타입이었나 보네요."

"두 사람 일이야 두 사람만 알겠죠."

그 이후로는 건욱이 침이 마르도록 칭찬하는 그의 와이프 얘기를 들었다. 건욱이 결혼한 지도 벌써 10개월 정도가 지났다. 이제 갓 태어난 아들이 있음에도 건욱은 와이프에 대한 자랑이나 칭찬을 더욱 많이 했다. 하지만 제대로 귀에 들어오진 않았다. 혹시 가현이 진짜로 종혁이 자신을 많이 좋아하는 게 부담이 되었을까 궁금했다.

가현아, 너에게 최고의 사람이란 어떤 사람일까?

9.

선웅의 결혼식이 끝나고 피로연은 따로 없었지만 대학 동기, 선후배들이 따로 자리를 가졌다. 은주는 그 자리에는 죽어도 가지 않겠다고 발버둥을 쳤지만 결국 끌고 가려는 이들을 매몰차게 뿌리치지 못했다.

"사람이 저렇게 모질지를 못해."

사람들 한가운데에 앉아 될 대로 되라는 식으로 술을 들이붓는 은주를 보며 태헌이 혀를 찼다. 태헌은 은주와 동기였다.

"사람 좋아하니까요."

"넌 박은주랑은 편하게 말 잘하면서 나한테는 왜 말을 못 놓냐."

"선배는 뒤끝 있잖아요."

태헌이 인상을 확 구겼다. 그러더니 석영이 반쯤 마신 맥주

500cc 잔에 소주를 채워 넣었다.

"선배!"

"나 뒤끝 있다. 너 이거 안 마시기만 해."

맞은편에 앉아 있던 석영의 동기가 웃었다.

"선배는 왜 그렇게 애를 괴롭혀요?"

"내 마음이야. 왜? 너도 괴롭혀 줘?"

"차석영한테 몰두하소서."

태헌은 만족스럽게 고개를 끄덕였다. 석영은 새로 맥주 500cc를 시키려고 했지만 태헌 때문에 소용이 없었다.

"너 요즘 박은주 자주 만나지."

석영의 어깨에 팔을 두른 태헌이 목소리를 낮췄다. 태헌을 힐끔 쳐다보고 은주를 쳐다본 석영은 고개를 저었다. 그의 말을 직역했을 때, 요즘은 자주 안 만났으니까 꼭 틀린 답은 아니었다.

"너 박은주랑 친하잖아."

"다른 사람들이랑 지내는 거랑 비슷비슷해요."

"그럼 친하네. 넌 다 친하게 지내잖아."

"선배, 무슨 말이 하고 싶은 거예요?"

"나도 이 나이에 쪽팔려. 내가 박은주 뒤꽁무니 쫓아다녀야겠냐?"

석영의 눈이 동그랗게 커졌다. 태헌은 더욱 조용하고 조심스럽게 속삭였다.

"쟤가 뭐 특별히 내 얘기 안 하던?"

"한 번도요."

못마땅한 표정을 한 태헌이 석영의 어깨에 두르고 있던 팔을 내렸다. 그리고 맥주만 담긴 자신의 잔을 석영의 잔에 억지로 부딪혔다.

"마셔."

"날 고문한다고 뭐가 달라지진 않을 텐데요."

"그래도 마셔."

석영은 어쩔 수 없이 소주와 맥주가 반씩 섞인 술을 한 모금 쭉 들이켰다. 맥주의 탄산은 전부 사라졌고, 소주의 쓴맛이 더욱 강하게 느껴졌다.

"선웅 선배한테 미련은 없는 것 같지?"

"전혀요. 은주 선배는 뒤끝이 없거든요."

태헌이 탁 소리가 나게 석영의 뒤통수를 한 대 쳤다. 태헌에게 맞은 뒤통수를 매만지며 석영이 불퉁한 표정으로 그를 쳐다봤다.

"후배, 나 좀 도와."

"선배, 싫어요."

"왜?"

"두 사람 일이잖아요."

"원래 두 사람 일은 다른 한 사람이 도와서 두 사람 일이 되는 거야."

"생전 처음 듣네요, 그런 소리."

"삶에 있어서 아주 중요한 정본데 내가 알려줬으니까 고맙지? 그러니까 도와."

석영은 피식 웃었다. 이렇게 막무가내인 태헌이 은주를 마음에 담았다니 참으로 알 수 없는 노릇이었다.

"은주 선배는 알아요?"

"알걸. 쟤 그래서 나랑 저렇게 떨어진 자리에 앉은 거야. 오늘 여기도 나 때문에 오기 싫다고 난리친 걸 테고."

여전히 말짱한 모습으로 술을 들이붓는 은주를 한번 돌아본 석영은 오늘 그녀의 태도가 조금 이상했던 걸 비로소 알 수 있다는 표정이었다. 식장에서 계속해서 석영을 피하기에 왜 그런가 했더니 석영이 내내 태헌과 함께 움직였기 때문인 듯했다.

"선배, 무슨 짓을 했기에 은주 선배가 그렇게 피해요?"

"무슨 짓이라니 말이 좀 그렇다? 그냥 한번 만나보자고 한 게 다거든."

"겨우 그런 걸로 은주 선배가 선배를 저렇게 노골적으로 피한다고요?"

"한번 만나보자고 한 번 말했겠냐?"

웃음을 참을 수가 없었다. 하지만 대놓고 크게 웃으면 다른 사람들의 이목도 집중될 테고, 무엇보다 태헌이 석영을 가만두지 않을 터였다.

"분명 선배의 말투가 문제였을 거예요."

"너 아직도 누구 사귀어본 적 없지? 너라면 좋아하는 여자한테 어떤 말투로 말할 건데? 실전 경험도 없는 게."

"실전 경험 없어도 그런 말투는 안 씁니다."

"삼십일 년을 이렇게 살았는데 한순간에 바뀌냐?"

"진짜 은주 선배를 좋아하면 바뀌어야죠."

태헌의 표정이 일그러졌다. 석영은 늘 가현의 앞에선 다른 모습으로 살아왔다. 일부러가 아니라, 그녀에게 잘 보이고 싶고, 그녀를 위해 뭐든 하고 싶은 마음 때문에 자연스럽게 그런 모습이 된

것뿐이었다.

계속해서 막무가내로 자신을 도우라는 태헌의 고집불통은 이어졌다. 결국 구체적으로 뭘 어떻게 도우라는 건지, 대책을 내놓으라고 석영이 다그쳤다. 하지만 태헌에게 대책이 있을 리가 없었다. 학교 때부터 늘 인기가 많았고, 그는 사귀고 싶은 여자에게 사귀자고 말만 하면 되었다. 그런 그를 은주가 고생하게 하고 있다니, 석영은 태헌이 조금 더 고생해도 되지 않을까 생각했다.

시간이 흐르고 자리에 있던 사람들이 하나둘씩 돌아가기 시작했다. 결국 마지막엔 석영과 은주, 태헌 그리고 석영의 동기 두 명만이 남았다. 더 있다 가라는 은주의 얘기와 어서 돌아가라는 태헌의 윽박지름에 동기 둘은 억지로 자리를 떴다. 결국 셋만 남았고, 은주는 기다렸다는 듯 돌아가겠다고 자리에서 일어섰다. 어떻게든 해보라는 태헌의 눈짓과 표정에 석영은 어쩔 수 없이 은주를 붙들었다.

"선배, 한 잔만 더 하자."

"싫어! 나 엄청 마셨어."

"나 요즘 좀 힘들어서 그래."

"안 힘들다며! 별일 없다며!"

뭔가 둘만 내통하는 얘기가 있다는 걸 감지하자 태헌의 눈이 매섭게 빛났다. 하지만 석영은 굴하지 않았다. 그런 식으로 보면 돕지 않겠다는 눈빛을 보냈더니 그의 눈빛도 금세 온순하게 변했다.

"말이 그렇지 어떻게 안 힘들겠어?"

내키진 않지만 석영의 얘기를 들어줄 수밖에 없다고 생각했는지 은주가 자리에 앉았다. 그러더니 태헌을 턱으로 가리켰다.

"넌 가. 나랑 차석영이랑 둘이 할 얘기니까."

"무슨 얘긴데? 나도 들으면 안 돼?"

"은주 선배랑 얘기하고, 선배는 나중에 봐요."

석영의 얘기에 태헌은 엄청난 배신감에 휩싸인 표정을 했다. 무슨 뜻인지 이해할 거라고 생각했는데 그는 이미 다른 생각 같은 건 할 수 없는 지경인 듯 보였다.

"야, 차석영!"

"왜 애한테 소리를 질러!"

"박은주, 너는 내 마음 모르는 것도 아니면서 애랑 둘이 있겠다고? 너야 술에 안 취해도 앤 지금도 좀 취했는데 애가 너한테 무슨 짓을 할 줄 알고!"

태헌이 자신을 그렇게 보고 있다니 석영은 기분이 나빴다. 그때, 석영의 휴대폰이 울렸다. 가현이었다. 석영이 자리를 피해 전화를 받으려는데 태헌이 석영의 어깨를 눌렀다.

"무슨 짓을 하긴! 석영이가 그런 애야?"

"나는 그런 놈이고, 차석영은 그런 놈이 아니고? 남잔 다 똑같아!"

도대체 이 사이에 왜 끼어 있어야 하는지 점점 괴로워졌다. 태헌의 손을 떼어내려고 했지만 어찌나 세게 누르고 있는지 좀체 움직이질 않았다. 그와 마찬가지로 힘으로 떼어내려면 떼어낼 순 있겠지만 지금 이 상황에선 힘을 써봐야 좋을 것 같지 않았다. 그사이, 한 번 전화가 끊어졌고 다시 걸려오고 있었다. 석영은 어쩔 수 없이 고개를 숙이고 휴대폰을 얼굴에 바짝 대고 입을 가린 채 전화를 받았다.

시간이 늦었는데 석영이 돌아오지 않고 있었다. 늦을 때면 꼭 톡으로 얼마나 늦는지 알려주던 그였는데 잠잠했다. 대학 선배의 예식이 있다며 양복을 갖춰 입고 나갔다. 식을 마치고 피로연에 갔다가 오랜만에 만난 사람들과 어울리고 있는 걸까.

"가현아."

노크 소리와 함께 제연이 자신을 부르는 소리에 정신을 차렸다.

"응. 들어와, 오빠."

제연이 씩 웃으며 가현의 방으로 들어왔다.

"열심히 하고 있어?"

"응. 그거 확인하러 왔어?"

"배 안 고파?"

"조금. 그런데 요즘 야식 너무 먹었잖아. 나 이러다가 수능 끝나면 엄청 불어 있을 거 같아. 오늘은 절대로 오빠 꾐에 안 넘어갈 거야. 나 안 먹어."

"보기엔 살 하나도 안 쪄 보이는데. 그리고 넌 좀 쪄도 돼."

"그런 소리 해도 소용없어."

"그럼 치킨시켜서 오빠 혼자 먹는다."

치킨이라는 소리에 가현의 눈이 잠깐 반짝였다.

"차석영 올 때 안 됐나? 금방 온다고 하면 두 마리 시켜야지."

"두 마리를 누가 다 먹어?"

"넌 걱정 마. 오빠들이 알아서 할게. 차석영한테 전화나 좀 해줄래? 나는 치킨 집 사장님이랑 통화 좀 해야 될 것 같은데."

가현이 인상을 찌푸렸다. 제연은 휘파람을 불며 가현의 방에서 나가 버렸다. 매일 새벽까지 공부하는 가현을 위해서 엄마가 저칼로리 간식을 잘 챙겨줬다. 그럼에도 제연과 석영은 고칼로리의 간식으로 가현을 꼬였다. 매번 유혹을 참아내지 못하는 자신의 약한 의지를 탓하며 가현은 석영에게 전화를 걸었다. 그런데 석영이 전화를 받지 않았다. 전화 온 것도 모를 정도로 재밌게 놀고 있는데 방해를 하는 건 아닐까, 생각이 들었지만 통화 버튼을 또 누르고야 말았다. 또다시 전화가 끊어지는 건 아닌가 걱정하고 있는데 소란스러운 가운데 석영이 전화를 받았다.

　─여보세요?

　"오빠?"

　─어, 가현아.

　"어딘데 이렇게……."

　시끄럽냐고 물으려는데 웬 여자의 목소리가 들렸다. 조금 흥분한 큰 소리였는데 분명, 은주였다.

　─석영인 다른 남자랑 다르지! 네가 얘 순애보를 알아?

　─선배!

　은주의 말을 막는 석영의 커다란 소리에 가현은 한 번 더 놀랐다. 뭐라고 해야 할지 몰라 그저 입을 벙긋거리고 있는데 석영의 목소리가 들렸다.

　─가현아, 미안. 오빠가 조금 이따가 다시 전화할게.

　"어. ……응."

　그대로 전화는 끊어졌다. 가현은 멍하니 자신이 들은 얘기를 생각해 봤다. 은주는 왜 그렇게 흥분해서 누구에게 그런 얘기를 하고 있었을지 궁금했다. 다른 남자랑 다르다. 석영의 순애보. 순애보. 그 말이 계속해서 가현의 머리를 맴돌았다. 가현은 손에 들려 있던 스마트폰 인터넷으로 순애보를 검색했다.

순애(純愛) 순결한 사랑. 순수한 사랑.

순애보 ; 순수한 사랑 이야기를 상세하게 적은 글

순애(殉愛) 사랑을 위해 목숨을 바침

순애보 ; 사랑을 위해 목숨을 바친 이야기를 상세하게 적은 글

석영의 순애보라는 게 뭘까. 은주에게 석영이 순애보를 바치기라도 했다는 걸까.

요즘 석영은 전처럼 은주와 연락을 하는 것 같지도 않았고, 그녀에 대한 얘기를 도통 하질 않았다. 그래서 조금은 그가 그녀와 멀어진 게 아닐까 하고 생각했었다. 하지만 마치 지금 그게 순전히 가현의 착각이었다고 두 사람이 직접 알려주는 것만 같았다.

조금씩 목이 죄이는 것 같더니 숨이 턱 막혔다. 심장이 터질 듯 뛰고 누군가 그 심장을 터뜨리려고 힘껏 쥐고 있는 것 같았다. 양손으로 가슴을 꾹 누르며 몸을 앞으로 기울여 책상에 기댔다. 손바닥으로 전해지는 심장박동이 두려울 만큼 거셌다.

"어떡해……."

자신도 모르게 나온 혼잣말이었다. 그가 그녀와 사귄다고 해도 어느 정도 감정의 깊이인지 몰랐다. 그런데 지금 꼭 그 감정의 전부를 알아버린 것 같고, 깊이를 잴 수 없는 그곳에 빠져 허우적대는 기분이었다. 제연의 말처럼 은주는 석영보다도 연상이니까 더욱 진지하게 결혼을 생각할 터였다. 그 일이 머지않았으면 어떡하나 하는 불안이 일었다.

가현은 괜히 석영에게 미안해졌다. 그는 매번 가현에게 최고의

오빠였고, 항상 좋은 오빠였다. 제연보다 더 의지가 되고, 믿음직스러웠다. 언제나 가현을 예뻐하고 귀여워해 줬다. 그렇기에 그의 행복을 바랐으면서, 지금 자신의 마음이 이토록 힘들어서 은주를 좋아할 수가 없었다. 자신의 이런 마음을 알게 되면 석영이 섭섭해하고 자신에게서 멀어지면 어쩌나 겁이 났다.

가현은 자세를 바로 하고 앉아서 숨을 깊게 들이쉬고 내쉬었다. 마음을 좀 가라앉혀야 했다. 그 순간, 가현은 몹쓸 생각이 들었다. 지금 이 방의 불이 꺼진다면, 온 집 안의 전기가 나간다면, 그래서 가현이 다시 패닉 상태에 빠지고 헤어 나올 수 없다면……. 그렇다면 석영이 달려와 주지 않을까.

지독하게 몹쓸 생각에 괴로워졌다. 찬물로 세안을 하려고 방에서 나오자 제연이 가현을 불렀다.

"차석영, 어디래?"

하지만 가현은 답할 수가 없었다. 못 들은 척 잽싸게 욕실로 들어갔다. 찬물로 세안하며 눈물을 좀 쏟아내려 했지만 답답하기만 할 뿐 눈물은 나오지 않았다.

새벽 두 시 반. 침대에 누운 가현은 멍하니 스탠드 불빛을 쳐다보고 있었다. 현관문이 열리고 닫히더니 조용히 집으로 들어오는 석영의 발소리가 들렸다. 전화가 끊어지고 잠시 뒤, 그에게서 다시 전화가 걸려왔다. 아깐 소란스러워서 미안했다며 무슨 소릴 들었냐고 물었다. 대단한 비밀 얘기도 아니었는데 가현은 시끄러울 뿐 아무것도 듣지 못했다고 답했다. 언제 오냐는 물음엔 늦을 것 같다고만 했다. 그는 계획에 없는 외박은 절대 하지 않았다. 지금이 시간, 그가 들어온 게 좋은 일인지 나쁜 일인지 알 수 없었다. 내내 답답하던 마음이 그가 들어오는 소리로 와르르 무너졌다. 석영을 좋아하는 일 자체가 잘못인 것 같아 가슴이 아팠다. 억지로 청하는 잠은 오지 않았고, 괴로운 밤의 시간은 더디게 흘렀다.

여름방학을 하고, 둘째 주 주말. 가현은 시골집을 찾았다. 오랜만에 가현을 본 할머니, 할아버지들은 더없이 반겨주었다.

"공부하느라 힘들지?"

할머니, 할아버지들의 주름진 손이 쉴 새 없이 가현의 머리와 볼을 쓰다듬고 손을 꽉 쥐었다.

"가현이 닳겠다!"

제연이 샘을 부리며 할머니를 꼭 끌어안았다.

"다 큰 놈이 징그럽게!"

할머니는 제연의 팔을 툭 치면서도 싫지는 않은 듯 그의 등을 토닥여 주었다. 가현은 할머니, 할아버지들도 반가웠지만 오랜만에 만난 아빠가 더욱 반가웠다.

"우리 예쁜 공주님."

그 소리는 아무리 들어도 적응이 안 됐지만 반겨주는 아빠를 보니 웃음이 났다. 힘껏 포옹을 한 뒤에는 이모와 아저씨와도 인사를 나눴다.

"가현이 배 안 고파? 할아버지가 고기 사다놨는데!"

"배고파요!"

가현이 배에 손을 얹고 석영의 할아버지에게로 쪼르르 달려갔다. 흐뭇해하며 가현을 데리고 집 안으로 들어가는 할아버지를 보며 제연과 석영은 피식 웃었다.

"어째 갈수록 어리광이 심해져."

"공부 스트레스를 저렇게 푸나?"

"고3 안 끝났으면 좋겠네."

제연보다 석영이 더 바라는 바일지도 몰랐다. 요즘 무슨 일인지 가현은 석영에게 조금 차가웠다. 다른 사람들과 함께 있을 때는 똑같았는데 유독 석영과 단둘이 있을 때는 가까이 다가오지도 않았고, 억지로 미소를 지었다. 석영이 가벼운 스킨십을 하려 하면 티가 날 정도로 피했다. 오빠가 뭘 잘못했느냐고 물으면 정색을 하며 고개를 저었다. 속을 알 수 없는 행동에 점점 더 답답하고 초조해질 뿐이었다. 혹여 자신의 마음을 눈치챈 게 아닐까, 그랬다면 계기는 어디에 있었을까 매일 고민했다. 하지만 답은 나오지 않았다.

저녁은 커다란 감나무 아래의 평상에서 고기를 구워 먹기로 했다. 할머니, 할아버지들이 가현의 학교 얘기를 듣고 싶어해서 저녁 상차림은 석영과 제연이 도왔다.

"기말고사도 잘 봤고, 모의고사 성적도 꾸준히 오르고 있어요."

가현이 부끄러워하면서 얘길 하자 할머니, 할아버지들은 가현이 기특하다고 칭찬 일색이었다.

"자만하면 안 돼."

숯에 불을 지피며 석영이 하는 소리에 할머니, 할아버지들의 차가운 눈초리가 한꺼번에 석영을 향했다.

"넌 불이나 잘 지펴, 인석아! 동생이 잘했으면 잘했다고 칭찬하고 더 잘할 수 있게 해줘지! 여기선 선생질할 생각 마!"

석영의 할아버지 호통에 가현은 신나서 할아버지를 응원했다. 가현이 귀여워 픽 웃던 석영은 갑자기 숯 재가 바람에 날아온 걸 마시는 바람에 사레가 들렸다. 석영이 괴로워하며 기침을 하자 가현이 웃으면서도 그에게 다가와 등을 쳐주기도 하고 물을 따라주었다. 이렇게 모두와 함께 있을 땐 조금도 다르지 않았다.

"벌 받은 거야."

웃음기가 남아 있는 가현이 석영의 앞으로 얼굴을 쏙 내밀었다. 코가 맵고 눈물이 날 정도로 힘들었지만 웃음이 났다. 석영이 기침을 하면서 가현의 머리를 헝클어뜨렸다.

"내 아들, 무슨 일 있어?"

석영의 엄마가 고기를 준비해 나왔다가 석영이 기침하는 소리에 천연덕스럽게 물었다. 조금도 걱정하는 기미는 없었다. 석영이 평상 끝에 걸터앉자 제연의 할머니가 석영의 등을 연거푸 쓸어내렸다.

"괜찮아?"

할머니의 물음에 석영이 고개를 끄덕였다. 결국 석영의 할아버지가 평상에서 내려와 집게를 들었다. 가현은 석영의 옆에 앉아 석영을 보고 여전히 미소 짓고 있었다.

"오빠가 이렇게 괴로워하는데 웃음이 나?"

가현이 고개를 끄덕였다.

"아, 진짜 힘들다."

석영이 숨을 몰아 내쉬고 할아버지의 집게를 다시 받았다. 불을 지피고 고기를 굽기 시작하자 제연이 회가 동한다며 난리가 났다. 식사 내내 웃음이 끊이질 않았다. 제연과 석영이 번갈아가면서 고기를 구웠고, 가현은 누가 고기를 굽든 자신이 한 입 먹으면 고기를 굽는 사람에게도 쌈을 하나 싸줬다.

저녁을 먹고 상을 전부 치운 뒤에 평상 위에 모기장을 펼쳤다. 그리고 제연과 석영, 가현은 나란히 하늘을 보고 누웠다. 감나무의 나뭇잎들 사이로 보이는 하늘엔 별이 잔뜩 떠 있었다.

"낮엔 그렇게 덥더니 시원하네."

제연이 한껏 상쾌한 공기를 들이마셨다. 가현이 옆에서 제연을 따라했다. 석영은 두 사람의 닮은 행동에 미소를 지었다.

"안 추워?"

석영이 가현을 보며 물었다. 제연이 추울 리가 있겠냐며 빈정거렸다.

"안 추워. 시원하고 좋은데, 뭘."

"윤가현, 많이 컸어. 어렸을 땐 밤에 여기 나오는 거 엄청 무서워했으면서."

제연의 얘기에 가현이 어렸을 때가 생각났는지 고개를 끄덕였다. 그 당시 가현이 눈앞에 아른거려서 석영의 얼굴엔 자연스레 미소가 새겨졌다.

"그럴 때마다 차석영이 윤가현 업고서 동요도 불러주고, 옛날 얘기도 해줬지."

"그래서 지금 이렇게 허리가 아픈가."

석영의 엄살에 가현이 살짝 미소를 지었다. 바로 옆에 누워 있는데도 그녀가 멀게만 느껴졌다.

"나 어렸을 때 석영이 오빠가 슈퍼맨이라고 생각했어. 말하면 뭐든지 다 해주는 사람."

꼭 지금은 아니라는 것 같은 말투였다. 물론, 슈퍼맨과 같은 건 아니지만 지금도 가현이 원한다면 뭐든 해줄 수 있었다.

"이제는 아냐?"

"세상에 슈퍼맨은 없다는 걸 알 만큼 컸거든."

그래도 오빠는 내 슈퍼맨이야.

가현은 말을 꾹 삼키고 다시 하늘을 올려다봤다. 석영을 좋아한다는 감정을 깨달았을 뿐인데 요즘은 하루, 하루가 너무 힘들었다. 무엇보다 석영과 단둘이 있는 시간엔 의식적으로 석영을 피했다. 좋아한다는 감정은 말 그대로 좋아야 하는 게 아닐까 싶었다. 예전엔 짝사랑하는 친구들의 얘기를 들으면 가슴앓이가 힘들겠다고 생각만 했었다. 그런데 지금은 완전하게 공감할 수 있었다. 보상받지 못할 마음은 참으로 애달프고 안타까웠다.

"윤제연, 여기서 자면 안 된다."

석영의 얘기에 가현이 제연 쪽으로 고개를 돌렸다. 이미 새근새근한 숨소리는 그가 잠들었다는 걸 알려주고 있었다.

"이따 들어갈 때 깨우자. 근데 나도 졸려."

가현이 눈을 비볐다. 쉴 틈 없이 바쁘게 지내고 있는 터라 가현은 늘 잠이 부족했다. 저녁을 먹고 열기가 식은 바람이 불어오는 평상 위에 누워 있으니 잠이 올 법했다.

"잠들면 추워. 자려면 들어가서 자."

"그래도 여기가 기분 좋아. 조금만 자면 안 돼?"

"감기 걸려."

"괜찮을 것 같아."

이미 가현의 목소리는 잠에 취해 있었다. 결국 어쩔 수 없이 석영은 집으로 들어가 이불을 가지고 나와 두 사람에게 덮어줬다. 제연은 깊게 잠이 든 것 같았는데 가현은 아직은 잠에 드는 중인 듯 제대로 알아들을 수 없게 고맙다고 웅얼거렸다.

석영은 조용히 가현이 잠들길 기다렸다. 잘 때만큼은 평화롭게 깊이 잤으면 했다. 어차피 이곳에선 오래 못 잘 터였다. 할아버지들이 깨우러 오거나, 그전에 잠버릇이 심한 가현이 뒤척이다가 좁은 곳을 못 버티고 일어날 거다.

풀벌레가 쉬지 않고 울었다. 마음이 평안해지면서 긴장이 풀리고 나른해졌다. 서서히 깊게 잠에 빠지고 있는지 가현의 숨소리가 고르게 새근새근댔다.

석영은 몸을 틀어 가현 쪽을 보고 돌아누워 머리를 괴었다. 내년이면 가현도 여대생이 된다. 그땐 정말 성인이 되는 거였다. 귀엽기만 하던 아이가 이젠 예쁘다는 말이 어울리는 여자가 되었다. 내년엔 분명 더 많이 예뻐질 터였다. 늘 이보다 더 예뻐질 리는 없다고 생각하지만 한 해, 한 해 가현은 석영의 예상을 깼다. 그게 또 귀엽고 사랑스러웠다. 순간 웃음이 났다. 자신이 생각해도 신기할 지경이긴 했다. 어쩜 이리도 마음은 무한대로 솟는지 몰랐다.

깊이 잠이 들었는지 가현이 몸을 뒤척이기 시작했다. 마음껏 움직일 수 없는 게 답답한지 미간을 좁히는 게 귀여웠다. 자신의 몸을 살짝 뒤로 빼자 움직이기가 수월해졌는지 가현이 석영 쪽으로 돌아누웠다. 심장이 두근두근했다. 귓속이 멍해지면서 뭔가에 홀린 듯 가현의 얼굴을 뚫어지게 쳐다봤다.

　요즘 석영은 가현의 자는 모습만큼은 보고 있지 말자고 다짐했다. 점점 참을 수 없게 되었다. 이렇게 무방비한 채로 잠든 가현이 조금은 원망스럽기도 했다. 그럼에도 잠든 가현을 보면 지켜보지 않을 수 없었다. 이때만큼 어떤 방해도 받지 않고 가현의 얼굴을 요목조목 뜯어볼 수 있는 순간은 없었다.

　반들반들 윤이 나는 피부가 반짝였다. 이마에서 코로 내려오는 선이 부드러웠다. 작은 콧방울은 또 어찌나 앙증맞은지. 기다란 속눈썹이 별빛을 받은 두 볼에 그림자를 지게 했다. 그리고 옆으로 돌아누우면서 톡 튀어나온 입술. 석영이 늘 탐내는 그 입술은 참으로 아름다웠다.

　조심스러운 손길이 가현의 입술을 스쳤다. 가현의 입술에 닿은 손에 화르륵 불이라도 붙은 듯 화끈거렸다. 조금 더 힘을 줘서 입술을 눌렀다. 그래도 가현은 미동도 없었다. 왠지 서글퍼졌다. 자신의 입술이 닿아도 모를 터였다. 석영이 가현의 얼굴 쪽으로 천천히 얼굴을 내리는데 제연이 눈을 떴다. 제연과 눈이 마주친 석영은 그대로 얼어버렸다. 제연도 눈동자만 굴려 석영과 가현의 얼굴을 번갈아 쳐다볼 뿐 움직이지 못했다.

　"너……."

　차마 말이 나오지 않는지 제연이 몸을 일으키며 입을 벙끗거렸다. 그 상태로 가현을 내려다보던 석영도 제대로 일어나서 앉았다. 그리고 가현을 깨웠다.

　"가현아, 감기 걸려. 들어가서 자자."

　가현이 몸을 웅크리며 조금 더 석영 쪽으로 다가왔다. 흔들어깨워서 들여보내려고 가현의 어깨를 잡으려는데 제연이 석영의 팔목을 잡았다. 석영이 손을 치우자 제연이 보기에도 힘 조절이 안 되어 보이는 손길로 가현의 어깨를 잡아 흔들었다. 갑작스레 가해진 힘에 가현이 칭얼대며 인상을 찌푸리고 잠에서 깼다.

"왜."

"들어가서 자."

굳어 있는 제연의 목소리가 당혹스러웠는지 평소 가현답지 않게 단박에 일어났다. 그리고 멍하니 석영과 제연을 번갈아 쳐다봤다.

"왜 그래? 싸웠어?"

제연은 입을 꾹 다물고 가현을 쳐다보지도 않았다. 석영은 잠시 숨을 고르고 가현을 보고 미소를 지었다.

"아니야. 너 감기 들까 봐 계속 깨웠는데 안 일어나니까 제연이가 짜증났나 봐."

"내가 잠 한번에 못 깨는 게 하루 이틀도 아니고 뭐 그런 걸로 짜증을 내."

어리광 섞인 소리였지만 제연은 웃지 않았다.

"잠 완전히 깨기 전에 들어가서 자. 잘 때 자야지."

"오빠들은?"

"여기 정리하고 들어갈게."

가현이 집으로 들어가고 석영은 제연이 무슨 말이든 하길 기다렸다. 다른 생각은 들지 않았다. 그저 자신의 한계는 여기까지였구나, 하는 생각뿐이었다. 바로 옆에 제연이 자고 있던 것조차 잊을 정도라니.

"너 뭐야?"

겨우 입을 열었다 했더니 질문이 우스웠다. 석영은 옅게 웃었다.

"무슨 질문이 그래?"

"뭐 하는 거야?"

석영이 마른세수를 했다. 순식간에 지쳐서 녹초가 되어버린 기분이었다.

"목소리 낮춰."

"뭐?"

"네가 이렇게 당황하고 놀랄 정도로 필사적으로 숨겨왔던 거야. 안에서 누구든 못 듣게 목소리 낮추라고."

제연은 기가 막혀서 아무 말도 나오지 않았다. 평상의 울퉁불퉁한 부분에 누워 있었던 바람에 등이 배겨 잠에서 깼다. 조용한 게 가현과 석영도 잠이 들었다고 생각했다. 그리고 눈을 떴는데 도저히 믿을 수 없는 광경이 눈앞에 펼쳐졌다.

"뭘 필사적으로 숨겼다는 거야?"

"내 마음."

"잠깐만. 너 은주 누나는?"

석영은 잠깐 은주에게 미안해졌다. 제연에게 은주의 이름을 듣는 순간, 아, 그런 사람도 있었지, 라고 생각이 났다.

"은주 선배 독신주의야. 근데 일 때문에 만나는 사람들 모임에 혼자 나갈 수 없는 상황이 돼서 애인대행 잠깐 한 거야. 마침 그때, 가현이가 내가 계속 혼자인 게 부담스러운 것 같아서 나도 애인대행 부탁했고. 안 그래도 그 부분은 너한테 정말 미안하다."

제연이 허, 하고 기가 차다는 듯 웃었다.

"이게 무슨……. 어떻게? 쟤 윤가현이야."

어딘가 모르게 가현에 대해 빈정거리는 말투였다.

"그래 윤가현이야. 나도 알아."

"윤가현이라고. 내 동생이고 네 동생, 윤가현이라고."

"난 차석영이야. 윤가현은 윤제연, 네 동생이고."

입이 떡 벌어진 제연의 눈 밑이 파르르 떨렸다. 배신감일까.

"나 없을 때 너 가현이한테 조금 전에 했던 짓 같은 거 한 적 있는 거야?"

"없어. 너 없을 때 했었어야 되는데."

"뭐?"

제연이 버럭 소리를 질렀다. 제 소리에 제가 놀랐는지 집 쪽을 살폈다. 아니나 다를까, 석영의 엄마가 밖으로 나왔다.

"뭐 해? 이 시간에 밖에서 그렇게 큰소리를 내면 어떻게 해?"

"얘기하다 보니까 나도 모르게 소리가 커졌어. 어른들 주무세요?"

"응. 너희도 여기 계속 있지 말고 얼른 들어가서 자. 집에서도 맨날 붙어 있으면서 여기 와서도 붙어 있고. 징그럽지도 않니?"

"징그러워요."

제연이 인상을 찌푸리고 집으로 들어가 버렸다. 무슨 일이냐는 표정으로 엄마가 석영을 쳐다봤지만 석영은 전혀 모르겠다는 듯 어깨를 으쓱했다.

"싸웠어?"

"조금. 별건 아니에요. 내일 집에 가서 맥주 한잔하고, 얘기하면 다 풀려."

"희한하네."

"뭐가?"

"너희 둘이 싸울 때면 가현이가 기가 막히게 알아채잖아. 일부러 가현이 자기 기다렸다가 싸운 거야?"

"그런 건 아닌데."

석영이 웃으며 평상에서 내려와 이불과 모기장을 정리했다. 머릿속은 복잡했다. 맥주 한 잔과 대화 정도로 풀어낼 수 있을지 알수 없었다. 차라리 가현에게 들켰더라면 좀 나았을까 싶었다. 엄마와 함께 집으로 들어가던 석영이 잠시 하늘을 올려다봤다. 뭉게구름에 가려 더 이상 별은 보이지 않았다.

제연이 며칠이나 석영을 피하는 바람에 일주일이 지나서야 두 사람은 마주 앉아 얘기를 할 수 있게 되었다. 포장마차에 자리를 잡고 소주를 한 잔씩 마신 뒤에 석영이 먼저 입을 열었다.

"뭐에 화가 났는지 말해."

"맨 처음엔 네 태도. 그다음엔 네가 가현일 좋아한다는 거. 그리고 가짜 애인을 데리고 와서 나나 가현일 가지고 논 거."

그 상황에 어떤 태도인들 제연의 성에 찼을까. 석영도 당황스러웠지만 냉정을 찾을 수밖에 없었다. 그게 제연이 보기엔 조금 고깝게 보였을 수도 있다.

"가지고 논 거 아니야."

"은주 누나도 놀아난 건가."

"그런 거 아니라고. 은주 선배는 사정 다 알아."

"무슨 사정?"

"내가 가현이 좋아하는 거."

제연의 표정이 일그러졌다. 그렇게 표정을 바꿀 정도로 싫게 들리는 걸까.

"언제부터? 왜?"

"처음부터 쭉. 왜는…… 그냥 윤가현이니까."

"뭐?"

"네 입장에선 이런 얘기 갑자기 듣는 게 반갑지도 않을 테고, 무슨 소린가 싶을 거라는 거 알아. 그래도 너도 그 태도는 아니잖아. 윤가현이야. 네 동생이라고. 평소엔 그렇게 예뻐하고 귀여워했으면서 내가 좋아한다니까 왜 그런 식으로 말해? 꼭 가현일 무시하는 것 같잖아."

"가현일 무시하는 게 아니라 말이 안 되니까 하는 소리잖아! 하긴, 넌 그냥 남이라고 생각했으니까 그랬겠구나. 내가 이렇게 흥분해 봐야 나만 개 오빠 거지."

제연의 빈정거리는 소리를 들으며 석영은 소주를 들이켰다. 그렇지 않아도 속이 문드러지는데 소주까지 들어가니까 알싸한 게 더욱 쓰라렸다.

"배신감 들 거라고 생각해. 그래도 나도 정말 필사적으로 참았어."

"왜? 왜 참았는데?"

"가현이가 날 오빠라고 생각하니까. 가족이라고 생각하니까.

그리고 이젠 내가 걔 선생님이니까."

"그런 걸 알면서 그날은 왜 그런 짓을 한 건데!"

"나도 사람이야! 나도 남자라고! 매일매일 아무것도 모르고 날 보고 웃는 가현일 보는 게 나는 쉬웠는지 알아? 오빠라고 생각해서 잘 따르는 가현이를 무작정 지켜봐야 하는 내 입장은 좋았을 것 같냐고! 나도 지독하게 힘들었어. 지금도 미치게 괴로워. 그래도 어쩔 수 없잖아. 내가, 나 혼자, 내 멋대로 가현일 좋아하는 거니까! 내 그런 감정이 드러나서 가현일 힘들게 하면 안 되니까."

두 사람의 마주친 시선은 한 치의 물러섬도 없었다. 그리고 함께 한숨을 내쉬었다.

"가현이한텐 평생 말 안 할 거야?"

제연의 목소리가 조금 수그러들었다.

"기회는 딱 한 번일 거라고 생각해. 가현이가 받아준다고 생각하는 건 상상하는 것만으로도 어떻게 할 수 없을 정도로 좋아. 근데 만약 아니라고 생각하면…… 평생 못 볼 거야."

"뭐?"

"거절당한다면 계속 가현이를 보면서 살 수가 없어. 가현일 보면서 안 좋아할 수는 없으니까. 한번 얘길 꺼내면 주체할 수 없을 테고."

제연은 지금 석영이 하고 있는 얘기의 반도 이해할 수가 없었다. 도대체 어떻게 이럴 수가 있는지, 자신은 어떻게 단 한순간도 눈치를 채지 못했는지 기가 막혔다.

"가현이한테 너는 그냥 오빠고, 가족이야."

"알아."

"가현이가 널 거절하면 안 보고 살겠다는 건…… 나나 우리 가족은?"

석영이 시선을 내리떴다. 그것까지 전부 포기하겠다는 것처럼 보였다. 윤가현, 하나 때문에 나머지 전부를 포기하겠다. 가현을 가족으로 생각하지 않는다 해도 다른 가족들까지 남처럼 보는 건 아닐 터였다.

"쉽지 않은 일일 테지만, 어쩔 수 없어."

"너 왜 그렇게 미련하냐?"

석영이 피식 웃었다. 제연은 석영의 빈 잔에 소주를 따랐다. 일주일 내내 고민하고 석영과 가현을 살폈다. 조금도 수상할 게 없었다. 평소와 같았다. 하지만 석영의 마음을 알고 나니, 가현이 사랑받고 있다는 걸 알 수 있었다. 석영과 가현이 한쪽이라도 누군가에게 다른 마음을 갖고 있다면 두 사람을 함께 둘 수 없다고 생각했던 때가 있었다. 나름대로 두 사람을 잘 살피고 있다고 자부했었다. 혹여 그런 마음이 보인다면 그건 석영보다 가현 쪽일 거라고 생각했었다. 그 모든 걸 나름의 시나리오로 상상해 보고, 그런 일이 생겼을 때 어떻게 대처하리라 마음먹었었다. 그런데 막상 이런 상황을 마주하니, 배신감이 들었다. 아무리 그런 상상을 한다 해도 석영도 가족이고 가현을 예쁜 동생으로 여겨준다고만 믿었다. 그가 남이라는 걸 염두에 두고 이런저런 상황을 만들어본건 자신이었으면서 그가 가족이 아니라고 말하는 데에 배신감이 들다니 좀 우스웠다.

"앞으론 어쩔 건데?"

"아무것도 안 바뀔 거야. 너도 그냥 평소처럼 하면 돼."

"너 성인군자냐?"

"성인군자가 기습 키스하려다가 들킬 거 같아?"

키스라는 말이 상당히 어색하고 야릇하게 들렸다. 차석영이 윤가현을. 뭔가 너무 허무해서 웃음이 났다.

"뭐가 그렇게 웃겨?"

"말도 안 돼. 가현이가 종혁이랑 헤어졌을 때 쾌재 불렀냐?"

"미쳤어? 패닉 상태가 되고 너도 종혁이도 어쩔 줄 모르는데 나한테 안겨올 때 다행이라고 생각했고, 조금 자만해도 되지 않을까 생각하긴 했어. 나는 가현이를 좋아하는 거지, 가현이가 힘들거나 아픈 상황을 반기는 게 아니야."

"나쁜 놈. 걔 이제 열아홉이야!"

"알아. 난 내 나이는 안 세도 가현이 나이는 세고 있거든."

가현이가 어서 크길 바라는 마음을 조금은 알 것 같았다. 하지만 아무리 그 마음을 안다고 해도 이 상황을 한번에 덜컥 받아들이기엔 전혀 눈치채지 못했던 게 조금 자존심이 상했다.

"네가 알아서 해. 그래도 조금이라도 허튼짓하면 가만 안 둘 거야."

"내가 알아서 할 테니까 의식적으로 지켜보지 마. 이번 주 내내 네가 나 감시한 거 너무 티났어."

"내가 언제?"

"매 순간. 너 화장실도 제대로 못 갔잖아."

제연은 무슨 소린지 못 알아듣겠다는 듯 모른 척을 했다.

"가현이한테 나는 분명 좋은 오빠야. 가현이가 어렸을 때 나를 뭐든 다 해주는 슈퍼맨처럼 생각했다고 할 만큼. 나는 앞으로도 그럴 거야. 그런데 너는 이제 내 감정을 알았으니까 모든 게 다 검은 속셈으로 보이겠지. 물론, 검은 속셈이 없다고는 못하겠지만 네가 너무 티내면 가현인 분명 뭔가 이상하다고 느낄 거야. 그렇게 만들진 말아줘."

"내가 바보야? 가현이 수능 얼마 안 남았는데 그런 일로 신경 쓰게 하겠냐?"

석영에게 상처를 주는 건 몰라도 가현에게 해가 될 일을 하진 않을 제연이었다.

"소진이가 은주 누나랑 넷이서 놀러 가자고 했는데…….. 그런데 너, 작년에 스키장에 그 누나 불렀잖아. 아무 일도 없었어?"

"무슨 일? 방 따로 썼는데."

"그 누나랑 애인대행을 하면서도 전혀 다른 감정은 없어? 너도 그 누나도?"

"그럴 것 같았으면 애초에 애인대행 같은 거 생각 안 했어. 은주 선배 나한테 관심 없고. 안 그래도 이번 주쯤 헤어졌다고 얘기하려고 했는데. 이모하고 가현이한테는 그렇게 얘기할 거니까 넌 그냥 그러려니 해."

생각에 잠긴 듯 제연이 소주잔을 이리저리 기울이더니 한번에 소주를 털어 넣었다.

"난 잘 모르겠다. 지금 네가 하는 얘기들 현실감이 없어. 지금은 집에 엄마도 있으니까 별일은 없겠지만…… 가현이 수능 끝나면 다시 얘기하자."

"쫓아내게?"

"가현이가 스무 살이 돼도 아직 애야. 이젠 전적으로 내 책임인데 흑심 품은 놈이랑 같이 살게 할 거 같아? 아니, 도대체! 너 괜찮냐?"

웃음이 났다. 갈팡질팡하는 제연의 마음을 알 것 같아서 나온 웃음이었다.

"네가 날 안 쫓아내게 하려면 괜찮아야지 별수 있어?"

"어렵다."

이미 소주 한 병을 모두 비웠는데 제연은 또 소주를 한 병 시켰다. 그리고 그 자리에서 처음으로 석영과 잔을 부딪쳤다. 그는 분명 좋은 친구고, 좋은 가족이었다. 잃고 싶지 않은 마음은 누구보다 석영이 가장 컸다.

퇴근하고 돌아온 제연은 거실의 가현을 물끄러미 쳐다봤다. 엄마는 저녁을 준비 중이었고, 가현은 거실 TV로 동영상 강의를 듣고 있었다. 그리고 석영이 소파 위에 앉아서 공부하는 가현의 뒷모습을 마냥 바라보고 있었다.

"왜?"

멍하니 서 있는 제연의 옆으로 다가온 엄마가 그의 팔을 툭 쳤다.

"아니. 오늘 괜히 멍하네."

대충 둘러대고 석영과 눈이 마주치자 좀 멋쩍었다. 그는 씩 웃으며 다시 가현에게로 시선을 돌렸다. 괜히 그가 얄궂게 보였다. 옷을 갈아입고 나오자 석영이 가현의 옆에 앉아 있었다. 동영상 강의는 끝났는지 석영에게 모르는 걸 묻고 있었다.

"나도 방학하면 좋겠다."

제연이 소파에 털썩 앉으며 석영과 가현의 등을 보며 얘기했다. 바짝 붙어 앉아 있지만 서로의 몸은 조금도 닿아 있지 않았다. 남자라면 좋아하는 여자와 저렇게 붙어 있으면 옷깃이라도 스치고 싶어하고, 어깨 끝을 조금 대보려고 애쓰는 동물이었다.

"차석영이 설명 못하는 건 오빠한테 물어봐."

제연이 가현의 어깨를 밀어 석영의 어깨와 닿게 했다. 석영도 가현도 어깨가 닿았지만 아무렇지도 않게 제연을 쳐다봤다.

"그런 거 없는데."

"왜? 오빠가 모를 거 같아?"

가현이 고개를 끄덕였고 석영이 웃었다. 그리고 자연스럽게 가현과 닿아 있던 어깨를 뗐다. 제연이 가현을 조금 더 석영 쪽으로 밀었다. 그리고 둘의 어깨가 닿기 직전 가현이 버럭 소리를 질렀다.

"왜 자꾸 밀어!"

그제야 가현의 몸이 제법 삐딱하게 기울어져 있는 게 보였다.

"내가 밀었어?"

가현의 어깨에서 손을 떼고 모른 척했다. 석영은 뭐가 재밌는지 웃음을 참느라 힘들어 보였고, 가현은 제연이 미느라 힘을 줘서 잡은 어깨가 아프다고 투덜거렸다.

"싸우지 말고 저녁 먹을 준비들 해."

제연이 상차림을 돕는 동안 가현은 석영에게 마저 설명을 들었다. 그리고 저녁을 먹는 동안엔 제연의 여름휴가에 대한 얘기를 했다.

"일주일 휴가를 다 통영이랑 거제도 쪽에 있을 거야?"

"아니, 5일. 나머지 이틀은 집에서 좀 쉬고 싶어서."

"통영, 거제도 좋지."

부러워하는 엄마의 얘기에 가현이 엄마와 석영을 번갈아 쳐다봤다.

"나 신경 쓰지 말고 휴가 가, 엄마. 오빠도."

"너야말로 엄마는 신경 쓰지 마. 석영인 휴가 가야지?"

석영은 대꾸 없이 웃을 뿐이었다.

"안 가? 여자친구랑 헤어진 것 때문에 많이 힘들어?"

석영이 고개를 저었다. 은주와 헤어졌다는 소식을 전했을 때 가현은 한참을 멍하니 석영을 쳐다보기만 했다. 오빠는 괜찮다고 해도 어떤 말도 하지 않고, 어떤 표정도 짓지 않았다. 그때 가현이 무슨 생각을 했는지 석영은 모른다. 물어도 가현은 아무 말도 하지 않았다.

"그런 거 아니에요. 다음 주 금요일엔 글라이딩도 갈 거고요."

"금요일에? 그럼 토요일에 오는 거야?"

"아니, 일요일예요."

"어디로 가는데 2박 3일로 가?"

평소와 다른 일정에 놀랐는지 가현이 관심을 보였다. 엄마도 제연도 궁금했지만 제연은 가현이 반응을 보인 게 괜히 뿌듯했다.

"강원도 원주. 전부터 해보고 싶다는 친구가 있었는데 이번에 같이 가자고 해서. 간 김에 좀 놀다 오려고."

"휴가네."

"뭐, 나름 비공식? 가현이 공부하느라 애쓰는데 너무 티내지 말아야지."

제연은 늘 이런 식인 석영을 그냥 친절하고 배려가 깊은 성격이라고만 생각했었다. 그런데 집에서 보던 그의 이런 부분들이 전부 가현을 위한 거였다고 생각하니, 조금은 그가 대단하게 보이기도 하고, 징그럽게 보이기도 했다.

"다녀오면 형아가 네 성에 찰 때까지 여자 소개시켜 줄게."

석영에게 하는 얘기인데 제연은 가현을 쳐다보며 말했다. 가현은 제연의 얘기를 들으며 입을 우물우물 움직일 뿐이었다. 어째선지 가현이 얄미워 보였다.

잠자리에 들려고 자리에 누워 야광별을 올려다보던 제연이 석영의 침대 쪽으로 고개를 돌렸다. 벽 쪽을 보고 돌아누워 있었다.

"넌 천성이 좀 밝은 성격이야."

석영이 몸을 틀어 제연을 쳐다봤다.

"뭐?"

"진지하고, 무뚝뚝한 성격은 아니잖아."

"그렇지. 근데 그건 갑자기 왜?"

"그런데 고등학교 때, 여자애들이 네가 좀 차갑다고 했어. 밝은 성격인 건 맞는데, 뭐랄까. 틱틱댄다고 해야 하나? 나는 별다르게 못 느꼈고 장난도 잘 치고 그 또래 남자애들은 대부분 그랬으니까."

석영이 뒤척이더니 바른 자세로 누웠다.

"가현이도 그러더라고. 학교에서 넌 좀 더 짓궂다고. 뭐, 애들이랑 잘 지내는 선생님이고 편하게 해주다 보면 짓궂게 장난도 치고 그러나 보다, 했지."

"그런데?"

"그런데 지금 생각해 보니까 넌 원래 그런 놈인 거야."

석영이 웃었다. 하지만 제연은 웃지 않고 진지하게 얘기를 이어 나갔다.

"정말 가현이한테만 한없이 좋은 사람이었던 거야."

석영의 얼굴에서 웃음기가 사라졌다. 건욱에게 뭉뚱그려 설명을 하고, 은주에게 답답한 심정을 하소연하고, 제연에게 들켰을 때만 해도 이런 감정은 느껴지지 않았다. 그런데 지금 자신의 '진짜' 감정을 그가 알아준 것 같았다. 단순히 '그런 짝사랑을 하다니 대단하네요.', '사람이 어떻게 한 사람만 보고 그렇게 살아.', '네 감정 나한텐 현실감 없어.'가 아니라, '그동안 네가 많이 힘들었겠구나.' 하는 느낌이었다.

"난 네 감정을 알았어도 무작정 너랑 가현이가 잘되길 바라는 마음은 아니었어. 가현이가 너 아닌 다른 사람을 만나게 되어서 스스로 행복하다고 하면, 너한텐 미안하지만 네가 물러서야 한다고 생각했거든. 그런데 지금은 가현이가 너 아닌 누굴 만나면 반대하게 될 것 같아. 너만큼 가현일 생각해 줄 사람이 이 세상에 없을 테니까."

석영이 마른침을 삼켰다.

"고맙다."

"너는 가족이기 전에 나한테 제일 친한 친구야. 단순히 친하다고 하는 정도가 아닌 가족 같은 친구라고. 내가 누구 좋으라고 네

가 고생하는 걸 반기겠냐? 가현이 때문에 한 마음고생, 일단 내가
사과할게. 미안하다."

석영의 입가에 미소가 걸렸다. 제연도 비슷하게 웃고 있을 것
같았다.

"가현이한테 전혀 다른 기미는 느낀 적 없어?"

"가현이는 기대를 하게 하는 타입이 아니야. 은주 선배랑 사귀
는 척하면 기대하게 만들어주지 않을까 했는데 응원 받았어."

"내 동생이지만 쓸데없이 순수해. 그거로도 안 되면 무슨 수를
써야 되나."

"수능 끝날 때까지는 그냥 둬. 넌 오늘도 좀 위험했어."

"괜히 얄밉잖아."

"가현인 아무것도 모르는데 얄미울 게 뭐 있어."

"넌 성인군자야. 그날 실수를 좀 한 성인군자."

석영과 제연이 함께 웃었다. 석영은 괜히 뿌듯해졌다. 제연에게
인정을 받으니 가현도 주지 않았던 기대가 생겨나는 것 같았다.
그런 꿈이라도 꾸지 않을까 기대하며 서서히 잠에 빠졌다.

가현아, 너는 모르겠지만, 오빠는 평생 네 편이야. 오로지 너만의 편. 너
는 누구의 편이 되고 싶어?

10.

"도대체 고3은 언제 끝나!"

머리칼을 헤집어 엉망진창으로 만들어놓고 미영은 예림의 침대에 엎드려 엉엉 우는 척을 했다. 확실히 가현도 가끔은 미영처럼 소리 지르고 싶을 정도로 스트레스가 심했다.

"그래도 수능 얼마 안 남았잖아."

"태평한 소리 하지 마! 너 수능 안 본다고 이럴 수 있냐고!"

이미 1학기 때 수시로 자신이 원하는 학교, 과에 입학한 예림은 친구들에 비해 여유로운 때를 보내고 있었다.

"윤가현은 수능 안 보고 수시로 대학 가도 되는데 굳이 수능을 본다고 해서 경쟁자만 더 늘게 만들고!"

"그건 확실히 화가 나겠다."

예림이 한숨을 쉬며 미영의 등을 토닥였다. 가현은 멍하니 두 사람이 주고받는 한탄과 위로를 들으며 과자를 먹고 있었다.

"참! 어제 종혁이 데뷔 무대 봤어? 걔 TV로 보니까 별로야!"

예림이 노트북으로 전날 종혁의 데뷔 무대 영상을 찾았다. 가현과 미영은 독서실에 있을 때라 보지 못했다. 무대에서 조명을 받고 혼자 서 있는 종혁은 어딘가 어색하게 느껴졌다.

"실물이 낫지?"

"그러게. 근데 실물이 낫고, 화면발이 잘 받고 이런 것보다 그냥 얠 이렇게 보니까 이상하다!"

"내 말이! 함성 소리 봐. 웬만한 아이돌 저리 가라, 라니까."

그와는 헤어지는 순간 완전한 타인이 되었다. 가끔 학교에서 마주쳐도 눈인사를 할 뿐 제대로 인사를 하거나 얘기를 나눈 적은 없었다.

"윤가현 양, 후회하나요?"

예림이 있지도 않은 마이크를 잡은 것처럼 동그랗게 만 주먹을 가현의 앞에 들이댔다.

"안 합니다."

"진짜? 전혁? 쟤 저렇게 멋있어졌는데?"

"아깐 별로라며."

"실물보다 별로라는 거지! 솔직히 말해봐. 진짜 후회 안 해?"

"응."

예림과 미영의 눈이 가늘어졌다. 하지만 그렇게 쳐다본다고 가현의 대답이 달라질 리 없었다. 지금 가현에겐 후회를 할 틈이 없었다.

"감정이 그렇게 무 자르듯 되는 거야? 그보다 첫 연애였는데 첫

칼질도 그렇게 깔끔하게는 안 된다고!"

"깔끔하진 않아. 후회하지 않는다는 거지, 미안하게 생각해."

"그러게 미안한 짓을 왜 했냐고!"

예림이 가현의 양 볼을 잡아 죽 늘였다 놨다. 얼얼한 볼을 문지르며 가현은 노트북을 쳐다봤다. 화면 안 종혁은 아무래도 적응이 안 될 것 같았다.

"얘 광고도 찍는다던데."

"도대체 이런 복덩어리를 왜 찬 거야! 다른 남자가 생긴 것도 아니고!"

아까워 죽겠다며 두 발을 동동 구르는 미영과 예림을 보며 가현은 그저 웃었다. 지금 이 상황에도 가현의 머릿속엔 글라이딩을 간 석영에 대한 생각뿐이었다.

"좋아! 어차피 이렇게 된 거, 우리 수능 잘 본 다음에 내 과외 선생님 친구들이랑 미팅하자!"

미영이 호기롭게 꺼낸 소리에 예림과 가현은 시무룩한 반응이었다.

"왜?"

"너 과외 선생님 별로야."

예림의 솔직한 대답에 가현은 피식 웃었다. 가현은 그런 의미에서 대답을 하지 않은 건 아니지만 실망하는 미영의 표정이 귀여워서 웃지 않을 수 없었다.

"웃지 마, 윤가현! 너는 서종혁이랑 사귄 걸 보면 분명 남자 얼굴 따질 거 같아. 네가 웃으면 왠지 더 자존심 상한다고!"

"나 남자 얼굴 안 봐."

예림과 미영이 믿을 수 없다는 표정으로 가현을 쳐다봤다. 뭐, 첫 연애를 했던 종혁이 잘생겼던 건 사실이고, 석영도 어디에 내놔도 모자랄 게 없는 외모니 전혀 안 본다고 할 수는 없었다. 하지만 분명 종혁을 만났던 것도, 석영을 좋아하고 있는 지금도 꼭 그들의 외모 때문이 아니었다.

"그럼 뭐 봐?"

두 사람이 나란히 턱을 괴고 가현을 향해 두 눈을 반짝반짝 빛내며 물었다.

"자상한 성격."

"서종혁이 자상했어?"

"가현이한텐 그런 부분도 있지 않았어?"

가현은 종혁을 생각하며 한 얘기가 아니었다. 자상한 사람. 언제나 따뜻하게 웃는 사람. 필요하다고 말하지 않아도 꼭 옆에 있어주는 사람. 그냥 석영.

"그냥 좋은 사람."

가현의 멍한 대답에 한창 종혁이 자상했는지 안 했는지에 대해 얘기하던 두 사람이 조용해졌다.

"뭐야! 윤가현, 너 누구 좋아하는 사람 있지?"

가현은 고개를 저었지만 예림과 미영은 믿지 않았다.

"있네, 있어! 너 그래서 종혁이랑 헤어진 거야?"

"아니라니까."

"아니긴 뭐가 아니야. 학교에선 그런 눈치 못 챘는데! 학원? 독서실? 어디서 만난 사람이야?"

가현은 제멋대로 추측하는 예림과 미영을 빤히 쳐다보고 있을 뿐이었다. 말할 수 있다면 얼마나 좋을까. 친구들에게 설레는 마음, 속상한 마음, 한가득 담고도 자꾸만 넘치는 이 마음을 말할 수 있다면 얼마나 좋을까.

"반응 좀 해! 안 그래도 우울한 고3 뭔가 재밌는 얘깃거리라도 있었으면 좋겠다고!"

결국 먼저 지쳐 버려서 미영이 버럭 성질을 내고 가현의 어깨에 얼굴을 묻었다. 가현이 미영의 어깨를 토닥이며 위로하고 그녀의 입에 과자를 넣어주자 미영은 금세 기분을 풀고 과자를 맛있게 먹었다.

"수능 끝나면 어디든 놀러 가자. 작년에 스키장 갔을 때도 좋았는데."

"나 빼고 너희끼리 간 거잖아. 거기서 석영 쌤도 만났다며!"

"만났지. 그때가 좋았어."

가현은 그날을 그렇게 좋은 기억으로 가지고 있지 않았다. 석영에게 누군가가 생겼다는 걸 직접적으로 와 닿게 깨달은 날이었다. 자신의 감정에 더 이상 거짓을 할 수 없다는 걸 알게 된 날이었다.

"뭔가 수다를 떨면서도 불안해. 내가 이렇게 놀 시간에 다른 수험생들은 엄청 치열하게 공부하고 있을 거 아냐. 빨리 편안하게 수다 떨 수 있는 시간이 왔으면 좋겠다."

"그래도 너희니까 내가 억지로 놀자고 했을 때 시간 내주는 거잖아. 앞으로 수능 끝날 때까지는 더 이상 땡깡 안 부릴게."

"응. 예림이 넌 필히 반성해."

가현이 엄하게 그녀를 타이르듯 얘기하자 미영은 깔깔 웃었고, 예림은 무릎을 꿇고 고개를 푹 숙이더니 잘못했다며 반성하는 자

세를 취했다. 미영 말대로 완전히 편안한 시간은 아니었지만 그래
도 오랜만에 친구들과 수다를 떠니 스트레스가 조금은 해소되는
것 같았다.

"근데 우리 과외 선생님 그렇게 별로야? 내 눈에는 멋지던데."

"어떤 게 멋져? 그렇게 숙제도 엄청 내주는데."

"그런 게 멋지지 않나? 날 스파르타로 교육시키는 거."

"얘 맛이 갔네."

예림이 미영의 머리를 똑똑 두드렸다. 미영이 거긴 아무도 없다
며 퉁명스럽게 답했다.

"얘가 좋다는데 뭐 어때."

"그치?"

미영이 히죽 웃으며 가현의 팔에 팔짱을 꼈다.

"과외 할 때마다 무심하게 굴면서 잘하면 사탕이나 초콜릿 하
나씩 주고 가는 것도 너무 좋아!"

"그건 좀 괜찮네. 난 그런 연상이 좋아!"

미영의 설렘이 고스란히 느껴지는 얘기들을 들으며 가현도 괜
스레 들떴다. 나중에 시간이 많이 흐르면 석영에 대해서 얘기할
수 있는 날이 올까 궁금했다. 자신의 감정은 말하지 못해도, 관계
만이라도 풀어놓고 싶었다. 그땐 자신과 석영은 어떤 상황이 되어
있을지도 알고 싶었다.

한참 미영의 얘기를 들으며 웃고, 설레고, 속상해하고 있는데—
특히 현재 짝사랑을 하고 있는 가현이 예림보다 훨씬 더 많이 미영과
공감할 수 있었다—가현의 휴대폰이 울렸다. 제연이었다.

"어, 오빠."

─무슨 수험생이 이렇게 여유로워?

"예림이네 왔어. 오랜만에 미영이랑 예림이랑 좀 쉬고 싶어서."

"오빠, 안녕하세요!"

예림과 미영의 우렁찬 소리에 제연이 웃는 소리가 들렸다.

─오냐, 오냐. 오빠 지금 거의 다 왔는데 비 많이 와. 너 우산 있어?

"비 많이 온다고?"

가현의 얘기에 예림이 커튼을 걷었다. 장대비가 쏟아지고 있었다.

"나 우산 없는데."

─언제까지 있을 건데? 오빠 집에 들어가면 또 나오기 귀찮을 거 같은데 지금 안 갈래? 미영이도 데려다 줄게.

그렇지 않아도 자리를 슬슬 정리할 때가 되었다고 생각하던 차였다. 가현이 미영에게 물어보자 미영은 무조건 좋다며 잽싸게 짐을 챙겼다. 예림은 서운한 기색을 보였지만 더 이상 붙드는 것도 미안하다고 생각했는지 자신이 만든 쿠키를 싸주겠다며 분주하게 움직였다.

─도착하면 다시 전화할게.

전화를 끊고 제연이 오길 기다리면서 가현은 예림과 미영이 부러워하는 소리를 끝없이 들었다. 그리고 제연이 도착해서 미영을 데려다 주는 내내 미영의 찬사는 끊이지 않았다.

"나 그렇게 좋은 오빠야?"

미영을 내려주고 나서 제연이 실실 웃었다. 기분이 좋기도 하지만 미영의 찬사가 과하다고 생각해서 자꾸 웃음이 났다.

"좋은 오빠지. 아니라고 생각했어?"

"너 밖에서 네 얘긴 잘 안 한다며. 그래서 네 친구가 날 저렇게 찬양할 줄 몰랐는데."

"아예 안 하는 건 아니고, 가끔 하니까. 뭐, 오빠가 해주는 것보다 과대 포장될 때가 많긴 해. 석영이 오빠 몫까지 오빠가 한 것처럼 말할 때 있거든."

"그건 확실히 과대 포장이네. 오늘 석영이랑 연락해 봤어? 그쪽 날씨는 괜찮대?"

가현이 비 오는 창밖의 풍경을 내다봤다. 예림의 집에 가기 전에 했던 연락이 끝이었다. 그땐 이곳도 석영이 있는 곳도 날씨가 좋다고 해서 전혀 걱정하지 않았다.

"이런 날씨면 석영이 오빠도 글라이딩은 안 했겠지."

"바보가 아닌 이상 안 하지."

내일도 비가 온다는 예보가 있다면 석영이 오늘 밤 돌아오진 않을까 기대됐다. 꼭 글라이딩 때문이 아니어도 친구들과 놀러 간 거니까 돌아오지 않을 수도 있었다. 혹시나 하는 기대로 가현이 휴대폰을 꺼냈다. 그리고 석영에게 전화를 걸었다.

—여보세요.

언제부턴가 그와의 통화도 설레는 일이 되어버렸다. 목소리만으로 그의 기분을 알아채야 하는 통화는 그의 목소리에 더욱 집중할 수밖에 없었다.

"오빠, 거기도 비 와?"

—아니. 좀 흐리긴 한데 비는 안 와. 오히려 바람이 적당히 불어서 날씨 좋은데. 거기 비 와?

"응. 여긴 많이 오는데."

—그래서 기운이 없구나?

늘 먼저 기분을 알아채는 건 석영이었다. 기운이 없는 건 날씨 탓이 아니었지만 가현은 그런 척해야 했다.

"예림이네서 미영이랑 셋이 놀다가 지금 제연이 오빠가 데리러 와서 집에 가고 있어."

—제연이 벌써 왔어? 통영 재밌었대?

가현이 제연을 쳐다봤다. 그러고 보니 며칠 만에 본 제연이었는데 그에게 휴가가 좋았는지는 아직 묻지 않았다.

"아직 안 물어봤는데. 이제 물어볼게."

석영이 낮게 웃었다. 가슴이 간질간질 귓속의 잔털이 삐죽삐죽 섰다.

—알았어. 조심해서 들어가고 내일 보자.

"응. 오빠도 글라이딩 조심해서 해."

전화를 끊고 가현은 미소를 지었다. 그가 빨리 돌아오지 않을 거라는 건 서운했지만 그와의 통화는 설레었다.

"거기 날씨 좋대?"

"응. 비 안 오고 바람도 적당히 불어서 글라이딩하기 좋대. 오빠 휴가 재밌었냐고 물어보는데?"

"내일 오면 대답해 준다고 해."

가현이 낮게 웃었다. 그리고 제연의 휴가 얘기를 들으며 집으로 향했다.

집에 도착해 엄마와 함께 저녁을 먹으면서도 제연의 휴가 얘기는 이어졌다. 석영도 함께했으면 좋았을 거라는 생각이 들었다.

"다음에 너도 꼭 가봐."

제연이 찍어온 사진을 보던 가현이 멍하니 제연을 쳐다봤다. 석영이라면 어딘가에 다녀와서 꼭 가현에게 다음에 함께 가자고 말했다. 제연은 석영과 있을 때 석영이 먼저 말하고 난 뒤엔 그렇게 말했지만 먼저 함께 가자고 얘기하는 일은 드물었다. 갑자기 기운이 쪽 빠지면서 석영이 보고 싶어졌다. 괜히 그가 왜 그렇게 다정한 성격인지 심술이 나기도 했다. 자신에게만 다정한 게 아닐 거라고 생각하니 더욱 속이 상했다.

"저게 뭐야?"

넋이 나간 것 같은 엄마의 소리에 가현과 제연이 TV로 시선을 옮겼다. 뉴스 채널을 틀어두었는데 앵커를 비추던 화면이 현장 화면으로 바뀌었다.

[……갑자기 기류가 바뀌면서 비바람이 거세졌습니다. 글라이딩을 대기하고 있던 사람들은 무사히 대피할 수 있었지만 활강을 하던 30대와 40대의 남성 두 명은 현재 무전 연락도 되지 않고, 실종된 지 40여 분이 흘렀습니다. 원주 소방청에서 실종된 두 남성을 찾기 위해 수색을 하는 중이지만 비바람이 거세서 수색이 쉽지 않은 상태입니다. 외에도 무사히 착지는 했지만 비바람에 휩쓸려 부상을 당한 20대 남성은 현재 서울 병원으로 후송 중입니다. 기류가 바뀔 때 사고가 잦은 글라이딩은…….]

비바람이 거센 화면을 보고, 기자가 하는 소리를 전부 들었지만 가현은 이해할 수가 없었다. 머릿속도 귓속도 멍해져서 아무 생각도 들지 않았다.

"너희 오늘 석영이랑 통화했어?"

엄마의 물음에 어떤 반응도 할 수가 없었다. 불과 몇 시간 전에 그의 목소리를 들었다. 웃었고, 내일 보자고 다정하게 얘기해 줬다. 글라이딩을 하기에 좋은 날씨라고 했다.

"얘 왜 전화를 안 받아."

제연의 걱정스런 목소리가 들렸다.

"다시 걸어봐. 석영이랑 같이 간 친구들 연락처는 몰라?"

"대학 동기들이라 나는 다 모르는 사람들인데."

초조한 엄마와 제연의 목소리가 가현의 머리 위에서 계속해서 울렸다.

"원주? 석영이도 원주로 간다고 했지? 어디에 연락해야 알 수 있는 거야?"

가현이 천천히 고개를 저었다. 말도 안 돼. 석영이 원주로 글라이딩을 갔지만, 뉴스에서 20대 남성이 서울 병원으로 후송 중이라고 했지만, 전화 연결이 되지 않고 있지만, 그런 일이 석영에게 일어날 리가 없었다. 석영이다. 다른 이도 아니고 석영이다. 절대로 자신의 옆에서 떠나지 않을, 언제까지나 함께해 줄, 무슨 일이 있어도 가현이 놓쳐선 안 되는……

계속해서 제연이 응답이 없는 석영에게 전화를 걸며 가현의 어깨를 잡았다. 미동도 없이 두 눈만 깜빡이고 있었다. 그대로 얼어 버린 듯했다.

가현이 벌떡 자리에서 일어났다. 그리고 제 방으로 가서 휴대폰을 찾았다. 싫었다. 지독하게 싫었지만 지금 생각할 수 있는 건 단 한 가지뿐이었다.

—여보세요?

"은주 언니."

눈물이 날 것 같았다. 그런데 울 수가 없었다. 울면 진짜로 석영에게 무슨 일이 일어나 버릴 것 같았다.

—어, 가현아. 나한테 전화를 다 하고, 무슨 일이야?

"오빠랑 헤어지신 거 아는데, 이렇게 연락해서 죄송해요. 오늘 석영이 오빠가 대학 친구들이랑 글라이딩 갔는데 누구랑 같이 갔는지 알아봐 주시면 안 돼요? 연락처 좀 알려주세요."

다급했다. 숨도 쉬지 않고 말을 뱉었다. 말을 마치고 난 뒤에는 입을 꾹 다물었다. 울음을 터뜨리지 않기 위해 안간힘을 쓰며 참았다.

—알아보는 건 어렵지 않은데, 가현아, 무슨 일이야?

"찾아주세요. 누구랑 갔는지 알려주세요. 제발요, 언니."

—가현아, 왜 그래?

"제발. 제발요."

왜 하필 은주에게 부탁을 해야 하는 걸까. 이미 그와 헤어진 그녀에게 왜 이렇게 간절히 빌어야 하는 걸까.

—일단 내가 애들한테 연락해 보고 다시 연락해 줄게. 석영이 무슨 일 있는 거야?

답할 수 없었다. 제 입으로 스스로 석영이 위험할지도 모른다는 소리만큼은 죽어도 할 수 없었다. 그때, 가현의 방으로 온 제연이 가현이 힘껏 쥐고 있는 휴대폰을 겨우 가져갔다.

"여보세요? 은주 누나? 저 제연인데요, 갑자기 죄송해요. 석영이가 글라이딩을 갔는데 지금 연락이 안 돼서요. 무슨 일 있는 게 아닌지 확인하려고 하거든요. 같이 간 사람 누군지 좀 빨리 알아봐 주시겠어요? 네, 부탁드릴게요."

제연이 전화를 끊고 가현을 살폈다. 두 눈이 새빨갛게 충혈이 되고, 볼이 파르르 떨릴 정도로 이를 악물고 있었다.

"가현아, 별일 없을 거야. 괜찮을 거야."

가현은 제연이 내려놓은 제 휴대폰을 양손으로 꽉 쥐었다. 마음 속으로 계속해서 괜찮아, 괜찮을 거야, 괜찮아, 라고 주문을 외웠다.

엄마와 제연은 소파에서 앉았다, 일어났다 불안해서 어쩔 줄을 몰랐다. 가현 역시 불안하긴 마찬가지였지만 두 사람이 보기엔 가장 차분해 보였다. 하지만 얼굴은 이미 창백해졌고 손끝은 차갑게 식어 있었다. 멍하니 제 휴대폰을 쥐고 있을 뿐 숨도 쉬지 않는 것처럼 보였다. 엄마와 제연이 괜찮을 거라고 토닥여 줘도 어떤 반응도 보이지 않았다. 제연은 점점 석영보다 가현이 걱정되기 시작했다.

"가현아."

왜 울지 않으려고 이렇게 애를 쓰고 있는지 알 수 없었다. 불안하고 걱정되는 건 마찬가지일 텐데 가현은 애써 참고 있었다.

"왜 참는 거야? 울어도 돼. 걱정되잖아."

가현이 세차게 고개를 저었다. 하지만 절대 입을 열지 않았다. 온몸에 힘을 어찌나 세게 주고 있는지 아플 것 같았다. 가현이 안타까운 마음과 석영이 걱정되는 마음이 뒤범벅되었다. 제연이 가현의 앞에 앉아서 그녀의 양어깨를 잡는 순간, 휴대폰이 울렸다. 당연히 가현이 받을 거라 생각했다. 그런데 가현은 흔들리는 눈동자로 제연에게 휴대폰을 내밀었다. 받을 수조차 없는 상태였다.

"여보세요?"

─지금 석영이 서울 병원으로 후송 중이래요. 왼팔 골절이고, 다른 데는 타박상으로 보인다는데 정밀 검사는 가서 해봐야 안다나 봐요. 강남 ○○병원으로 간다니까 거기서 봐요.

"네, 고마워요, 누나."

전화를 끊기 무섭게 가현이 제연의 팔을 잡았다.

"왼팔 골절이래. 다른 데는 타박상으로 보이는데 일단 병원 가서 검사해 봐야 안다니까 병원으로 가자. 엄마, 이모한테 전화할 거지?"

"응. 일단 가자. 가면서 연락하자."

가현이 일어서다가 몸을 휘청거렸다. 엄마가 가현의 팔을 붙들었고 가현의 표정이 일그러졌다. 그리고 숨도 제대로 못 쉬고 있었는지 큰 숨을 몰아쉬려고 입을 여는 순간 울음이 터졌다. 분명, 그 울음은 엄마도 제연도 쉽사리 위로를 할 수 없는 무엇이었다.

석영이 오빠, 오빠는 모르겠지만, 나는 오빠가 없인 살 수 없어.

병원에 도착해서 만난 석영은 꼴이 말이 아니었다. 왼팔은 급하게 응급처지로 고정시켜 놓은 반깁스 상태였고, 얼굴이며 팔다리는 다 긁혀서 상처투성이였다.

"걱정시켜서 죄송해요."

이모를 보며 얘길 하기 무섭게 석영은 가현을 찾았다. 착지가 불안정할 거라고 느낀 순간, 제일 먼저 떠오른 게 가현이었다. 크게 다치면 안 될 텐데, 가현이 많이 걱정할 텐데.

"가현아."

석영의 부름에 가현이 울음을 참으며 그의 앞으로 다가갔다.

"미안. 많이 놀랐지?"

왜 이런 순간에도 석영은 이토록 다정한 건지 속이 상했다. 석영의 손을 잡고 싶었는데 조금만 건드려도 아플 것 같아서 가까이 다가갈 수가 없었다.

"오빠 괜찮아. 검사 결과는 아직 안 나왔는데 다 말짱해. 팔만 수술하면 돼."

조금도 위로가 되질 않았다.

"아파?"

가현의 바들바들 떨리는 목소리가 더욱 아팠다.

"괜찮아."

"이제…… 이거 하지 마, 오빠."

석영이 옅게 미소를 지으며 닿을락 말락 가현의 손끝을 스쳤다. 그런데 가현이 손을 조금 더 앞으로 뻗었다. 한 마디, 두 마디가 겹치고 손바닥이 완전하게 마주했다. 천천히 그 손을 잡으려는데 바로 수술에 들어가겠다며 침대를 움직이는 바람에 두 개의 손이 멀어졌다.

그가 수술에 들어가고 가족들이 속속들이 도착했다. 언제 왔는지 은주도 도착해서 석영의 친구들과 함께 있었다. 가현은 석영과 손바닥이 닿았던 제 손을 물끄러미 내려다보고 있었다. 그와 손을 잡는 일이나, 이렇게 스치는 건 당연한 일이고 조금도 의식할 필요가 없는 일이었다. 그런데 자꾸만 제 손바닥이 안타깝게 느껴졌다.

"이것 좀 마셔."

이온 음료를 사온 제연이 가현의 옆에 앉았다.

"크게 다친 게 아니라 다행이야. 그러니까 너도 이제 한시름 놔."

괴로웠다. 크게 다치지 않은 게 아니라 조금도 다치지 않았어야 한다고 생각했다. 함부로 올 수조차 없을 정도로 그가 무사하길 간절히 바라던 자신의 마음을 들켰을까 두려웠다. 닿았던 손바닥이 화끈거리는 게 가장 괴롭고 힘들었다.

"너 공부하느라 신경 쓸까 봐 휴가 얘기도 제대로 안 했던 게 이렇게 걱정시키고. 수술 끝나면 죽었어, 차석영."

일부러 더욱 힘 있게 얘기하는 제연의 말이 잘 들리지 않았다. 그 소릴 듣고 앞에 앉아 있던 아저씨가 뒤를 돌아봤다.

"가현이 괜찮아?"

석영만큼이나 늘 자상한 아저씨였다. 이모도 아저씨도 진심으로 가현을 조카처럼 예뻐하고 귀여워해 줬다. 차라리 가족이었으면, '가족 같은'이 아니라, '진짜 가족'이었으면.

"아저씨랑 이모도 많이 놀라셨죠?"

한참 운 탓에 목소리가 잠겨 있었다. 가현의 물음에 이모가 뒤를 돌아보더니 가현의 옆으로 자리를 옮겼다. 그리고 가현의 어깨를 감싸 안았다.

"놀란 건 다 마찬가지지. 눈가가 아직도 빨가네. 괜찮아. 석영이 건강하잖아. 뼈도 금방 붙을 거야. 이모가 사골국 질리도록 끓

여줄게."

가현이 억지로 미소를 지었다. 자신의 감정이 모두에게 짐이 되고, 이 모든 관계를 깨어지게 만들면 어쩌나 겁이 났다. 이모의 어깨에 얼굴을 묻었다. 서로를 너무나 잘 알기에 지금 자신의 거짓된 웃음을 알아챌까 두려워서 숨고 싶었다.

석영의 수술이 무사히 끝나고 병실로 이동하는 동안은 계속 분주했다. 가현은 석영의 바로 옆에 붙어 있고 싶었지만, 그의 친구들이 그에게 말을 걸고, 가족들도 석영에게 이런저런 얘기를 하느라 가까이 다가갈 수가 없었다.

"고맙고, 수고했어요."

저녁을 사준다는 아저씨의 말에도 불구하고 석영의 친구들은 오늘은 그만 돌아가겠다고 했다. 다들 비를 쫄딱 맞고 석영을 데리고 서울로 올라오느라 고생을 많이 한 듯 보였다. 그의 친구들이 병실에서 나가는데 은주도 그들과 함께 걸음을 옮겼다. 제연이 은주의 옆에 서서 고맙다는 인사를 하고 있었다.

"누나도 많이 놀랐죠. 경황이 없는데 누나 말곤 연락처를 아는 사람도 없어서요."

"내 연락처라도 가지고 있어서 다행이죠 뭐. 어른들도 많이 놀라셨을 테고, 가현이도 많이 놀란 것 같은데 잘 좀 달래줘요."

석영의 사정을 알고 있다더니 은주가 목소리를 낮추고 제연에게 속삭였다. 어른들께 인사를 하고 은주가 병실을 나가려는데 석영이 은주를 불렀다.

"은주 선배! 잠깐만."

영문을 모른 채 은주가 붙들렸고, 가현은 멍하니 석영에게로 다가가는 은주를 쳐다봤다. 뭐랄까. 헤어진 남녀처럼 보이지 않았다. 석영이 뭔가 할 말이 있어 보였는데 난데없이 아빠와 아저씨가 이렇게 참한 아가씨를 알고 지냈냐며 석영에게 은주를 칭찬했다. 어깨를 움츠린 가현이 조심스레 병실을 나왔다. 휴게실로 가서 휴대폰을 만지작거렸다. 할머니, 할아버지가 불쑥 떠올랐다. 가현은 시골집에 전화를 걸었다.

　—여보세요.

석영의 할아버지 목소리였다. 언제나 힘이 넘치는 분인데 걱정을 한 탓인지 평소보다 목소리가 무겁게 들렸다.

"할아버지."

　—가현이냐?

"네. 많이 놀라셨죠."

　—놀랐지. 병원이야?

"네. 할머니들이랑 할아버지는 괜찮으세요?"

　—아까 네 엄마 전화 받았어. 그러고 나선 다들 한시름 놨지. 어려서도 어디 크게 다친 적 없는 놈이 다 커서 걱정이나 시키고.

안도한 덕인지 할아버지의 투덜거림이 자연스럽게 나왔다. 웃음이 나면서도 어째선지 서글퍼졌다.

"석영이 오빠 혼내주세요."

　—그럴게. 지금 한창 공부하느라 바쁜 우리 가현이 두고 놀러가서 이렇게 걱정시켰으니 혼내줘야지. 오빠 다쳐서 기운이 하나도 없는 거야?

"네. 힘이 쪽 빠졌어요."

　—녀석, 괜찮아. 석영이 퇴원하거든 같이 한번 와.

"그럴게요. 또 전화 드릴게요."

―그래. 너도 이제 마음 좀 풀고, 괜찮아지거든 다시 전화해.

통화를 마치니 더욱 울적해졌다. 괜히 속상한 마음을 걱정해서 많이 놀랐을 할아버지에게 풀어버린 것 같아 죄송했다. 이런 게 자신이 어리기 때문인 것 같았다. 어른이 된다면 참아낼 수 있을까. 초연하게 굴 수 있을까. 어른이 되면 이 마음은 어떻게 될까.

발치에 드리워진 그림자 때문에 가현이 고개를 들었다. 제연이었다.

"여기서 뭐 해?"

"힘들어서. 왜?"

"석영이가 찾아."

가현은 곧바로 고개를 숙였다. 겨우 한마디에 이토록 가슴이 뛰면서 도대체 참아내고 초연해지는 건 어떻게 할 수 있단 말인가.

"너 너무 놀랐나 보다. 이러다가 네가 병나겠다."

제연과 함께 병실로 돌아오자 다들 가현을 기다리고 있었던 것처럼 모두의 시선이 가현에게로 닿아 있었다. 은주는 석영의 침대에 가장 가까이 앉아 있었다.

"가현이 저녁 뭐 먹을래?"

밥 생각은 없었다.

"아무거나 상관없어요."

"아저씨 오랜만에 서울 왔는데 가현이 맛있는 거 사줘야지."

가현이 아저씨를 보며 미소 지었다. 그런데 가족들이 하나둘씩 자리에서 일어나기 시작했다.

"다 가는 거야?"

제연을 보며 묻자 그가 고개를 끄덕였다. 가현이 석영을 쳐다봤고, 은주가 모두를 배웅하기 위해 자리에서 일어났다. 가슴이 욱신거렸다. 석영이 말하지 않는다면 부모님들은 은주가 석영의 헤어진 전 여자친구인지 알 수 없을 터였다. 석영은 어째서 은주만 남겨두고 가족들을 보내려 하는 건지 이해할 수가 없었다. 혹, 은주와 다시 만나려는 걸까.

"오빠 대학교 선배래. 할 얘기가 있어서 오빠는 저 언니랑 같이 밥 먹는다니까 우리는 집에 가서 자고 내일 필요한 거 가지고 아침에 다시 오려고. 왜? 오빠 혼자 있을까 봐?"

엄마의 물음에 가현이 머뭇거리다가 고개를 끄덕였다. 차라리 혼자 있는 게 나을 것 같았다. 괜히 석영이 미웠다. 왜 다쳐서, 가족보다 은주와 함께 있겠다니.

"거동 불편한 거 아니니까 오빠 혼자 있어도 돼."

아저씨가 씩 웃으며 가현의 머리를 쓰다듬었다. 가족들을 배웅하기 위해 자리에서 일어난 은주가 차례차례 인사를 했다. 그리고 마지막으로 가현을 보고 생긋 웃었다.

"많이 놀랐을 텐데 가서 편히 쉬어."

좋은 사람이었다. 어른스럽고, 어째서 석영이 잠깐 기다리라고 했는지 모르지만 불편할 텐데도 조금도 티내지 않았다. 자신의 마음 때문에 죄 없는 은주를 미워했던 게 미안해서 가현은 은주의 시선을 피하고 고개를 꾸벅 숙였다. 그리고 엄마를 쫓아 병실에서 나가려는데 석영이 가현을 불렀다.

"가현아, 잠깐만."

가족들이 먼저 병실에서 나가고 가현은 자신을 부른 석영을 쳐다보고 있을 뿐이었다. 미소를 지은 석영이 가현에게 가까이 오라고 손짓을 했고, 천천히 그의 앞으로 다가갔다.

"이제 오빠 진짜 괜찮아. 그러니까 얼굴 좀 펴."

울컥 눈물이 치솟았다. 하지만 울 수가 없었다. 그런데 멋대로 입이 움직였다.

"나…… 진짜 무서웠어, 오빠."

"응. 미안해. 뉴스에까지 나왔을 줄은 몰랐어."

"괜찮을 거라고 생각해야 되는데 너무 무서워서 자꾸 나쁜 생각이 드는 게 더 무서웠어."

가현이 조심스럽게 뻗은 손이 석영의 깁스한 팔에 닿았다. 딱딱한 깁스와 감아놓은 붕대의 까칠한 감촉만이 느껴질 뿐이었다.

"왜 다쳤어."

울먹거리며 석영을 원망하는 가현의 소리를 들으며 석영은 뭐라 할 수가 없었다. 고개를 푹 숙이고 석영에게 얼굴을 보여주지 않고 있었다. 본래 가현은 자신이 아플 때보다 제연이나 석영이 아프면 어리광을 더 부리곤 했다. 하지만 지금은 분명 달랐다. 지금까진 가현에게서 다른 낌새를 챈 적이 없었기 때문에 이럴 경우엔 어떻게 해야 할지 어찌할 바를 몰랐다.

물어도 되는 걸까. 아니, 묻기 전에 자신의 마음이 드러나는 행동을 취해도 될까. 가현의 고개를 들게 하고 눈을 마주 보고 사심이 가득해서 그녀를 바라봐도 되는 걸까.

"가현아."

석영이 조심스레 가현의 이름을 불렀다. 그리고 손을 뻗어 고개를 숙이고 있는 가현의 볼에 닿으려는 순간, 병실 문이 열리고 제연이 들어왔다. 그의 눈빛은 섣부른 석영을 질책하고 있었다.

"어른들 너무 기다리시게 하는 거 아냐."

여전히 고개를 들지 못한 채로 가현은 끄덕였다.

"내일 다시 올게, 오빠. 푹 쉬어."

가현은 제연보다 앞서 병실에서 나왔다. 예전엔 자신이 석영 앞에서 어떻게 웃었더라, 하는 생각으로 머릿속은 뒤죽박죽이었다.

저녁을 먹는 내내 가현은 멍했다. 석영에게 가고 싶었지만 마땅한 핑곗거리가 없었다. 어째서 자신이 석영에게 가는 걸 핑곗거리가 없이 갈 수 없는지 화도 났다. 그래도 아깐 석영을 제대로 보지도 못하고 자신의 감정을 조절하지 못했던 게 자꾸 마음에 걸렸다. 게다가 은주와 석영의 사이가 다시 좋아지면 어쩌나 초조했다. 다른 건 몰라도 석영이 힘들어지는 것만큼은 생각할 수 없었던 마음이 이제는 얼룩덜룩해져서 자신과 행복했으면 하는 욕심뿐이었다.

식사가 끝나고 식당에서 나와 주차장으로 향하는데 제연이 가현을 붙들었다. 그리고 어른들을 향해 말했다.

"저랑 가현이는 석영이한테 잠깐 들렀다 갈게요."

"지금? 왜? 석영이 연락 왔어?"

"아니. 아깐 생각을 못했는데 저녁은 그 선배랑 먹어도 당장 뭐 필요한 건 얘기하기 불편할 수도 있겠다 싶어서요. 필요한 건 직접 사러 가긴 하겠지만 그래도 들러서 좀 보는 게 마음이 편할 것 같아서요."

제연의 얘기에 이모가 웃었다.

"정말 너희 없었으면 어쩔 뻔했니. 다녀와."

먼저 들어가시라는 인사를 하고 가현은 제연을 따라 그의 차에 올랐다. 제연이 자신의 마음을 알아챈 게 아닐까 걱정이 됐지만 석영을 보러 갈 수 있게 되어 기뻤다.

"간식거리 좀 사가자. 1인실이라 심심할 텐데."

고개를 끄덕이는 걸로 대답을 대신하고 가현은 거울을 살폈다. 확실히 석영이 표정이 안 좋다고 할 정도였다. 눈가는 아직도 조금 부어 있었고 피곤해 보였다. 손바닥으로 볼을 찰싹 소리 나게 치자 제연이 놀라서 가현을 쳐다봤다.

"뭐 하는 거야?"

볼이 발갛게 물드는 걸 보며 가현은 제 볼을 한번 더 쳤다.

"야!"

제연이 가현의 손을 잡아챘다.

"나 이제 생기 좀 있어 보이지?"

제연은 기가 막혔다. 그렇다고 제 볼을 발개지게 치는 경우가 어디 있단 말인가.

"안 해도 예뻐. 너 은근 무섭다."

"아까 너무 기운 없이 있었잖아. 석영이 오빠도 얼굴 좀 피라고 했고, 밥 먹으면서도 아빠도 계속 나 괜찮냐고 물어봤고."

"놀라서 울었으니까 그렇지. 신경 쓰여?"

"다들 걱정하니까."

하지만 다른 누구보다 석영을 더 이상 걱정하게 하고 싶지 않았다.

병원에 도착하기 전, 가현과 제연은 빵이며 과자를 잔뜩 샀다.

석영은 군것질을 좋아하지 않음에도 제연도 가현도 왠지 자꾸만 집다 보니 하나 가득 사게 되었다.

"이거 누가 다 먹을라나."

"아마…… 오빠랑 나랑?"

좀 기운을 차렸는지 자신을 올려다보며 가현이 생긋 웃었다. 어서 석영에게도 이 표정을 보여주고 싶었다.

"먼저 올라가 있어. 오빠 소진이 언니랑 통화 좀 하고 올라갈게."

가현이 과자 한 꾸러미를 들고 석영의 병실로 향했다. 엘리베이터 거울에서도 계속해서 제 얼굴을 살펴보고 어색하게 웃지 않으려고 근육을 풀었다. 심호흡을 하고 편안한 표정으로 석영의 병실을 향해 발을 내딛었다. 그런데 그의 병실 문이 조금 열려 있었다.

석영은 저녁을 먹고 나서 은주와 얘기 중이었다.

"어제저녁에 태헌 선배 엄청 취해서 전화 왔어."

"걘 왜 자꾸 너한테 그래?"

"나랑 선배랑 친하다고 생각하니까 그렇지. 왜 그렇게 안 받아주는 거야?"

"난 독신주의라니까. 너도 알잖아."

"태헌 선배가 좀 까칠하긴 하지만 선배 생각하는 마음은 진심 같던데."

"진심이면 그 까칠한 게 좀 죽어야지. 그 상태 그대로 받아줄 마음 없어."

"그 성질 좀 죽으면 받아줄 거야?"

은주는 대꾸를 하지 않았다. 석영은 태헌에게 시달리는 게 너무 힘들어 버럭 성질을 내기도 했다. 조금 미안했는지 그도 당분간은 석영은 괴롭히지 않았다. 하지만 이내 또다시 석영에게 도움을 강요했다.

"난 태헌 선배 괜찮은 사람이라고 생각해. 좀 지독한 부분이 있어서 그렇지."

"강요하지 마. 마음이 동해야 움직이는 거지. 강요한다고 움직여?"

"밀어붙이면 흔들리기도 하잖아."

"차석영, 하지 마. 내가 너한테 가현이한테 밀어붙이면 될지도 모르니까 확 밀어붙이라고 하면 너 그거 받아들일 수 있어?"

석영이 못마땅한 표정으로 은주를 바라봤다.

"그거랑 그게 같아? 라는 말도 필요 없어."

은주가 이렇게 완강하게 나오면 석영도 이젠 진짜 어쩔 도리가 없었다. 태헌에겐 미안하지만 그를 포기시키는 게 빠를 것 같았다.

"가현이 기운 하나도 없어 보이더라."

"많이 놀랐을 거야. 이래서 다치면 안 되는데."

은주는 괜히 웃음이 났다. 은주가 독신주의를 고집하는 중엔 상대에 대한 불신 때문인 것도 있었다. 그런데 석영을 보고 있으면 정말 이런 마음을 가지고 있는 사람도 있다는 게 신기하고, 자신이 믿지 못하기 때문에 자신에겐 그런 사람이 없는 게 아닐까 하는 생각도 들곤 했다.

"너도 참 대단하다. 일부러 다친 것도 아닌데 다치는 것도 가현이 때문에 안 돼?"

석영은 아무 말 없이 옅게 미소를 짓고 괜히 마른세수를 했다. 은주가 자신의 마음을 알고 있다곤 하지만 이렇게 가끔씩 놀리는 투로 얘길 하면 괜스레 민망했다.

"너 만약에, 너한테 있는 그 한 번의 기회가 무용지물이 되면 어떻게 되는 거야? 고백을 아예 못하게 되거나 혹은 고백했다가 차이게 되면. 계속 가현일 보고 살기도 힘들겠지만 네 마음이 이 정돈데 안 보고 살 수는 있겠어?"

석영은 은주의 얘기를 들으며 그녀를 가만히 쳐다봤다.

"난 네가 정말 가현이랑 잘됐으면 좋겠어. 네가 가현이한테 네 마음 무시당한다면…… 왠지 내가 너무 화가 날 것 같아. 도대체 이렇게 온 마음 다해서 좋아해도 안 된다면, 세상에 되는 게 뭘까, 싶어서."

"선배, 상당히 로맨티시스트네."

"나도 여자거든! 그러니까 지태헌한테 그 성질머리 좀 어떻게 하라고 해!"

석영과 은주의 마주하던 시선이 유쾌해졌다. 두 사람은 잠시 아무 생각 없이 웃었다. 잔웃음이 남았을 때 석영은 무언가에 홀린 듯 조용히 자신의 마음을 나열했다.

"설령 내 마음이 가현이한테 닿지 않는다고 해도 가현이 원망하진 마. 세상엔 닿지 않는 마음도 있는 거야. 일단, 나는 나를 위해서도 그렇고, 선배를 위해서도 그렇고 가현이가 나한테 마음 주도록 최선을 다할 테니까 안 닿을 거라고 생각하지 말고 응원이나 열심히 좀 해줘!"

"응원이야 늘……!"

은주가 하던 말을 멈췄다. 석영과 은주는 멍하니 서로를 보던 시선을 병실 문 쪽으로 돌렸다. 분명 제연의 목소리였다.

"윤가현, 왜 그러고 있어?"

가현아, 너는 모르겠지만…….

11.

　가현은 멍하니 두 눈을 깜빡였다. 말소리를 끊고 병실로 들어가
던가, 제연이 올 때까지 휴게실 쪽에 가 있자고 생각했지만 도저
히 다리가 움직이질 않았다. 은주가 석영에게 하는 소리도 석영이
은주에게 하는 소리도 잘 이해가 가지 않았다. 자신의 이름은 계
속 거론되고 있는데, 머릿속은 뒤죽박죽이었다.

　"윤가현, 왜 그러고 있어?"

　제연의 부름에 화들짝 놀란 가현의 눈이 커다래졌다. 병실에선
말소리가 끊겼다. 어떻게 할 수가 없었다. 확인하고 싶기도 하지
만 도망치고 싶기도 했다. 그런데 두 다리는 여전히 움직이질 않
았다.

　"석영이 안에 없어?"

　아무것도 모른 채 제연이 병실 안으로 들어서려는데 은주가 불

쑥 튀어나왔다.

"깜짝이야."

놀란 제연이 뒷걸음질을 치는데 은주는 제연보다 가현을 먼저 확인했다. 그리고 뒤이어 석영이 나왔다. 뭔지 모르지만 일이 벌어졌다는 느낌이 들었다.

"가현아, 언제 왔어?"

초조한 것 같은 석영의 물음에 가현의 커다란 눈이 석영을 향했다.

"어디부터 들었어?"

석영과는 좀 달랐지만 은주 역시 뭔가 초조해 보였다. 은주가 묻자 움찔하며 어깨를 움츠리는 가현을 보고 제연이 그녀의 옆에 섰다. 하지만 상황을 모르니 뭘 어떻게 할 수가 없었다.

"설마 전부 다 들었어?"

은주의 물음에 가현은 마른침을 삼켰다. 당혹스러움이 묻어나는 은주는 석영을 쳐다봤다. 석영은 오로지 가현에게 시선이 박힌 채 움직일 줄 모르고 있었다.

은주는 복잡했다. 이대로 석영과 가현을 둘만 두고 진솔하게 얘기를 나누게 해도 될지 판단이 서질 않았다. 다른 건 몰라도 자신이 끼어드는 건 안 되는 일이었는데 막상 이런 상황을 만든 게 자신인 것 같아 석영에게 미안해졌다. 그의 마음이 이런 식으로 들키는 건 은주도 싫었다.

누구도 어떤 말도 하지 못하고 있는 묘한 침묵이 감돌았다. 제연은 어쩔 줄 모르는 은주의 표정과 가현에게 시선을 고정하고 무슨 생각을 하고 있는지 알 수 없는 석영, 그리고 양손으로 제 입을 꼭 틀어막고 있는 가현을 번갈아 쳐다봤다. 셋 중 가장 의중이 궁금한 건 가현이었다. 무슨 말을 막고 있는 걸까.

"제연 씨. 나랑 잠깐 얘기 좀 할 수 있어요?"

결국 은주가 나섰다. 얘기를 하는 건 어렵지 않았다. 다만 지금 석영과 가현을 둘만 두고 자리를 비워도 될지가 고민되었다. 제연은 우선 석영의 표정을 살폈다. 아, 도대체 이놈은 뭘 했기에 이렇게 패닉 상태인 걸까.

"가현아, 오빠 잠깐 자리 비워도 되겠어?"

가현이 제연을 한번 쳐다보고 석영을 한번 쳐다봤다. 피할 수 없는 상황이었다. 다른 이도 아니고 석영의 일이었고, 또한 자신의 일이었다. 가현은 숨을 깊게 들이쉬고 고개를 끄덕였다. 잠시 가현의 두 눈을 응시하던 제연이 낮게 한숨을 내쉬었다.

제연은 석영을 쳐다봤다. 피하지 마. 눈으로 한 그 말을 그가 알아들었기 바라며 은주와 함께 병원 1층에 있는 커피숍으로 향했다.

제연과 은주가 사라지고 석영은 조심스럽게 가현의 앞으로 다가섰다. 속이 상했다. 이런 상황에서 가현에게 자신의 마음을 밝히고 싶지 않았다. 최고로 멋지게, 좋은 곳에서, 그녀가 마음이 없었다가도 한번쯤 석영을 되돌아볼 수 있는 고백을 하고 싶었다.

병실 안으로 들어가려고 석영이 가현에게로 손을 뻗었다. 그런데 가현이 흠칫 놀라며 어깨를 뒤로 뺐다. 설령 가현이 어떤 모습을 하더라도 웃어줘야 하는데 도무지 웃을 수가 없었다. 석영은 먼저 병실로 들어갔고, 잠시 뒤 가현이 석영을 따라 들어왔다.

가현과 마주 앉았지만 어떤 말도 떠오르지 않았다. 가현의 눈에 자신이 볼품없게 비춰질까 무서웠다. 답답한 마음이 들어 마른세수를 하고 탄식했다. 그런데 가현이 또 움찔 놀랐다.

"가현아."

"오빠!"

서로 동시에 부른 뒤에 겨우 두 눈이 마주쳤다. 가현은 머뭇거리지 않았다.

"아까 은주 언니랑 한 얘기 무슨 얘기야?"

긴장으로 조여오는 숨을 고르게 내쉬고 석영은 천천히 얘기를 시작했다.

"오늘 계속 놀라게 하네."

차분하게 얘기를 하려고 애썼지만 점점 석영의 심장은 터질 듯 뛰고 있었다. 가현이 눈을 한 번 깜빡거리기만 해도 긴장으로 숨도 제대로 쉬기 어려웠다.

"일단 거짓말해서 미안해. 은주 선배랑 사귀었던 거 아니야."

"그럼 스키장에선? 소진이 언니랑 다 같이 밥도 먹었잖아."

석영은 이제껏 가현에게 이렇게 큰 거짓을 말한 적이 없었다. 당장 말해줄 수 없는 일이 있을 땐 함구하거나 나중에 말해주기를 약속했었다.

"전부 다 가짜였어? 왜?"

왜. 석영은 답할 말을 골랐다. 너 때문에? 널 위해서? 그 어떤 변명이나 핑계도 사실 다 소용이 없었다. 지금은 그저 자신의 솔직한 마음을 드러내는 것 외에는 무엇도 필요 없는 순간이었다.

석영이 자조적으로 웃었다. 그 쓸쓸함이 느껴져서 가현이 고개를 살짝 들었다. 시선을 내리뜬 그는 쓸쓸할 뿐 아니라 외로워 보이고 뭔가 아주 중요한 게 달아난 듯 힘이 없어 보였다. 지금껏 단 한 번도 보지 못했던 모습에 가현은 갑자기 슬퍼졌다.

"이렇게 얘기할 생각은 없었어. 무엇보다 지금 너한테 신경 쓰는 일 만들어주고 싶지 않았는데."

가현은 마른침을 삼켰다. 심장이 너무 뛰어서 점점 숨이 가빠질 지경이었다.

"오빠가……."

석영은 잠시 말을 멈추고 두 눈을 감았다. 그 누구보다 가현에게 전하고 싶었던 마음이었다. 그 누구보다 가현에게 해주고 싶은 말이었다. 그 누구보다 가현이 알아줬으면 했던 감정이었다. 너무 오래 억누르고 참아왔기 때문에 그저 단 한마디로 전할 수 없을 것 같았다. 게다가 한번 말하면 분명 터져 버린 감정은 쉼 없이 흘러나올 터였다.

"오빠가 널 좋아해."

가현의 심장이 쿵 울렸다. 그대로 멈춰 버린 듯 숨도 막혀 버렸다. 두 눈만 끔뻑이며 겨우 고개를 들고 자신과 눈을 마주친 석영을 보고 있었다. 분명 진심이 느껴지는 말투였다. 그럼에도 그 말이 너무나 무거워서 고백처럼 들리지 않았다. 석영은 웃지 않았다. 세상이 끝나 버린 것같이 절망감이 가득한 표정이었다. 방금 고백을 한 사람처럼 보이지 않았다. 그가 말한 좋아한다는 말이 가현이 알고 있는 좋아한다는 말과 다른 뜻을 가진 걸까 의문이 들 정도였다.

"오빠가 너만 좋아해, 가현아."

말이 바뀌었다. 그 순간 가현은 그의 말이 왜 그토록 무거운지,

자신이 알고 있는 말과는 다른 의미로 훨씬 더 많은 걸 담고 있다는 확신이 들었다.

"그런데…… 그런데 왜 은주 언니랑 사귀는 척한 거야?"

가현의 목소리가 파르르 떨렸다. 양손으로 입을 가리려는데 두 손도 너무 떨려서 제 입술을 자꾸만 두드렸다.

"네가 오빠가 혼자인 걸 짐으로 생각하는 것 같아서."

가현은 온몸에 힘을 줬다. 양손에도 힘을 잔뜩 주고 제 입을 꽉 틀어막았다.

"너 불편하지 않게 해주려고 그런 거짓말도 했는데 이렇게 들키니까…… 오빠 참 한심하다."

가현은 고개를 저었다. 어지러울 것 같은데 계속해서 쉬지 않고 양손으로 제 입은 틀어막은 채 고개를 저었다. 한심하지 않다는 걸 저렇게 보여주려 한다니, 그것조차 귀여웠다. 그런데 이젠 예전처럼 가현의 귀여운 모습에도 웃음이 나질 않았다. 앞으로는 어떻게 살아야 하나. 웃을 수 있는 일은 있으려나.

"미안해, 오빠."

가까스로 가현에게서 말이 터져 나왔다. 앞으로 웃을 수 있는 일은 없겠구나.

"나 몰랐어. 나 진짜로 전혀 몰랐어."

"모르게 했으니까 미안할 거 없어. 오빠가 그렇게 필사적으로 참았는데 네가 알아챘다면 오빠 잘못인 거야."

가현은 또 고개를 저었다. 가까이 다가가서 그녀를 힘껏 안아주지 않고 참을 자신은 없었지만 멈추게 해야 했다. 그래서 석영은 자리에서 일어났다. 천천히 가현에게로 다가가는데 가현이 고개를 들었다.

"나도 숨겨서 미안해."

석영이 걸음을 멈췄다.

"난 오빠가 은주 언니랑 사귀면서 행복한 줄 알았어. 헤어졌다는 얘기 들었어도 오빠한테 내 감정을 드러내면 오빠가 불편해해서 더 이상 오빠인 상태로도 볼 수 없게 될까 봐 무서웠어."

어디서부터 꿈일까. 석영은 멍하니 지나간 대화를 하나, 하나 짚었다. 꿈이라면 은주와 대화를 나누던 부분부터 꿈이었으면 했다. 깨어났는데 그 대화와 가현이 들은 상황은 진짜고 그다음이 꿈이라면 더욱 절망적일 것 같았다.

"나 자꾸만 오빠가 너무 좋아서 내 마음 더 이상 숨기지 못하게 될까 봐 무서웠어."

현실감이 없었다. 마음을 드러내면 주체할 수 없는 건 당연히 자신일 거라고만 생각했다. 그런데 지금 자신은 아무 말도 하지 못하고 있고, 가현이 계속해서 얘길 하고 있었다. 평소 가현에게선 볼 수 없었던 당황한 모습과 다급하게 말을 쉬지 않고 하는 게 그녀답지 않았다.

"상상도 못했어. 오빠가 나를…… 나를 좋아할 거라고는……."

"가현아."

석영이 가현의 앞으로 다가가 바닥에 주저앉았다. 그제야 가현이 말을 멈추고 석영과 제대로 눈을 마주쳤다. 상상도 못했고, 이 상황이 믿기지 않는 건 석영이었다. 그런데 당황한 기색이 역력한 가현의 얼굴을 보고 있자니 웃음이 났다. 이토록 귀여운 그녀가 자신을 보고 있었다. 긴장이 탁 풀려 버렸다.

"이거 꿈 아니지?"

가현의 무릎에 이마를 대고 물었다. 가현의 두 손이 부드럽게 석영의 머리를 감쌌다.

"꿈이야? 나 이런 용기 두 번은 못 낼 것 같은데, 오빠."

시무룩한 가현의 소리가 그녀의 손바닥을 타고 석영의 머릿속으로 쏙쏙 들어오는 것 같았다.

"오빠도 이런 긴장 두 번은 못 견뎌."

"꿈 아니지?"

"응. 아닐 거야."

가현이 낮게 웃었다. 석영 역시 그녀의 웃음을 따라 함께 웃었다. 석영이 고개를 들었다. 그리고 자신을 보고 웃고 있는 가현의 볼을 살짝 매만졌다. 전과 달랐다. 이제는 마음을 숨기며 애써 참지 않아도 괜찮았다. 가현의 반응 역시 달랐다. 수줍게 웃으며 석영의 시선을 피하고 볼을 붉혔다. 심장 부근이 뻐근해졌다.

"오빠 일어나. 바닥 차잖아."

아무것도 느껴지지 않았다. 하지만 석영은 가현이 일으켜 주는 대로 자리에서 일어났다.

"그런데 은주 언니는 제연이 오빠랑 무슨 얘기를 하는 거야?"

그제야 은주와 제연이 떠올랐다.

"그러게. 오빠도 잘 모르겠는데?"

두 사람이 함께 침대에 걸터앉았는데 가현의 표정이 굳었다.

"나…… 오빠가 은주 언니랑 가짜로 사귀는 척하는지 모르고 은주 언니 미워했었어."

"은주 선배 이해할 거야. 아까 얘기 들었다며. 은주 선배가 오빠 엄청 응원했거든."

"은주 언니는 오빠 마음 다 알고, 일부러 그런 거야?"

"뭘?"

"오빠랑 언니랑…… 잘 어울렸단 말이야."

그럴 만한 일이 있었는지 떠올려 봐도 석영은 좀체 짚이는 게
없었다.

"뭘 보고 그런 생각을 했어?"

"그냥 같이 있는 게. 둘 다 어른이고, 그냥 느낌이."

석영이 가현의 머리를 부드럽게 쓰다듬었다. 그 손길 한번으로
심술이 났던 마음이 사르르 녹았다. 가현은 석영을 힐끔 쳐다봤
다. 그를 제대로 보고 싶은데 자신을 부드러운 시선으로 바라보고
있는 시선과 마주하기엔 왠지 부끄러웠다. 하고 싶은 얘기도, 묻
고 싶은 얘기도 수두룩했는데 좀체 말이 나오질 않았다.

"오빠가 너 좋아하는 거 전혀 눈치 못 챘어?"

가현도 묻고 싶은 질문 중 하나였다.

"응. 오빠는 어려서부터 항상 한결같이 나한테 잘해줬으니까.
내가 오빠 좋아한 뒤부터 나만 특별했으면 좋겠다고 생각했지."

"처음부터 특별했어."

그의 목소리가 평소보다 몇백 배는 더 부드럽고 달콤하게 들렸
다.

"나 오빠 첫사랑이야?"

석영이 낮게 웃었다.

"응."

가현이 고개를 돌려 석영을 쳐다봤다. 옅게 미소 짓고 있는 그

의 얼굴이 반짝반짝 빛나 보였다. 어려서부터 항상 보고 함께 자라왔는데 그가 다르게 보였다. 그의 마음이 자신보다 훨씬 오래전부터 계속되었다고 생각하니 미안하기도 하고, 고맙기도 하고, 쑥스럽기도 했다.

"오빠 많이 힘들었겠다."

"왜?"

"난…… 오빠 좋아하는 마음 숨기려고 힘들었거든."

지나간 시간이 얼마나 힘들었든 지금 석영에겐 중요치 않았다. 아무리 힘들었어도 분명 보상받고 있었다. 가현과 마음이 통했고 그녀가 자신의 옆에서 자신만을 보고 있었다.

"오빠가 알아챘어야 하는데."

"아니지. 내가 얼마나 숨기려고 애썼는데 알아채면 안 되지."

석영은 또 웃었다. 한마디, 한마디, 표정 하나, 하나가 너무 귀엽고 예뻐서 웃음이 그치질 않았다. 자신이 웃으면 따라 웃는 게 예뻐서 또 웃을 수밖에 없었다. 아, 이렇게 마음 편하게 웃을 수 있다는 게 이토록 행복한 일이구나, 싶어서 가슴 뭉클하기도 했다.

"오늘 내 기분 완전 롤러코스터 탄 것 같아."

"오빠도 그래. 유독 길다, 하루가."

가현이 하품을 하고 눈가에 맺힌 눈물을 닦아냈다.

"제연이 올라올 때까지 좀 잘래?"

"아니. 오빠야말로 피곤할 텐데 좀 자."

확실히 온몸이 다 쑤시고 힘들긴 했다. 하지만 정신만큼은 어느 때보다 개운하고 말끔했다. 석영이 신발을 벗고 침대 위로 올라갔

다. 그리고 벽에 등을 기대고 앉아 가현에게 올라오라고 손짓을
했다. 석영을 쳐다보던 가현이 씩 미소를 짓고 그와 마찬가지로
신발을 벗고 그의 옆으로 다가와 앉았다.

"빨리 퇴원해서 집에 가자, 오빠."

가현이 석영의 어깨에 머리를 기댔다. 그녀의 머리에 볼을 대고
있던 석영이 조심스럽게 가현의 손을 잡았다. 얌전히 석영의 손에
잡혀 있던 가현의 손이 꼼지락거리더니 손가락 하나, 하나를 석영
의 손가락 사이사이에 끼워 넣었다. 완전히 깍지를 끼고 나선 낮
게 웃는 그 울림이 석영에게로 전달되었다. 두 사람은 그렇게 서
로에게 기대어 손을 마주잡고 잠에 빠졌다.

은주와 얘길 마친 제연은 그녀를 보내고 석영의 병실로 향했다.
피곤함이 밀려와 온몸이 천근만근이었다.

"제연 씨도 알고 있다면서요? 석영이 마음."

"얼마 전에 알았어요."

"그렇게 성인군자인 척 굴더니, 그런 실수를 하고."

제연은 은주가 자신과 무슨 얘기를 하자고 불러낸 건지도 몰랐
고, 두고 온 가현이 자꾸만 신경이 쓰였다. 그런데 은주가 자연스
럽게 웃으니 자신도 멀거니 있을 수가 없어서 함께 미소 지었다.

"아까 석영이랑 석영이가 가현이 좋아하는 거에 대한 얘기하고
있었거든요. 아무래도 둘이 있을 시간이 필요한 것 같아서 제연
씨한테 얘기 좀 하자고 한 거예요. 많이 놀랐죠?"

"놀랐죠. 그럼 지금 석영이가 가현이한테 고백, 하고 있다는 거
예요?"

고백이라는 말이 괜히 이상하게 느껴졌다.

"그렇지 않겠어요? 아까 보니까 가현이 눈치챌 만큼은 얘기 들은 것 같던데."

제연은 아무 말도 없이 고개를 끄덕였다.

"뭐, 바로 옆에서 두 사람 지켜본 제연 씨만큼은 아니겠지만 나도 석영이 응원하거든요. 제연 씨가 보기에 가망이 있을 것 같아요?"

"잘 모르겠어요. 가현이가 워낙 석영이를 잘 따르기는 하지만, 또 남처럼 구는 건 못 견디기도 하니까요."

은주가 한숨을 내쉬었다.

"잘됐으면 좋겠네요."

그 마음만큼은 조금도 다르지 않아서 제연은 나직하게 그랬으면 좋겠다고 답했다. 은주와 조금 더 시간을 보내고 그녀가 먼저 돌아갔다. 제연은 두 사람에게 얼마만큼의 시간을 줘야 할지 몰라서 혼자 병원 로비를 좀 서성였다. 부디, 둘 다 웃고 있었으면 좋겠다는 생각과 마음으로 더디게 가는 시간을 계속 확인할 뿐이었다.

조금은 기대하는 마음도 있었다. 오늘 석영의 사고 소식을 접하기 전부터 병원에 와서 석영을 보기까지 가현의 반응들이 약간 달랐다. 그게 석영에 대한 감정의 자각 때문이었으면 했다.

병실 앞에 도착한 제연은 발소리를 죽이고 문이 닫힌 병실 문에 귀를 가져다 댔다. 안에선 아무 소리도 들리지 않았다. 노크를 해도 답이 들리지 않았다. 조용히 문을 열고 병실 안으로 들어섰다. 그리고 보이는 두 사람의 모습에 괜히 허무한 웃음이 터졌다.

손을 꼭 잡고 서로에게 기대어 잠이 든 둘의 표정이 너무나 예뻤다. 예쁜 그 모습을 넋 놓고 쳐다보다가 은주도 함께 봤으면 좋았을 거라는 생각이 들었다.

두 사람이 깰까 조심하며 제연이 보호자용 침대에 누웠다. 둘이 손을 잡고 있는 게 다행이라는 생각이 끊임없이 들었다. 괜히 제연도 두 사람처럼 미소를 지으며 잠시나마 잠을 청했다.

차석영, 윤가현, 너희는 모르겠지만, 나는 누구보다 너희 둘의 행복을 응원한다.

12.

가현은 멍하니 앉아 있었다. 심장이 쿵쿵 울리는 게 느껴졌다.

"가현아."

당장이라도 울 듯 소리치며 들어오는 미영을 보자 끝났다는 게 실감이 났다.

"잘 봤어?"

이미 가현이 수능 시험을 본 교실은 수험생들 대부분이 빠져나가고 남아 있는 사람이 거의 없었다. 다른 교실에서 시험을 본 미영도 가현처럼 멍하니 있다가 가현을 찾아온 듯했다.

"허무해."

"나 긴장해서 자꾸 아는 것도 헷갈려서 완전 짜증났어."

"수고했어."

가현이 자신의 책상 위에 엎드린 미영의 머리를 쓰다듬었다. 교문밖엔 엄마와 아빠가 가현을 기다리고 있을 터였다. 오지 않아도 괜찮다고 했지만 아빠는 부득불 지난밤 서울로 올라왔다. 그리고 오늘 아침, 가현을 수능 시험장까지 바래다주었다.

"근데 진짜 허무하다."

오늘 아침 제연이 가현을 응원하며, 지난 1년의 고생을 하얗게 불태우고 오라고 했다. 그냥 웃어넘겼는데 시험이 끝나니 정말 하얗게 불태운 듯 몸엔 기운이 없고, 머릿속은 새하얘서 아무 생각도 들지 않았다. 가현과 미영은 잠시 멍하니 앉아 있었다.

"갈까?"

학교 건물을 빠져나오자 점점 끝났다는 허무함보다는 개운함에 휩싸이기 시작했다. 아직 학교에 남아 있던 다른 친구들과 얘기를 하고, 교문 앞에서 기다리던 엄마, 아빠의 얼굴을 보자 비로소 진짜 수능이 끝났다는 게 실감이 났다. 각자 부모님이 기다리던 친구들이나, 다른 친구들과 함께 저녁을 먹으러 간다는 미영과 인사를 하고 가현은 부모님의 차에 올랐다.

"수고했어, 우리 딸!"

"엄마도 수고하셨어요. 아빠도."

"이제 맘 푹 놓고 그동안 못했던 것도 하고, 잠도 많이 자고."

"주말에 시골 가고 싶어!"

"좋아! 아빠 이번 주 내내 여기 있다가 같이 가자."

가현이 생긋 웃으며 전원을 꺼두었던 휴대폰의 전원을 켰다. 전원을 켜기 무섭게 메시지가 쉴 새 없이 들어왔다. 수능 시험을 보지 않는—수시에 합격하거나, 대학 진학이 아닌 취업을 진로로 선택한—친구들과 제연, 석영에게서 온 메시지였다. 가현은 제일 먼저 석영에게 온 메시지를 확인했다. 그는 타 지역으로 수능 시험 감독을 갔는데 제2외국어 감독 시간도 있기 때문에 아직 끝나지 않았을 터였다. 그의 메시지는 점심시간에 온 메시지였다. 하지만 가현이 중간엔 휴대폰을 켜지 않을 걸 알고 미리 보내둔 듯했다.

「정말 많이 수고했어. 보고 싶다.」

아랫입술을 잘근 물고 고개를 살짝 숙였다. 그간 수능에 대한 스트레스가 가장 컸지만 그보다 석영과의 관계에 관한 스트레스도 못지않았다. 분명 서로에게 향한 마음을 확인했는데 그는 전과 조금도 달라지지 않았다. 가현이 워낙 바쁜 일정으로 지내다 보니 제대로 볼 시간이 없었다고는 해도, 가끔 가현의 공부를 봐주거나, 가현과 얘기를 할 수 있는 시간에도 정말 대화만 했다. 오히려 예전보다 스킨십은 현저히 줄어들었고, 기껏 한다는 스킨십도 머리를 쓰다듬어 주는 정도였다. 불만을 토로하고 싶어도, 어린애 취급을 당할까 아무렇지도 않은 척했다. 하지만 이제 더 이상은 참을 수 없었다. 그와의 관계를 제대로 확인할 필요가 있었다.

"제연이는 일 때문에 늦는다고 했고, 석영이도 아직 안 끝났지?"

"석영이 오빠는 제2외국어 감독까지 해야 하니까 더 있어야 끝날 거예요."

"그럼 우리끼리 저녁 먹자. 너 석영이 끝날 때까지 기다리고 싶어?"

얼마 전 가현과 석영은 엄마에게 우선 서로를 좋아하는 마음을 솔직하게 얘기했다. 엄마는 전혀 눈치채지 못했다며 놀랐다고만 할 뿐 다른 얘기는 없었다. 그리고 얼마 뒤, 석영과 가현은 시골집에 갔다가 어른들의 반응에 깜짝 놀랐다. 우선 엄마가 아빠에게 두 사람이 서로 좋아하는 마음을 얘기하고, 아빠가 시골집 가족들에게 얘기를 전했다고 했다.

"붙여두면 정분이 나기 마련이지."

석영의 할아버지는 씁쓸함이 묻어나는 말투였다. 연신 가현의 머리를 쓰다듬었다.

"걱정되세요, 할아버지?"

"걱정?"

"종로 고모랑 안양 막내 삼촌처럼 나중에 아니라고 할까 봐요?"

"그 일은 또 어찌 알았어?"

할머니, 할아버지들이 모두를 이리저리 둘러봤다. 그리고 입단속을 왜 그렇게 못하느냐며 부모님들을 꾸짖었다.

"저랑 석영이 오빠는 그럴 일 절대 없을걸요, 할아버지."

"왜? 그리 좋아?"

가현이 두 눈을 동그랗게 뜨고 세차게 고개를 끄덕였다. 좋다는 걸 어찌 말릴 수 있겠냐는 듯 할아버지가 흐뭇하게 가현을 쳐다봤다.

"좋을 때 맘껏 좋아해. 대신 너희들 사이 틀어져도 할아버지들은 이러고 살 테니까 각오하고!"

가현의 할아버지가 엄한 투로 얘길 했지만 가현은 까르르 웃으며 제 할아버지의 팔을 꽉 붙들었다. 과거의 일도 있고, 혹여 안된다고 으름장부터 놓으면 어쩌나 걱정했는데 가족들은 모두 자연스럽게 받아들이고 있었다. 다행이고, 기쁘고 좋으면서도 조금은 머쓱하기도 했다. 게다가 자연스럽게 받아들이는 가족들을 보

고 있으니 괜히 석영과 가현이 마음고생 한 시간이 허무하게 느껴
졌다.

"기다리면 좋겠지만 지금 너무 배고픈데."

"먼저 먹자! 아직은 오빠보단 아빠를 더 좋아해야 돼."

가현은 걱정 말라며 웃었지만 속으론 조금 뜨끔했다. 엄마도 아
빠도 그저 웃을 뿐이었는데 꼭 가현의 마음을 알고 있는 것 같았
다.

엄마, 아빠와 저녁을 먹고 집으로 돌아왔지만 석영과 제연은 아
직 귀가 전이었다. 우선 샤워를 하고 방으로 들어온 가현은 가채
점을 할지 말지를 고민하고 있었다. 대략 어느 정도 점수가 나왔
을지 예상은 하고 있었지만 확인해 봐야 할 것 같았다. 가현뿐 아
니라 친구들도 고민하고 있는 듯했다. 메신저로 얘기를 나누는 친
구들은 다 같은 소리를 하고 있었다. 가채점을 해서 예상보다 점
수가 좋지 않을 것에 대한 두려움이 대부분이었다.

"다녀왔습니다."

현관문이 열리고 난 소리에 가현은 후다닥 거실로 나왔다. 석영
이 돌아왔다.

"수고했어."

웃으며 인사하는 그를 보니 가슴 뻐근한 후련함이 온몸을 훑었
다. 가족 중 누구도 시험을 잘 봤냐는 물음은 하지 않았다.

"석영이 저녁은 먹고 온 거야?"

"아니요. 이제 먹어야죠."

씻고 나오면 저녁을 차려주겠다는 엄마의 얘기에 석영이 방으
로 들어가는데 가현이 그 뒤를 쫓았다.

"후련하지?"

"응. 그런데 가채점 못하겠어."

"왜? 점수 잘 안 나왔을까 봐?"

"응. 같이 해줘."

"알았어. 오빠 씻고, 밥 먹고 난 다음에 하자. 좀 쉬고 있어."

가현이 석영을 빤히 올려다봤다. 요즘 이런 식으로 올려다보는 경우가 종종 있었는데 그때마다 석영은 있는 힘껏 자신을 억제했다. 전엔 아니라고 생각했는데 지금은 자신이 진짜 성인군자일지도 모른다는 생각도 좀 들었다.

"왜?"

아무 말 없이 올려다보고 있는 가현을 보며 미소를 짓고 물었다. 가현은 아무것도 아니라며 고개를 젓고 석영의 방에서 나갔다. 방문이 닫히기 무섭게 석영은 한숨을 내쉬었다. 그녀와 관계가 달라져야 한다는 건 알지만 여러 가지로 어려웠다. 자신과 가현은 선생님과 제자가 아닌 오빠와 동생에서 관계가 발전했다는 걸 알고 있음에도 그녀가 아직 학생이라는 것 때문에 자꾸 고민이 되었다. 게다가 수능시험이 얼마 남지 않았을 때 마음을 확인한 터라 그녀의 정신을 뺏기가 미안했다.

저녁을 먹고 가현의 방으로 들어가자 그녀는 수험표를 뚫어져라 쳐다보고 있었다. 가채점을 할 일이 걱정되기도 하고, 궁금하기도 한 모양이었다.

"걱정하지 마. 잘 봤을 거야."

화장대 의자를 끌어다 가현의 옆에 앉자 가현이 한숨을 내쉬었다.

"예상보다 잘 봤으면 나 소원 들어줘."

"소원? 무슨 소원?"

"그건 가채점 하고 나서 말할게. 만약에 예상보다 못 나왔어도 소원 들어줘."

석영이 웃었다.

"결국 무조건 들어줘야 하는 거네?"

"잘 봤으면 상으로 들어주는 거고, 못 봤으면 위로로 들어주는 거니까 좀 다르지 않을까?"

"그럼 소원이 두 개야?"

"한 개."

무슨 소원을 얘기하려는 건지 궁금했다. 그보다 이런 식으로 딜을 해오다니 가현답지 않았다.

"알았어. 일단 가채점부터 해보자. 긴장 풀고."

석영이 가현의 수험표를 가져가며 그녀의 머리를 쓰다듬었다. 석영이 가채점을 하는 동안 가현은 석영의 등에 볼을 대고 있었다. 분명 등으로도 자신의 심장 뛰는 소리가 전달될 거라고 생각했다.

가채점을 마치고 석영은 만족스러운 미소를 지었다. 분명 그녀의 예상보다 잘 나온 점수일 터였다.

"잘 본 것 같은데?"

"정말?"

여전히 등 뒤에 숨어서 묻는 소리는 살짝 톤이 높았다. 그만큼 긴장하고 있는 것 같아서 수능시험이 끝났음에도 그녀의 대학 입시는 여전히 짐으로 남아 있는 것 같아 석영의 마음도 무거웠다.

"응. 봐봐."

석영이 등 뒤로 수험표를 넘겨주자 가현이 조심스럽게 양손으로 수험표를 넘겨받았다. 석영이 계산해 놓은 점수를 한참을 들여다봤다. 석영은 가현이 반응을 보일 때까지 기다렸다.

"오빠."

"응?"

"나 오빠한테 뭐야?"

"뭐?"

예상치 못한 질문에 석영이 몸을 홱 돌려 가현과 눈을 마주쳤다. 두 눈을 동그랗게 뜨고 자신을 올려다보는 저 표정을 좀 어떻게 하고 싶었다. 약해지는 걸 알고 하는 건 아닐까 의심이 갈 정도였다.

"나 오빠 여자친구 맞지?"

상당히 간지럽고 기분 좋은 그 말에 석영이 미소를 짓고 그녀를 끌어안고 싶은 충동을 억누르며 고개를 끄덕였다. 가현의 방으로 들어올 때 방문을 닫을까 말까 고민하다가 살짝 열어두었는데 후회가 되었다.

"아닌 것 같아?"

가현이 단박에 고개를 끄덕였다. 연인이라고 할 만한 일이 없었기 때문에 석영도 그렇게 생각했지만 가현이 수긍하니 미안해졌다. 자신이 참는 만큼은 아니지만 가현도 답답한 시간이었을 거다.

"나는 지금 어디에도 오빠랑 사귄다고 얘기할 수 없잖아. 그런데 오빠가 오히려 예전보다 나한테 더 거리 느껴지게 하니까 나 자신이 없어."

"신경 쓸 거라고 생각은 했는데, 너 수능시험 보기 전이었으니까. 그런데 그런 것치곤 시험 정말 잘 봤네?"

"못 보면 오빠가 실망할 것 같아서."

시무룩하게 고개를 숙이는 가현은 핼쑥했다. 시험 얼마 전부턴 도통 뭘 잘 먹질 못했다. 워낙 큰 시험인 만큼 긴장하고 여러모로 속병을 앓는 모양이었다. 알고 있으면서도 아무것도 해줄 수가 없어서 석영도 그녀와 같이 속병을 앓긴 했다.

"네가 답안지를 밀려 써서 0점을 받아도 오빠는 너한테 전혀 실망 안 해."

석영이 가현의 볼을 부드럽게 감쌌다.

"주말에 데이트할까?"

가현의 두 눈이 반짝였다. 하지만 이내 또 시무룩해졌다. 시시각각 이렇게 표정이 변할지 몰랐다.

"아빠한테 시골 가자고 말해 버렸어."

"갔다가 일요일 날 오전에 좀 일찍 오지 뭐."

다시 또 가현의 표정이 활짝 폈다. 거실에서 말소리가 들려 석영이 가현의 볼에 대고 있던 손을 내렸다. 사실 가장 큰 걸림돌은 가족인지도 몰랐다. 제연도 이모도 모두 가현의 가족이었다. 게다가 지금은 아저씨까지 와 있으니 이 집에서 가현에게 섣불리 손을 댈 수 있을 리가 없었다.

"시험 결과 말씀드려야지."

고개를 끄덕이고 자리에서 일어난 가현이 잠시 멈칫하더니 석영을 내려다봤다. 왜 그러냐고 물으려는데 가현의 얼굴이 쑥 내려왔다. 그리고 석영의 볼에 살짝 입술이 닿았다. 발그레해져서 미소를 지은 가현이 거실로 나가고 석영은 그대로 얼어붙어 버렸다. 너무 순식간에 지나간 일이라 어떻게 대응할 틈이 없었다. 게다가 분명 가현의 입술이 닿았는데 그 느낌을 제대로 느낄 새도 없었다. 석영이 괴로워하며 마른세수를 했다. 아무래도 그녀가 졸업할 때까지 참는 건 더 이상 무리일 것 같았다.

일요일, 가현과 석영은 아침만 먹고 시골집을 나왔다. 엄마는 일주일 시골에 더 있다가 다음 주말에 오기로 했다.

"오늘 뭐 할 거야, 오빠?"

"비밀인데."

지난밤부터 심장이 간질거려 가현은 쉽사리 잠을 잘 수가 없었다. 뭘 하든 좋을 것 같았다. 이렇게까지 심장이 터질 것처럼 설렐 줄은 몰랐다.

석영은 가현의 발개진 볼을 보며 괜히 웃음이 났다. 저렇게까지 감정을 고스란히 드러낼 줄 몰랐다. 자신과 함께해서, 자신 때문에 저렇게 예쁘게 웃으며 볼을 붉히는 가현을 보니 믿을 수 없을 만큼 행복했다.

"그런데 너 소원은 왜 말 안 해?"

"소원? 이루어졌는데?"

"응?"

"오빠가 날 여자친구로 대해주는 게 내 소원이었어."

미안했지만 미안하다는 소리는 안 할 생각이었다. 석영은 가현에게 미안한 것보다 고마운 게 더 컸다. 미안하다는 얘기로 시간을 낭비할 새가 없었다. 왼손으로 핸들을 잡고 오른손을 뻗어 가현의 손을 잡았다.

"너 웃으면 안 돼."

"뭘?"

하지만 먼저 웃은 건 석영이었다. 웃지 말라고 했지만 자신이 하려는 얘기가 민망해서 먼저 웃음이 나온 거다. 실제로 가현에게 그녀가 들으라고 이런 말을 속삭이는 날이 올 줄이야.

"사실 어떻게 해야 할지 모르겠어."

가현은 진지하게 석영의 얘기를 듣고 있었다. 웃지 말라고 했기 때문이 아니라 석영이 하는 얘기이기 때문에 집중할 뿐이었다.

"이렇게 손잡는 것만으로도 오빠 심장이 터질 것 같아."

웃지 않으려고 했다. 그런데 이런 소릴 듣고 웃음이 안 나온다면 그것 또한 말이 안 되는 일이었다. 가현이 웃음이 나오는 걸 참으려고 입을 막으려다 보니 자연스레 석영과 잡고 있는 손이 올라왔고, 그의 손등으로 입술을 꾹 눌렀다.

"가현아."

"응?"

"오빠 심장 터진다니까."

아랫입술을 잘근 물고 미소를 짓고 있는 석영을 보자 가현은 자신의 심장 역시 터질 것 같았다. 가현이 손을 얌전히 내려놓았다.

"내 심장도 터질 거 같아, 오빠."

석영이 낮게 웃었다. 경쟁을 할 생각은 없었지만 분명 자신이 가현보다 더 설렐 거라고 확신했다. 그녀에게 미숙한 모습은 보이고 싶지 않았다. 그런데 기회는 갑작스레 찾아왔고, 석영은 여유를 가질 수가 없었다.

"아침에 제연이 오빠 톡 왔는데 첫 데이트 잘하래."

석영도 메시지를 받았다. 석영에겐 허튼짓할 생각 말고 얌전히 돌아오라는 경고 메시지였다. 메시지는 가볍게 무시해 줬다.

가현과 대화를 하던 중 석영의 휴대폰이 울렸다. 패러글라이딩을 같이 했던 동호회 사람이었다.

"네, 형님. 그럼요, 그때가 벌써 언젠데 설마 아직도 뼈가 안 붙었으려고요. 말짱합니다. 다음 주요?"

석영이 가현을 힐끔 쳐다봤다. 가현은 석영의 통화를 모르는 척 창밖을 내다보고 있었다. 상대가 누군지, 내용이 뭔지 알게 된다면 절대 저렇게 모르는 척을 하지 않을 거란 생각이 들었다.

"확인해서 연락드릴게요. 겁먹긴요, 저 그렇게 약한 남자 아닙니다. 네. 들어가세요."

전화를 끊자 가현이 석영을 힐끔 쳐다봤다. 무슨 통화 내용인지 알아챈 것 같았다.

"누구야?"

"글라이딩 같이하는 형."

"왜? 하려고?"

가현의 몸이 석영 쪽으로 기울었다.

"아직 대답 안 했어. 하면 안 되겠지?"

가현은 선뜻 대답하지 않았다. 하지만 얼굴 가득 걱정이 담겨 있었다.

"알았어, 안 할게."

석영은 웃으며 얘기했지만 가현은 왠지 미안했다. 그는 글라이딩을 정말 좋아했다. 한번 다친 걸로 다시는 못하게 된다는 건 조금 가혹할지도 몰랐다. 하지만 이제는 그가 글라이딩을 가기만 하면 불안으로 그 시간은 아무것도 못하게 될 것 같았다.

"다른 취미 찾아야겠네."

"뭐?"

"글쎄. 스카이다이빙?"

가현의 표정이 단박에 일그러졌다. 그녀의 반응이 귀여워서 석영이 웃음을 터뜨렸다. 하지만 가현은 일그러진 표정으로 석영을 흘겨봤다.

"그런 장난은 안 했으면 좋겠어."

"응. 오빠도 다치는 거 무서워."

"겁쟁이."

"그럼. 오빠가 얼마나 겁쟁인데. 다치면 네가 얼마나 걱정할까 걱정돼서 다치는 것도 쉽지 않아."

좁혔던 미간이 서서히 펴지고 가현은 두 눈을 동그랗게 뜨고 석영을 쳐다봤다. 자신을 생각하는 그의 마음의 깊이가 느껴졌다.

"그럼 나도 오빠 생각해서 안 다칠게."

작게 웅얼거리는 가현의 소리를 귀담아 들은 석영이 미소를 지었다. 그리고 가현의 머리를 한번 쓰다듬고, 볼을 살짝 매만지고 다시 그녀의 손을 잡았다.

가현과 이런저런 얘기를 나누다 보니 어느덧 목적지에 도착했다. 드넓은 바다를 보며 천천히 차에서 내린 가현은 크게 숨을 들이마시고 기지개를 켰다. 바닷바람이 꽤 매서운데도 가현은 개운해 보였다.

"바다 오고 싶어했잖아."

"응! 최고다, 오빠."

가현이 석영의 옆으로 다가가 팔짱을 꼈다. 사실, 학교에서 그의 반 여학생들이 종종 그에게 팔짱을 끼는 걸 볼 때마다 영 불편했었다. 가현도 그토록 친근하게 팔을 끌어안듯 팔짱을 끼어본 적은 없었다. 물론 학생들이 그럴 때마다 석영이 어색하지 않게 얘기를 하거나 다른 데로 시선을 돌리고 팔을 빼냈지만 아무리 그래도 싫은 건 싫었다. 그래서 자신도 어서 그의 팔에 팔짱을 낄 수 있는 날이 왔으면 했었다.

"추우면 말해."

"옷 벗어주려고?"

"아니, 안아줄 건데."

석영의 팔에 머리를 기대며 웃는 가현은 부끄러워 보였다. 말을 한 석영도 부끄럽긴 했지만 진심이었다.

"빨리 여름 됐으면 좋겠어. 올여름은 진짜 하나도 못 즐겼잖아."

"대신 내년 여름은 맘 편히 여대생으로 즐길 수 있게 됐잖아."

여대생이라는 말이 어색하기도 하고 설레기도 했다.

"해 바뀌면 면허부터 따야지. 머리 염색도 하고 파마도 할 거야. 십 센티 넘는 하이힐도 사 신어야지!"

면허를 따겠다고 할 때는 웃으며 들었는데 점점 석영의 표정이 굳었다. 하나, 하나 그녀가 얘기하는 것들이 이제 진짜 그녀가 성인이 되었다고 얘기하는 거나 다름없었다. 그녀가 성인이 되길 누구보다 기다린 자신이었지만 막상 진짜 성인이 된다고 하니, 서운하기도 하고 걱정도 되었다.

"모르는 사람 되겠다."

"별로일까?"

절대 별로일 리 없었다.

"오빠는 어떤 스타일이 좋은데?"

석영이 가현을 내려다봤다.

"어떤 스타일이랄 것 없는데."

"왜?"

"그냥 너. 오빠는 윤가현이면 돼."

가현의 두 볼이 붉게 물들었다. 언제쯤 그녀가 자신이 원하는 대로 표현하는 걸 전부 받아주게 될까 궁금했다. 하지만 한편으론 항상 이렇게 쑥스러워하고, 수줍어했으면 하고 바라기도 했다.

"안 추워?"

석영의 물음에 가현이 시선을 살짝 내리뜨고 그의 품에 안겼다. 코트 속에 쏙 들어오는 가현을 안고 있으니 아무리 거센 바닷바람이라고 해도 전혀 춥지 않았다.

"따뜻하다."

석영의 품에서 가현이 고개를 들어 석영을 보며 웃었다. 그 미소가 더없이 예뻤다. 석영은 조심스럽게 고개를 숙였다. 두 눈이 휘둥그레졌던 가현이 두 눈을 질끈 감았다. 두 사람의 입술이 닿았고, 그대로 시간이 멈춰 버린 듯 두 사람 다 조금의 미동도 없었다. 부드럽고 말랑말랑한 입술의 감촉만으로도 온 세상을 다 가진 듯 행복해졌다. 입술을 뗀 석영이 가현의 콧등과 볼에 가볍게 입을 맞췄다. 가현은 고개를 석영의 가슴에 묻고 꺅, 하고 소리를 질렀다. 그 소리에 화답이라도 하려는 듯 석영의 심장이 거세게 뛰고, 온몸의 세포가 날뛰었다. 가현을 안은 팔에 힘을 주자 가현이 윽, 하면서도 석영의 허리에 두른 팔에 자신 역시 힘을 줬다.

"오빠! 이러다가 우리 심장 터지겠다!"

가현이 웃으며 하는 소리에 석영은 숨 막힐 것 같은 행복에 취해 답조차 할 수가 없었다. 그저 계속해서 가현을 안고, 바다를 보다가 그녀 얼굴을 한번 볼 때마다 쉬지 않고 볼에, 입술에 입을 맞출 수밖에 없었다.

가현아, 윤가현. 나의 가현아.

13.

퇴근하고 돌아온 제연은 주방에서 들리는 말소리에 잠깐 모든 행동을 멈췄다. 뭐가 그리 좋은지 낮은 웃음소리와 함께 두 사람의 작게 속삭이는 소리들이 들렸다.

"나 왔어."

가현과 석영이 제연을 반갑게 맞이했다. 제연이 온 게 반가운 것보단 그저 둘의 분위기가 좋았을 뿐인 것 같았지만 그런대로 나쁘지 않았다.

저녁 준비를 하고 있는지 가현과 석영은 가스레인지 앞에 나란히 서 있었다. 요즘 가현은 인터넷에서 레시피를 찾아서 이런저런 요리에 도전하곤 했다. 엄마는 가현이 겨울방학을 시작함과 동시에 바로 시골로 돌아가 버렸다. 이전엔 주로 제연이나 석영이 간단하게 요리를 하거나 시골집에서 엄마들이 늘 빠지지 않고 보내주는 밑반찬으로 생활을 했었다. 처음엔 가현의 도전으로 시작되었지만 갈수록 가현을 돕는 목적으로 함께하기 시작한 석영의 솜씨가 더 좋았고, 가현은 점점 석영을 돕는 보조가 되었다.

"오늘 저녁은 뭐야?"

"햄! 나 여자라서 햄 볶아, 오빠."

그렇게 웃긴 얘기는 아닌 것 같은데 석영이 조금 과하게 웃었다. 석영은 뭐가 얼마나 달라졌는지 잘 모르겠지만 가현은 분명 변했다. 훨씬 잘 웃고, 석영의 옆에 꼭 붙어서 재잘재잘 떠들기도 잘하고, 때때로 예상치 못하게 수줍어하거나, 설렘을 드러냈다. 석영도 변했다고 할 수 있는데 전보다 적극적이 되었고, 전보다 훨씬 더 가현을 챙기고 있었다.

대학 합격자 발표가 있기 전 가현은 잠도 제대로 못 자고, 밥도 잘 먹지 않았다. 담담한 척했지만 사실은 그렇지 않은 듯 멍하니 있다가 한숨을 내쉬는 횟수도 꽤 되었다. 가현에게 내색할 순 없었지만 밤마다 뒤척이는 건 제연이나 석영도 마찬가지였다. 결국 가현이 합격한 걸 알고 나선 가현보다 두 사람이 더욱 기뻐 날뛰었다.

"오늘 김치찌개는 내가 처음부터 끝까지 거의 다 했어."

뚝배기를 식탁 위에 올려놓고 가현이 만족스럽게 미소를 지었다. 그녀의 뒤에 서 있던 석영이 절대 아니라며 고개를 설레설레 저었지만 제연은 가볍게 무시했다.

"속은 괜찮아?"

"응. 아무렇지도 않아."

가현은 대학에 합격했고 고등학교 졸업식이 끝났다. 그리고 어제, 가현이 친구들과 첫 호프집 방문을 했다. 해가 바뀌고 나서 석영과 제연은 집에서 가현에게 맥주를 조금씩 먹게 했다. 아무래도 대학에 가면 신입생 환영회니 이런저런 술자리가 생길 텐데 그녀가 술을 마실 수 있을지 어떨지도 모르고 첫술은 어른에게 배워야 한다고 생각해서였다. 맥주 한 캔 정도는 잘 마셨는데 얼굴이 조금 빨개지곤 했다. 그리고 어제 친구들과의 자리에선 본인 스스로 잘 조절해서 가볍게 마시고 돌아왔다. 하지만 아무리 그래도 걱정은 되는 법. 석영과 제연은 가현의 귀에 딱지가 앉도록 조심, 또 조심하도록 시켰다. 걱정하는 것도 그렇고, 잔소리는 석영이 더 하고 싶어했지만 가현이 그를 답답하게 느끼지 않도록 조절했고, 덕분에 제연의 잔소리 양이 부쩍 늘어버렸다.

"뭐든 자꾸 하다 보면 늘어. 그래도 절대 정신 놓으면 안 돼."

"응. 절대 안 놔."

가현은 성의 없이 대답하고 찌개를 떠먹는 제연을 뚫어져라 쳐다봤다. 그리 맛있지도 맛없지도 않은 평범한 김치찌개 맛이었다. 석영이 가현의 옆에서 두 눈으로 맛있다고 말하라는 레이저를 매섭게 쏘고 있었다. 맛있다고 말하는 건 어렵지 않은데 가현이 잘한다, 잘한다 해서 실력이 느는 타입이었는지 의문이 들었다.

"맛있네."

가현이 씩 웃으며 석영을 보고 손가락을 브이 모양으로 만들었다.

"나 다음 달에 소진이 데리고 시골 가서 인사시킬까 하는데."

"소진이 언니도 우리 일 알지?"

"알지."

처음엔 기가 막혀했다. 은주와 마음이 잘 맞았었다며 아쉬워하기도 했다. 하지만 이내 받아들였다.

저녁을 먹고 제연이 방에서 쇼핑백을 하나 들고 나왔다. 소진이 가현의 입학 선물로 준 건데 요 며칠 내내 야근하느라 바빠서 전해주는 걸 잊고 있었다.

"이거 소진이 언니가 너 대학 입학 축하한다고 주는 거야."

가현이 양손으로 쇼핑백을 조심스럽게 받았다.

"받아도 돼?"

"응. 받아."

제연이나 석영은 자신들은 가현에게 한없이 해주면서 그 외의 타인에게서 뭔가 받는 걸 철저하게 가리도록 시켰다.

"좋겠네."

석영이 가현을 보고 웃자 가현도 미소를 짓고 쇼핑백을 풀었다. 메이크업 세트였다. 여자 형제가 없는 탓에 보통 여자애들이 좋아하는 것들에 관해서 가현은 친구들과 정보를 공유해야 했다. 얼마 전부턴 예림에게 메이크업을 배우곤 했는데 제연과 석영은 어색했다. 소진에게 그런 얘길 했더니, 당연한 거라며 핀잔주지 말고 예뻐해 주라고 했다. 석영도 제연도 핀잔을 주진 않았다. 다만 조금 진하게 화장을 하고 돌아온 날엔 어울리지 않는다고—어색함 때문이었지 진짜로 이상한 건 아니었지만—얘기했을 뿐이었다.

까만색 케이스에 담긴 화장품을 이리저리 둘러보며 가현은 더 없이 기뻐했다. 이제 진짜 다음 주면 여대생이 될 터였다. 자고 일어나서 해가 바뀌니까 스무 살이 되었다고 좋아하던 모습도 어색했는데 여대생이라니 예상보다 진짜로 다 컸다는 생각이 강렬하게 들었다.

제연은 요즘 고민되는 일이 하나 생겼다. 어른들께 소진을 소개 시키겠다고 했지만 자신은 이미 소진의 집에 인사를 하고, 그녀의 가족들과 알고 지내는 사이였다. 그녀와 결혼이 하고 싶어서 인사를 시키고 싶은 건데 얘기가 잘 진행이 된다면 올해 안에 식을 올리고 싶었다. 그렇다면 석영과 가현을 둘만 둬도 될까 하는 고민이었다. 석영에게 앞으로 뭘 어떻게 할 생각인지 같은 건 묻지 않았지만 그에게도 분명 무슨 생각이 있을 터였다.

"언니한테 고맙다고 내가 직접 연락해도 돼?"

"당연히 해야지."

가현이 생긋 웃으며 제 방으로 들어갔다.

"고맙네. 난 화장품 같은 건 어떻게 사줘야 되나 고민했는데."

"너랑 나랑 분명 헛수고한 거야."

"절대 헛수고는 아닐걸. 넌 내일 진짜로 같이 안 있을 거야?"

"내가 한 게 뭐가 있다고. 너희 깨 볶는데 끼어 있는 거 싫다."

석영이 낮게 웃었다. 가현의 입학식 전, 석영은 가현에게 뭔가 선물을 해주고 싶었다. 그녀에게 거창하게 고백하려던 것도 무산이 되었고, 어영부영 시간이 흘러가고 있었다. 졸업 겸 입학 선물을 뭘 해줄까 물어도 가현은 언제나 고개를 저었다. 그래서 고민하던 끝에 내일 가현을 위한 이벤트를 할 생각이었다. 혼자서 준비하기엔 좀 무리가 있어서 제연에게 도움을 요청했는데 그는 석영의 이벤트를 황당해했다. 하지만 결국 최선을 다해 도와줬고, 정작 내일은 자리까지 피해주겠다고 했다.

방에서 소진과 통화를 마치고 거실로 나온 가현이 제연의 옆에 앉았다.

"고마워, 오빠."

"예쁜 여대생으로 거듭나길!"

가현이 웃으며 소진이 선물해 준 립스틱 두 개의 색을 이리저리 비교했다.

"내일도 예림이한테 메이크업 배우러 가?"

"응. 엄마가 사준 원피스 입고 갈 거야. 그거랑 어울리는 메이크업 알려준대, 예림이가."

지난 주말, 엄마와 이모가 서울로 올라와 가현과 쇼핑을 했다. 쇼핑 때 핑크색 원피스를 하나 사왔는데 가현에게 정말 잘 어울렸다. 그걸 입고 나왔을 때 석영이 넋 놓았던 그 모습을 제연은 잊지 못했다. 정말 푹 빠졌다는 걸 한눈에 알 수 있었다.

이제 가현이 스무 살. 아무리 화장을 하고 여대생이 된다고 해도 제연에겐 어린 여동생이었다. 그럼에도 조금은 이를지라도 석영과 이대로 결혼을 하는 건 어떨까 싶었다. 자신이 결혼을 한다고 둘을 떨어뜨려 살게 하는 것도, 그렇다고 이렇게 계속 함께 살게 하는 것도 영 내키지 않는 탓이었다.

가현이 예림의 집에 간 사이, 석영과 제연은 바삐 움직였다. 두 사람의 차에 가득 들어차 있던 쇼핑백과 상자를 꺼내 오고, 그동안 미처 포장을 못했던 것들의 포장을 하느라 정신이 없었다. 두 사람의 힘으론 역부족이어서 결국 소진까지 불러야 했다.

"자기, 반성해."

포장한 선물에 능숙하게 리본을 묶으며 소진이 제연의 옆구리를 쿡 찔렀다. 사실 석영이 이벤트 얘기를 꺼냈을 때 제연도 적잖이 놀랐다. 발상도 그랬지만 도대체 뭘 얼마나 해주고 싶은지 가늠할 수 없는 만큼이라는 게 놀라웠다.

"나도 거하게 해줄 거야. 긴장 늦추지 말고 기다려."

"윤허세."

소진이 제연을 향해 일침을 놓는 걸 보며 석영은 호탕하게 웃었다.

"허세는 쟤가 차허세지! 이런 게 허세야."

거실에 수북한 쇼핑백과 선물들을 보며 제연이 고개를 설레설레 저었다.

"가현인 좋겠다. 미국 영화나 드라마 보면 결혼식 끝나고 신부들이 쌓여 있는 선물 뜯어보는 거 부러웠는데 석영 씨가 실제로 이런 걸 실행하다니."

"내용은 볼품없어."

"왜 볼품이 없어?"

석영이 두 눈을 동그랗게 뜨고 반박했다.

"볼품없는 것도 있잖아."

"가현인 절대 볼품없다고 생각 안 할걸."

"그게 문제야. 내 동생이지만 쟤한테 너무 순종적이야."

석영과 제연은 한시도 입을 쉬지 않으면서도 절대로 빈둥거리지 않았다. 소진이 보기엔 석영과 제연 두 사람이 가현에게 순종적인 것 같았다.

"제일 고가랑 제일 저가랑 차이가 심해요?"

소진의 물음에 갑자기 제연이 마구 웃었다. 석영도 피식피식 웃음이 터지는 것 같은데 괜히 웃고 있는 제연에게 웃지 말라고 버럭 소리를 질렀다.

"일단 제일 저가는 차석영이 쓰던 볼펜."

"볼펜?"

"잘 써져요. 나 대학 때 꼭 그 볼펜으로 시험 봐야 점수가 잘 나왔거든요. 그래서 지금도 그 볼펜은 꾸준히 사놓는데 최근에 쓰던 거 가현이 주려고요."

"고가가 뭐든 간에 감동은 그 볼펜이 제일 감동적이겠다."

"쓰던 볼펜이? 내가 쓰던 볼펜 줄까?"

"의미부여 안 하면 소용없어."

제연이 입을 비죽이며 방금 자신이 포장한 게 무언지 포스트잇을 붙였다. 포장을 마치고 제연과 소진이 나가면 석영이 미리 써놓은 편지를 선물에 맞춰 넣어둘 예정이었다. 그래서 포장지 안에 뭐가 들어 있는지 빼놓지 말고 체크를 해야 했다. 모든 선물에 편지를 쓸 순 없었다. 양이 워낙 방대하기 때문일 수도 있고, 사실 의미 없이 개수를 늘리기 위한 것들도 있기 때문이었다.

"끝났다!"

머리끝부터 발끝까지 온몸이 다 쑤신다는 투정을 빼놓지 않은 제연이 석영의 어깨를 툭툭 두드렸다.

"다음에 밥 사라. 비싼 걸로."

"걱정 마. 은혜는 꼭 갚으마. 고마워요, 누나."

"수고해요, 석영 씨."

제연과 소진이 나가고 난 뒤 석영은 포스트잇을 확인했다. 편지를 넣어야 하는 쇼핑백이나 상자를 챙기고 붙어 있던 포스트잇을 전부 떼었다. 거실을 완전히 다 메우고 싶었지만 잘 배치해 놓으니 준비한 것보다 더 많은 양처럼 보이긴 했다.

　가현에게 뭔가 해주는 일은 석영을 더욱 기쁘게 하는 일이었다. 십대에서 이십대가 되는 건 얼떨결에 벌어지는 일과 같았다. 그렇기에 더욱 가현을 위해 무언가를 해주고 싶었다. 잘 알지도 못하면서 백화점 화장품 코너 이곳저곳에서 조언을 구했다. 어쩜 그리 다들 말을 잘하는지 모든 브랜드의 화장품을 사주고 싶었다. 제연이 말리지 않았더라면 석영은 그리했을지도 몰랐다. 가현에게 어울릴 법한 옷을 사고, 가방을 사고, 신발, 시계, 양말, 머리핀, 목걸이, 귀걸이…… 목록은 어마어마했다. 더 해주고 싶은 게 많았지만 참고 참았다. 학교에 입학해 수업 때 받은 프린트 물을 넣을 수 있는 파일도 사고, 노트, 샤프, 연필, 볼펜, 지우개…… 소소한 것들까지 최대한 챙겼다. 아무리 사소한 거라 해도 포장을 뜯는 재미는 무시하지 못할 터였다. 그래서 하나, 하나 일일이 포장을 하고 리본을 묶고 쇼핑백에 따로 담았다. 그러다 보니 배보다 배꼽이 더 커지긴 했다.

　현관에서 서서 보면 어떨지 이리저리 둘러보고 있는데 휴대폰이 울렸다.

　"여보세요?"

　—오빠. 나 지금 예림이네 집에서 나와서 버스 기다리고 있어.

　"춥지 않아?"

　—응. 제연이 오빠랑 같이 있어?

"아니. 제연이 나가고 오빠 혼자 있어."

─얼른 갈게. 저녁 나가서 먹을까?

"왜?"

─원피스도 입었고, 예림이가 해준 메이크업도 마음에 들어서. 집에만 있기는 아까울 것 같아.

"오빠가 볼 건데 아까울 리가 있나. 일단 아직 저녁까지 시간 남았으니까 집에 와서 얘기하자."

─알았어. 조금만 기다려.

전화를 끊고 석영은 미소를 지었다. 선물들의 위치를 몇 번이고 확인하고 점퍼를 챙겨 입었다. 그리고 버스정류장으로 가현을 데리러 나갔다.

3월이 얼마 남지 않은 것치곤 바람이 꽤 매서웠다. 코트를 입었다고는 해도 원피스를 입고 나간 가현이 추웠을 것 같았다. 양손을 주머니에 찔러 넣고 버스가 언제 올지 길을 내다보고 있었다. 10여 분이 흐르고 가현이 타고 왔을 버스가 도착했다. 그리고 버스에서 내리는 가현을 보고 석영은 웃지 않을 수가 없었다.

화장을 하지 않아도 더없이 예뻤다. 오히려 가끔은 예림이 알려주는 화장법이 가현 본연의 미모를 더욱 해치는 것 같을 때도 있었다. 그런데 오늘 화장은 그녀에게 잘 어울리기도 했고, 뭐라 말할 수 없이 예뻤다.

"왜 나와 있어? 안 추워?"

까만 긴 생머리를 부드럽게 말아 웨이브를 준 것도 예뻤다. 그녀를 한층 더 성숙해 보이게 했다. 석영의 시선이 뭘 뜻하는지 아는 듯 가현이 볼을 붉혔다.

"오빠."

작게 자신을 부르는 그 입술이 너무나 사랑스러웠다.

"도대체 왜 이렇게 예쁘니."

가현에게 묻는 것보단 그저 넋이 나가서 자신도 모르게 흘러나
온 말이었다. 가현은 아랫입술을 잘근 물더니 석영의 허리를 살짝
끌어안았다. 그녀를 보고 숨이 턱 막혔던 석영이 탄성처럼 터져
나온 숨을 내쉬었다. 그리고 품에 안겨 있는 가현의 머리에 조심
스럽게 입을 맞췄다.

"오빠, 옷이 차다. 오래 기다렸어?"

"아니. 바깥 날씨가 차서 그렇지 뭐. 넌 안 추워?"

"조금. 얼른 들어가자."

석영은 가현의 손을 꼭 붙들고 집으로 향했다. 오늘 예림에게
받은 메이크업이 뭔지 석영은 아무리 설명을 들어도 잘 모를 텐데
가현은 요목조목 설명을 했다. 제 눈을 가리키고, 입술을 쭉 내밀
기도 하며 설명하는 모습이 귀여워 석영은 주의 깊게 그녀의 말을
잘 새겨들었다.

"오늘 메이크업이 제일 마음에 드는 것 같아. 오빠는?"

"다 예뻐."

진심이었는데 가현이 입술을 비죽였다. 엘리베이터에서 내리며
가현이 다시 한 번 물었지만 석영은 또 다 예쁘다고 해줬다. 얼버
무리는 건 아니었다. 그건 가현도 알고 있을 터였다. 하지만 하나
만 콕 집어내기엔 정말 그녀는 뭘 해도 다 예뻤다. 현관문을 열고
먼저 집으로 들어간 가현이 우뚝 멈춰 섰다.

"이게 다 뭐야?"

멍한 가현의 물음에 석영이 그녀의 뒤에 서서 등을 살짝 밀었다.

"글쎄, 뭘까."

의아한 표정으로 자신을 올려다보는 가현이 예뻐서 석영이 고개를 숙여 살짝 입을 맞췄다.

"뭔지 풀어봐."

"어떤 거?"

"뭐든. 전부 다."

여전히 가현은 영문을 모르겠다는 표정이었다.

"선물이야. 졸업, 입학, 면허 딴 거, 원하던 대학에 붙은 거. 태어난 거, 오빠를 좋아해 주는 거, 그 모든 거에 고마워서 주는 선물이야."

동그란 두 눈으로 거실을 둘러보고 석영을 한번 올려다보고 다시 거실을 둘러다 보던 가현이 고개를 설레설레 저었다.

"이게…… 전부 다 내 거라고?"

"응. 전부 다."

"이게 다 뭔데?"

"풀어보라니까."

"말도 안 돼. 이렇게 많이? 이걸 전부 다?"

"안 많아. 더 많이 해주고 싶었는데 참은 거야. 나머진 차근차근 계속 해줄게."

석영이 뒤에서 밀지 않으면 가현은 전혀 움직이지 않았다. 계속 멈춰 서서 고개를 젓고, 말도 안 된다는 소리를 해대며 석영을 올려다볼 뿐이었다.

거실을 메운 쇼핑백과 상자, 포장지들을 보면서도 가현은 도저히 믿기지 않았다. 그 안에 무엇이 들었든 자신이 정말 이 모든 걸 받아도 될지 몰랐다.

"오빠."

머뭇거리며 또다시 석영을 부르자 석영이 부드럽게 미소를 짓고 가현보다 앞장섰다. 가현의 손을 잡아 거실 한가운데로 천천히 이끌었다. 그에겐 늘 뭐든 많이 받고 있었다. 마음도, 웃음도, 따뜻함도 전부 그는 매일매일 새롭게 퍼주었다. 항상 가현에게 뭐가 필요한지 부족한 건 없는지 물었고, 가현의 마음을 언제나 가득 차 있게 해줬다. 그런데도 또 이렇게 뭔가를 주겠다니. 그보다 이렇게 많은 선물들은 상상도 하지 못했고, 평생 다시는 못 볼 광경이었다.

"전부 다 네 거야."

"무슨 날도 아닌데?"

"왜 무슨 날이 아니야? 이렇게 많은 선물을 받는 날이지."

머뭇거리고 거절한다고 해도 결국 대화는 원점으로 되돌아올 것 같았다.

"나 뭘 이렇게 많이 받아도 돼?"

"더 받아도 돼."

"나는 오빠한테…… 준 게 없는데?"

"왜 없어? 오빠한텐 네가 선물인데."

온몸이 펑 하고 터질 것 같았다. 귓속이 먹먹하고 숨이 턱 막혔다. 정말 감동을 받으면, 믿을 수 없을 정도로 기쁘면, 눈물이 날 수 있다는 걸 실감했다.

눈물이 그렁해지는 가현을 보며 석영이 미소를 지었다.

"웃어야지."

가현은 말없이 석영의 허리를 힘껏 끌어안았다. 이런 포옹이면 충분했다. 한 번의 입맞춤이면 더 바랄 게 없었다. 그리고 수줍게 자신을 보며 웃어준다면 그 어떤 것도 두렵지 않았다.

"못 뜯겠어."

"안 돼. 뭐가 들어 있을까 기대에 차서 뜯는 네 표정 상상하면서 일일이 포장했단 말이야."

그의 품 안에서 석영을 올려다보던 가현이 뒤꿈치를 들었다. 곧바로 석영의 얼굴이 내려왔고 두 바람의 입술이 그대로 맞닿았다. 선물보다 달콤하고, 설레는 입맞춤이었다. 입을 맞출 때면 석영은 어느 때보다 힘껏 가현을 바짝 끌어안았다. 그게 견딜 수 없이 행복하고 기뻤다.

입맞춤을 마치고 나서도 거실을 둘러보는 가현의 표정은 얼떨떨했다. 석영은 카메라를 가지고 왔다. 거실 한가운데에 서 있는 가현의 사진을 찍고, 그녀의 표정을 고스란히 담았다.

편한 옷으로 갈아입고 나온 가현이 거실 이곳저곳을 기웃거렸다. 뭘 먼저 봐야 할지 고민하는 것 같았다. 석영은 가현이 뭐든 하나를 집을 때까지 기다렸다. 사실 석영도 정확히 어디에 무엇이 있는지 몰랐다. 가현이 포장지 안에 무엇이 들었을지 기대하는 것처럼 석영도 그녀가 무얼 제일 먼저 고를까 기대됐다.

한참을 고민 끝에 가현은 포장지 하나를 집었다. 석영을 쳐다보자 그도 무언지 궁금하다는 표정으로 가현을 바라보고 있었다. 이 모든 걸 다 준비하며 그는 어떤 생각을 하고, 무슨 표정을 지었을까. 분명 가현을 위한 걸 준비하기 위해 노력하고 고민했을 거다. 그런 그를 사랑하지 않을 수가 없었다. 여자는 자신을 사랑해 주는 사람을 만나야 행복하다고들 했다. 하지만 엄마에게 그런 얘길 하면 엄마는 고개를 절레절레 저었다.

"남자든 여자든 누구나 자기를 사랑해 주는 사람 만나야지. 엄마는 아들 하나, 딸 하나 둔 부모잖아. 너한테는 너한테 잘하는 남자, 제연이한테는 제연이한테 잘하는 여자 만나라고 바라는데 어느 한쪽만 그렇게 되라고 바랄 수 없지. 우리 아들, 딸 사랑 많이 받아야지. 석영이도 그렇고."

엄마는 모순되고 이기적인 바람이라고 했지만 가현 역시 그렇게 되기를 바랐다.

석영의 옆으로 다가가 바짝 붙어 앉은 가현이 천천히 포장지를 풀었다. 가현의 허리를 끌어안은 석영도 뭔지 궁금하다며 고개를 쑥 내밀었다. 포장지 안에 들어 있는 건 귀여운 캐릭터가 그려진 손거울이었다.

"귀여워."

"거울 봐봐."

석영을 힐끔 쳐다본 가현이 뚜껑을 열어 안쪽의 거울로 자신의 얼굴을 들여다봤다. 함박웃음을 짓고 있는 얼굴이 거울에 비치자 조금 민망해졌다.

"앞으로도 그렇게 계속 웃을 수 있게 해줄게."

귀를 간질이는 그의 달콤한 말을 듣기 무섭게 가현이 상체를 틀어 그의 목에 팔을 두르고 그를 힘껏 끌어안았다. 기분 좋게 웃는 그의 웃음소리를 들으며 가현은 더욱 세게 그를 안으려고 온몸에 힘을 줬다.

"나도. 나도 오빠 계속 이렇게 웃을 수 있게 할게."

"응. 고마워."

고맙단 인사는 분명 가현이 해야 했다. 그럼에도 석영은 진심이 느껴지는 그 한마디로 가현의 마음을 사르르 녹였다.

거울에 자신의 얼굴을 비춰 보고, 석영의 얼굴도 비춰 보고, 마주 보고 웃고, 입을 맞추고, 그의 품에 얌전히 안겨 있다가 다음 선물을 고르려고 자리에서 일어났다. 석영은 또다시 기대에 차서 거실을 누비는 가현을 물끄러미 바라봤다.

뜯어도, 뜯어도 끝이 보이질 않았다. 무엇보다 하나, 하나 선물을 뜯고 왜 그런 선물을 했는지 그의 설명을 듣고 그를 안아주고, 그에게 안기느라 선물을 뜯는데 시간이 오래 걸릴 수밖에 없었다. 게다가 중간, 중간 짧든 길든 그의 편지가 들어 있는 선물들이 있어서 시간은 더욱 오래 걸렸다. 그럼에도 도통 지치질 않았다. 하나를 뜯을 때마다 석영도 가현도 기쁘고 행복했다.

선물을 거의 다 뜯어갈 무렵, 쇼핑백 안의 상자를 꺼내던 가현이 석영을 쳐다봤다. 그러더니 그의 입술에 가볍게 입을 맞추고 그의 가슴에 얼굴을 묻었다.

"전부 다 너무 고마워, 오빠. 그런데…… 그 어떤 게 나와도 나한테 최고의 선물은 오빠야."

고맙다는 인사는 당연히 들을 줄 알았다. 감동의 눈물도 한두 방울 흘려줄 거라고 생각했다. 몇 번이고 입을 맞출 수 있을 거라고 기대도 했다. 하지만 그 모든 걸 넘어선 그 말을 듣게 될 줄은 몰랐다. 석영과 가현은 또다시 서로를 힘껏 끌어안았다. 두 사람의 닿은 마음은 도무지 끝이 없었다.

가현아, 더 많이 줄게. 더 많이 사랑해 줄게. 고맙고, 사랑한다.

14.

　화장실 거울 앞에 선 가현은 세차게 고개를 저었다. 하지만 그 럴수록 어질어질한 건 더 심해질 뿐이었다. 찬물로 세안을 해도 정신이 번쩍 나진 않았다. 나름 조절한다고 했음에도 평소보다 무 리를 한 탓에 취기가 빠르게 온몸으로 퍼지고 있었다.

　어느덧 5월. 대학 생활에도 익숙해졌고 동기생들은 물론, 선배 들과도 꽤 친분이 생겼다. 도대체 대학생이란 얼마만큼의 술을 마 셔야 더는 술을 안 먹겠다는 각오가 생기는지 하루가 멀다 하고 학교 앞 주점을 찾았다. 가현은 그나마 자주 마시는 편도 아니고, 마실 때마다 잘 조절을 했기에 크게 문제될 게 없었다. 헌데 오늘 은 졸업한 선배 두 명이 와서 어쩌다 보니 같이 자리를 하게 됐는 데 쉬지 않고 술을 권하는 사람들이었다. 최대한 사양하고, 마신 척만 했을 뿐인데도 평소보다 더 빠른 속도로 마신 탓에 몸이 좀 힘들었다.

"가현아, 괜찮아?"

화장실로 들어서던 대학 동기인 정연이 가현을 보고 걱정스럽게 물었다. 하지만 가현이 보기엔 정연이 더 위태로워 보였다. 제대로 걷지도 못했고, 계속해서 실실 웃고 있었다.

"넌 괜찮아?"

"나? 응! 기분 완전 좋아! 우리 노래방 가자!"

노래방보단 집에 가고 싶었다. 어느덧 시간도 11시를 넘어가고 있었고, 기다리고 있을 석영도 신경이 쓰였다. 그는 가현에게 일일이 간섭하거나 잔소리를 하진 않았지만 그건 분명 가현이 편한 대학 생활을 하라고 해주는 배려라는 걸 알았다. 속으론 엄청 애가 타서 당장이라도 가현을 끌고 집에 가고 싶어할 게 분명했다. 제연과 석영이 정한 12시 통금이 있었기 때문에 가현은 이제 그만 자리에서 일어나야 했다.

"난 이제 가야 될 것 같은데."

"왜? 조금만 더 놀다 가자."

정연이 가현의 팔을 붙들고 늘어지기 시작했다. 그러다가 갑자기 화장실이 급하다며 후다닥 안으로 들어갔다. 먼저 자리로 돌아온 가현은 어느새 또 늘어난 소주병을 보자 더 힘들어지는 것 같았다.

"가현 후배! 어디 갔다 왔어! 이리 와, 이리 와."

자신의 옆자리에 앉으라며 의자를 손바닥으로 팡팡 두드리는 선배를 보며 가현은 살짝 미소를 지었다.

"죄송해요, 선배님. 저 통금이 있어서 이제 그만 가봐야 할 것 같아요."

어지럽고 힘들었지만 가현은 최대한 정신을 바짝 차리고 똑바로 얘길 했다. 하지만 그런 소리로 쉽게 빠져나갈 수 있는 자리였다면 무리하게 술을 마시지도 않았을 테고, 진작 돌아갈 수 있었을 거다.

"집에 전화해. 내가 가현 후배 부모님이랑 통화해서 무사히 집에 바래다준다고 얘기할게! 나 어른들이 좋아하는 타입이야!"

혀가 꼬부라져서 그런 소릴 해봐야 아무 소용이 없었다.

"다음에 또 뵐게요."

"진짜 가려고?"

"통금 어기면 엄청 혼나거든요. 좀 봐주세요."

가현이 싱긋 미소를 지었다. 이런 미소가 곤란한 상황에서 빠져나가는 데 꽤 큰 도움이 된다는 건 언제, 어떻게 알게 되었을까.

"아쉽네."

선배의 말이 끝나기 무섭게 눈치를 보고 앉아 있던 동기 두 명이 벌떡 자리에서 일어났다. 타이밍을 놓치면 다음 타이밍까지 얼마가 걸릴지 몰랐기에 둘 다 잽싸게 일어난 것 같았다. 결국 선배보다 먼저 일어나는 게 말이 되냐고, 후배 교육을 어떻게 시키고 있냐는 농담 반, 진담 반 잔소리를 10분 정도 듣고 자리에서 빠져나올 수 있었다.

방향이 반대편인 동기들과 헤어져 지하철에 오른 가현은 정신을 바짝 차리려고 애를 썼다. 하지만 잠은 쏟아졌고, 기분은 점점 몽롱해졌다. 자리에 앉아 꾸벅꾸벅 졸고 있는데 석영에게 전화가 걸려왔다.

"여보세요?"

—응, 가현아. 어디야?

그의 목소리를 듣자 긴장이 완전히 풀리면서 술로 부대끼는 속이 불편한 게 적나라하게 느껴졌다.

"오빠아."

자신도 모르게 말끝이 길에 늘어졌다.

—어디야? 너 술 많이 마셨어?

"완전 힘들어."

말을 하는데 자꾸 코끝에 힘이 들어갔다.

—아직도 술 마시는 거야?

"아니. 이제 전철 탔어."

—이제 출발했어? 술을 얼마나 마신 거야. 오빠가 너 도착할 시간에 맞춰서 지하철역으로 나갈 테니까 도착하면 전화부터 해.

"응. 빨리 와, 보고 싶어."

빨리 가야 하는 건 가현이었다. 그럼에도 자꾸만 어리광 섞인 소리들이 튀어나왔다. 그런데 수화기 반대편에선 나직하게 석영의 한숨 소리가 들렸다. 화가 났을까.

"오빠."

—혼자 오고 있어? 아니면 같은 방향인 사람이랑 같이 와?

"아니. 나 혼자."

—알았어. 정신 바짝 차리고 와. 잠들지 말고.

"응. 보고 싶어, 오빠."

—가현아.

뭔가 석영의 목소리가 애절해졌다.

"응?"

—이제부턴 아무 말도 하지 마. 알았지? 전화 끊고 정신 바짝 차리고 집에 오는 거야. 알았지?

"응. 아, 말했다."

가현이 낮게 웃었다. 하지만 석영은 함께 웃지 않았다. 결국 그를 화나게 한 게 확실해진 것 같았다. 시무룩해진 가현은 전화를 끊고 휴대폰을 멍하니 쳐다봤다. 힘들어도, 술을 평소보다 과하게 마셨어도 그에게 티내선 안 되는데 자신도 모르게 그의 목소리를 듣자마자 느슨해졌다. 제어도 안 되는 술을 이렇게 마셨다고 화를 잔뜩 내면 어쩌나 걱정이 되었다. 지금까지 자신에게 한번도 화를 낸 적이 없는 석영이었다. 무조건 잘못했다고 비는 수밖에 없었다. 한숨을 내쉰 가현은 잠들지 않으려고 애쓰느라 고생을 하며 집으로 향했다.

가현을 데리러 나온 석영은 5월의 날씨가 애석하게 느껴졌다. 뼛속까지 시리도록 찬바람을 맞고 싶었다. 그럼 정신이 좀 번쩍 날 텐데.

코맹맹이 소리를 하며 오빠를 애타게 부르고, 보고 싶다는 말을 연거푸 하는 가현 때문에 미칠 지경이었다. 같이 술을 마셨던 사람들에게 그런 모습을 보여주고 오는 길일까 속이 뒤집혔다. 술을 마시면 얼굴이 좀 빨개지는 편인데 빨개진 얼굴로 귀여운 소리를 내뱉으면 그 누가 당해낼 수 있으랴. 콩깍지는 의외로 쉽게 순식간에 쓰인다. 그간 가현에게 관심이 없던 누군가가 오늘 그런 모습을 보고 그녀에게 반하지 않았다는 보장이 없었다. 그 모든 걸

다 신경 쓰며 살아갈 수 없다는 건 알았다. 가현의 마음을 의심하는 것도 아니었다. 그저 예쁘고 귀엽고 좋은 가현은 자신만 알고 싶은 욕심이었다.

또다시 귓가에 자신을 부르고 보고 싶다고 말하는 가현의 목소리가 울렸다. 단순히 심장이 거세게 뛰고, 온몸이 간질거리는 것과는 다른 감정이 날뛰었다. 지금까진 그저 가현을 품에 안고, 가볍게 입을 맞추는 정도로도 세상을 다 가진 듯 행복했다. 그런데 지금은…… 가현의 전부를 갖고 싶었다.

"오빠!"

등 뒤에서 들린 가현의 목소리에 석영이 벌떡 자리에서 일어났다. 해맑게 웃으며 석영에게로 달려온 가현은 그대로 품 안에 안겼다.

"오빠, 화났어?"

품 안의 가현이 고개를 빠끔 내밀어 조심스럽게 물었다.

"웬 술을 이렇게 마셨어?"

"졸업한 선배들이 왔는데 자꾸만 마시라고, 마시라고 그래서. 그나마 최대한 안 먹겠다고 하고 조절했어."

가현의 빨간 볼을 살짝 꼬집었다. 배시시 웃고는 다시 석영의 품 안에 얼굴을 묻었다. 취하면 주사가 있을까 궁금하긴 했지만 취하도록 술을 먹게 하고 싶진 않았다. 그런데 이렇게 애교가 철철 넘칠 줄이야.

"계속 빨리 오려고 했는데 도저히 빠져나올 수가 없었어."

입술을 불퉁 내밀고 발을 바닥에 탁 찧는 게 귀여웠다.

"전철을 탔는데 또 빨리 오고 싶은데 자꾸 정거장마다 서는 거야. 오빠가 기다리는데.”

미간을 좁히고 투덜거리며 손가락을 접으며 지하철이 선 정거
장을 읊었다.

“가현아.”

석영이 가현의 말을 막고 허리를 살짝 숙여 그녀와 눈을 마주쳤
다.

“응?”

두 눈을 동그랗게 뜨고 미소를 지으며 대답하는 게 여간 예쁜
게 아니었다.

“앞으론 이렇게 많이 마시면 안 돼.”

“응. 안 그럴게.”

가현이 두 눈에 바짝 힘을 주고 새끼손가락을 들어 보였다. 새
끼손가락을 걸어 약속을 하고 난 뒤 석영은 가현의 손을 잡고 집
으로 향했다.

“이렇게 힘든데 왜 그렇게들 술을 먹는 거야?”

“힘들어?”

“응. 어지럽고, 가슴도 막 쿵쿵 뛰고, 다 빙글빙글 돌아.”

“업어줄까?”

느릿느릿 걷던 가현의 걸음이 멈췄다. 절대 싫다고 할 줄 알았
다. 전에도 장난처럼 업어준다고 하면 정색을 하면서 절대 싫다고
석영을 피해 도망갔다. 그런데 그녀의 얼굴이 활짝 피더니 석영의
등 위로 폴짝 뛰어올랐다. 가뿐하게 가현을 업은 석영이 어떻게
하면 그녀가 자신 외의 사람들과 술을 안 먹게 할 수 있을까 고민
했다.

"좋다, 오빠. 어렸을 때 생각나."

가현이 배시시 웃으며 뿜어내는 숨결이 석영의 목과 귀에 닿았다. 순간 아찔했지만 석영은 아무렇지도 않은 척 걸음을 옮겼다.

"오빠아, 오빠."

"응?"

"나 오빠가 너무 좋아."

석영이 잠깐 걸음을 멈췄다.

"정말 정말 너무 많이 좋아. 어떡하지?"

"뭘 어떡해? 계속 그렇게 좋아하면 되지."

"응. 계속 좋아할게."

가현이 두 다리를 흔들며 석영을 꼭 끌어안았다. 갈수록 가현의 어리광은 못 보게 될 줄 알았다. 그런데 오히려 어렸을 때보다 더욱 귀엽게 애교를 부리고 있었다.

"가현아, 이제 정말로 다른 데서 이렇게 술 마시면 안 돼."

"응. 아까 약속했으니까 꼭 지킬게."

엘리베이터에 올라 층수가 올라가는 걸 멍하니 쳐다보던 석영이 등 뒤에 얌전히 업혀 있는 가현을 향해 물었다.

"가현아."

"응?"

"어디 놀러 가고 싶은데 없어?"

"음…… 아무 데나 다 가고 싶어."

"어디 놀러 갈까?"

"좋아!"

뭘 얼마만큼 알고 대답할까, 궁금했다. 분명 전과는 다른 여행이 될 터였다.

집으로 들어서자 귀가하지 않았던 제연이 돌아와 있었다. 가현은 정신이 번쩍 날 정도로 제연에게 혼나고 난 뒤 잠이 들었다.

"술 권하는 문화 없어져야 돼."

"니가 할 소리는 아니지."

석영이 피식 웃자 제연이 헛기침을 하고 석영의 말을 모른 척했다.

"요즘 날씨도 좋은데 1박 2일로 어디 갈 만한 데 없나?"

"글라이딩 못하니까 좀 쑤셔 죽겠구나? 갈 데가 없겠어?"

"알아봐야겠네. 좋은 데 알면 추천 좀 해."

제연이 생각에 잠겼다.

"가현이랑 갈 거야."

제연은 너무 깊이 생각에 잠긴 건지 대꾸가 없었다. 석영도 그냥 가만히 제연의 반응을 기다렸다. 잠시 후, 제연이 소스라치게 놀라며 두 눈이 동그래져서 석영을 쳐다봤다.

"뭐? 뭐라고?"

"가현이랑 둘이 갈 거라고."

"강조하지 마. '둘이' 갈 거라고 강조하지 마. 몰라, 난 못 들었어."

예상과 조금 다른 반응이었다. 가지 말라는 게 아니라 못 들었다니.

"들었잖아."

"아냐. 몰라. 못 들었어."

"가지 말라고 안 해?"

"어떻게 하냐! 일방적인 것도 아니고 둘이 좋아서 사귀는데. ⋯⋯그래도 참을 수 있으면 너 좀 더 참을래? 여태껏 참고 살았잖아."

석영은 웃음이 났다. 참아보는 게 어떻겠냐고 자신의 옆구리를 쿡쿡 찌르는 제연이 웃기기도 했지만, 그가 제대로 자신과 가현을 인정하고 있는 게 신나기도 했다.

"여태껏 참았는데 또 참으라고? 너 같은 남자로서 나한테 그럴 수 있냐!"

"같은 남자지만 나는 쟤 오빠잖아! 나한테 그걸 묻는 것 자체가 너는 비양심적인 거지!"

"양심적으로 하려고 묻는 거잖아!"

"뭘 해! 뭘 하려고! 이 나쁜 놈아!"

석영과 제연이 허공에 팔을 휘적거리며 거짓으로 싸우는 척을 했다. 그러다가 서로가 유치해서 결국 웃음이 터졌다.

"너 그러지 말고 그냥 결혼하지 그러냐?"

웃음의 말미에 제연이 조심스럽게 물었다. 잔웃음을 웃던 석영의 웃음이 멈추고 진지한 표정으로 제연을 쳐다봤다.

"가현이 아직 스무 살이야."

"스무 살이니까. 나 결혼하면 너랑 윤가현만 여기 두고 나가는 것도 영 마음에 걸리고."

결혼이라. 석영도 전혀 생각을 안 한 건 아니었다.

"집에서 반대할 일도 없고, 뭐가 걱정이야?"

"가현이가 스무 살인 거. 남자랑 여자는 다르긴 하지만 스무 살에 진지하게 결혼이 뭔지 알 거 같아?"

"모를 때 하는 게 좋을 수도 있지. 그리고 너넨 어차피 하게 될 텐데 뭐."

석영이 낮게 웃었다. 그러다가 갑자기 기분 나쁜 게 생각났다는 듯 인상을 찌푸렸다.

"내가 너보다 생일이 한 달 반이나 빠른데 네가 내 형님이 되는 거야?"

"매제, 나한테 잘 보여. 내가 이 결혼 반대하면 끝인 거 알지?"

"형님, 이 결혼 반대하면 형님은 내 손에 끝장나는 거 알지?"

"내가 뭐 매제가 무서워서 이 결혼 허락하는 줄 알아? 다 내 동생을 위해서야."

"그보다…… 가현이 의견은?"

석영과 제연이 나란히 가현의 방 쪽으로 시선을 옮겼다.

"보나마나 좋다고 하겠지."

"당연하지. 다른 사람도 아니고 내가 결혼하자는데."

"꼭 해라, 꼭. 그리고 결혼 전까지 참는 거 생각해 보고."

"여행은 갈 거야."

"가서 참겠다고? 너 무슨 수행하냐?"

석영은 아무런 답도 하지 않았다. 참을지 말지는 스스로 결정할 일이었다. 그보다 진짜 결혼을 하면 어떨까, 구체적인 상상이 머릿속을 헤집었다.

방파제를 따라 걷던 가현이 걸음을 멈췄다. 그리고 뒤를 돌아

석영에게 어서 오라고 손짓했다. 지난겨울 바다에 왔을 때와는 또 다른 분위기였다. 계절이 바뀐 탓도 있겠지만 석영을 향한 자신의 감정이 더욱 짙어진 게 가장 큰 변화였다. 바닷바람을 맞으며 한 손은 바지 주머니에 찔러 넣고 느긋하게 자신을 향해 걸어오는 석영은 이루 말할 수 없이 멋졌다. 언제나 곧고 진실되게 자신만을 바라봤다. 그가 속삭이는 사랑은 조금도 군더더기가 없었다. 그의 표정, 손길, 말투, 그 자체로 그의 마음을 전부 느낄 수 있었다.

"시원하고 좋다."

가현의 옆으로 다가온 석영이 자연스럽게 그녀의 허리에 팔을 둘렀다. 그를 볼 때마다 감정은 거짓처럼 새롭게 돋아났다. 그저 가족으로 보았던 그와 연인으로 보는 그는 너무나 달랐다. 가족일 때도 평생 두고 볼 수는 있었겠지만 자신의 사람은 아니었다. 하지만 연인인 그는 오롯이 자신의 사람으로 곁에 둘 수 있었다.

"여름방학 기대돼."

가현은 여름방학 때 친구 세 명과 20일간 유럽 배낭여행을 가기로 계획하고 있었다. 석영과 제연도 스무 살 때 배낭여행을 다녀왔다. 항상 그게 부러웠고, 오빠들이 멋져 보였다고 입버릇처럼 얘기하던 가현은 대학에 합격하기 무섭게 배낭여행을 계획했다. 적극 지원하고, 더 많은 세상을 경험하게 해야 한다는 건 알고 있지만 걱정이 앞서는 건 어쩔 수 없었다. 무엇보다 그녀의 잠자리가 가장 걱정됐는데 가현은 어떤 걱정도 하지 않았다. 결국 허락은 떨어졌고, 석영은 무슨 일이 있다고 하면 당장 갈 수 있도록 프리 티켓을 끊어놔야 하나 고민 중이었다.

"어제 과 애들한테 남자친구 있다고 말했거든. 몇 살이냐, 뭐 하는 사람이냐 그런 거 물어보기에 솔직하게 대답했는데 엄청 놀라더라. 그러더니 나랑 잘 어울릴 것 같대."

"말만 듣고?"

"응. 나 연상이랑 잘 어울린대."

차분하고 조숙한 가현에게 아홉 살 연상이 잘 어울릴 것 같다고 했다. 그와 잘 어울릴 것 같다는 소리도 듣기 좋았지만 차분하고 조숙하다는 그 말이 왠지 재밌었다. 그건 분명 제연, 석영과 함께 자랐기 때문인 거라고 생각했다. 할머니, 할아버지들과 함께 살아서 생긴 소위 요즘 애들답지 않은 습관 같은 것도 있었지만 나이 차가 많은 오빠들 때문에 예쁨과 귀여움을 받으면서도 또래들보다 조숙할 수밖에 없었다. 자신의 성격부터 모든 게 그와 연관되어 있다고 생각하니 기뻤다. 그가 있어야 자연스럽게 자신도 존재하는 것 같았다. 게다가 가족들과 있을 때 편안한 자신이 그와 있으면서도 유지될 수 있다는 게 가장 좋았다.

"고등학교 때 친구들한텐 말 못했지?"

"아무래도 조심스러워서. 아직도 애들 만나면 오빠 얘기하니까."

"졸업한 지 얼마 안 됐고, 차츰차츰 무뎌지면 얘기할 수 있을 거야. 그냥 확 결혼해 버릴까?"

가현의 두 눈이 동그래졌다. 그런데 미묘하게 기쁜 기색이 감돌았다.

"정말?"

조심스러웠지만 기대에 찬 목소리였다. 가현과 둘이 여행을 가겠다고 했을 때 제연이 보인 반응이나, 지금 가현이 보이고 있는 반응이나 이 남매의 반응은 좀 남달랐다.

"할까?"

"해도 돼?"

"응?"

"오빠 학교에 나랑 결혼한다고 말할 수 있겠어?"

그렇지 않아도 얼마 전 건욱이 짝사랑은 여전히 진행 중이냐고 물었다. 일단 짝사랑은 끝났다고 했더니 그는 뒷말은 듣지도 않고 석영의 어깨를 툭툭 쳐주고 학생에게 받은 초콜릿 반을 나눠 줬다.

"난 적어도 오빠 다른 학교로 전근 가면 해야 될 줄 알았지."

"나 내년에 전근 가는데?"

"응. 알고 있는데."

대답하는 가현은 담담했다. 마치 석영이 동갑내기, 혹은 자신과 나이 차가 얼마 나지 않는 사람과 교제하는 것 같은 느낌이었다. 석영은 그만 웃음이 터졌고 가현은 석영의 웃음을 절대로 이해할 리가 없었다.

"너 내년에 스물한 살이야. 그런데 결혼이 하고 싶어?"

겨우 웃음을 참고 물었다.

"오빠는 안 하고 싶어? 나 엄마한테도 얘기했는데."

"뭘?"

"내가 오빠랑 결혼한다고 하면 엄마 반대할 거냐고 물어봤지. 그랬더니 엄마가 하고 싶으면 하래. 오빠랑 하는 건데 언제하든 오빠랑 나만 좋으면 괜찮다고."

석영은 또다시 웃을 수밖에 없었다.

"오빠, 뭐가 그렇게 웃겨?"

석영의 앞에 쪼그리고 앉은 가현이 입술을 비죽이며 물었다.

"너 때문에 그래."

"내가 왜?"

"너무 좋아서. 오빠랑 결혼하는 걸 당연히 생각하고, 하고 싶어
하는 게 예뻐서."

"근데 나 아직 학생이고, 공부 열심히 해서 장학금은 받을 수 있
겠지만 취업하기 전까진 오빠가 먹여 살려야 하는데 괜찮아?"

"지금도 먹여 살리고 있잖아."

"엄마가 결혼하면 다를 거라고 하던데. 그래서 오빠한테 곰곰
이 아주 잘 생각해 보라고 전하랬어."

"역시 이모는 철저하시네. 곰곰이 생각 좀 해볼까?"

"곰곰이 긍정적으로."

제가 말해놓고 재밌었는지 가현이 웃고 석영도 그녀를 따라 함
께 웃었다.

바다 구경도 하고, 산 구경도 하고 하루 종일 바빠 돌아다니다
가 호텔로 돌아온 석영과 가현은 그대로 뻗어버렸다. 샤워를 하고
나니 피곤은 더욱 밀려왔다. 일부러 트윈 룸을 예약하긴 했지만
새삼 싱글 침대라는 게 이렇게 작다는 데에 실망해 버렸다.

"욕조에 물 받아서 족욕 할까?"

석영의 제안에 침대에 엎드려 있던 가현이 벌떡 일어났다.

"내가 물 받을게."

가현이 욕실로 들어가고 석영은 룸서비스로 와인을 시켰다. 잠

시 뒤, 직원이 가져온 와인과 잔을 들고 욕실로 들어가자 물 온도를 확인하고 있던 가현이 싱긋 웃었다.

둘이 나란히 앉아 욕조에 발을 담그고 와인을 따라 잔을 부딪쳤다. 욕실 안이어서 잔 부딪치는 소리가 유독 진하게 울렸다.

"피곤할 텐데 발 좀 담그고 와인 한잔하면 푹 잘 수 있을 거야."

"나보단 오빠가 피곤할 거 같은데. 내가 운전할 때 나보다 더 긴장해서."

가현이 운전하는 걸 봐줄 때 석영이 긴장하는 건 맞았다. 그래도 그녀에게 티를 내선 안 되는데 자신도 모르게 자꾸 몸에 힘이 들어갔다. 그나마 제연처럼 소리를 지르거나, 성질을 내진 않았지만 다급할 땐 윽, 하며 신음을 삼키는 걸 가현이 모를 턱이 없었다.

"긴장하지 말아야 하는데 누가 추월만 하면 약 오르면서도 어떻게 할 수가 없으니까."

분하다며 가현이 주먹을 불끈 쥐었다. 그래도 차츰차츰 나아지고 있었다.

"곧 잘하게 될 거야."

반드시 잘할 거라며 가현이 다짐 또 다짐을 했다. 따뜻한 물에 발을 담그고 와인을 마시니 긴장이 풀어졌다. 석영의 어깨에 머리를 기댄 가현이 웃을 때마다 울림이 석영의 어깨로 전해졌다.

이제 물도 제법 식었고, 그만 나가야 하는데 이대로 움직이고 싶지 않았다. 가현을 슬쩍 내려다보니 두 눈을 감고 있었다. 편히 쉬게 해줘야 할 것 같았다.

"가현아."

"응?"

"가서 편히 자자."

잠깐 잠이 들었었는지 두 눈을 비비고도 쉽게 일어나질 못했다. 석영이 먼저 욕조에서 나와 수건을 가져와 가현의 양발의 물기를 닦았다. 간지러웠는지 가현이 웃으며 석영에게로 몸을 숙였다. 그대로 가현을 번쩍 안아 든 석영이 가현을 침대로 데리고 가서 뉘었다. 그리고 입을 맞추는 순간, 잠시 이성이 날아갔다.

가현과의 키스는 언제나 달콤했다. 그 달콤함에 취할 때면 늘 행복으로 점철되었다. 석영은 평소와 다르게 자신의 손이 다른 방향을 향하고 있다는 걸 알았다. 하지만 멈출 수가 없었다. 가현의 티셔츠 안으로 들어간 손이 그녀의 허리를 감쌌다. 석영의 입술로 입이 막힌 가현이 윽, 하고 신음을 내며 석영의 손을 잡았다. 가현이 더욱 세게 자신의 손을 잡고 자신을 밀어내기를 바랐다. 하지만 그녀가 주는 힘은 석영이 당해내기에 어렵지 않았고 자신의 손은 처음 생각했던 목표를 향해 점점 다가가고 있었다. 손바닥에 스치는 가현의 맨살만으로도 충분히 미칠 것같이 벅차올랐다. 그런데 사람의 욕심은 왜 끝이 없는지. 석영의 손이 가현의 속옷 위로 가슴을 움켜쥐었을 때, 가현은 모든 행동을 멈췄다. 모른 척하기엔 뻣뻣하게 굳어버린 그녀의 몸이 적나라하게 느껴졌다.

결국 마주하고 있던 입술을 떼고, 가현의 옷 속에서 손을 뺐다. 가현은 눈꺼풀을 빠르게 깜빡이고 있었다.

"놀랐어?"

석영의 물음에 가현은 여전히 멍하게 눈을 깜빡일 뿐이었다. 그러더니 갑자기 석영의 목에 두 팔을 두르고 그를 꼭 끌어안았다.

"놀라게 해서 미안."

석영이 가현의 머리를 부드럽게 쓰다듬었다. 그런데 그녀가 상상도 못했던 말을 꺼냈다.

"그런 게 아니라……. 나는 오빠가 항상 키스만 해서, 나한테 전혀 매력이 없나 걱정했었어. 그래서 지금…… 그게 도저히 안 믿겨서……."

석영은 아무 말도 할 수가 없었다. 도대체 언제부터 자신이 이렇게 윤가현을 감당할 수 없게 된 건지 머릿속이 하얗게 변해 버렸다.

"오빠, 엄청 힘들게 참았거든."

"왜 참았어? 나는 오빠가 나를 완전히 여자로 대할 수 없는 건가 걱정했단 말이야!"

"가현아, 윤가현. 너 도대체 오빠를……. 오빠는 계속 참을 거야."

"왜?"

"왜라니! 네 몸을 네가 더 소중히 해야지!"

가현은 이해할 수 없다는 표정이었다. 그리고 더 이상 석영이 참을 수 없는 말을 또 뱉어버렸다.

"분명, 나보다 오빠가 내 몸을 더 소중히 할 거 같은데?"

석영은 평소보다 몇 배는 더 짙고 깊은 키스를 쉬지 않고 퍼부었다. 그녀의 목에 몇 번이고 입술을 지분거리고, 한꺼번에 속옷 안으로 손을 밀어 넣었다. 하얀 피부에 핑크빛 정점을 계속해서 베어 물었다. 입술과는 비교할 수 없을 정도로 달콤하고 부드러웠다.

좁은 싱글 침대였지만 가현과 석영은 한 치의 틈도 없이 서로에게 꼭 붙어서 밤을 지새웠다. 말은 그렇게 했지만 부끄러워 어쩔 줄 모르는 가현을 모른 척 석영은 그녀의 가슴에 얼굴을 묻은 채 잠에 빠졌다. 그것만으로도 충분히 석영에게도 가현에게도 잊을 수 없는 밤이었다.

가현아, 오빠는 너한테 절대로 지지 않을 거야. 그러니까 오빠가 널 더 사랑하는 게 분명해.

15.

교내 식당에서 밥을 먹던 가현은 급하게 식당으로 뛰어들어 오는 정연 때문에 밥 먹던 걸 멈춰야 했다. 함께 밥을 먹던 친구들 모두 숨을 헐떡이는 정연을 빤히 쳐다봤다.

"우리 축제 때!"

학교 축제가 다음 주로 다가와서 분위기는 달아올라 있었다. 고등학교 때도 그랬지만 어디나 축제 전의 분위기는 힘이 넘치고 들떠 있었다.

"서종혁 온대!"

가현의 친구들은 물론이고 근처 테이블에 있던 여학생들까지 모두 술렁였다. 가현만이 멍하니 흥분해서 축제 이틀째 되는 날 종혁이 온다는 소식을 전하는 정연을 쳐다보고 있을 뿐이었다.

"플랜카드 만들까?"

"나 그날 아무것도 안 하고 아침부터 무대 앞에 앉아 있을 거야!"

종혁의 인기가 얼마나 대단한지는 모르지만 분명 가현의 친구들이 그를 먹여 살리고 있다는 느낌은 종종 들었다.

"진짜 최고다."

"실물 서종혁을 이렇게 빨리 보게 될 줄이야."

이미 모두 밥 먹는 건 잊은 듯 꿈에 부풀어 있었다. 넋이 나간 친구들을 둘러보며 가현은 묵묵히 밥을 먹었다.

"윤가현, 밥 맛있어?"

"안 먹으면 손해 볼걸? 강의 중에 배에서 소리 나면 엄청 창피할 텐데."

왜 산통을 깨냐고 구시렁거리면서도 다들 다시 밥을 먹기 시작했다.

"막 좋아하는 건 아니어도 너도 좀 관심은 있지? 노래는 확실히 잘하잖아. 목소리도 좋고, 일단 그 얼굴!"

"뭐, 그럭저럭."

정연의 물음에 가현이 대충 대답을 하는데 갑자기 희선이 두 눈을 동그랗게 떴다.

"서종혁 효천고등학교 나왔어? 가현아, 너 효천고등학교 나온 거 아냐?"

모두의 시선이 가현에게로 꽂혔고, 가현은 입안에 있던 맨밥을 그대로 삼켰다. 모두들 술렁이며 희선이 휴대폰으로 검색한 종혁의 프로필을 확인했다.

"너 서종혁이랑 같은 학교 나왔어?"

몇 번이고 모두가 돌아가며 재차 물었다.

"응."

"근데 왜 한번도 얘기 안 했어?"

"딱히 할 얘기가 없어서."

"야! 왜 할 얘기가 없어! 안 친했어도 같은 학굔데! 지나가면서 마주친 적이라도 있을 거 아냐!"

정연이 가현의 어깨를 잡고 앞뒤로 마구 흔들었다. 어떤 얘기도 함부로 할 수 없기에 지금껏 아무 말도 하지 않은 거였다.

"넌 걔 오디션 프로그램 나갔을 때도 관심 없었지?"

관심이 있었다. 응원했다. 가현은 무표정하게 정연을 쳐다봤다. 정연은 한숨을 내쉬며 먹던 밥을 먹으라며 가현의 어깨를 붙든 손을 놓았다.

"이렇게 아까운 짓을 하다니. 내가 서종혁이랑 같은 학교 다녔으면 나는 무조건 친구가 됐을 거야! 가현아, 너 친구 중에서 서종혁이랑 친한 친구는 없어?"

2학년 7반의 연락처는 모두 가지고 있었다. 모두들 종종 연락을 했고, 대화를 나누는 톡 대화방도 있었다. 종혁도 그곳에 자신의 안부를 남겼다. 그 안의 종혁은 연예인 종혁이 아니라 그냥 동창생 종혁이었다.

"윤가현은 노땅 취향이니까."

"노땅 아니거든!"

가현이 눈에 힘을 주고 정연을 쳐다봤다. 모두들 웃어넘겼고, 정연은 발끈하지 말라며 가현의 머리를 헝클었다. 고등학교 땐 자신을 이렇게 대하는 친구들이 없었다. 확실히 스스로 느끼기에도 자신이 변하긴 했다. 좀 더 밝고, 솔직해졌다.

점심을 먹고 강의실로 돌아가 친구들과 사온 간식거리를 먹으며 수다를 떨고 있는데 휴대폰이 정신없이 울리기 시작했다. 이런 경우는 주로 2학년 7반 단체 톡에서 여러 명이 채팅을 하고 있는 거였다. 우선 알람을 무음으로 해놓고 대화 내용을 살폈다.

「서종혁, 대학 축제 어디 어디 가냐? 너 우리 학교는 안 오던데 너 가는 학교로 내가 시찰 갈게!」

「우리 학교도 안 오던데. 우리 진짜 종혁이 라이브 들으러 가자.」

「석영 쌤도 모시고 갈까?」

「콜! 선생님한테는 내가 연락해 볼게!」

「근데 지금 석영 쌤 2학년 담임 맡고 있지 않아? 그럼 야자 감독해야 하잖아!」

대화하던 모두가 우는 이모티콘을 찍어냈다.

「다음 주 목요일, ○○대학교 축제 갈 거야.」

우는 이모티콘들 사이로 불쑥 종혁의 대화가 끼어들었다.

「시간 되는 사람 다 같이 가자!」

「○○대학교면 윤 반장 다니는 학교 아냐?」

가현은 그대로 톡 어플을 껐다. 친구들은 여전히 다음 주 축제 얘기를 하느라 정신이 없었다. 가현은 화장실을 다녀온다는 걸 핑계로 강의실을 빠져나왔다. 아니나 다를까, 곧바로 예림에게서 전화가 왔다.

"여보세요?"

―톡 봤어?

"응."

—너 알고 있었어?

"좀 전에. 우리 학교도 지금 떠들썩해. 우리 과 애들은 플랜카드도 만든대."

—멋지다. 서종혁이랑 아이컨텍 하고 싶으면 플랜카드를 네 이름 석 자로 만들면 될 텐데.

"무대에서 내려와서 찢어버리는 거 아냐?"

예림이 신나게 웃었다.

—나 그저께 종혁이랑 잠깐 통화했는데 네 얘기 아무렇지도 않게 하던데?

"그래?"

—응. 너 잘 지내냐고 물어보더라고. 아무튼 우리 다음 주에 오랜만에 다 같이 보겠다.

"그러게. 여전히 잘 뭉쳐."

—석영 쌤 반이니까. 지금 애들도 그렇겠지?

더하다고 했다. 집에 와서 반 아이들 얘기를 할 때 석영은 즐거워했다. 그보다 가현은 다른 이는 몰라도 미영과 예림에겐 석영의 얘기를 하고 싶었다. 말하지 못하는 진실은 시간이 갈수록 무거운 죄처럼 가현을 짓눌렀다.

"다음 주에 보기 전에 미영이랑 셋이 주말에 한번 볼까?"

—나는 콜! 미영이한테 전화해 보고 연락할게.

"응."

전화를 끊은 가현은 자신도 모르게 낮은 한숨을 내쉬었다. 학교에선 휴대폰을 켜지 않는 석영이지만 메시지를 보내놨다. 얼른 집에 가서 그를 만나고 싶었다.

「오빠, 보고 싶어.」

퇴근하려고 차에 오른 석영은 전원을 켜기 무섭게 메시지가 들어오는 휴대폰을 물끄러미 쳐다봤다. 이 정도로 메시지가 들어오는 건 주로 2학년 7반이었던 녀석들이었다. 메시지를 눈으로 훑던 석영의 눈이 멈췄다.

「선생님, 다음 주 목요일에 종혁이가 윤 반장네 대학 축제 공연한데요. 같이 가실래요? 저희를 위해서 야자 감독 하루 정도 빠지시면 안 돼요?」

멈춰 있던 석영의 엄지가 다시 액정을 드래그했고, 가현에게서 온 메시지가 눈에 들어왔다.

「오빠, 보고 싶어.」

어떤 마음으로 보낸 메시지일까. 가현은 평소와 같은 마음으로 보낸 메시지일 수도 있었다. 그럼에도 종혁이 가현의 학교에 공연을 한다는 소식을 알게 된 뒤에 가현의 메시지를 봐서 그런지 쓸데없는 생각이 들었다.

가현을 향한 욕심은 끝이 없었다. 가현이 학교 일을 얘기하다가 남자 동기생이나 선배의 얘기를 하면 절로 뒷목에 힘이 들어갔다. 마음을 확인하기 전에도 질투는 있었다. 도대체 그때는 어떻게 참았는지 모르겠다.

차를 출발시키고 가현에게 전화를 걸었다. 그녀가 있는 집으로 돌아가는 거지만 석영은 매일 퇴근 때마다 가현에게 전화를 걸었다. 별거 아닌 통화였음에도 매일 자기 전에 통화를 하며 잠드는 연애가 아니고, 석영이 학교에 있을 땐 휴대폰을 잘 켜지 않기 때문에—요즘은 그래도 점심시간과 석식시간에 켜서 그녀에게 메시지를 보내는 일도 종종 있었다—가현은 석영이 퇴근을 알리는 전화를 좋아했다.

—오빠, 끝났어?

"응. 이제 막 학교 빠져나왔어. 집이야?"

—응. 제연이 오빠랑 호떡 만들려고 준비 중이야.

"오빠가 오늘 호떡 먹고 싶었던 거 어떻게 알았어?"

—그냥 알겠던데.

가현이 무얼 만들면 그 음식이 석영이 먹고 싶어하던 음식이 되었다.

"금방 갈게. 기름에 굽는 건 제연이 시켜."

—알았어. 조심해서 와.

전화를 끊고 난 뒤 석영은 신호를 확인했다. 지체 없이 어서 집으로 가고 싶었다.

현관문을 열자 기름 냄새가 집 안을 가득 메우고 있었다.

"다녀왔습니다."

석영이 하는 인사에 바로 가현이 현관으로 튀어나왔다.

"어서 와, 오빠."

양손은 반죽 범벅이 되어서 배시시 웃으며 석영을 반겼다. 석영이 손을 뻗어 가현의 볼을 어루만졌다. 그럴 때면 가현은 옅게 미소를 짓고, 고개를 살짝 옆으로 돌렸다. 가현의 입술이 석영의 손바닥에 닿았고, 석영은 온몸이 굳어버리는 것 같았다.

"윤가현, 빨리 와서 반죽해!"

제연의 외침에 가현이 웃으며 다시 주방으로 들어갔다. 가현을 따라 안으로 들어선 석영은 열심히 호떡 반죽을 만드는 가현을 물끄러미 쳐다봤다.

"가현아."

반죽을 프라이팬에 올려놓은 뒤 가현이 석영 쪽으로 고개를 돌렸다. 먼저 올려두었던 반죽을 뒤집개로 누르면서 제연도 석영을 쳐다봤다.

"이번 주 토요일에 시간 있어?"

"응. 왜?"

"오빠 친구 결혼식 있는데 같이 갈래?"

가현과 제연의 눈이 똑같이 커다래졌다. 닮은 부분이 없는 남매인 줄 알았는데 나란히 저러고 있으니 닮아 보였다.

"현재 결혼식 얘기하는 거야?"

제연의 물음에 석영은 고개를 끄덕였고 가현은 제연을 잠깐 올려다보고 다시 석영에게로 시선을 옮겼다.

"넌 소진이 누나랑 간다며."

"그렇지."

제연이 프라이팬 쪽으로 몸을 돌리고 호떡을 뒤집었다. 여전히 멍하던 가현은 조금씩 표정이 풀어지는 것 같더니 이내 예쁘게 웃었다. 그리고 제연도 석영도 상상도 못했던 얘길 아무렇지도 않게 했다.

"나 이번 주 일요일에 예림이랑 미영이한테 오빠 얘기하려고."

"뭐라고 하려고?"

"석영 쌤이 아니고, 석영이 오빠 얘기."

가현은 이미 마음을 먹은 듯 결연해 보였다. 석영도 머릿속이 복잡하게 이런저런 생각을 하고 있긴 한데, 가장 혼란스러운 건 제연인 듯했다.

"그렇게 간단한 얘기는 아닐 거 같은데?"

"그 둘을 이해 못 시키면, 다른 사람 누구도 이해 못할 거야. 언제까지 계속 말 안 할 수는 없고. 예림이가 자꾸 소개팅하라고 들들 볶거든."

석영이 성큼성큼 가현의 옆으로 다가왔다.

"꼭 말해."

그의 진지한 표정과 목소리에 가현은 웃음이 터졌다. 석영은 조금도 웃지 않았고, 제연은 정신 차리라며 석영의 어깨를 툭 쳤다.

"질투에 눈이 멀어서 예림이랑 미영이가 누군지도 모르겠어? 네 제자였다고!"

"난 학생 윤가현을 좋아한 게 아니거든."

"네가 좋아한 윤가현이 네 학생이었거든."

두 사람 사이에 끼어 있던 가현은 여전히 낮게 웃었다.

"그런 말장난은 호떡 먹으면서 할까?"

섣불리 마음먹었을 가현이 아니었다. 그간 석영에 대해 친구들에게 제대로 말하지 못하는 마음이 얼마나 답답했을지 석영이 너무 무관심했던 것 같아 미안했다.

"예림이랑 미영이가 이해 못하면 어쩌려고?"

"그러지 않기를 바라야지."

제연은 가현을 말리지 않는 석영이 도대체 무슨 생각인지 알고 싶었다. 하지만 마주 앉아 호떡을 먹는 두 사람은 이미 주말 계획은 까맣게 잊은 듯 각자 오늘 하루 일을 얘기하느라 정신이 없었다. 두 사람이 최대한 상처받지 않기를 바라지만 사회 통념이라는 건 그렇게 쉬운 게 아니었다. 그것도 모를 정도로 가현이 철이 없었나 생각하며, 제연은 두 사람을 어떻게 설득해야 할까 고민했다.

아직 결혼식장에 다닐 기회가 별로 없었던 가현은 예식 홀에 들어서면서부터 두 눈이 반짝반짝 빛났다. 석영의 친구들이 아는 척을 해올 때면 바짝 긴장해서 꾸벅, 꾸벅 고개를 숙였다.

"제연이 동생? 귀엽다. 몇 살인데?"

"스무 살."

"그때 그 꼬맹이가 이렇게 컸단 말이야?"

고등학교 때, 석영과 제연의 집에 종종 드나들던 친구들은 가현을 보고 놀랍다며 그녀를 뚫어져라 살폈다.

"너 제연이한테 칼 안 맞았냐?"

오고 가는 농담도 가현은 진지하게 듣고 있었다. 석영의 옆에서 조금도 떨어지지 않았다.

"그때, 오빠가 널 엄청 귀여워했는데 기억나니?"

워낙 나이 차가 많이 나는 탓에 석영과 제연의 친구들이 가현을 귀여워하는 건 특별한 일이 아니었다. 가현은 묻는 이가 누군지 기억나지 않아서 선뜻 답을 할 수 없었지만 답을 기다린 건 아니었는지 다시 자기들끼리 얘기를 하느라 정신이 없었다.

"가끔 가현이 얘기 나오면 차석영이 가드 엄청 친다고 생각은 했는데 이러려고 그랬구만!"

"니들이 치근덕거리면 칼 맞아. 나 정도 되니까 윤제연이 적극 지지한 거야."

석영의 거만한 표정과 목소리가 낯설었지만 색다른 모습을 보게 되어 좋았다. 가현은 석영의 손을 꼭 잡고 그의 옆에 서서 주거니 받거니 그가 친구들과 나누는 대화를 유심히 들었다. 고등학교 동창들 사이에 있는 석영은 집과 학교에서 보던 모습과는 또 달랐다. 제연이 소진과 함께 나타나면서 자리는 더 떠들썩해졌고, 모두들 결혼식엔 전혀 관심이 없어 보였다. 그래도 본식이 시작되니 조용히 식을 지켜보긴 했다.

"신부 예쁘다."

"드레스가 예쁜 거지. 네가 입으면 더 예쁠걸."

석영이 귓가에 속삭이는 달콤한 소리를 들으며 가현은 싱긋 웃었다. 드레스를 입지 않아도 예뻤다. 그런 가현인데 드레스를 입고 아저씨의 손을 잡고 자신에게 걸어온다면…… 남의 결혼식장에서 이상한 사람처럼 보이고 싶지 않아 석영은 웃음을 꾹 참았다.

예식이 끝나고 식당으로 자리를 옮겼다. 동그란 원형 테이블이 터져 나갈 듯 친구들은 소란스러웠다. 가현에 대한 관심은 끊이질 않았고, 한 사람이 한마디씩만 해도 정신이 없을 텐데 남의 말은 듣지 않고 각자 자기 말만 해대니 더욱 정신이 없었다.

"스무 살이면 좋을 땐데, 왜 차석영한테 코가 꿴 거야?"

좋을 때니까 더더욱 좋은 사람과 있어야 했다. 하지만 가현이 대답을 할 틈이 없었다. 대답을 바라고 질문을 하는 게 아닌 듯 전부 질문만 쏟아냈다. 가현은 어리둥절하게 이쪽저쪽을 쳐다보기만도 바빴다.

"그만들 해라. 목 디스크 걸리겠다."

석영이 이리저리 고개를 돌리느라 바쁜 가현의 뒷목을 살짝 잡았다. 멍하던 가연은 석영과 눈이 마주치자 배시시 미소를 지었다.

"귀여워라. 야, 윤제연. 내가 전부터 애들한테 얘기 듣고 너 동생 한번 보자니까 한번도 안 보여주더니 홀랑 차석영한테 넘겼어?"

"차석영이니까 넘겨줬지, 다른 놈은 어림도 없어!"

석영이 뿌듯하게 고개를 끄덕였다. 석영의 옆에 있던 여자 동창생이 가현을 보고 웃었다.

"차석영이 옛날부터 윤제연한텐 유독 잘한다 싶었더니, 동생을 채갈려고 그랬던 거야?"

"이렇게 예쁜 앨 얻으려고 내가 얼마나 고생했는지 알겠지?"

석영의 거만한 말투와 표정은 또 처음이라 가현은 터진 웃음을 참을 수 없었다.

"좋대. 그냥 네가 무슨 말만 하면 빵빵 터지는구나."

다른 사람들이 보기엔 그렇게 보였나 보다. 뭐, 틀린 말은 아니었지만 조금 다른 의미의 웃음이었다. 그래도 가현은 아무 말도 하지 않고 석영과 눈을 마주치고 또 웃었다.

"아홉 살 연하. 부럽다!"

가현은 괜히 뿌듯했다. 자신이 너무 어린 게 아닐까 걱정했던 시간도 있었지만, 그저 어리다는 이유만으로도 그의 친구들이 석영을 부러워하는 게 좋았다. 그에게 있어 자신이 자랑거리이고, 부러움의 대상이 될 수 있다는 게 이토록 행복한 일인지 몰랐다.

예식장에서 나온 가현은 석영과 함께 드라이브를 하기로 했다. 정장을 입은 그와 데이트는 처음이었다.

"정신없었지?"

"조금. 그래도 재미있었어. 어렸을 땐 오빠 친구들이 집에 놀러 와도 내가 워낙 어리니까 오빠가 친구들이랑 어떻게 지내는지 몰랐는데 지금 보니까 오빠가 친구들 사이에서 어떤지도 알 것 같고 좋았어."

"오늘 봤던 그대로야. 고등학교 때 친구들은 희한하게 나이를 먹어도 만나면 그때처럼 바보같이 노는 거 같아."

아직은 공감할 수 없지만 나중에 석영의 나이쯤 되었을 땐 가현도 그렇게 생각하게 될까 궁금했다.

"오빠는 내 나이가 어리다고 생각 안 해?"

"어리지."

"그래도 내가 좋아?"

석영이 낮게 웃었다. 그리고 손을 뻗어 가볍게 가현의 머리를 헝클어뜨렸다.

"누누이 말하지만 오빠는 그냥 네가 좋아, 가현아. 어린 네가 좋은 게 아니라 그냥 네가 좋은 거야. 가끔 네 나이를 누군가가 말하거나 새삼 깨닫게 될 땐, 아, 우리 가현이가 그렇게 어리구나, 하고 생각해."

가현의 목울대가 찌릿하고 울렸다. 존재 자체가 사랑받고 있다는 게 이런 거구나, 하고 느꼈다. 맹목적이고 곧게 어떤 장애물도 없이 가현의 마음속에 석영의 마음이 닿아 있었다.

"나도 진짜 오빠 많이 좋아해."

"응, 알아."

"정말 알아?"

가현의 목소리가 진중했다. 석영은 마침 신호에 걸려 차가 멈춘 터라 가현 쪽으로 고개를 돌렸다. 미간에 힘을 주고 양손으로 안전벨트를 꼭 쥔 채 애절하게 보이는 눈빛을 하고 있었다.

"오빠가 모르는 것 같아?"

"나도 분명 오빠가 날 좋아하는 만큼 오빠를 좋아해. 그런데 항상 그만큼 표현하지 못하는 것 같아서. 내 마음도 매일매일 차고 넘치는데 항상 나보다 오빠가 먼저 표현하고, 또 오빠는 엄청 잘 알게 해주거든. 나도 그만큼 하고 싶은데 늘 오빠보다 모자라게 보이는 것 같아서."

이렇게 필사적으로 설명하고 이해시키려 하는데 어디가 모자라고 부족하다는 건지 석영은 이해할 수 없었다. 마음의 크기나 무게를 잴 수 없겠지만 잴 수 있다 해도 누구도 석영이 가현을 생각하는 마음만큼은 가질 수 없을 거라고 생각했다.

"오빠가 얘기했던 거 기억해? 오빠는 너만 좋아한다고."

여전히 심각한 표정을 하고 가현이 고개를 끄덕였다.

"그래서 오빠는 네 표정만 봐도 대충 무슨 생각하는구나, 하고 알아. 네가 오빠를 얼마나 좋아하는지는 그 누구보다 오빠가 더 잘 알아. 초조해하지도 말고, 내일 예림이랑 미영이 만나면 오빠 위해서 네가 기죽을 필요 없어, 가현아."

가현의 두 눈이 동그래졌다. 가현은 내일 예림과 미영을 만나면 필사적으로 둘을 설득할 각오를 했다. 자신에게는 오빠 석영이지만, 두 사람에게는 선생님 석영이었다. 쉽게 납득할 수 있는 상황이 아니었다. 하지만 계속해서 석영을 숨기고 싶지 않았고, 설령 그 둘에게 인정받지 못한다고 해도 얘기할 생각이었다. 하지만 영영 친구 둘을 잃을지 모른다는 겁도 났다. 그럼에도 자신보다는 석영을 위해 얘기할 생각이었다.

"기죽지 않을 거야. 대신 거짓말은 조금 할 거야."

"거짓말?"

"사귀기 시작한 시기. 졸업 후로 얘기하려고."

석영이 뭔가 얘기를 하려는데 신호가 바뀌었다.

"미안해하지 마, 오빠."

"어?"

"나 오빠가 내 선생님이어서 좋았어. 오빠가 선생님이었던 것도 내가 학생이었던 것도 어떻게 할 수 없었던 일이잖아. 그러니까 그런 걸로 미안해하지 마."

석영은 피식 웃음이 났다.

"오빠 마음이 훤히 보여?"

"오빠가 내 마음을 아는 것만큼은 아니지만 나도 오빠가 무슨 생각하는지 조금은 안다 뭐."

불퉁한 가현의 볼을 툭 쳐줬다. 그리고 손등에 그녀의 입술을 꾹 찍었다. 숨을 크게 들이마신 가현이 석영을 보고 웃었다.

가현은 이미 굳게 마음을 먹은 듯했다. 석영이 먼저 나서서 해결해 줄 수 있는 일이면 얼마나 좋을까 생각했다. 부디 두 사람이 진짜 가현의 친구로서 가현을 상처 입히지 않고, 두 사람도 상처 입지 않았으면 하고 바랄 뿐이었다.

예림과 미영을 만나면 늘 즐거웠다. 하지만 그들을 잃게 될지도 모른다고 생각해서인지 가현은 유독 오늘 두 사람이 더욱 친근하게 느껴졌다. 정말 좋은 친구들이라는 걸 새삼 깨달았다.

가현과 미영은 예림의 커플링 자랑을 듣고 있었다. 입이 귀에 걸렸음에도 예림은 새침하게 커플링이 뭐 대수라는 듯 굴었다.

"나도 커플링 하고 싶다!"

미영이 비어 있는 자신의 손을 보며 가현의 손도 들어 올렸다. 이전엔 별생각이 없었는데 가현도 괜히 제 손이 허전하게 느껴졌다.

"반지는 조금 신기한 것 같아. 다른 액세서리랑 다르게 의미가 있어서 그런가?"

예림이 싱긋 지어 보이는 미소를 보며 가현은 피식 웃었고, 미영은 표정을 구겼다.

"이건 좀 얄밉다. 그치?"

미영이 가현을 향해 동의를 구했다. 예림은 뭐가 얄밉냐며 두 눈을 부릅떴는데 가현은 미영을 보며 고개를 끄덕였다. 이제 슬슬 얘기를 시작해야 할 것 같았다.

"나 할 얘기 있어."

예림도 미영도 가현의 말에 크게 의미를 두지 않았다. 미영은 음료를 한 모금 마시고, 예림은 제 손에 낀 반지를 사랑스럽게 쳐다보며 고개를 끄덕일 뿐이었다.

"지금 만나는 사람 있어."

그제야 두 사람이 가현의 얘기에 집중했다. 몸을 앞으로 기울이고 가현을 뚫어질 듯 쳐다봤다.

"언제부터? 누구?"

"우리 오빠 친구."

"오빠 친구?"

두 사람이 합창을 하며 놀랐다.

"일단 그동안 말 못해서 미안해."

할 말이 없는 건 아닐 테지만 두 사람은 아무 말도 하지 않았다.

"나 여섯 살 때 놀이터에서 놀다가 납치당한 적 있어. 해리성 정체감 장애인 아저씨한테 납치돼서 이틀 갇혀 있었거든. 이틀 뒤에 무사히 구출됐고, 갇혀 있었던 것 외에 다른 일은 없었어. 나중에 알게 된 건데 우리 오빠가 농구를 하다가 그 아저씨 집 마당으로 공이 들어갔대. 공을 찾으러 갔는데 그 아저씨가 불쑥 튀어나와서 우리 오빨 무섭게 했고, 오빠는 그 아저씨한테서 도망치려고 발버둥 쳤는데 그러다가 아저씰 때렸나 봐. 그래서 그 아저씨는 어린 나를 데려갔던 거고. 그 모든 일이 연관될 거라고 아무도 생각하지 못했지. 그래서 나는 그 이후로 꾸준히 지울 수 없는 생각이 하나 생겼어. 무심코 던진 돌멩이에 개구리가 맞아 죽는 것처럼 나는 어떤 의도도 없이 한 말이나 표정에 누군가는 다치고 상처받을 수 있잖아. 그래서 내가 무작정 싫어질 수도 있는 거고. 그 바람에 나는 뭔가 내 생각을 얘기하거나 행동할 때는 조심하게 돼. 전에 예림이 너 나한테 그런 얘기 했었잖아. 사람하고 대화를 나눌 때는 바로바로 반응을 좀 보이라고. 나한텐 그게 그렇게 쉽지가 않아."

두 사람은 그대로 굳어버린 듯했다. 사실 이렇게 얘기를 하게 될 줄은 몰랐다. 어떻게 얘기를 시작할까, 여러 가지로 고민했었다. 대충 틀은 잡았지만 여섯 살 당시의 일을 얘기할 생각은 없었다. 진짜 자신을 드러내는 첫발을 내딛는 게 진심으로 다가갈 수 있다는 결심은 얘기를 꺼내기 직전에 하게 되었다. 조금은 동정심으로 두 사람의 마음이 누그러졌으면 하는 약은 생각도 없었던 건 아니었다.

"그래서 지금 하려는 얘기도 계속 주저하고, 고민했어. 우리 부모님 지금 시골에 계시잖아. 우리 할아버지가 예전부터 엄청 친하게 지내던 친구분이 계시거든. 두 분이 너무 친하셨는데 자식을 낳아서 그 자식들이 친하게 지내니까 그게 또 좋으셨대. 그래서 우리 아빠랑 제일 친한 친구인 아저씨가 같은 해에 자식을 낳았어. 그게 우리 오빠랑 지금 내가 만나는 사람이야. 삼대에 걸친 우정이야."

그 부분에서 가현은 미소를 지었다. 미영은 같이 옅게 웃었지만 예림은 심각하게 가현의 얘기를 듣고 있었다.

"그렇게 가족처럼 형제처럼 자랐어. 난 오빠가 둘이었지만 지금껏 오빠가 둘이라는 얘기를 한 적이 없어. ……독점하고 싶었던 거야. 친오빠인 제연이 오빠는 무슨 일이 있어도 나랑 핏줄이 이어진 명백한 가족이야. 그런데 그 사람은 자칫 잘못하면 언제든 남이 될 수 있는 사람이었어. 그래서 가급적 주위에 알리고 싶지 않았던 거지. 나만 알고, 나만 갖고 싶어서."

가현은 시선을 내리뜨고 고개를 살짝 숙였다. 석영을 향해 끝없이 나오는 감정의 밑바닥이었다.

"좋아한다고 생각하기 전엔 그 사람에 대해 알리지 못하는 게 그냥 내 성격 탓이라고 생각했어. 그런데 좋아하는 걸 알고 난 뒤엔 걷잡을 수가 없더라고."

미영은 가현의 얘기에 홀린 듯 보였다. 예림은 심각하던 표정은 좀 풀어졌지만 미영의 반응과는 달랐다. 가현이 걱정한 것도 미영보다는 예림이었다. 까다롭고 한번 수가 틀리면 절대 뒤도 돌아보지 않는 성격이었다.

"그동안 말하지 못해서 미안해. 첫 번째는 내 성격 때문에 말할 수 없었고, 두 번째는 그 사람 때문에 말할 수가 없었어. 그 사람 때문이라고 하면 꼭 그 사람이 말하지 못하게 한 것 같은데 그런 건 아니야. 나 때문에 그 사람이 피해 입게 할 수 없어서 그랬어. 너희 입장에선 배신감도 들고, 쉽사리 받아들이기 힘든 얘기라는 건 알아. 그런데……."

"뭐가 그렇게 심각해? 오빠 친구 만나는 거라며."

예림의 눈썹이 꿈틀했다. 미영도 예림의 말이 맞다며 연신 고개를 끄덕였다.

"응. 난 오빠 친구를 만나는 거야. 계속 그렇게 생각해 줘. 나한테 차석영 선생님은 선생님 이전에 오빠였어."

머리를 한 대 쾅 얻어맞은 것처럼 예림과 미영은 그대로 굳어버렸다. 가현의 코끝이 알싸해지면서 눈가가 시큰거렸다.

"미안해."

울 것 같은 모습을 숨기기 위해서이기도 했지만, 진심으로 미안해서 가현은 고개를 숙였다. 예림도 미영도 아무 말도 하지 않았다.

석식시간이 되기 전, 교무실에 있던 석영은 잠시 목을 뒤로 젖히고 두 눈을 감았다. 정말 요즘은 입만 열면 한숨만 나오는 나날이었다. 가현은 예림과 미영을 만나고 돌아와서 기운이 없었다. 그럼에도 애써 웃으려고 노력했다. 계속해서 두 사람을 설득할 거라고 했지만 예림은 아예 가현의 연락을 받지 않았다. 가현의 대학 축제에 모두 모이기로 했던 것도 무산이 되었다. 몇몇 친구들만 종혁의 공연을 보러 들렀다고 했다.

"선생님!"

바로 옆에서 들린 음성에 석영이 화들짝 놀라서 눈을 떴다. 교무실 이곳저곳을 둘러보며 다른 선생님들에게 고개를 숙여 인사를 하고 있는 예림과 미영이 눈에 들어왔다.

"주무시고 계셨던 거예요?"

새치름한 표정이나 말투는 분명 예림이었다.

"연락도 없이 무슨 일이야?"

석영이 멍하게 묻자 예림이 미간을 찌푸렸다.

"서운하게! 저희가 반갑지도 않으세요?"

군데군데 선생님들이 예림과 미영에게 아는 척을 해왔다. 두 사람은 생글생글 웃으며—예림은 완벽하게 졸업하기 전과 같은 태도였지만 미영은 조금 불편해 보였다—선생님들과 안부 인사를 나눴다.

"둘만 왔어?"

"네. 그럼 누구랑 같이 와요?"

"너희 윤 반장이랑 세트였잖아."

"윤 반장, 바쁘대요."

질문을 했던 선생님은 웃으며 석영에게 졸업생이 찾아온 걸 왜 반기지 않느냐고 핀잔을 줬다. 석영은 마른세수를 하고 자리에서 일어났다.

"선생님 수업 있으면 어쩌려고 연락도 없이 왔어."

석영이 미소를 짓고 두 사람을 데리고 교무실에서 나왔다. 보충 수업을 하고 있어서 복도는 조용했다.

"아까 낮에 학교에 전화해서 선생님 시간표 확인했죠. 설마 그런 계획도 없이 왔으려고요?"

"잘했어. 둘 다 대학 생활은 어때? 재밌어?"

"완전 좋아요. 평생 대학생만 했으면 좋겠어요!"

미영은 아무 말도 없었다. 그저 예림의 옆에서 그녀가 하는 얘기들을 들으며 얌전히 두 사람을 따라 걷기만 했다.

"그 정도로 좋아? 다행이네."

매점에서 음료수 세 개를 사서 석영은 두 사람과 마주 앉았다.

"저녁이라도 사주면 좋을 텐데 요즘 반 애들하고 급식 같이 먹거든."

"중식, 석식 전부요?"

"응. 2학기 들어와서 학교를 싫어하는 녀석들이 좀 생겨서. 같이 급식 먹을래?"

미영은 웃었고 예림은 고개를 저었다.

"선생님, 아무렇지도 않으시네요."

"뭘?"

"가현이가 아무 말도 안 했어요?"

처음 2학년 7반을 맡았을 때 석영은 그 어떤 애들보다 예림을 대하기가 힘들었다. 아무것도 모르면서 마치 모든 걸 다 알고 있다는 듯 구는 걸 어떤 식으로 대해야 할지 몰랐다. 가현은 솔직하게 대해주면 된다고 했다. 자신도 처음 예림과 친구가 되는 건 어려웠지만 막상 친구가 되고 난 뒤에는 가장 믿을 수 있는 좋은 친구라고 했다.

"지금 너희는 나를 선생님으로 찾아온 게 아니야?"

미영은 눈에 보일 정도로 동요했다. 하지만 예림은 오히려 미소까지 지었다. 석영은 학생들을 대할 때, 어리다고 무시하는 일은 절대 없었다. 각자의 생각이 있었고, 자신과 맞지 않다고 무조건 그 아이가 틀리고 자신이 옳다는 법은 없었다. 하지만 아무리 그래도 어려운 건 어려운 거였다. 마치 맨 처음 2학년 7반을 맡았을 때처럼 예림은 대하기 어려웠다.

"예림이랑 가현이랑 정말 심하게 싸웠어요."

결국 참지 못하고 눈물이 그렁해져서 미영이 입을 열었다. 예림은 아무 말도 하지 말라는 듯 미영을 쳐다봤지만 소용이 없었다.

"저는 사실 모르겠어요, 선생님. 가현이 입장도 알 것 같고, 예림이 입장도 알 것 같아요. 그런데 그날 가현이 울었어요."

석영의 동공이 커다래졌다. 가현은 쉽게 다른 사람의 앞에서 울지 않았다. 그만큼 마음의 부담이 컸던 건데 왜 석영에게 털어주려 하지 않는지 자신에게 화가 났다.

"예림인 가현이가 그동안 숨긴 게 너무 화가 난대요. 선생님한테 배신감도 든대요. 저도 처음엔 그랬는데요, 저는 갈수록 잘 모르겠어요. 선생님을 보면 어떻게 해야 할지 모를 것 같았는데 막상 보니까 선생님은 그냥 선생님이에요. 초, 중, 고등학교 12년 동안 저한테 제일 좋은 선생님이셨고요. 지금도 학생들이랑 같이 식사하면서 노력하시는 선생님이 최고의 선생님이에요."

미영의 눈에서 눈물이 뚝뚝 떨어졌다. 이를 악물고 있었지만 예림의 두 눈에도 눈물이 고였다. 속을 알 수 없게 굴기도 하고, 곤란할 정도로 어렵게 보이려 노력하지만 결국은 여린 아이들이었다.

"선생님을 그렇게 좋게 봐줘서 고마워."

석영이 손수건을 꺼내서 미영에게 건넸다. 미영은 어깨를 들썩이며 울었다. 예림은 몇 번이고 울음을 삼켰다. 석영은 좋은 선생님이고 좋은 사람이었다. 왜 그게 분한지 모르겠지만 예림은 화가 났다. 그간 말 한마디 못했던 가현이 필사적으로 예림과 미영을 설득하기 위해 한번도 드러내지 않았던 부분들을 드러내고 화가 나면 자신에게 화를 내달라고 부탁했다. 얼마나 좋은 선생님인지 누구보다 잘 알기에 석영에게 피해가 가는 일이 없기를 바랐다. 가현은 이미 성인이 되었지만 아직 1년도 채 되지 않았다. 선생님

과 제자의 사이가 발각될 경우 제자보다는 선생님에게 가는 피해
가 크다는 건 예림도 알고 있었다. 하지만 당장은 가현도 밉고, 석
영도 미웠다.

미영은 좀체 울음을 그치지 않았다. 예림은 무슨 생각을 하는지
시선을 내리뜨고 아무 말도 하지 않았다. 석영은 마음을 가다듬었
다.

"미안하다. 너희한테는 선생님으로서 옳지 못하게 보이는 게
당연할 거야. 그 점에 있어서 정말 미안해."

"가현이보다 선생님한테 드는 배신감이 더 커요. 저…… 진짜
선생님 좋아했어요."

예림의 목소리는 여느 때와 달리 주눅 들고 기운이 없었다. 그
마음고생의 깊이를 알고 있었는지 미영이 더 서럽게 울었다. 석영
은 뭐라 위로를 할 수가 없었다. 그저 미영의 울음이 그치고 예림
의 마음이 조금이라도 누그러지길 바랄 수밖에.

퇴근하고 집으로 돌아온 석영을 가현은 평소처럼 반겼다. 거실
소파에 있던 제연이 석영에게 어서 오라고 인사를 했지만 석영은
무시한 채 가현을 품에 꼭 안았다.

"야! 너 경찰에 신고한다!"

제연이 외쳤지만 석영은 잠시 가현을 놓지 않았다. 가현은 말없
이 석영의 허리에 팔을 둘러줬다.

"오빠 지금 너한테 화났어."

석영의 나직한 소리에 고래고래 소리를 지르던 제연은 물론, 가
현도 그대로 멈췄다.

"옷 좀 갈아입고 나와서 얘기하자."

가현을 품에서 놓고 석영이 방으로 들어갔다. 멍하니 서 있던 가현이 천천히 몸을 돌려 제연을 쳐다봤다. 영문을 모른 채 멍한 건 제연도 마찬가지였다.

"너 무슨 잘못했어? 쟤 평소에 화 안 내는 애라 한번 화나면 엄청 무서울 텐데."

가현이 설레설레 고개를 저었다. 생각해 보려 해도 머릿속이 멍해서 아무 생각도 들지 않았다. 가현은 석영이 방에서 나올 때까지 그 자리에 그대로 서 있었다.

"네 방 가서 얘기하자."

석영이 방에서 나와 먼저 가현의 방으로 향했다. 제연은 가현의 방으로 들어가는 두 사람을 쳐다보고 있을 뿐이었다. 자신이 뭔가 할 수 있는 게 없었다. 사실 석영과 가현이 정말 서로에게 제대로 감정을 드러내고 있는지 궁금했었다. 그저 좋고 행복한 것 외에도 사람에게는 수많은 감정이 있었다. 두 사람이 좋은 것 외의 모든 감정을 숨기려 한다면 그 관계가 위태로울 터였다. 그럼에도 석영이 다른 감정을 드러내려 하는 게 조금 서운하기도 하고, 가현을 걱정되게 했다.

방으로 들어온 가현은 방문 앞에 서서 석영을 주시했다. 책상 의자를 빼서 앉은 석영은 피곤해 보였다.

"앉아."

석영의 기운 없는 목소리에 가현은 심장을 졸였다. 가만히 앉아 있을 수 없을 것 같았다. 고개를 젓자 석영이 자리에서 일어나 가현의 팔을 잡아끌었다. 그녀를 침대 맡에 앉히고 난 뒤에 석영은 다시 의자에 앉았다. 가현의 앞에 바짝 붙어 앉은 석영은 그녀의 무릎을 잡았다.

"가현아."

석영과 마주친 가현의 두 눈동자가 거세게 흔들렸다. 겁먹게 할 생각은 없었지만 화가 나는 걸 억누르기도 힘들었다.

"오늘 학교에 예림이랑 미영이 왔었어."

흔들리던 가현의 눈동자가 멈췄다. 곧 가현의 얼굴이 절망으로 물들었다. 그 때문에 석영이 화가 났다고 생각하는 것 같았다.

"예림이랑 미영이가 학교에 와서 화가 난 게 아니야."

그럼 정말 자신이 뭔가 잘못한 걸까. 도대체 뭣 때문에 석영이 화가 난 건지 가현은 미칠 것만 같았다.

"너 예림이랑 미영이한테 납치당했을 때 얘기했다며."

"애들이 그 얘길 했어?"

"전부 다 했어. 네가 뭐라고 했는지. 얼마나 힘들게 얘길 꺼냈는지. 오빠가 왜 화났는지 알겠어?"

석영의 두 눈을 빤히 쳐다보던 가현이 고개를 저었다.

"왜 오빠한테는 그런 얘길 안 했어? 그 일로 인해서 네가 신중한 성격이 됐다고 했다며. 누군가한테 네가 싫은 사람이 될까 겁난다며."

가현의 무릎을 잡고 있던 석영의 손아귀에 힘이 들어갔다. 양 무릎이 저릿했지만 가현은 아프다고 말할 수가 없었다. 석영의 표정과 그의 말투가 그보다 훨씬 많이 아프고 괴로워 보였다.

"가현아."

시선을 내리뜬 채 가현은 가만히 석영의 얘기를 듣고만 있었다.

"윤가현."

석영은 다시 가현을 불렀다.

"응."

기어들어 가는 소리로 가현이 겨우 답을 했다.

"가현아, 오빠야. 네가 이유 있는 싫은 행동을 해도 너를 싫어할
수 없는 사람이 오빠야."

손아귀가 저려서 석영은 그제야 자신이 얼마나 강한 힘으로 가
현을 붙들고 있었는지 알았다. 손의 힘을 풀고 가현의 무릎 언저
리를 부드럽게 어루만졌다. 가현은 여전히 고개를 푹 숙인 채였
다.

"지금도 네가 오빠한테 많이 솔직하다는 거 알아. 그렇지만 이
런 얘길 다른 사람한테 듣고 싶진 않아. 네가 생각하는 모든 걸 전
부 오빠한테 얘기하라는 게 아니야. 기쁠 때 같이 기뻐하는 것도
중요하지만 힘들고 슬플 때 같이 나눌 수 있는 게 더 중요하지 않
겠어? 오빠가 힘든 일이 있을 때 너한테 한마디도 안 하고, 오빠
혼자 그 모든 짐을 다 떠안고 있다고 생각해 봐. 그랬으면 좋겠
어?"

가현이 고개를 저었다. 형식적이고 틀에 박힌 얘기였지만 지금
석영의 마음을 드러낼 수 있는 유일한 말들이었다. 가현이라면 분
명 잘 알아들었을 거다.

석영은 자리에서 일어나 가현의 옆에 앉았다. 그리고 그녀를 조
심스럽게 품에 안았다.

"오빠 화났다고 해서 많이 놀랐어?"

그제야 마음이 좀 놓였는지 가현이 그의 어깨에 얼굴을 묻고 고

개를 끄덕였다.

"그런데 정말 너무 화가 났어."

"잘못했어."

"예림이랑 미영인 오늘도 연락 안 왔어?"

"미영인 어제 연락 왔었어. 예림이가 싫다고 하면 둘이라도 만나자고."

"예림이도 이해해 줄 거야."

"오늘 애들이 학교에 가서 오빠 곤란하게 하진 않았어?"

"곤란했지. 그래도 조용히 잘 얘기하고 갔어. 미영인 많이 울더라."

가현의 어깨가 축 늘어지더니 그녀가 두 손으로 석영의 등을 토닥였다.

"예림이랑 싸웠다며."

"예림이든 미영이든 화를 내도 할 말이 없을 줄 알았어. 그런데 한참 얘기를 하다가 예림이가 흥분해서 오빠가 어떻게 그럴 수 있냐고, 실망했다고 그러니까 나도 모르게……."

"잘했어."

가현이 고개를 들고 몸을 뒤로 빼더니 석영과 눈을 마주쳤다.

"잘했다고?"

"응. 오빠한테도 화가 나면 그런 식으로 부딪혀, 가현아. 혼자 참고 억누르지 말고."

가현은 다시 석영의 어깨에 머리를 기댔다.

"그런 걸 다 드러내도 오빠가 널 싫어할 일은 절대로 없어."

정말 석영은 가현의 마음을 읽는 것 같았다.

"화나게 해서 미안해."

"오빠가 너한테 아무것도 아닌 것 같아서 화가 났어."

"그럴 리 없잖아."

"그럴 리 없어도 그런 생각이 드는 게 당연하잖아. 걱정시켜. 오빠가 네 걱정 안 하면 누가 해?"

코끝이 찡하면서 괜히 웃음이 났다.

"고마워."

답답하게 가슴속에 고여 있던 숨을 크게 몰아쉰 뒤 석영이 가현의 볼에 입을 맞췄다.

"지금이 조선시대였으면 넌 공주고, 오빠 널 지키는 호위무사였을 거야. 호위무사는 자기가 모시는 분을 위해서 목숨 거는 거 알지? 오빠 각오는 그 정도야."

가현이 낮게 웃었다.

"그럼 공주가 지금 호위무사한테 반한 거야?"

"반할 만하지 않겠어? 목숨 걸고 지키겠다는데."

"경을 칠 일이네."

석영이 가현의 머리를 헝클어뜨렸다. 그리고 힘껏 그녀를 품에 안았다. 가현도 양팔에 힘을 줘서 석영을 안았다. 그에게 미안하면서도 공주와 호위무사라는 그 말이 자꾸만 웃음이 나게 했다.

강의가 끝나고 휴대폰을 확인한 가현은 친구들에게 약속이 있어 먼저 간다고 하고 급히 학교를 나왔다. 메시지로 받은 학교 앞

커피숍에 들어가 주위를 두리번거렸다. 그리고 안쪽에 마주 보고 앉아 있는 예림과 미영을 찾았다. 가까이 다가가자 두 사람의 고개가 한꺼번에 가현을 향했다. 가현은 미영이 빼주는 의자에 앉아서 누구든 말을 꺼내길 기다렸다.

"궁금한 게 있는데 물어봐도 돼?"

예림의 말투나 표정은 담담했다.

"3학년 때는 선생님도 1학년 담임이었고, 접점이 별로 없었다지만 2학년 때는 어떻게 그렇게 감쪽같이 속였어?"

감쪽같지 않았다. 늘 불안은 존재했고, 수학여행에선 실수로 종혁에게 자칫 오해를 받을 뻔했었다. 그가 사촌 오빠라는 거짓말을 그에게 했고, 그의 집에서 정전이 되었을 때 가현은 제연이 아닌 석영에게 의지를 했다. 종혁이 신의를 지키는 사람이었을 뿐, 가장 가까이에 누구보다 자세히 가현을 보고 있던 그는 알 수밖에 없었던 실수들이 있었다.

"그럴 거라고 생각을 안 하니까 조금도 수상하게 보이지 않았던 걸 거야."

"너 계속 선생님을 좋아했어?"

"응."

"종혁이랑 사귈 때도?"

"응. 종혁이를 사귈 때 종혁이에 대한 마음이 거짓은 아니었어. 그래도 석영이 오빤 늘 좋아해 왔어. 우리 오빠를 좋아하듯 그렇게 좋아하다가 서서히 그런 게 아니라는 걸 알았고, 그래서 종혁이랑 헤어졌어."

"종혁이도 몰라?"

예림이 자꾸 종혁의 애기를 하는 이유를 모르는 건 아니었다. 하지만 가현은 서운했다. 자신을 친구로 가현의 입장에서 생각하는 게 아니라, 함께 배신을 당한 종혁의 입장을 대신해서 애기하는 거였다.

"사촌 오빠 줄 알아."

처음 애기를 했던 날보단 수그러들었지만 여전히 예림의 두 눈은 배신감으로 그득 차 있었다. 미영은 어쩔 줄 몰라 했다. 예림과 자신의 싸움이 미영에게 피해를 주는 건 미안했다. 따로 애기를 했더라면 미영은 놀라긴 했어도 예림처럼 화를 내거나 가현을 몰아붙이지 않았을 터였다.

"……나 호들갑 떨고 싶어."

미영의 한마디는 가현과 예림 사이의 긴장감을 한순간에 무너뜨렸다.

"선생님이랑 사귀는 거잖아. 뭔가 엄청나지 않아? 배신감도 들지만 소설이나 만화에서만 보던 일이잖아! 선생님과 제자의 금단의 사랑!"

"선생님과 제자의 사랑이 아니라니까. 더더군다나 금단도 아니고."

"그래도 그래야 뭔가 더 있어 보이잖아."

활기차게 애기하고 싶어 안달이 난 미영은 평소와 같았다. 가현과 예림은 서로 시선을 마주했다. 지금 당장은 서로 자존심도 있고, 서운함으로 얼룩진 마음 때문에 예전처럼 지내지 못할지도 몰랐다. 하지만 분명 시간이 흐른 뒤에는, 우리 그땐 그랬지, 라며 추억할 수 있는 때가 올 터였다.

"철이 덜 든 너희 둘 때문에 나만 너무 힘들어."

그간 마음고생이 심했다며 미영이 투덜거렸다. 가현과 예림은 서로에겐 아무 말도 하지 않았지만 미영에게는 미안하고 고맙다고 인사를 전했다.

미영이 묻는 질문에 꼬박꼬박 답을 하며, 근근이 한두 마디씩 거드는 예림의 얘길 들으며 가현은 서서히 마음이 편안해졌다. 그리고 석영에게 메시지를 보냈다.

석식시간 전, 석영은 출근하면 서랍에 넣어두는 휴대폰을 꺼냈다. 전원을 켜자 메시지가 들어왔다.

「다른 사람 다 잃어도 오빠만 있으면 돼. 그래도 미영이나 예림이, 다른 내 주변 사람들이 전부 오빠를 부러워했으면 하니까 나 누구도 잃지 않도록 노력할게. 고마워.」

석영의 마음에 있던 묵직한 돌덩이가 희미해졌다. 다시 서랍에 휴대폰을 넣고 급식실로 가기 위해 자리에서 일어섰다. 석영과 함께 급식실에 가기 위해 몇몇 아이들이 교무실 앞에 와 있었다.

"오늘 급식 기대되더라!"

"맨날 똑같은데 뭘 기대해요."

"이번 달에 닭볶음탕은 처음이잖아."

"선생님, 닭다리 받으면 저 주세요. 제 감자는 선생님 드릴게요."

"넌 어떻게 그렇게 서운한 소리를 아무렇지도 않게 해?"

"절 위해서 뭐든 해주시겠다면서요."

"뭐든 해주는데 닭다리는 못 주지."

"그럼 그게 '뭐든' 이에요?"

"이것저것 빼고 난 뒤에 뭐든 해줄게."

석영과 투덜투덜 대화를 하던 인서는 더 이상 대화의 가치를 느끼지 못하겠다며 석영보다 조금 앞서 걸었다. 그 뒤로 어쩔 수 없이 따라오고 있는 범호를 보며 석영은 미소를 지었다.

"호랑이, 인상 좀 펴. 너는 매일 나랑 밥 먹는 게 그렇게 싫어서 어떡하냐."

처음엔 석영을 무슨 수를 써서든 피하려고 했던 범호였다. 하지만 이제 다른 건 몰라도 석영과 함께 먹는 밥만큼은 군소리 없이 먹기 시작했다.

"선생님은 너희가 전부 다 자랑스럽다!"

석영 주위에 있던 다섯 명의 남자아이들이 힘껏 인상을 찌푸렸다. 하지만 석영은 개의치 않고 큰소리로 웃으며 아이들의 머리를 헝클어뜨렸다.

가현아, 오빠는 언제나 그 누구보다 네가 가장 자랑스러워.

16.

가현은 오랜만에 만난 친척들에게 인사를 하고, 안부를 주고받느라 정신이 없었다. 어느 정도 인사를 마치고 난 뒤에 가현은 석영의 할머니, 할아버지 옆에 앉았다.

해가 넘어가기 전에 식을 올리고 싶다고 노래를 부르더니 제연은 진짜 11월 소진과 결혼을 하게 되었다. 곧 제연과 소진이 걸어올 단상을 보고 있으니 두 사람의 결혼이 실감났다.

"석영이는 어디 갔어?"

"친구들이랑 같이 있나 봐요."

할아버지의 물음에 가현이 식장 안을 두리번거렸지만 석영은 보이지 않았다.

"친구들한테 너 소개 안 시켜주는 거야?"

"아깐 친척들이랑 엄마, 아빠 하객으로 오신 분들한테 인사하느라 정신없었거든요. 지금은 어디 갔는지 안 보여요."

할아버지도 가현처럼 식장 안을 둘러봤지만 석영을 찾진 못했다. 할아버지가 가현의 손을 잡고 그녀의 머리를 쓰다듬고 등을 툭툭 쳤다.

"다 컸구나."

할아버지를 빤히 쳐다보던 가현이 배시시 웃었다. 손자가 석영뿐은 아니었다. 다른 자식들에게서 본 손녀도 있었다. 그럼에도 본인의 친손녀들보다 늘 가현이 더욱 예뻤다.

"다 컸어도 할아버지 눈엔 예쁘죠?"

"그럼 예쁘지."

가현이 할아버지의 팔에 팔짱을 꼈다.

"저랑 석영이 오빠랑 결혼하면 진짜로 가족 되는 거잖아요, 할아버지. 전 그게 너무 좋아요."

할아버지의 옆에 있던 할머니가 웃으며 가현을 쳐다봤다.

"그러게. 내가 윤가랑 진짜 가족이 되는구나."

허허 웃는 할아버지의 웃음 뒤로 할머니의 웃음소리도 들렸다.

"너 공부하러 간 동안 석영이 저놈이 한눈 못 팔게 이 할아비가 단단히 감시 할 테니까 아무 걱정 마."

할머니와 할아버지가 함께 그건 절대로 걱정하지 말라며 가현의 마음을 안심시켰다.

다음 달, 가현은 몇 해 전 영국 사람과 결혼을 해서 이민을 간 막내 이모가 있는 영국으로 어학연수를 가기로 했다. 이모가 이민을 가던 해는 가현이 중학생 때였다. 그저 대학생이 되면 이모에게 어학연수를 가겠다는 소리를 했었고, 가족들도 모두 좋은 기회라며 당연한 듯 계획을 세웠다. 그리고 이모는 가현이 대학생이 되기 무섭게 어서 오라고 그쪽에서 1년 동안 알차게 공부할 수 있는 프로그램들을 알아봐 줬다. 가족 중 누구도 반대하지 않았고, 누구보다 석영이 가장 적극적으로 지지를 해줬다. 그와 1년을 떨어져 지내야 하는 게 서운했다. 그도 그렇다고 했다. 말뿐이 아니라는 건 알았지만 떨어져 지내야 하는 것보다 그가 적극적으로 지지하는 게 조금 더 서운했다.

"석영이 오빠 좀 찾아볼게요."

식장 밖으로 나온 가현은 두리번거리다가 방금 눈이 마주친 사람이 누군지 다시 한 번 확인했다.

"은주 언니!"

소진과 마음이 잘 맞는다며 종종 연락을 한다고 듣긴 했었다. 가현이 반가워하며 은주의 앞으로 다가가는데 그녀의 뒤로 웬 남자가 불쑥 튀어나왔다. 잘생기긴 했지만 상당히 불친절하게 느껴지는 인상의 남자였다. 가현이 주춤하며 남자를 조심스럽게 올려다봤다.

"애 겁주지 마!"

은주의 따끔한 한마디에 남자의 표정이 풀어졌다. 그제야 가현은 그가 누군지 알아챘다. 석영에게 가끔 얘기를 들었던 태헌 선배임이 분명했다. 겨우 은주의 마음을 돌려 결혼은 제외하고 일단 연애만 해보기로 했다는 그 사람.

"왜 혼자 있어? 차석영은?"

"어디 갔는지 안 보여서 찾으러 나왔어요."

은주에게 답한 뒤 가현이 태헌을 향해 고개를 숙여 제대로 인사를 했다.

"이 꼬맹이가 차석영 여자친구?"

태헌의 퉁명스런 말투에 가현이 입술을 살짝 비죽였다.

"가현아, 앤 신경 쓰지 마. 신부대기실 어디야?"

"저쪽이요. 석영이 오빠 찾으면 언니 왔다고 얘기할게요."

태헌이 뭐라고 한마디 하려는데 은주가 그의 팔을 잡아당겼다. 그녀에게 끌려가는 태헌을 보며 가현은 낮게 웃었다.

"가현아!"

은주가 신부대기실로 들어가는 걸 보고 있는데 익숙한 음성이 가현을 불렀다. 뒤를 돌아보니 예림과 미영이 가현을 보고 손을 흔들고 있었다.

"왔어?"

"선생님은?"

인사가 마저 다 끝나지도 않았는데 둘은 주위를 두리번거리며 석영을 찾았다. 그간 두 사람을 만나 석영에 대한 얘기를 꾸준히 해왔지만 실제로 가현의 연인으로 만나는 건 처음이었다.

"어디 있는지 나도 못 찾겠어. 식장 들어가 있음 오겠지 뭐."

셋은 함께 식장 안으로 들어가 빈자리를 찾아 앉았다. 식장 안에서 대화를 하면서도 예림과 미영의 시선은 계속 식장 입구에 머물렀다. 잠시 후, 친구들과 식장으로 들어오던 석영이 눈에 들어왔다. 두 사람이 자리에서 벌떡 일어났고 가현도 두 사람을 따라 자리에서 일어나 석영에게로 다가갔다.

"쌤!"

반갑지만 작은 소리로 석영을 부른 예림과 미영은 싱글벙글 미소를 지었다. 석영도 두 사람을 보고 미소를 지었다.

"언제 왔어?"

"조금 전에요."

석영은 미영이 자신을 이렇게 반짝이는 눈망울로 본 적이 있었는지 떠올려봤다. 그때 석영의 뒤로 친구 하나가 고개를 불쑥 내밀었다.

"오! 가현이 친구들? 안녕?"

상당히 어색하게 들리는 친절한 음성에 가현과 예림, 미영은 웃었다. 석영만 웃음기 없이 친구의 얼굴을 밀어냈다.

"위험한 아저씨야."

"아저씨라니! 그리고 위험한 걸로 따지면 나보다 네가 더 위험하지! 가현아, 다른 남자 다 믿어도 앤 믿지 마. 너한테 검은 속내를 품고 있는 놈이야!"

때마침 나타난 여자 동창생이 그의 등을 찰싹 소리 나게 쳤다.

"시끄러. 애들 앞에서 창피하지도 않아?"

"뭐가 창피해? 얘네 봐. 부럽지? 얼마나 예쁘냐."

눈을 가늘게 뜨고 제 친구를 힘껏 흘겨보던 그녀가 가현을 보고 싱긋 웃었다.

"가족 말고 세상 남자는 다 의심해야 돼. 차석영도 믿지 마."

그대로 그들이 식장 안에 자리를 잡고 앉는 동안 가현은 뒤이어 들어오는 석영의 친구들과 인사를 나눴다. 예림과 미영은 가현의 옆에 서서 자신의 친구들이 한두 마디씩 하는 걸 견제하는 석영을 보며 괜히 웃었다. 선생님으로 봤던 모습은 전혀 없었다.

"이상해."

가슴이 간질간질하다며 미영이 예림의 팔을 꽉 붙들고 두 다리를 동동거렸다. 예림 역시 이질감이 느껴질 거라고 생각했던 것과는 달리 석영과 가현이 나란히 선 모습이 잘 어울려서 괜히 심장이 뛰었다.

곧 예식이 시작될 거라 네 사람은 벽에 붙어 섰다. 긴장한 게 한눈에 보이는 제연이 크게 심호흡을 하고 식장으로 들어설 준비를 하고 있었다.

"긴장되나 봐."

"되겠지. 괜히 나도 떨린다."

제 가슴을 꾹 누르는 석영을 보며 가현이 피식 웃었다. 미영은 힐끔힐끔 석영을 쳐다봤고, 예림은 흐뭇한 미소를 짓고 가현의 옆에 서 있었다.

"미영아, 당당하게 봐도 돼."

"엄청 이상해요. 근데 선생님, 가현이랑 잘 어울려요."

예림도 미영도 그런 말을 하면 가현이 기뻐할 거라고 생각했다. 그런데 예상 밖으로 석영이 눈에 띄게 기뻐했다. 티가 난다는 걸 아는지 석영이 세 사람의 반대편으로 고개를 돌렸다. 미영은 탄성을 지르고 싶은 걸 꾹 참고 예림과 서로의 손을 꼭 붙들었다. 그리고 행진곡에 따라 입장하는 신부 소진을 멍하니 쳐다봤다. 석영쪽으로 조금 더 바짝 다가간 가현이 석영의 손을 잡았다. 석영도 힘껏 가현의 손을 잡았고, 두 사람의 닿은 손바닥으로 가슴 벅찬 감정들이 전해졌다.

❖

가현이 어학연수를 가기 열흘 전, 엄마와 이모가 시골에서 서울로 올라왔다. 가현의 출국 준비를 돕기 위해서라고 했는데 석영은 이해가 가질 않았다. 엄마와 이모의 준비는 이미 방학을 시작한 가현과 함께 쇼핑을 다니는 일뿐이었다. 아직 방학 전인 석영이 퇴근을 하고 집에 돌아오면 매일 밤, 쇼핑한 것들을 자랑하느라 바빴다.

"오늘은 또 뭘 샀어?"

"가현이 야상 샀어."

"야상 있잖아."

엄마와 이모의 날카로운 눈초리가 한번에 석영에게로 닿았다. 석영은 입을 꾹 다물고 두 사람의 시선을 모른 척하며 웃음기를 머금은 채 자신을 쳐다보고 있는 가현과 시선을 마주했다.

"오늘 인사는 사치하지 않겠습니다, 로 할까?"

"사치하지 않겠습니다."

가현은 석영의 말을 그대로 따라 했다.

"이래서 아들 소용없다니까."

엄마의 투덜거림에 가현이 미소를 짓더니 쇼핑백에서 블라우스 하나를 꺼냈다.

"이모, 블라우스 예쁘지?"

하고 싶은 잔소리는 많았지만 석영은 미소를 지으며 고개를 끄덕였다.

"블라우스가 예쁘겠어? 자기 랑 가현이 결혼하면 자기가 재 가져. 나한테 가현이 주고."

엄마의 얘기에 이모가 인상을 찌푸렸다.

"잊었나 본데, 나는 아들 하나 있어."

"소진이 줬잖아."

엄마와 이모의 깊은 한숨 소리를 들으며 가현이 웃었다.

"내일도 쇼핑해?"

석영의 물음에 가현은 어깨를 으쓱하더니 엄마와 이모를 쳐다봤다.

"내일은 가현이 내가 데리고 나갈 거야."

"왜?"

엄마와 이모가 동시에 물었다.

"왜가 어디 있어. 주말인데 나랑 데이트해야지."

데이트라는 소리에 가현이 양손으로 입을 가리고 쿡쿡 웃었다.

"우리도 같이하면 안 돼?"

"그게 데이트야? 나만 짐꾼 만들려고?"

"서럽다. 가현아, 이모랑 엄마도 같이 갈까?"

석영은 가현이 그렇게 하자고 답할까 놀라서 가현을 쳐다봤다. 그런데 가현이 선뜻 대답을 하지 못하고 엄마와 이모의 눈치를 봤다. 역시 나의 윤가현.

"너 지금 남자친구 생겼다고 엄마 등한시하는 거야?"

"등한시는 무슨! 데이트라잖아."

가현이 입술을 비죽였다. 저 표정 뒤엔 꼭 입을 맞춰줬는데 엄마와 이모가 있으니 옆에 가서 앉을 수도 없었다. 늘 가현을 가운데 두고 양쪽에 둘이 앉아서 여고생처럼 대화를 나눴다.

"내일 하루만이야. 일요일엔 또 엄마랑 놀자."

"나 인기가 너무 많은가 봐."

걱정스러운 가현의 말투에 모두 함께 웃었다. 그리고 가현을 삼등분으로 나눠야 하냐는 무서운 농담을 했다.

이후에도 한참 엄마와 이모와 얘기를 나누고 잠자리에 들기 위해 방으로 들어온 가현은 침대에 엎드려 휴대폰을 집었다. 요즘은 자기 전에 그와 메시지를 주고받은 뒤에 자는 게 하나의 일이 되었다.

「내일 데이트 뭐 할 거야?」

「뭐 하고 싶은데?」

「오빠랑 하는 건 뭐든 좋아.」

「그런 자세 좋아! 예쁘게 하고 나와.」

「응? 같이 나가는 거 아냐?」

「오빠 아침 일찍 잠깐 들를 데가 있어서 먼저 나갈 거야. 12시까지 집 앞으로 데리러 올 테니까 준비하고 나와.」

몸을 뒤척여 천장을 보고 바로 누운 가현이 낮게 웃었다.

「진짜 데이트 같다.」

「진짜 데이트니까. 빨리 보고 싶다.」

가슴이 간질간질해서 가현은 두 다리를 동동 굴렀다.

「나도 보고 싶어, 오빠. 잘 자고 내일 봐.」

「응. 너도 잘 자.」

휴대폰을 꼭 쥔 채로 잠시 호흡을 고른 가현은 잠을 청했다. 어서 이 밤이 지나, 날이 밝았으면 했다. 매일매일 가슴 설레게 해주는 그를 빨리 보고 싶었다.

시간에 맞춰 집 앞에 도착한 석영은 길가에 서 있는 가현을 보고 웃음 지을 수밖에 없었다. 이젠 제법 원피스도 구두도 어울리는 여자가 되었다. 방금 자고 일어나 부스스한 모습도 예쁠 지경인데 신경 써서 예쁘게 꾸미고 나오는데 예쁘지 않을 리 없었다.

가현이 서 있는 길가에 차를 세우고 운전석에서 내리자 가현이 해사하게 웃으며 석영의 차로 다가왔다. 가현이 문을 열기 전 석영은 조수석 쪽으로 가서 문을 열어줬다. 배시시 웃으며 가현이 차에 타고 석영도 운전석으로 돌아가 차에 올랐다.

"안전벨트 매줄 거야?"

가현의 물음에 석영이 미소를 짓고 그녀 쪽으로 몸을 기울였다. 그리고 벨트를 잡아당기며 가현의 볼에 살짝 입을 맞췄다.

"보고 싶었어."

귓속을 간질이는 그의 음성에 가현이 아랫입술을 잘근 물었다.

"일단 밥부터 먹어야지?"

"응. 나 아침도 안 먹어서 배고파."

"왜 안 먹었어? 엄마 아침부터 부침개 부친다고 준비하던데."

"깼다가 다시 잠들었거든. 부랴부랴 준비만 하고 나왔어."

"잠꾸러기."

부정할 수 없다며 가현이 고개를 끄덕였다. 드라이브도 종종 다니고, 영화나 연극 공연도 보고, 매일 데이트를 해도 데이트라고 하면 가현은 늘 설레어했다. 그 모습을 보고 있노라면 괜히 석영도 설레고 들떴다.

점심은 간단하게 먹고, 드라이브를 했다. 가현이 구두 굽이 높지 않으니 어디든 걷고 싶다고 해서 저녁에 가려고 한 레스토랑과 가까운 곳에 있는 공원으로 향했다. 바람은 차지만 햇살은 좋은 날이었다. 석영과 가현은 손을 마주잡고 나란히 걸었다. 가현의 보폭에 맞춰 천천히 거닐 때면 석영은 더 이상 무엇 하나 바랄 게 없이 행복했다. 다음 주가 지나면 1년 정도 그녀와 이렇게 여유로운 시간을 보낼 수 없을 테지만 그렇다고 서운하고 아쉬운 마음으로 점철된 감정을 내세워 당장의 좋은 시간을 쫓아내고 싶지 않았다.

"나 다음 주에 영국 가면 오빠랑 이렇게 오래, 멀리 떨어져 있는 건 처음이다. 그치?"

"멀리 떨어지는 건 맞지만 오래는 오빠 군대 생활이 더 길었는데?"

"군대는 면회도 갔고, 오빠가 휴가도 나왔었잖아."

"오빠는 휴가 때 너한테 갈 건데?"

대꾸 없이 잠자코 걷기만 하던 가현이 웃음을 터뜨리며 석영을 올려다봤다.

"방학 때마다 올 거야?"

"응. 오빠가 안 갈 거라고 생각했어?"

"조금은 생각했는데, 기대했다가 안 오면 실망할 테니까 기대 안 하려고 했지."

"서운하네. 오빠가 널 실망시킬 거라고 생각했단 말이지?"

"오빠가 날 실망시키는 게 아니지. 내가 멋대로 기대하는 건데."

"네가 어떤 기대를 얼마나 하던 오빠는 절대 그 이하를 하는 남자가 아니야. 널 실망시킬 리가 없어."

멍하니 석영을 올려다보던 가현이 걸음을 멈췄다. 그리고 그의 허리에 팔을 둘렀다. 이러니 실망시킬 수가 없었다. 조금만 기대에 충족하고, 마음에 드는 무언가를 해주면 그녀는 곧바로 석영을 꽉 끌어안았다. 그녀를 안고, 안길 수 있는 일인데 어찌 기대에 부응하지 못한 일을 하겠는가.

"오빠는 늘 내 상상 이상이야."

"멋있어?"

"응. 아주 귀한 사람이야."

"귀하다고?"

"응. 세상 어디에도 없을 거야. 오빠만큼 날 사랑하는 사람."

석영이 미소를 짓고 가현의 이마에 입을 맞췄다. 그리고 그녀를 힘껏 안았다가 놔주었다.

"오빠한테 너도 귀한 사람이야. 너 이상으로 사랑할 수 있는 사람이 없거든."

석영의 눈에도 가현의 코끝이 찡해지는 게 보였다. 그녀의 코를 잡아 살짝 흔들자 가현이 배시시 웃었다.

가현은 석영과 마주 잡은 손에 조금 더 힘을 주어 잡았다. 이런 그였기에 어학연수에 대한 결정이 어렵지 않았다. 아무리 애써도 그가 주는 사랑만큼 줄 수가 없었다. 더 많이 줬다고 생각해서 나름 뿌듯해하면 그는 감히 어디서 더 많이 주려 하냐는 듯 더 커다란 사랑을 가현에게 퍼부었다.

공원 산책을 마치고, 두 사람은 근처 커피숍에서 따뜻한 차를 한 잔씩 마셨다. 찬바람을 맞아 얼었던 몸이 사르르 녹으면서 나른하고 기분을 한층 더 좋게 만들었다.

"저녁 6시로 예약했는데 시간 괜찮겠어?"

"예약? 어디 갈 건데?"

"그냥 레스토랑이야. 너 스테이크 먹고 싶다고 했었잖아. 조용하고 분위기도 좋은 곳."

양손으로 찻잔을 잡고 있던 가현이 제 손을 물끄러미 내려다봤다.

"오빤 참 대단해."

"뭐가?"

"연애도 한번도 안 해봤으면서 매번 어쩜 그렇게 잘해? 나 지금 순간, 오빠한테 없었던 누군가를 질투했어. 있었다면 엄청 미워했을 거야."

"없어서 다행이네. 죄없는 사람 안 미워해도 되고."

가현과 석영이 눈을 마주치고 웃었다.

조금 더 여유롭게 차를 마시고 시간을 보낸 뒤, 두 사람은 석영이 미리 예약했다는 레스토랑으로 향했다. 지하에 위치한 레스토랑은 약간 어두웠지만 은은한 촛불과 조명들로 인해 아늑한 느낌이었다. 한쪽 벽에 와인 병이 빽빽이 꽂혀 있고, 넓지 않은 공간 가운데에는 그랜드 피아노가 놓여 있었다. 테이블 간의 간격도 꽤 거리를 두고 있어서 빈 테이블은 거의 없었지만 북적이지 않았고, 조용하면서 부드러운 곳이었다. 괜스레 몸에 힘이 들어간 가현은 괜히 석영과 잡고 있던 손을 놓고 그의 팔에 팔짱을 꼈다.

가현의 긴장이 느껴져 석영은 낮게 웃었다. 예약을 한 석영의 이름을 얘기하자 자리를 안내해 줬다. 석영은 가현이 앉을 의자를 빼줬고 가현은 어색해하면서도 흘러내린 머리칼을 귀 뒤로 넘기며 예쁘게 자리에 앉았다. 코스로 주문해 둔 요리가 차례로 나오고, 석영과 가현은 와인도 한 잔씩 했다.

"진짜 어른이 된 것 같아."

와인 잔을 매만지며 가현이 귀엽게 웃었다. 이제 요리도 디저트만을 남겨두고 있었다.

"잠깐만 있어."

석영이 자리에서 일어나고 가현은 멀뚱한 표정으로 그를 올려다봤다. 화장실에 가는 거라고 생각하고 얌전히 그를 기다렸다. 다른 손님들도 모두 조용히 대화를 나누고 있어서 정확하게 들리는 말소리는 없었다. 흘러나오는 클래식 음악을 듣고 있었는데 갑자기 음악 소리가 끊겼다. 그리고 그랜드 피아노 위로 핀 조명이 떨어졌다. 가현의 자리에서 정면으로 보이는 단상 위로 석영이 올라왔다. 그는 피아노 앞에 앉았고, 준비되어 있는 마이크에 대고 작게 아, 아 하는 소리를 냈다.

"우선 좋은 시간 보내고 계시는 다른 손님들께 양해를 구하겠습니다. 제가 사랑하는 여자가 다음 주에 영국으로 연수를 떠납니다. 떠나기 전에 멋진 기억을 만들어주면 타국에서 힘들 때 떠올리며 힘이 될 수 있을 거라 생각해서 이 자리에 올라왔습니다. 저는 피아노를 제대로 배운 사람도 아니고, 잘 치지도 못합니다. 중간에 실수가 있을 수도 있고, 좋은 시간에 방해가 될지도 모르겠습니다. 그래도 정성과 마음만큼은 차고 넘치니 조금만 양해를 부탁드리겠습니다. 저의 그녀가 평소 좋아하던 곡입니다. 가현아, 잘 다녀오고, 사랑한다."

낮고 부드러운 목소리는 중간, 중간 조금씩 떨렸다. 핀 조명 아래의 그는 부드럽게 미소를 짓고 가현과 눈을 마주쳤다. 그리고 건반 위에 기다란 손가락을 올렸다. 가현의 머리를 쓰다듬어 주고, 볼을 매만져 주고, 품에 안아주고, 손을 잡아주던, 언제나 따뜻하고 부드러운 그의 손이 건반을 눌렀다.

쇼팽의 녹턴 NO.2. 그의 말대로 가현이 가장 좋아하는 피아노 연주곡이었다. 집에서 종종 가현이 치기도 했던 곡이었다. 어려서 피아노를 배우긴 했지만 잘 치지 못하는 그는 가현이 피아노를 칠 때마다 잘 친다며 가현을 칭찬하고, 늘 같은 곡임에도 지겨워하지 않고 처음부터 끝까지 한자리에서 들어줬다. 그 곡이 지금 석영의 손가락을 통해 그 어느 때보다 아름다운 선율이 되어 가현의 귀와 마음을 울리고 있었다.

연주가 끝나고 레스토랑 안의 모든 사람들이 박수를 칠 때, 가현은 아무것도 할 수가 없었다. 양손으로 입을 틀어막고 쉼 없이 쏟아져 나오는 눈물을 막아내려고 애썼다. 다른 손님들에게 고맙다며 인사를 한 뒤 단상에서 내려온 그가 가현의 앞으로 다가와 한쪽 무릎을 꿇고 앉았다. 그리고 주머니에서 반지 케이스를 꺼냈다.

"오빠의 공주님. 공부 열심히 하고 와서, 오빠랑 결혼해 줄래?"

열린 케이스 안에서 반지가 반짝하고 빛이 났다. 울음을 가까스로 집어 삼킨 가현이 그대로 의자에서 미끄러져 내려와 그의 목을 끌어안았다. 석영은 낮게 웃으며 가현의 등을 토닥여 줬고, 다시 한 번 주위에서 박수갈채가 쏟아졌다.

겨우 진정하고 레스토랑을 나온 가현의 눈가와 코끝은 여전히 새빨갰다. 차에 앉아 멍하니 제 왼손 네 번째 손가락에 끼인 반지를 내려다보고 있을 뿐이었다.

"놀랐어."

가현의 살짝 쉰 소리에 석영이 미소를 지으며 물병을 그녀에게 건넸다. 물을 한 모금 마신 뒤 가현이 큰 숨을 내쉬었다.

"피아노는 언제 연습했어?"

"학교에서. 점심시간이나 석식시간에 음악실에서 꾸준히 연습했지. 우리 반에 피아노를 곧잘 칠 수 있는 녀석이 있어서 엄청 혼나면서 배웠어."

상상이 되는지 가현이 낮게 웃었다.

"뭐라고 하고 배웠어?"

"프러포즈할 거니까 스파르타로 교육시켜 달라고 했지."

가현과 석영이 같이 웃었다. 반지를 만지작거리던 가현이 손을 앞으로 쭉 뻗었다. 그리고 석영이 준 반지인데 그에게 반지를 자랑했다.

"정말 예쁘다, 오빠. 예쁘지?"

"응. 네가 더 예쁘다."

석영과 가현이 입을 맞췄다.

해가 바뀌고, 시간이 흐르고, 세상이 변해도, 변하지 않는 단 하나. 가현을 위한, 가현을 향한, 가현에 의한 석영의 사랑만큼은 매일, 매시간, 매분 자라난다.

가현아, 사랑해.

에 필 로 그

"그럼 예정일이 언제예요?"

"내년 6월 21일이요."

"축하드려요, 과장님. 이번엔 꼭 딸이었으면 좋겠어요."

"나도. 또 아들이면 아들 넷을 어쩌나 나도 무서워요."

이 대리가 웃자 그녀에게 축하를 하던 여직원들도 웃었다. 현재 그녀는 아들 둘에 셋째를 임신했지만 남편이 워낙 철이 없어서 큰 아들도 하나 있다고 농담처럼 얘기하곤 했다. 이미 이 대리도 여직원들도 딸이라는 가정하에 얘기를 진행했다. 얘기를 나누는 와중에도 이 대리는 자신의 배에 살짝 손을 얹고 있었다. 그 모습을 멍하니 바라보던 가현의 뒤로 다가온 효진이 그녀의 어깨를 톡 건드렸다. 가현이 고개를 들자 자신을 삐딱하게 내려다보는 효진의 시선과 마주쳤다.

"부러워?"

"뭐가요?"

"부러우면 애기 가지면 되잖아."

효진은 가현의 대답을 듣지 않았다.

"저 부럽다고 안 했는데요."

"가현 씨, 입사한 지 얼마나 됐지?"

효진과 대화는 익숙해졌지만 가끔은 심술이 나기도 했다. 제멋대로인 이 사람에게 자신도 제멋대로일 수 있으면 얼마나 좋을까.

"1년 6개월이요."

"낳을 때 되면 입사 2년 넘겠네. 그럼 출산 휴가며, 육아 휴직 어렵지도 않을 텐데?"

가현이 배시시 웃었다.

"주 팀장님, 제가 그렇게 좋으세요?"

"뭐?"

"제가 좋으니까 제 애기도 막 빨리 보고 싶은 거죠?"

"가현 씨, 바보야? 보기 싫으니까 임신해서 휴직하라는 거잖아."

"거짓말. 저 휴직하면 팀장님이 제일 많이 서운해하실 거 알거든요."

기가 차다며 효진이 혀끝을 찼다. 하지만 결국엔 가현과 눈을 마주치고 피식 웃었다.

대한민국 의류 기업 중 최고라 일컫는 신영(新Young) 코퍼레이션에 입사한 가현은 6개월의 인턴 기간을 마치고, 정직원이 된 지 어느덧 1년이 되었다. 그토록 꿈에 그리던 회사에 입사해서 두런 두런 사람들과 잘 어울리고 있었다. 가현은 MD 팀이었지만, 디자인 팀 팀장인 효진과 가장 잘 지내는 중이었다. 효진은 신영(新Young) 코퍼레이션에서 가장 입지를 굳힌 디자이너였다. 초반엔 효진 특유의 까칠한 성격 때문에 친해질 수 없을 줄 알았다. 그런데 우연찮게 효진과 몇 번 대화를 나눌 수 있는 일들이 생겼고, 가현은 그녀가 까칠한 걸 개의치 않고 그녀를 대했다. 그 뒤로 효진의 까칠함이 사라진 건 아니지만 가현은 효진과 그나마 편하게 대화를 하는 유일한 사람이었다.

"주 팀장님은 언제 결혼해요?"

"그런 걸 내가 왜 해."

"이사님도 팀장님이랑 같은 생각이에요?"

"그 사람 생각 관심 없어. 난 내 생각대로 사는데, 왜?"

가현이 입안 가득 바람을 불어 볼을 부풀렸다.

"그런데 왜 나한테는 애기 가지라고 해요?"

"가현 씨는 이미 결혼했고, 지금 결혼 행복하다고 생각하잖아. 아이를 낳아도 잘 키울 수 있을 테고."

"팀장님은 안 그래요?"

"난 애들 싫어."

가현은 천천히 고개를 끄덕였다. 가현도 석영도 아이를 좋아했다. 그럼에도 지금껏 아이에 대한 얘기를 제대로 나눠본 적은 없었다. 가현이 대학을 졸업하고, 취직을 해서 사회생활을 하도록 그가 배려한 덕이었다. 그의 배려는 다른 한편으론 그의 인내와 같았다.

"가현 씨 남편 나이 많지 않아?"

"안 많아요! 이제 서른다섯 살인데요 뭐."

"많네. 오늘은 얼른 집에 가서 보양식 먹이고 힘내라고 해."

"보양식 안 먹어도 힘 많아요."

"가현 씨 그런 자랑도 할 줄 알아?"

"자랑인 거 알면 부러워해 주실래요?"

"힘은 이사님도 넘치거든."

아무렇지도 않은 척 아무리 애를 써도 가현의 양 볼은 붉게 물들었다.

"가현 씨 무슨 생각하는 거야? 얼굴은 왜 붉혀?"

"제가 언제요! 좀 더워서 그래요."

"가현 씨가 여자 휴게실 춥다고 해서 내가 이사님께 건의했거든. 그래서 기껏 따뜻하게 해줬더니 더워?"

효진이 미간을 좁히고 눈썹을 꿈틀거렸다. 더욱 붉어진 얼굴로 가현이 그만 놀리라는 듯 효진과 마주친 시선에 힘을 줬다. 잠시 두 사람의 시선이 팽팽하게 대치하더니 결국 함께 피식 웃었다.

"저 애기 낳으면 내 애기는 예뻐해 줘요."

"설마."

"안 그러면 평생 언니랑 절대 다시는 말 안 할 거예요."

회사 안에서 가현이 효진을 언니라 부르는 경우는 없었다. 가현이 목소리를 낮추며 아무리 협박처럼 말해도 효진은 꿈쩍하지 않았다. 그러더니 조금 뒤늦게 어깨를 으쓱할 뿐이었다.

가현보다 먼저 퇴근해서 집에 돌아온 석영은 저녁 준비를 했다. 한동안 야근에 주말 특근까지 새로운 브랜드 런칭 때문에 눈코 뜰

새 없이 바쁜 날을 보내더니 이번 주부터 정시 퇴근을 하기 시작했다. 고단할 텐데 가현은 크게 드러내지 않았다. 대신 밤에 기절한 것처럼 잠들었다. 석영과 사귀고 난 뒤로 가현은 악몽을 꾸지 않았다. 밤잠을 편안히 자는 시간도 늘어났고, 이젠 미니 등이며 스탠드를 있는 대로 켜놓지 않아도 괜찮았다.

흰쌀밥을 안치고 난 뒤 석영은 식탁 의자에 앉아 멍하니 시간을 보냈다. 가현이 며칠 전부터 매콤한 낙지볶음이 먹고 싶다고 해서 퇴근길에 사온 참이었다. 가현이 올 시간에 맞춰 계란찜만 해놓으면 그녀가 오자마자 바로 먹을 수 있었다.

「아파트 단지 들어왔어. 배고프다!」

가현에게서 온 메시지를 확인하고 석영은 바로 계란찜 준비를 했다. 계란찜이 다 되기도 전에 가현이 들어왔다.

"다녀왔습니다."

집에 들어올 땐 꼭 아침보다 더 활기차게 인사를 했다.

"어서 와."

쪼르르 석영에게로 달려온 가현이 그의 품에 안겼다. 서로 오늘하루도 수고했다는 뜻으로 가볍게 입을 맞췄다.

"맛있는 냄새 나."

"낙지 사왔어. 밥도 했고, 계란찜도 하고 있으니까 덮밥 해 먹자."

석영의 허리를 끌어안고 있던 가현이 잠시 동안 그를 빤히 쳐다봤다. 석영이 입 모양만으로 '왜?' 라고 물었더니 해사하게 웃으며 그의 허리를 안고 있던 팔에 힘을 줬다.

"난 오빠 자랑할 때가 너무 좋아."

"자랑?"

"오늘도 주 팀장님한테 오빠 자랑 엄청 했어."

석영이 낮게 웃고 가현의 이마에 가볍게 입을 맞췄다.

"주 팀장님 안 질린대?"

"왜 질려? 내 얘길 제대로 듣고 있는지 의심 가는데."

그녀의 머리를 헝클어뜨리자 가현이 배시시 웃었다. 석영은 효진이 여자라 다행이라고 생각했다. 그럼에도 가끔 그녀에게 질투를 하는 자신이 영 마음에 들지 않았다.

저녁을 먹으며 오늘 하루 있었던 일들을 얘기했다. 석영은 가현의 회사 얘기를 듣는 게 좋았다. 그녀가 직장을 얼마나 좋아하는지, 얼마나 열심히 일하고 있는지 알 수 있었다.

"설거지는 오빠가 할게."

그릇을 모두 싱크대로 옮기자 가현이 석영의 옆에 바짝 붙어 섰다.

"오빠."

"응?"

뭔지 모르지만 하고 싶은 얘기가 즐거운 것인 듯 가현이 방긋 웃었다.

"오빠는 딸이 좋아, 아들이 좋아?"

정신이 번쩍 나는 질문이었다. 지금껏 가현과 그런 얘기를 진지하게 해본 적이 없었다. 결혼 초반에 잠깐 얘기를 한 적은 있었지만 임신 시기를 좀 나중으로 생각하자는 대화였다. 생활은 물론 가현이 일도 즐거워해서 깊게 생각하지 않았다. 혹시 아이가 들어선 걸까. 하지만 피임은 항상 신경 쓰고 있었는데.

"갑자기 왜? 혹시……."

석영이 말끝을 흐리며 가현의 배를 힐끔 쳐다봤다. 그의 시선을 따라 제 배를 내려다본 가현이 고개를 저었다.

"아니야. 그냥 궁금해서."

"아들이든 딸이든 관계없는데. 다 좋아."

"그렇지? 난 처음엔 딸이 좋을 것 같았는데 아들도 좋을 것 같고. 다 있었으면 좋겠더라고."

꿈에 부푼 가현의 음성에 석영은 그저 고개를 끄덕였다. 설거지가 끝나고 석영이 소파로 자리를 옮기는 걸 그대로 쫓아오며 가현은 계속해서 재잘댔다. 마치 이미 임신을 해서 곧 태어날 아기를 기다리는 것만 같았다.

"갑자기 왜 이렇게 들떴어? 그런 얘긴 한번 안 하더니."

"사실 전엔 좀 무서웠거든. 오빠랑 결혼했을 때 나 스물두 살이었고, 대학 졸업도 안 한데다가 덜컥 애기가 생기면 사회생활도 제대로 못해볼 것 같아서. 그런데 이제는 애기 있었으면 좋겠어. 나 너무 이기적이지?"

"그러게."

더럭 수긍하는 석영의 대답을 듣자 가현은 가슴이 뜨끔했다. 농담이라도 그렇다고 답할 줄은 몰랐다. 조금이라도 그렇게 생각했던 건 아닐까.

"확실히 마음이 생긴 거야?"

"응."

주눅이 든 가현이 시무룩하게 답했다.

"고마워."

뭐가 고마운지 몰라 가현이 살짝 치켜뜬 시선으로 석영을 올려 봤다.

"애기가 생겨서 모성애가 생기는 수도 있지만 그렇게 억지로 널 엄마가 되게 하고 싶지 않았거든. 물론 네가 대학을 졸업하고 취업해서 사회생활 경험하게 하는 게 제일 큰 목적이었지만……."

"오빠 처음부터 애기가 갖고 싶었어?"

석영이 어슴푸레 미소를 지었다.

"처음엔, 그랬어."

"처음엔?"

"네 말대로 결혼했을 때 넌 스물두 살이었잖아. 애기가 생기면 집에 있겠지? 애기를 보며 웃겠지? 하루 종일 애기랑 같이 나를 기다리겠지? 그렇게 매여 있게 하고 싶었어. 그런데 넌 스물두 살 이었고, 해보고 싶은 일이 많았잖아. 나도 너한테 많은 경험을 하 게 해주고 싶었고. 이율배반적인 건 아는데 그렇게 두 개의 마음 을 두고 이리저리 저울질하면서 고민했지. 내가 고민하는 사이에 너는 맘껏 대학생활을 즐겼고, 가끔 일찍 끝나거나 공강인 날엔 내가 원하던 대로 집에서 나를 기다리고 있었어."

석영이 잠시 말을 쉬었다.

"지금 생각해 보면 참 어리석은 고민이었지만 그때 오빠 상당 히 심각했어."

"왜 나한텐 말을 안 했어?"

"얘기했잖아. 그래서 애기는 나중에 생각하고 너 졸업하고, 취 업을 우선으로 하자고 결정했던 거고."

"그런 고민을 했다고는 얘기 안 했잖아."

"지금이니까 얘기하지. 당시엔 그런 고민 멋없게 뭐라고 말해."

"멋없지 않다 뭐."

석영이 가현의 코를 잡아 살짝 흔들었다.

"나 우리 애기 보고 싶어. 갖고 싶다고 생각하니까 정말 궁금해."

"이제 궁금해졌단 말이지."

석영의 손이 가현의 티 속으로 불쑥 들어왔다. 그리고 그녀의 옆구리를 마구 간질였다.

"하지 마, 하지 마, 오빠! 잘못했어!"

자지러지면서 발버둥을 치며 가현이 소리쳤다. 석영의 손은 멈췄지만 가현은 눈물까지 찔끔 흘리며 잔웃음을 웃었다. 석영이 가현을 꼭 끌어안고 그녀의 관자놀이에 입을 맞췄다.

"세상에서 제일 예쁜 아이일 거야."

"우리 애기니까."

관자놀이에 지그시 누른 석영의 입술이 곡선을 그리는 게 느껴졌다. 가현도 그를 따라 이젠 서로 닮아버린 그 미소를 함께 지었다.

새벽녘 잠이 깨어버린 가현은 시간을 확인하려고 실눈을 떴다. 4시. 바로 옆에서 곤히 잠들어 있는 석영의 숨결이 느껴졌다. 험하던 잠버릇도 요즘은 좀 잦아들었다. 하지만 아침에 눈을 뜰 때면 참으로 다양한 포즈로 자고 있어 석영과 마주 보고 잘 때와 같은 모습으로 깨어난 적은 없었다. 지금도 베개에 얼굴을 묻고 자다가 답답해서 깨버렸다. 석영 쪽으로 돌아누운 가현은 잘 떠지지 않는 눈을 비벼 떴다. 침대 맡의 조명을 켜두어서 그를 보는 게 어렵진 않았다.

그의 얼굴을 멀거니 보고 있으니 괜히 몸이 달아올랐다. 지난밤 늦게까지 그의 손길과 입술이 닿지 않은 곳이 없었다. 그와 지내는 밤은 매번 가현을 뜨겁게 만들었다. 익숙해졌다고 치솟는 불길이 잦아들진 않았다.

가현의 손가락이 그의 눈썹 끝을 살살 문질렀다. 간지러운지 석영의 미간이 좁아지고, 눈썹이 꿈틀거렸다. 이번엔 그의 볼을 닿을 듯 말 듯 문질렀더니 기어이 그의 손이 올라와 제 볼을 긁었다. 가현이 낮게 웃으며 그의 품으로 파고들었다. 가현의 연이은 장난으로 잠이 깼는지 석영이 가현을 안으며 잠이 덜 깬 소리로 물었다.

"왜 깼어? 불편해?"

"아니. 그냥 깼어."

"몇 시야?"

"4시. 30분 더 자도 돼."

"응. 너도 좀 더 자."

웅얼거리는 석영은 가현의 답도 듣지 못하고 다시 잠에 빠졌다. 그는 항상 가현보다 먼저 일어나 잠에서 깨는 가현을 하염없이 바라봤다. 그때마다 가현은 창피했다. 본인이 잠버릇이 얼마나 험한지 알고 있기에 더욱 싫었다. 그래도 석영은 매번 가현보다 먼저 깨어났고, 그가 지켜보는 가운데 잠에서 깨어나야 했다.

잠에서 깨지 못한 채 웅얼거리는 말소리라던가, 잠에 취해 잠긴 목소리, 잠들었을 때 나는 새근거리는 숨소리는 상대를 더욱 사랑스럽게 보이도록 했다. 깨우면 안 되는데 자꾸 말을 걸어서 깨우고 싶고, 장난을 치고 싶고, 그렇게 서서히 잠에서 깨어나는 걸 자꾸 지켜보고 싶게 만들었다. 이제야 비로소 가현은 석영이 왜 자신보다 먼저 일어나 잠에서 깨어나는 걸 지켜보는지 알 것 같았다.

어제도 새벽같이 일어나 KTX를 타고 지금 이곳, 여수에 왔다. 잠도 제대로 못자고 하루 종일 번갈아 운전을 하고 다니고, 바닷가 산책을 한 덕에 피곤했다. 그리고 오늘은 향일암에 일출을 보러 가기로 했기 때문에 4시 30분에 일어나기로 했다. 그런데 조금 일찍 잠에서 깼고 잠든 그의 모습을 보다가 그가 깨어나는 모습을 보고 싶다고 그를 억지로 깨울 수는 없었다. 다시 잠든 그의 모습을 조금 더 바라보다가 그처럼 30분이라도 더 잘까 고민하던 가현은 일부러 눈에 힘을 주고 치켜떴다. 아무래도 지금 다시 잠들면 30분 뒤에 절대로 못 깨어날 것 같았다.

귓가를 간질이는 숨결에 가현의 어깨가 움찔 놀랐다. 귓가의 간지러움이 그치는 순간, 이번엔 어깨에 이물감이 느껴졌다. 가현의 손가락이 꿈틀댔다. 석영의 움직임이 잠잠한 틈에 다시 잠에 들려는데 허리에 따뜻한 손바닥이 닿았다. 손바닥은 천천히 부드럽게 가현의 허리에서 옆구리를 훑고 배로 넘어왔다. 그제야 가현은 석영이 자신을 깨우고 있다는 걸 깨달았다.

"일출 보러 가지 말까?"

가현의 귓불을 살짝 물고 석영이 속삭였다. 석영 쪽으로 몸을 틀려던 가현이 자신이 또 기이한 자세로 잠들어 있었던 걸 깨달았다. 제 몸에 깔려 있는 왼팔과 어깨가 저려서 움직일 수가 없었다. 석영이 낮게 웃으며 가현의 몸을 돌려주고 그녀의 팔을 주물렀다.

"나 안 자려고 했는데……."

"자도 돼."

그의 목소리가 꼭 자장가 같았다. 대답을 할 겨를도 없이 다시 잠이 쏟아졌다. 그대로 잠에 빠지려던 가현이 번쩍 눈을 떴다. 가현을 핑계로 더 자려던 석영이 깜짝 놀라서 동그랗게 뜬 눈으로 자신을 쳐다보고 있는 가현과 눈을 마주치고 있을 뿐이었다.

"일출 보러 가야지."

"더 안 자도 되겠어?"

가현은 더 자고 싶기도 하고 일출을 보고 싶기도 한 두 마음 사이에서 잠시 고민하며 두 눈을 끔뻑이더니 석영의 품 안으로 파고들었다.

"조금만 더 자. 오빠 먼저 씻을게."

가현을 제대로 뉘어놓고 석영은 욕실로 향했다. 가볍게 세안과 양치만 하고 나오니 가현이 침대에 앉아 꾸벅꾸벅 졸고 있었다. 하지만 저 정도면 꽤 잠이 깼다는 거였다. 기지개를 켜고 두 눈을 비비던 가현이 석영을 향해 팔을 뻗었다. 석영이 가현의 팔을 잡아 일으키자 가현이 벌떡 일어났다. 그리고 자연스럽게 석영에게 뺨을 내밀었다. 그녀의 볼에 가볍게 입을 맞춘 석영이 가현을 욕실로 이끌었다.

준비를 마치고 호텔에서 나온 두 사람은 바로 향일암으로 향했다. 가는 차 안에서 가현은 구름 한 점 없는 하늘을 보며 매우 설레었다.

"제대로 해 뜨는 거 볼 수 있을 것 같아. 그치?"

"그러게. 하늘이 맑네."

가현이 주먹을 불끈 쥐고 부르르 떨었다. 일출을 함께 보는 게 처음은 아니었다. 지금까지는 양가 가족들이 함께 간 여행에서 일출을 봤기 때문에 오늘 볼 일출은 조금 특별했다.

"라디오 들을까?"

"응."

석영이 주파수를 맞추고 가현은 귀를 기울였다. 새벽 공기와 어울리는 부드러운 목소리의 남자 가수가 진행하는 라디오를 듣기로 했다. 조용한 멘트는 예상치 못하게 가현과 석영의 귀에 확 꽂혔다.

[벌써 21개월이 됐대요. 기다리는 팬분들에게 이처럼 좋은 소식이 어디 있겠어요. 내일 서종혁 씨가 제대라네요. 데뷔 이후로 늘 상승세였던 서종혁 씨가 스물넷, 그때 군에 갈 거라고 예상하지 못한 분들이 많았죠? 게다가 해병대에 지원해서 더욱 화제가 되었었는데요. 저도 종종 밥도 먹고, 자리를 같이했었는데 정말 남자답고 어린 친구가 자기 생각이 확고해서 멋있더라고요. 제대하고 더욱 멋진 모습으로 만날 수 있길 바라면서 서종혁 씨의 '행복하니' 듣겠습니다.]

여전히 2학년 7반은 잘 뭉쳤다. 졸업했을 당시에 비하면 1/3 정도의 친구들이 정기 모임에 나오지 않았지만 그래도 꽤 좋은 출석률이었다. 종혁 역시 친구들과의 연락을 소홀히 하지 않았다. 비록 가현과 석영의 결혼식엔 오지 않았지만 요즘은 군 휴가와 맞춰 모임에 나오면 스스럼없이 가현을 대했다.

"내일이 제대야?"

"이쯤인 건 알았는데 정확히 내일인지는 몰랐어."

"또 한 번 뭉치겠네."

"며칠 전부터 진수가 자꾸 언제 시간 나냐고 물어보더니 종혁이 제대 맞춰서 보려고 했나 봐."

이제 겨우 졸업한 지 6년이었다. 그럼에도 아이들이 지금까지 연락을 하고 주기적으로 모임을 갖는 건 석영이 보기에 참으로 고맙고 기특한 일이었다. 자주는 아니지만 석영도 종종 모임에 모습을 드러냈다. 처음엔 가현과의 결혼 때문에 좀 소란스러웠지만 시간이 지나면서 자연스럽게 다들 받아들였다.

가현과 석영은 흥얼흥얼 라디오에서 나오는 노래를 따라 불렀다. 뒤이어 나오는 노래들도 두 사람이 좋아하는 곡들이었다. 음악이 하나 시작되고, 끝날수록 향일암에 점점 가까워지고 있었다.

"그저께 밤에 엄마랑 통화할 때 일출 보러 여수 온다고 했더니 엄마가 웃더라."

"왜?"

"이유가 웃긴가 봐. 그리고 나보고 새벽에 일어나서 일출 볼 수 있겠냐고 물었어. 지금 내가 얼마나 패기 넘치는지 모르는 게 분명해."

"뭐, 나도 조금은 의심했는데, 패기로 일어났구나?"

가늘게 뜬 눈으로 석영을 흘겨보던 가현이 확고한 의지를 드러냈다.

"우리 첫 아기가 건강하게 잘 태어나길 바라는 마음으로 나는 지금 일출을 보러 가는 거라고! 아침에 일어나는 것 정도는 거뜬하게 해야지."

"아직 임신도 안 했잖아."

"그런 얘기 막 하면 어떻게 해. 어젯밤에 착상했을 수도 있잖아."

가현이 목소리를 낮췄다. 석영이 호탕하게 웃으며 가현의 머리를 마구 헝클었다. 제가 생각해도 제 말이 좀 재밌긴 했는지 가현도 이내 신나게 웃었다.

향일암에 도착한 둘은 해가 뜰 바다를 보고 섰다. 뒤에서 가현을 안은 석영은 몸을 살짝 숙여 그녀의 정수리에 턱을 괴었다. 잠시 뒤, 저 먼 바다 끝 수평선 위로 붉은 태양이 솟아올랐다. 가현과 석영은 눈 한 번 깜빡이지 못하고 일출을 바라봤다.

가현이 훌쩍이는 소리에 정신이 난 석영이 그녀를 쳐다봤다. 눈물이 그렁해서 아랫입술을 꽉 물고 있었다. 사실 이토록 선명한 일출은 석영도 처음 보는 터라 가슴이 벅차긴 했다. 석영은 가현을 안은 팔에 더욱 힘을 주고 그녀의 볼에 입을 맞췄다.

"고마워, 오빠."

"응. 나도 고마워. 가끔씩 힘들거나 속상한 일도 있을 테지만…… 매일 아침 해가 뜨는 것처럼 하루에 한 번씩은 꼭 마주 보고 웃으면서 살자, 우리."

가현은 고개를 끄덕이고 자신을 안고 있는 석영의 손을 꽉 잡았다. 그리고 해가 거의 다 떠올랐을 때, 가현은 확신할 수 있었다.

지금 자신의 뱃속에 분명 새로운 생명이 자리를 잡고 있다고.

　　아가야, 너는 모르겠지만, 엄마랑 아빠는 건강하게 세상에 나올 너를 설레며 기다리고 있단다. 온 마음 다해 사랑한다고 맹세해. 사랑한다.

THE END

너는
모르겠지만

안녕하세요, 염원(念願)입니다.

이렇게 또 하나의 글이 끝났네요.

'너는 모르겠지만'은 차석영을 위한 글이었습니다. 행복하게 해줄게. 라고 남주에게 약속하고 다짐한 글이었거든요.

주로 여주를 편애하고 여주에 많이 신경 쓰던 제가 이번엔 남주를 행복하게 해주려고 남주 편애 모드로 썼던 것 같아요. 그만큼 석영이가 예쁨받았으면 합니다. 물론, 덤으로 가현이도요. 후훗.

'짝사랑'이라는 게 하고 있는 당시엔 상당히 가슴 아프고, 괴롭고, 자신의 사랑이 가장 불행한 것만 같잖아요(경우에 따라 다를 테고, 누구나 자신이 하는 사랑이 가장 아름다우면서 괴로울 테지만요). 하지만 시간이 흐르고 돌이켜 보면 그만큼 순수하고 예쁜 것도 없는 것 같아요. 상호 간에 닿는 마음보다 더 절실하고, 상대에게 받은 만큼 주는 게 아니라, 하염없이 퍼줄 수 있다는 게 말이죠. 그렇게 석영의 사랑이 조금 예뻤으면 하는 마음이었습니다.

글을 쓸 때마다 번뇌는 찾아옵니다. 이번에도 번뇌는 변함없이 찾아왔고, 수정 시에는 지독한 구렁텅이에 빠지곤 해요. 하지만 결국 구렁텅이를 기어나오고, 번뇌를 잠시나마 잊게 하는 건 '글을 쓴다'는 일이 좋기 때문입니다. 제가 하고 싶은 이야기가 그런 식으로 또 하나 완성이 되었습니다. 보시는 모든 분들에게 만족을 드릴 순 없겠지만, 어떤 분에게는 가슴 두근거리는 글이 될 거라고 자그마한 꿈을 꾸면서 말이죠. 항상 그렇게 '제 이야기'를 쓸 수 있는 사람이 되도록 노력하겠습니다.

함께 작업할 수 있게 되어 너무나 기뻤던 유경화 실장님, 진심으로 감사드립니다.
제가 사랑하는 모든 분들 언제나 건강하시길 바랍니다.

다음엔 또 어떤 이야기로 여러분들을 찾아뵐 수 있을지 모르겠네요. 분명한 건, 저는 글을 쓸 테고, 여러분들을 만나는 걸 기대하고 기뻐한다는 것 알아주셨으면 좋겠습니다.
언제나 감사하고 애정합니다.

—올해는 여름을 좀 강하게 이겨보고자 마음먹었지만
여전히 더위에 약한 염원(念願) 올림.

예원북스에서는
로맨스 작가님의 소중한 원고를 기다립니다.

투고해 주실 메일 주소는
yewonbooks@naver.com 입니다.
많은 관심 부탁드립니다.